子喬

자향 3

펴낸날 | 2003년 12월 10일 초판 1쇄

지은이 | 백우영
펴낸이 | 이태권
펴낸곳 | 소담출판사
　　　　서울시 성북구 성북동 178-2 (우)136-020
　　　　전화 | 745-8566~7 팩스 | 747-3238
　　　　e-mail | sodam@dreamsodam.co.kr
　　　　홈페이지 | www.dreamsodam.co.kr
　　　　등록번호 | 제2-42호(1979년 11월 14일)

ISBN 89-7381-784-1 04810
ISBN 89-7381-787-6 04810 (전5권)
● 책 가격은 뒤표지에 있습니다.

<이 소설은 삼성언론재단의 저술지원을 받은 책입니다.>

백우영 장편역사소설

제3권 보강무당의 사랑

소담출판사

자향 3
보강무당의 사랑

별첨_시구문(屍軀門)_9

33 | 서빙고_12

34 | 빙귀 제삿상_35

35 | 거문고_54

36 | 보강무당_80

37 | 옥주비전_96

38 | 경고_119

39 | 두 만남_137

40 | 밥 반그릇_152

41 | 생명의 외침_167

42 | 엄마 아빠 뜨거워!_180

43 | 아름다움이 다칠 때_203

44 | 관포검(管鮑劍)_219

45 | 자객_250

46 | 훌륭한 임금 만나기 어려워라_271

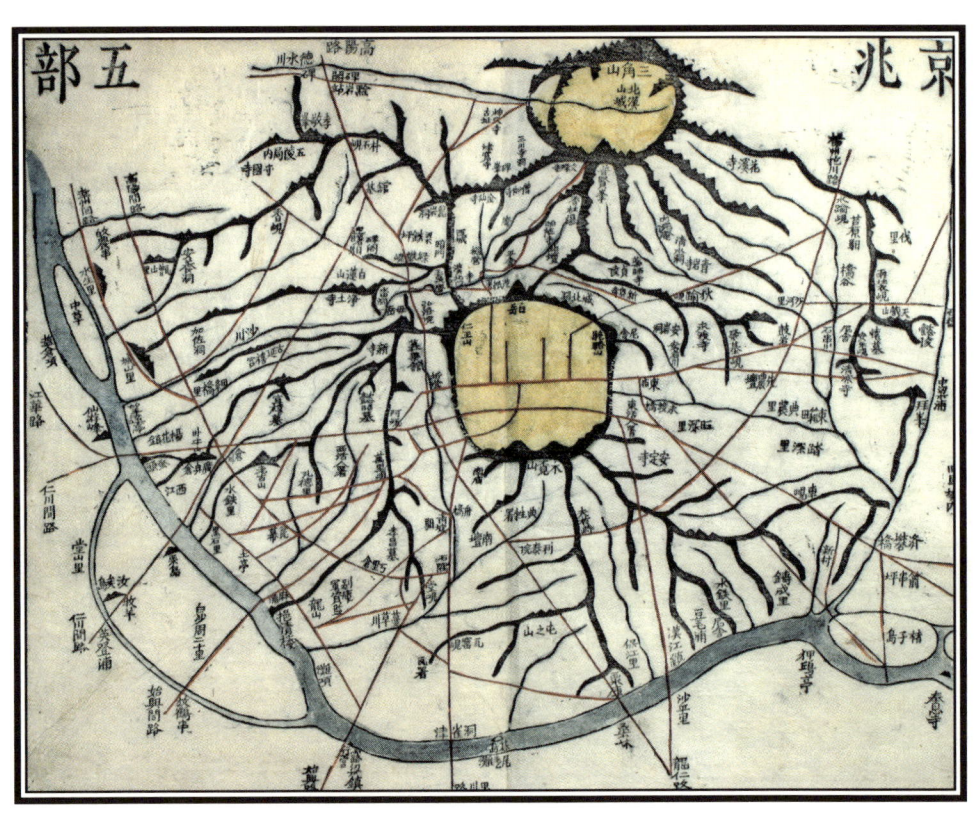

京兆五部圖. 金正浩, 1861年.

보물 제850호. 성신여자대학교박물관 소장

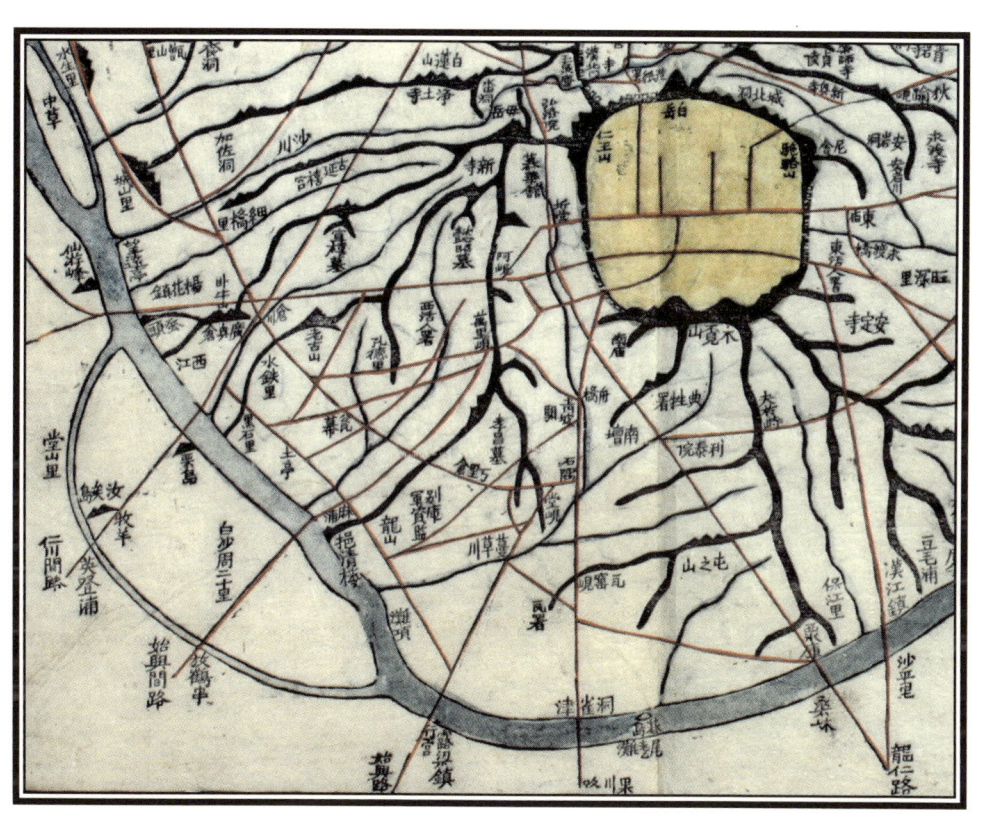

京兆五部圖 部分
소설의 주요 무대인 노고산~서강~토정~마포~서빙고~보강리 일대

⊛ 별첨_시구문(屍軀門)

시구문(광희문) 밖은 시체를 버리는 곳이다. 서기 천삼백구십육년(태조 오년) 도성을 쌓을 때 세운 이 작은 문 밖은, 죄지어 처형당한 사람도 버리고, 연고 없는 행려병자도 버리고, 돌림병으로 죽은 사람도 버리고, 시도 때도 없이 굶어 죽은 사람도 버리는 시체처리장이었다. 그래서 이름도 광희문보나는 시구문이라 더 많이 불리웠다.

이곳은 사시장철 송장 냄새가 났다. 특히 봄에는 겨울나고 처형된 사형수의 시체 냄새와 겨우내 버티다 못해 죽은 행려병자의 송장 냄새가 진동하였다. 그렇게 던져 놓은 시체는 닷새가 넘어도 연고권자 없이 방치될 경우, 관에서 소각처분하였다.

조선 팔도에 새봄이 오면 남쪽 끝에서 화신이 올라오는데, 개나리 진달래 철쭉 목련이 다투어 서울로 왔다가 개성 평양 의주 그리고 경성에까지 줄달음질친다. 그때쯤이면 북에서 쏟아지던 찬 바람이 남에서 북상하는 따뜻한 바람에 치어서 흔적도 없이 사라지고 팔도의 산과 들에는 온갖 꽃과 잡초가 푸릇푸릇 얼룩덜룩하였다.

봄은 이렇게 조선 천지에 생기를 불어넣건만 올해의 시구문 밖은 유별나게 달랐다. 송장 냄새가 더했다. 썩는 냄새가 더 났다. 생기가 아니라 죽음의 기가 넘쳤다. 금년엔 강직한 선비들이 몰사죽엄하리라는 걸 시구문이 먼저 알았는지 모를 일이었다.

그곳엔 사시장철 좋은 날도 없다. 눈이 오면 차가웁고 비가 내리면 눅눅하고 서리가 치면 오그라들고 햇볕 비치면 억울한 기운이 대지를 덮었다.

지나는 길손도 얼굴이 어두웠다. 사람들은 될 수 있는 한 그곳을 피하였지만 어쩔 수 없어 지나칠라치면 엄숙한 얼굴에 부처심을 가슴에 넣고 처연한 표정으로 종종걸음을 치곤 하였다.

정오가 되기 전 털벙거지 둘이 거적에 둘둘 만 송장 하나를 앞서거니 뒤서거니 메고 오더니 시구문 밖에 던져 놓았다.

그들은 뒤돌아 다시 시구문 안으로 들어갔는데 문을 들어서기 전, 지나는 길손 옆을 스칠 때 사람들이 들으라는 듯이 중얼거렸다.

그년 똥깨가 왜 그렇게 무겁나. 글쎄 말이야. 궁중에서 나쁜 짓 한 년은 역시 뱃심 못지않게 몸집도 나가는 건가. 그런가 보지. 힘들어 혼났다!

지나가는 사람들은 그 말에 놀라 털벙거지들을 흘깃흘깃 훔쳐보고는 옆걸음으로 길을 재촉한다.

털벙거지들이 들어간 시구문 밖 반대켠에 쓰러져가는 초가 몇 채가 있었다. 송장 처리하는 잡화를 파는 가게 둘과 허름한 대포집 둘이 나란히 붙어 있었는데, 그중 왼켠 잡화가게 처마 밑에 옹상그리고 앉아 있는 사람이 서넛 있었다.

그들은 시종 아무 표정 없이 사라져가는 털벙거지들을 바라보고 있었다. 털벙거지가 뭐라 두런두런 몇 마디 하고 문안으로 사라진 뒤에도 그들은 눈빛을 세우며 거적때기만 바라보았다.

그들은 곧 시신을 뒤질 것이었다. 하다못해 다 떨어진 옷가지라도 벗겨가기 위해, 그들은 그곳에 있었다. 물론 연고자 없는 시신이 그들은 좋았다. 온전히 자기들 차지이니까.

차 한잔 마실 시간이 지났을까. 초립을 쓰고 무명옷에 전대를 찬 삼십대 사내가 문안에서 나왔다. 사나운 눈빛에 건장한 체격의 사내는 이리저리 둘러볼 것도 없이 거적을 보자마자 어깨에 척 올려메었다. 오소리 같은 족속들이 있는 줄도 모르는 듯 사내는 아무렇지 않게 시체를 어깨에 메고 양주 쪽 길로 사라졌다. 연고자 같지 않은 연고자였다.

평소라면 시체 사냥꾼들은 그런 송장 처리꾼에게 슬그머니 접근하여 고생 많소, 어디로 가시오, 그동안 우리가 지켜준 것 아시오, 더 도와드릴 거 뭐 없소, 무명이 필요하지 않을까, 향도 드리리까, 칠성판도 있소이다, 지게꾼이 필요할 텐데, 여기서 떠나는 자는 노제를 예서 하고 가는 거라우, 망자를 위해 행전은 두둑히 내시오, 하고 앙징스런 다정을 떨런만, 초립을 쓴 사내는 그런 다정을 떨기에는 뭔가 어려움증을 풍기고 있었다.

초립 사내가 사라지는 것을 멀건히 쳐다보던 시체 사냥꾼들은 서로 눈맞춤을 하며 쩝쩝 입맛을 다셨다. 그들에게는 재수없는 날이었다. 빌어먹을, 오늘은 공쳤군. 금년엔 영 재수가 없어. 사람들이 많이 죽어도 도대체 생기는 게 없어. 시체 사냥 장사도 못해 먹겠군그래.

시체 사냥꾼들은 시구문이 무너지고도 남을 한숨을 원수처럼 내뿜고는 누런 이를 드러내며 저승사자 같은 징그러운 웃음을 흘리고 있었다.

33. 서빙고

　목멱산 정상에서 한강을 내려다보면 정남쪽에 자그마한 산 하나이 포실하게 엎어져 있다. 둔지산이다. 산세가 그다지 높지 않고 경관이 빼어나지는 않지만, 오른쪽으로는 용산이 내어다 보이고 왼쪽에서는 두모포가 야릇하게 손짓하는 곳이다.

　한데 이 곳은 서쪽으로 휜 산굽이 아래에 서빙고가 있어 유명하였다.

　조선왕조가 오백 년 동안 선정을 베푼 건 별로 없어도 이 서빙고와 동빙고를 운영한 것만은 높이 평가할 만하다. 연산조 때까지 두모포에 있던 동빙고가 임금의 허랑방탕한 사냥 때문에 이곳 서빙고 동쪽으로 옮기고부터 둔지산 허리춤은 얼음 동네가 되었다.

　우리 조상이 얼음을 겨울에 채취해 무더운 여름에 시원하게 이용한 지혜는 일찍이 신라 시대까지 거슬러 올라간다. 신라 지증왕조에, 서기 오백육년 경주에 석빙고를 만들어 천연빙을 보관하였다는 기록이 있다. 그런가 하면 창녕 해주 지역에도 얼음을 저장한 석빙고 흔적이 남아 있다. 이 지혜는 조선조에 더욱 실용화되어 건국 초부터 장빙(藏氷)제도를 채용하여 동빙고와 서빙고를 설치하였다.

　동빙고 얼음은 제사 등 국가 행사에 쓰고 서빙고 얼음은 궁중과 조신, 은퇴한 원로대신의 일상생활에 썼다. 감방의 병든 죄인에게도 얼음을 배급하였다 하니 그 운영의 폭이 넓었음을 알 수 있다.

　빙고에는 얼음을 저장하고 관리하는 많은 관리가 예속돼 있었다. 우두머리로는 예조판서가 겸직하는 제조(종일품)가 있고, 그 밑에 별좌(종오품) 별제(종육품) 별검(종팔품)이 있고, 하급조직인 벌빙군에 부장 군관 군졸이 있었다.

　얼음을 저장하는 일은 봉상시가 별도로 주관하였는데 그때마다 별제 두 사람이 검사 확인하고 부장과 벌빙관은 감역을 맡았다.

한데 얼음을 뜨고 보관하는 일이 쉬울 성싶으면서 그렇지 않아 애환이 많았다.

조선 초엔 청계천의 더러운 물을 피하기 위하여 빙고와 이십여 리 떨어진 연파곤(淵波昆)에서 얼음을 채취하였으나 차츰 좋은 얼음을 찾다 보니 나중엔 저자도(楮子島)까지 가서 채빙하였다. 그러나 저자도 근처만이 꼭 좋은 얼음이 채취되는 것은 아니었다. 사명감이 있는 벌빙군관은 한강이 꽁꽁 얼면 한강을 오르내리며 좋은 얼음을 찾곤 하였다. 이토록 얼음의 질을 중시한 것은 특히 임금에게 올리는 어빙(御氷)은 다른 얼음과는 그 질이 달라야 했기 때문이었다. 깨끗한 물을 얼린 투명한 얼음이어야 함은 물론이요 두께가 있어야 하고 쉬 녹지 않아야 했다.

여기에는 작은 신화가 있다.

조선의 태평시대라는 성종조에 강온이라는 자가 있었다. 양민의 가난한 집에 태어나 가랑이 찢어지게 어렵게 살다가 근면하고 공순하다는 소문이 나서 벌빙군에 뽑혔다. 쥐꼬리만한 녹봉이었으나 관리의 끄나풀이라도 된 게 그렇게 좋았다.

바람이 싱싱 불고 눈보라가 치면 외려 신이 났다. 얼음이 쩡쩡 어는 추운 날에 그는 허름한 융복을 걸치고 하얗게 언 강을 오르내렸다. 좋은 얼음을 찾느라 검은 어둠이 하얀 얼음벌판 위에 즐펀하게 누울 때까지 한강 위를 헤매었다.

그런 그를 보고 사람들은 늘 가상히 여겼다.

"여보게 얼음에도 좋은 얼음이 있고 나쁜 얼음이 있는가?"

"물론이지요. 이 세상에 좋은 사람이 있고 나쁜 사람이 있듯이 얼음에도 좋고 나쁜 게 있지요."

"그렇다 해도 얼음을 저켠 한강 아랫둑까지 가서 채빙할 건 뭬 있는가?"

"그곳 얼음이 좋거든요."

"좋아도 큰 차이가 나겠는가. 그게 그거지."

"그렇지 않지요. 차이가 크지요. 얼음이 좋을라치면 좀 먼 게 대순가요."

"그쪽 얼음이 어째서 좋다는 겐가?"

"그건 얼음 색깔을 보면 알 수 있지요."

"얼음에도 색깔이 있다?"

"물론이지요."

"어떤 색깔이 좋은 겐가?"

"하야면서도 파아란 빛이 숨어서 반짝반짝하는 얼음이 최고지. 그리고……."

"그리고?"

"우리가 그 색을 볼 때 쨍 하고 얼음이 깨질 때 나는 소리가 숨어 있는 얼음, 그것이 최고입지요."

"허, 그것을 눈으로 보면 알 수 있는 게야?"

"눈으로만 보아서는 알 수 없지요. 마음으로도 느껴야 하니깐요."

"쨍 하는 소리가 마음으로 느껴진다?"

"그렇고말고요."

"그것 참 별난 소릴세. 자네의 그 열성적인 태도를 보면 그런 소리를 마음으로 느낄만도 하지만 말야."

"쉬이 믿어지지야 않겠지요."

"글쎄, 그렇게 이야기하니 믿어는 보겠네만, 좋은 얼음을 볼 때마다 마음속에 그 소리가 들리는가?"

"얼음도요, 자세히 관찰해보면 살아 있는 생물과 같습니다. 깨끗한 물로 만들어진 얼음은 그 바탕이 좋아서 빙질이 좋고, 적당한 두께로 썰어서 잘 보관한 얼음은 깨끗이 씻어낸 채소처럼 싱싱합니다. 맛을 보면 상쾌하지요. 나쁜 물로 만든 얼음이나 잘못 관리해 줄줄 녹는 얼음을 보세요. 맛도 이상할 뿐더러 더운 여름에 쉬이 녹습니다. 우리가 집을 지을 때 쓰는 목재와 하나도 다를 바가 없답니다."

"한데 왜 한강 남쪽에만 좋은 얼음이 있는 건가?"

"그거야 뻔하지 않습니까. 늦봄이나 한여름 물이 넘쳐날 때 한강을 잘 살펴보십시오. 남쪽의 물살이 북쪽보다 훨씬 셉니다. 그건 뭐냐면 저 강원도 골짜기에서 흘러내리는 깨끗하고 차가운 물이 그곳에 많이 흘러간다는 뜻이지요. 남쪽 뚝 가까이가 수심이 깊어서 그런 겁니다. 깊고 빨리 흐르는 물이 명징한 거, 우리가 잘 알지 않습니까."

그런가 하면 좋은 얼음을 채취하는 것 못지않게 얼음 관리도 문제였다.

자칫 얼음을 잘못 관리하여 정작 더울 때 얼음을 대지 못하거나 나라의 큰 행사 때 좋은 얼음을 내놓지 못하면 난리가 나곤 하였다.

옛날의 겨울은 한강은 물론이요 나라 전체가 추웠다. 백성이야 먹을 게 없고 입는 게 부실하여 지금보다 월등히 추웠겠지만 날씨 자체도 추웠다. 한파가 밀어닥친 해에는 동사자가 줄을 잇고, 그로 인해 병을 앓다 시름시름 죽는 경우가 부지기수였다.

그러나 춥기를 바라는 빙관들에게는 춥지 않은 해도 많은 법. 어느 해 뜬금없이 얼음이 통으로 얼지 않는 때가 있어 서빙고 관리들의 목이 댕겅댕겅 날아가기도 하였다.

얼음 채취는 매해 십일월에서 십이월 사이에 행해졌다. 그런데 섣달 그믐이 다 가도록 얼음이 얼지 않을 경우에는 기한제(祈寒祭)를 지내었다.

얼음을 위한 제사로는 세 가지가 있다. 음력 십이월 상순 얼음을 뜨기 전에 올리는 동빙제(冬氷祭), 얼음이 안 얼면 수시로 올리는 기한제, 이듬해 춘분에 얼음을 출고하기 전에 올리는 개빙제(開氷祭)이다. 이들 제사는 지금의 옥수동에 있는 사한단(司寒壇)에서 수우신(水雨神)인 현명씨(玄冥氏)에게 올리는 것인데 판서가 겸직하는 제조가 직접 올렸다. 얼음이 얼어야 하는 관아인지라 그런 제사를 올릴 법도 하지만 백성이 얼어 죽든 말든 상관없는 기한제는 실상 우스운 일이었다.

이런 모든 어려움도 강온이 벌빙군졸로 들어간 뒤부터는 씻은 듯이 사라졌다. 추운 겨울에는 한강의 빙판 위를 헤매고 따뜻한 봄엔 얼음이 녹을세라 오리섬(난지도)의 갈대까지 구해 얼음을 잘도 보관하였다. 그런 노력 때문인지 서빙고의 얼음 문제는 한동안 없었다.

누군가의 입에서 이런 말이 나왔다. 강온이가 온 뒤부터 얼음이 안 어는 해 보았는가. 좋은 얼음 강온이가 잘도 채취하고 성심껏 관리하니 얼음귀신이 감동하였는가 보아.

사람들은 그런 말을 웃어넘겼지만 그것이 바로 생활에 보탬이 되는 속신인지라, 서빙고의 사실상 책임자인 별제는 강온을 금이야 옥이야 했다.

어느 해 무더위가 기승을 부리던 여름, 임금께서 신하들과 함께 수박을 든 적이 있었다. 더위에 헉헉대는 신하들을 위해 피서연으로 수박연을 벌인 건데, 수박은 경북 성주 진상품이고 얼음은 서빙고에서 가져왔다. 수박이라 하면 전라도 광주 무등산 수박이 크기로는 팔도의 으뜸이지만 맛으로는 경북 성주의 것을 으뜸으로 쳐서 매년 여름이 무르익으면 역마를 동원해 진상을 하곤 하였다.

워낙 더위가 찜 쪄 먹는 날씨라 수박을 그냥 먹어서는 제 맛이 아니나므로, 얼음을 쟁여서 들었는데 더위에 반하여 수박 맛이 일품이었다.

"어, 수박 맛이 좋도다!"

임금이 당신도 모르게 탄성을 내자,

"전하, 수박이 맛있는 것은 천하가 태평하기 때문입니다. 세상이 어려우면 산해진미라도 무슨 맛을 느끼겠습니까."

한 신하가 이때다 싶어 아부를 하였다.

그러자 강직한 판서 하나이 보기가 민망하였던지,

"그 무슨 말씀을, 자고로 맛이란 입에서 나오며 사람의 입은 간사하여 맛있는 것은 좇고 맛없는 것은 기피하니 선현은 이를 경계하였습니다. 이 수박은 맛이 있기에 맛을 느끼는 것이오며, 윗사람은 맛이 없어도 맛있게 먹고 맛있는 것은 아랫사람에게 양보하라 하였나이다. 고로 임금께서 맛있는 것을 드실 때에는 항시 아랫사람도 이것을 먹고 있는가 살펴야 할 것이옵니다."

아부를 밀쳐버린 건 좋은데 오랜만에 맛있는 수박 한 조각 먹는 데까지 백성 생각을 하라 하니 임금으로서는 맛이 나다가도 없어질 판이었다. 꼴계 있는 신하 하나이 끼어들었다.

"두 분 모두 옳은 말씀이시지만 상께서 어쩌다 수박을 드시는데 정론을 펴실 건 뭐 있습니까. 이 수박이 맛있는 것은 수박 자체가 맛있기 때문입니다. 이 수박으로 말할 것 같으면 경상도 성주 소산으로 조선 으뜸의 수박이올시다. 왜 성주 수박이 맛있는고 하면 그곳의 토양이 수박에 딱 맞기도 하려니와 그곳의 햇빛이 좋기 때문이라 합니다."

"그게 무슨 말인가. 햇빛이 좋기 때문이라니? 아니 세상을 비추는 해는 하나이요, 똑같이 천하를 비추는 걸 성주라고 해서 특별히 잘 비출 일이 있는가?"

앞의 두 신하 말보다 세 번째 넉살이 맘에 든 임금은 재미와 궁금이 겹쳐서 물었다.

"무슨 말씀인가 하오면 작농법 이야기온데, 수박의 맛은 잘 익은 뒤에 마지막 일주일 동안 쨍쨍 비추는 햇볕을 받아야 맛이 우러난다 합니다. 벼도 마찬가지입죠. 수확 보름 전 햇볕을 실히 받은 나락은 통통하고 딴딴하게 여물지 않습니까. 한데 수박은 벼보다 더하여 마지막으로 햇볕을 잘 받느냐 못 받느냐로 결판이 난답니다. 성주는 수박농사에 필수인 비가 많은 반면, 무르익는 한여름 햇볕이 유난히 따갑고 좋아 이렇게 꿀맛 같은 수박을 생산하온다 하웁니다. 그리고 햇볕 비추는 걸로 말씀을 올리오면, 임금께서 조정의 온 신하를 똑같이 사랑하신다 해도 품성이 좋고 충성이 깊은 신하에게 더 정이 가듯이 햇빛도 지역마다 그 비추는 바가 약간은 차이가 있다, 하는 그런 말씀이옵니다요."

"호오, 그거 재미있는 이야기로다."

임금이 감탄하는데 말단에 좌정해 있던 한 신하가 말꼬리를 붙였다.

"김 참판께서 참 옳고 해박한 말씀을 하셨습니다. 허지만 한 가지 덧붙일 게 있습니다."

"무언고?"

"다름 아니오라 지금 이 수박이 왜 맛이 나는고 하면 시원하기 때문입니다. 차가운 얼음을 쟁여서 드시니 이 더운 여름에 그 이상 맛있는 게 어디 있겠습니까. 가슴이 시원하니 맛이 절로 우러나는 것입지요. 더구나 이 얼음은 강온이 얼음이니 기더욱 시원하여 맛이 나는 것입니다."

"강온이 얼음이라니 그 무슨 말인가?"

임금은 맛있는 수박을 들며 신하들의 재미있는 말에 귀가 계속 궁금하였다.

"강온이란 자는 서빙고의 말단 벌빙군졸이온데 이자가 어찌나 좋은 얼음을 만들기 위해 노력하는지 장안에 소문이 자자합니다. 강온이는 추운 겨울에는 좋은 얼음을 채취하기 위해 꽁꽁 언 한강 얼음판 위를 휘젓고 다니고 봄이 따스해지면 얼음이 녹을세라 짚에 갈대에 심지어는 헌 솜까지 얻어다 관리를 충실히 해 이렇게 차가운 좋은 얼음을 출고한다고 합니다. 그가 벌빙군졸이 된 뒤로 얼음이 제대로 얼지 않은 해도 없었다고 하며, 그래서 세간에서는 그 자 이름을 따서 서빙고 얼음을 강온이 얼음, 또는 그의 이름인 온자를 따서 따뜻한 얼음이라고 반어법으로 부르고 있습니다."

"호, 그 군졸의 이름이 따뜻한 온자라. 그래서 따뜻한 얼음이야. 허허허, 정말 재미있는 말이로다. 차가운 얼음에 따뜻한 얼음이라는 이름이 붙다니, 아마도 그 군졸이 얼음과는 전생부터 인연이 있는가 보구나!"

이 수박연으로 하여 강온의 이름이 임금의 귀에 들고 가상하다는 칭찬과 함께 직급이 군관으로 승진되었다. 그 자손은 대대로 서빙고를 지키게 하라는 특명까지 내렸다.

강온의 손자인 벌빙군관 강한은 오늘도 아침 일찍 서빙고에 나와 이것 저것 돌본 뒤 빙고를 나오고 있었다. 빙고에 딸린 군졸이 많다 해도 하나도 믿을 바가 못 되어 군관인 자신이 모든 걸 챙기지 않으면 안 되었다. 오늘은 한 달에 한 번씩 노는 날이었다. 한데 당번 군졸이 집안 제사로 수유(受由, 휴가)를 받아 며칠째 나오지 않아 군졸 대신 직접 빙고를 살피고 밥을 먹으러 나오는 참이었다.

자향과 항슬이 억새숲에서 웅덩이 모랫길로 기다시피 달려서 정신없이 돌아든 곳이 바로 서빙고, 서쪽 강한이 집으로 가는 길목이었다.

항슬이 앞장 서고 자향이 뒤를 따르며 부리나케 달리다 샛길에서 왼쪽으로 틀다가 강한과 부딪치고 말았다. 항슬은 키가 큰지라 앞에 사람이 있는 걸 느끼자마자 피한다는 게 그만 왼팔로 상대의 얼굴을 쳤다. 그 바람에 강한은 뒤로 엉덩방아를 찧고 항슬은 강한의 가슴 위에 엎어졌으며 자향은 항슬의 허리 쪽에 부딪쳐 옆으로 나동그라졌다.

"어이쿠!"

강한은 놀라 소리 치며 자기에게 부딪쳐온 두 남녀를 바라보았다.

"그대들은 누군가?"

"아, 아, 저희들은……."

항슬은 말을 더듬으며 융복 차림의 강한을 부축해 일으켰다. 밭가에 넘어진 자향은 후딱 일어나 항슬의 뒤에 숨듯이 섰다. 강한이 큰 소리로 물었다.

"그대들은 뭔 일로 이리 황당한가?"

"죄송합니다. 급한 일이 있어 가는 길에 군관 어른께서 오시는 줄 모르고 실례를 범하였습니다. 용서하십시오."

"그거야 뭐, 죄까지 될 건 없지. 허나……."

"그럼 저희들은 물러가겠습니다."

항슬이 다급한 마음에 재빨리 사죄하고 자향과 함께 길을 재촉하려 하는데,

"이 사람들아, 아무리 바쁘기로소니 내 말이 끝나지도 않았는데 그냥 가는가?"

"죄송하옵니다. 소생들 급한 일이 있어서……."

"흥, 급한 일? 허면, 말릴 수가 없지만 아무리 급해도 바늘 허리 매어서는 못 쓰는 법. 길을 가는 데 있어서는 행여 지체 있는 사람이 있는지도 살펴야 하는 게야."

"네, 네, 앞으로는 각별 조심하겠습니다요."

항슬은 그렇게 죄송을 빌고 뒷걸음질로 강한에게 예를 표했다. 한데 그 순간, 강한의 눈길이 자향의 얼굴에 멈추었다.

"오!"

자신도 모르게 탄성을 낸 강한은 고개를 갸우뚱 하고는 열 발짝 저쪽을 가고 있는 두 사람을 다시 불러세웠다.

"그대들, 거기 섰거라!"

재차 군관의 부름을 받자 항슬과 자향은 뒤돌아서야 한다는 생각은 있으되 자신도 모르게 발은 앞으로 가고 있었다. 거기 서라는 호통에도 마구 달려가는 두 사람을 보자 강한은 대번 분기가 솟구쳐 올랐다.

"게 섰지 못하겠느냐!"

소리를 빽 지르고 강한은 몸을 앞으로 빼쳤다. 겨울이면 그 추운 한강을 하루 종일 오르내리는 강한이었다. 강인한 두 다리는 어느 장사에도 뒤지지 않았다. 끙 하고 힘을 주어 내닫자 단번에 항슬의 앞에 서 있는 것이었다. 항슬이 우뚝 멈추어 서고 자향은 항슬의 등에 붙을 듯 멈추었다.

"이 어른이 서라는데 왜 말을 듣지 않는 게냐?"

분기가 넘쳐 말소리가 걸걸하였다. 항슬은 갑작스런 변환에 몸이 목석처럼 굳어졌다. 혹, 포청 일을 보는 분은 아닐까? 군관복의 얼굴이 큼지막하게 다가오는 게 저승사자 같았다. 군관은 중키에 몸매는 가냘펐으나 강건해 보였다. 아래턱에 시컴스럼한 수염이 틀이 있어 보였다. 달려들어 그들을 잡고자 하면 키만 덜렁 큰 항슬로서는 벅찬 상대였다.

항슬은 떨리는 마음을 진정시켰다. 이럴 때일수록 침착해야지. 포청과는 아무 관련없는 군관일 게야.

항슬은 목청을 가다듬어 대답하였다.

"그게 아니옵고……."

"왜 서라는데 서지 않고 가는 게냐?"

"그게……."

"알았네, 알겠어. 내 그대들을 붙잡지는 않겠다. 허지만……."

강한은 말을 느리면서 자향을 유심히 훑어보았다. 그리고는 뭔가 짚이는 게 있는 양 고개를 주억거리며,

"누군가한테 쫓기는 신세인가 본데 이쪽으로는 도망갈 구석이 없지. 숲도 없고 강가 하이얀 모래밖에 없다. 도망가려해도 머리를 써야 할 게야."

이 양반 봐라. 항슬은 괴이한 생각에 재빠르게 강한을 살폈다. 자향은 더욱 놀라 얼굴색까지 변하였다. 군관은 둘을 도망자로 단정짓고 있었다 항슬은 뭔가 대꾸를 해야 할 것 같았다.

"군관님, 그게 아니구요……."

"알았네 알았어. 여하간 누군가에 쫓기는 신세라면 내가 도와줄 수도 있지."

이것 봐라. 일이 어떻게 돌아가는 걸까. 항슬은 의구심이 이는 가운데 마음은 조금 안정을 찾는다.

"아닙니다. 그러시지 않으셔도……."

"아니야. 자네들 나를 따라오게. 걱정 말고 따라와 봐!"

강한은 뭔가 결심한 듯 그렇게 말하고 오던 길을 되돌아갔다. 둘은 서로 얼굴을 마주 보고, 눈을 꿈벅거리다가 자신들도 모르게 뒤를 졸래졸래 따르기 시작했다. 묘하게도 따라갈 수밖에 없는 분위기였다.

빙고에 다다르자 강한은 문을 따고 안으로 들어갔다. 맨 뒤로 따라 들어

간 자향은 오들오들 몸을 떨었다. 빙고 안은 시원함을 넘어 으스스 춥기까지 하였다. 벽에는 불 밝히는 홰가 곳곳에 있고 앞쪽 좌우로 두 곳에 불이 켜져 있었다.

사방에 얼음이 채곡채곡 쌓여 있는 게 완전히 얼음세계다. 횃불에 반사되는 얼음빛이 번쩍번쩍 사방을 비치고 재반사되어 안쪽까지 환한 광경이 그야말로 장관이었다. 마치 하얀 수정(水晶)의 세계에 들어온 것 같았다. 그것은 영락없는 환상의 세계였다.

와아, 자향은 속으로 탄성을 질렀다. 이 따뜻한 봄날에 이렇게 많은 얼음이 있다니! 마치 꿈을 꾸는 것만 같구나!

강한은 홰 하나를 빼어들고 앞을 밝혔다. 얼음 사이를 좌로 우로 서너 번 돌더니 구석진 곳에 닿자 몸을 돌려 두 사람 앞에 우뚝 섰다.

"자네들 여기 숨어 있으면 천하에 안전할 것이야."

강한은 빙글빙글 웃으며 둘을 꼰아본다. 순간 묘한 분위기가 스쳐 지나갔다. 항슬은 지금 일이 잘 돼가는 건지 꼬이는 건지 헷갈리기 시작했다.

"군관 나리, 저희들은 큰 죄를 지은 사람이 아닙니다."

"큰 죄를 지었든 작은 죄를 지었든 뭔가 지은 것은 사실 아닌가?"

"잠시 무슨 오해가 있어 몸을 피하고자 할 뿐입니다."

"그게 그거지 뭔가. 세상은 그런 것이라네. 사소한 것도 아차 잘못하면 대역죄가 되고 대역죄도 엎어 달리 보면 충신이 되지. 한데 여기 그냥 서 있다가는 그대들 동태처럼 얼기 십상이겠지."

군관은 계속 싱긋거렸다. 웃을 때마다 복슬복슬 난 수염이 솟구쳐 오르면서 같이 웃는다. 귀엽다는 생각이 든다.

"사실은 여기 좋은 밀실이 있지."

강한은 홰를 항슬에게 맡기고 귀퉁이에 쌓여 있는 얼음을 옆으로 밀쳤다. 작은 문이 나타났다. 문을 안으로 밀자 컴컴한 석굴이 있었다. 강한은 홰를 받아들고 허리를 굽혀 안으로 들어갔다.

들어오라는 신호에 항슬이 먼저 기어 들어가고 자향이 그 뒤를 따랐다. 안쪽은 네댓 사람이 누우면 딱 알맞은 크기의 석실이었다. 사방이 돌로 쌓여 있었다. 강온은 홰를 말고지 같은 곳에 걸어 놓으며 말하였다.

"여기는 이 군관께서 낮잠 자는 곳일세. 내 부하들도 거의 모르는 비밀 은둔처지. 가끔 여길 감역 나오는 별좌 별제도 이런 곳이 있는 줄은 까마득히 몰라. 벼슬 높은 자들은 죄, 맹탕이야. 그들은 자신이 높다고 으스대지만 세상 돌아가는 것은 전혀 모르는 게라. 우리들 실무 책임자들의 밥이지. 흐흐흐, 우스운 존재들이야. 그렇지?"

강한은 혼자 주워섬기며 신이 나 있었다.

"그대들 여기 숨어 있게. 내 집에 가서 밥을 먹고 돌아올 터이니."

강한은 두 사람의 대답도 듣기 전에 나무문을 열고 나갔다. 항슬과 자향이 어이없어 서로를 바라보고 있는데 강한의 머리가 다시 쑥 들어왔다.

"근데 자네들 젊은 남녀가 으늑한 곳에 있으면 무슨 짓을 할지 몰라. 그게 걱정이네."

강한의 엉뚱한 소리에 항슬은 어이없어 하며 대꾸했다.

"저희는 남매지간입니다."

강한은 대번에 입을 삐죽이었다.

"흥, 남매? 자네는 인물은 훤하지만 저 처자 같은 귀티는 없어. 근골도 다르고. 거짓말은 치간에다 갖다 버려. 내 한마디 하겠는데 그대들 빙귀한테 미움받는 일만은 하지 말게."

"빙귀가 누군데요?"

"빙귀가 얼음귀신이지 누구긴 누군가. 이 서빙고에는 얼음귀신이 많다네. 옆의 동빙고에 빙귀가 더 많지만 여기에도 서너 마리가 파견돼 나와 있으니 조심하게. 이쪽 빙귀는 남녀상열지사*를 젤 싫어해."

강한은 그 말을 던지고는 나무문을 철컥 닫고 사라져 버렸다. 항슬과 자

남녀상열지사 男女相悅之事 남녀가 서로 좋아하는 일, 섹스를 일컬음.

향은 어이가 없어 똑같이 입을 벌렸다. 도대체 군관이 어떤 사람인지 가늠이 잡히지 않았다. 오늘 처음 만난 군관은 마치 그들이 도망오는 것을 기다리고 있었던 것처럼 단번에 알아채고, 안내하고, 안돈까지 해놓고 사라지는 것이 아닌가.

이 생각 저 생각, 별 생각이 다 났다. 그나저나 향슬은 석실을 살펴보았다. 바닥은 흙 위에 짚이 푹신하게 깔려 있고 사방은 사각돌로 성벽처럼 쌓여 있었다. 일어서서 손을 뻗으면 천장이 닿을 정도로 낮았다. 아마도 빙고의 부속실로 만들어진 방인 듯하였다. 향슬이 말하였다.

"아씨, 앉을 바에야 거기 편안히 앉으십시오. 한데 저 사람은 좀 이상하지요?"

"그래요. 좀 이상하긴 해요."

"그런 반면, 왠지 믿어지는 구석도 있구요."

"그러게요."

"뭔가 광기라고 할까, 열정이라고 할까. 그런 게 있는 분 같지요."

"맞아요. 너무 엉뚱해서 불안한 마음도 없지 않습니다."

"하지만 지금은 저분을 믿어볼 수밖에요. 저희를 고자질할 분이라면 이렇게까지 안 하겠지요?"

하긴 그랬다. 자향은 수염이 덥수룩한 그 군관이 마음에 드는 쪽으로 기울고 있었다. 이번 도망길에 하도 많은 사람이 그녀를 도와줬기에 사람 믿는 구석이 돈독해진 탓일지도 몰랐다. 그래도 뭔가 모를 불안감은 떨칠 수 없었다.

자향이 물었다.

"여기가 그 유명한 서빙고인가 보지요?"

"그런가 본데요. 전 여긴 처음인데 보욱은 여길 잘 압니다."

"어떻게요?"

"얼음장사를 하거든요."

"얼음장사요?"

"네, 여름이 되면 보욱은 얼음장사를 합니다. 그 앤 머리가 좋아서 뭐가 돈이 되고 돈이 어떻게 흐르는지 잘 압니다. 조정 고관한테는 빙표라는 게 주어져요. 얼음을 탈 수 있는 증표인데요. 이 빙표를 갖고 이곳에 오면 얼음을 나눠준답니다. 한데 청렴결백한 문관들 중에는요, 얼음을 수령해 쓰지 않고 빙표를 썩히는 사람이 있답니다. 그런 분들의 빙표를 얻어다 얼음을 수령해 문안에 갖다 파는 거죠. 아씨네도 여름에 얼음을 타다 쓰셨지요?"

"네, 우리도 가끔 얼음을 타오긴 했는데 매해 수령해오진 않는 것 같던데요."

"거봐요. 바로 그겁니다. 깨끗한 선비들은 얼음을 안 밝히지요. 게다가 얼음을 수령하려면 머슴을 시키고 일꾼이 따라야 하는데 그런 머슴을 부릴 수 없을 정도로 가난한 선비도 있다는 거죠."

"아!"

사향은 자기도 모르게 탄성을 내었다. 아버님이 가끔 '누구누구는 너무 청렴해. 집안 더부살이가 많아서 제대로 끼니를 때울 수가 없다는 게야. 참내, 녹봉이 제때만 나와도 그런 일은 없을 터인데' 하고 탄식하던 말씀이 생각났다.

"왜 놀라십니까?"

"아니어요. 저희 아는 집안에 아주 청렴결백한 분이 있어서 그분네가 그랬을 것 같다는 생각이 들어서요."

"그런 선비집이 생각 밖으로 많데요. 보욱은 그런 집에 연을 넣어서 빙표를 공짜로 얻어낸답니다. 개중에는 일보는 사람이 구전을 받고 팔기도 한다지요."

"조정이 그런 걸 알면 가만히 있지 않을 텐데요."

"그걸 장사꾼들이 왜 모르겠습니까. 보욱이야 물론이구. 쉬쉬하며 몰래 타다가 몰래 팔지요. 여름의 얼음은요, 보석처럼 귀한 거 아니겠어요?"

"하긴 그렇지요."

자향이 뭔가 생각난 듯 고개를 갸우뚱하는데 항슬이 귀를 쫑긋하였다.

"밖에서 무슨 소리가 나나? 아씨, 잠간만 기다려 봐요."

항슬은 나무문을 열고 밀실을 나갔다. 자향은 혼자가 되자 갑자기 불안해졌다. 가슴이 두근두근 뛰기 시작했다. 왜 내가 이렇게 불안해할까. 자향은 눈을 감고 생각에 잠겼다. 그녀의 총기 있는 머리는 이내 결론을 도출하기에 이르렀다.

그것은 쫓기는 자의 고독, 거기서 오는 불안, 증폭되는 두려움이었다. 그 두려움은 자향에게 별 생각을 다 안겨주고 있었다. 군관이 배신하여 우리를 금부에 넘긴다면? 항슬이 어딘가로 가버리고 날 버린다면? 최악의 가정들이 뇌리에서 어른거렸다.

자향은 그런 가정을 하는 자신이 어이없었다. 왜 그런 생각까지 하는 거야? 그런 생각을 하는 자신이 싫어졌다. 부끄러웠다. 쓸쓸하게 웃었다. 항슬이 큰 위안을 주는 존재이면서 불안도 안고 있는 존재가 되다니. 나는 비천한 여자야.

그때 항슬이 돌아왔다. 작은 문을 엉금엉금 기어 들어오는 항슬을 보자 자향은 마음이 안온해졌다. 비천한 생각을 안 해도 되는 게 너무 좋았다.

"아씨, 빙고 문은 안에서는 무조건 열게 되어 있는데요. 밀면 열리고 당기면 철커덩 하고 잠기구요. 밖을 살짝 내다보았는데 아무 동정도 없습디다. 우리가 여길 뜰려면 지금 당장 떠도 됩니다."

"아, 그래요. 하지만 그분의 호의를 우리가……."

자향은 자기 승화를 위해서라도 군관 또한 믿고 싶었다.

"물론 그렇습니다. 그러나 세상의 일이란 만약이라는 게 있지요."

둘은 서로의 눈동자를 응시하였다. 눈동자는 서로를 살피는 게 아니라 똑같은 생각을 어떻게 해석해야 할지 망설이고 있었다. 항슬이 먼저 입을 떼었다.

"만에 하나의 가정, 그것을 지금 우리가 생각해봐야 한다는 겁니다."

"만에 하나 군관이 우릴 고자질할 수 있다."

"그렇습니다."

둘은 다시 눈동자만 마주쳤다.

"하지만 나간다 해도 그분 말씀대로 마땅히 도망할 곳이 없잖아요."

"꼭 그렇지는 않습니다. 숲 속에서 밤이 되길 기다렸다가 보욱이와 약조한 두모포 쪽으로 움직이면 되죠."

다시 정적이 두 사람 사이에 놓였다. 지금은 자향이 결정해야 할 때였다.

"의리 문제가 있잖아요. 군관은 우리에게 성심껏 대해주었는데."

"다기원의 주인도 성심껏 우리를 대해주었습니다."

"그때는 기생이 배신했지 주인은 아니잖아요."

"저 군관의 마음속에도 여러 생각이 있을 수 있습니다. 여러 사람 속에 한 사람이 배신하는 거나, 한 사람의 마음이 헤매다가 변심하는 거나 마찬가지니까요."

자향은 항슬의 이기적인 말을 다소곳이 들었다. 방금 전 자기는 항슬이까지도 부정하였다. 그렇다. 지금은 냉철해야 한다. 만난 지 몇 각이 안 되는 사람과 의리 관계는 없다. 그의 속셈을 우리가 알 턱이 없다. 허나……

자향이 망설이는 그 사이, 나무문이 툭 하고 열리더니 털복숭이 얼굴이 쑥 들어왔다. 군관이었다. 그는 들어와 벽에 기대앉자,

"골방에 숨어 기다리자니 별 생각이 다 나지?"

둘이서 한동안 헤맨 걸 훤히 본 듯 말하였다. 자향은 나쁜 짓 하다 들킨 아이처럼 깜짝 놀랐으나 재치를 발휘해서,

"번개같이 오셨네요. 진지를 그렇게 빨리 드시다니요."

"우리 같은 군졸은 밥먹는 데 시간을 빼앗겨서는 아니 되어. 무어든 빨

리 해야 하지. 안 그렇겠소? 참, 여기 주먹밥 두 개를 가져왔네. 하나씩 들게. 내 입만 입이 아니니까."

털복숭이는 들고 온 주먹밥을 내밀며 넙죽하게 웃었다. 항슬이 주먹밥을 얼른 받아들어 자향에게 하나를 권하였다. 그러고 보니 둘도 무척 배가 고팠다. 그럼에도 여자의 예절을 지키느라 망설이는 자향을 보고 털복숭이는,

"사양 말고 들어요. 들으라니까. 어려운 일을 당할수록 뱃속을 든든히 해야 해."

군관은 입을 뻥긋할 때마다 사소한 말에 뼈를 담고 있었다. 자향이 고맙다고 고개를 숙이고 주먹밥을 깨어무는 것을 보자 털복숭이는 돌벽에 기댄 허리를 쭉 펴며 혼잣말처럼 중얼거렸다.

"사람 마음이란 참 믿을 수가 없는 거데. 내 밥을 먹고 주먹밥을 싸들고 빙고로 돌아오는데 창을 든 털벙거지 둘이 부리나케 지나가지 않겠어. 사람 보면 가만히 있질 못하는 성미라 한마디 거들었지. 어디를 가시는가. 털벙거지들은 내 융복을 보고 인사를 꿈뻑 하더니 도타하는 비자를 잡으러 갑니다, 하대. 비자 잡는데 뭐 그렇게 야단들인가. 야단뿐인가요. 이번에 대역죄를 진 유명한 박운 참의 딸이 서강으로 삼개로 이쪽으로 잘도 도망쳐서 정말 죽겠습니다, 하질 않는가. 비자 추적치고는 큰 사안이네. 그러문이요. 고것을 잡으면 포상이 크겠지라. 그 말에 갑자기 내 마음이 이상해지는 게야. 오라, 지금 빙고에 있는 처자가 바로 그 애로군. 그리고는 그대들을 털벙거지한테 넘길까 하는 생각이 나데."

자향과 항슬은 동시에 눈을 동그랗게 떴다. 베어물던 주먹밥을 똑같이 입에 문 채였다.

털복숭이는 코를 벌름하며 웃어댔다.

"놀랐나? 그렇겠지. 나도 놀랐으니까. 내 마음이 그렇게 천박하게 변할 줄은 나도 몰랐어. 헌데 자네, 뭐 별 볼일 없는 오해로 피신을 한다구? 하

기야 급하면 누구라도 그렇게 둘러댈 수밖에 없지만."

은근히 퉁박을 당한 항슬은 할 말이 없어서 멀뚱히 군관만 쳐다보았다. 털복숭이는 계속 주절대었다.

"너무 놀라지 말고 들던 주먹밥은 마저 들어. 털벙거지들한테 슬쩍 떠보았지. 그까짓 처자 하나 잡는데 웬 부산을 그렇게 떠나? 웬 부산이라니요. 부산 정도가 아닙니다. 그 애가 가는 곳마다 돕는 사람이 있어서 여간해서 잡히질 않습니다. 날랜 포교가 둘이나 죽고 서넛이 크게 다치고 문안 포청과 의금부가 들썩 하고 있는 중이지요. 지금 이 지역에 저희들 말고 지역 포졸도 셋이나 떴습니다. 허, 놀랄 일이라. 그렇게 많은 포졸이 처자 하나를 잡기 위해 떴다는 말을 들으니 은근히 밸이 뒤틀리는 건 또 뭐야. 간사했던 내 마음이 금방 혈기남아로 변해서 그대들을 꼭꼭 숨겨주자는 생각이 나데. 어때, 이제는 마음이 놓이는가?"

자향은 두근대던 가슴을 쓸어내렸다. 군관은 지금까지 만난 어떤 사람보다도 특이한 인물이었다. 믿음직스러우면서 괴기하였다. 묘한 인물이었다. 자신의 속심을 저렇게 화끈하게 털어놓는 사람이 이 세상 천지 어디에 있을까.

"그대들 내 말에 놀랐는가배. 허허허, 하기야 놀랄 만도 하지."

거기까지 말한 군관은 점잖게 기침을 한 차례 내놓고는,

"한데 우리들 서로 통성명을 아니하였지?"

새삼 항슬과 자향을 둘러본다. 자향이 먼저 인사를 올렸다.

"저는 성은 박이고 이름을 자향이라고 합니다. 군관 어른께서 다 들으신 대로, 제가 운이 박하여 노비로 박힐 신세를 빼쳐 도타하는 중이옵니다."

"저는 항슬이라고 합니다. 삼개 술청의 중노미입지요."

"허허, 내 예측이 맞긴 맞았구만. 나는 이곳 빙고의 군관일세. 강한이라고 하지. 그런데 자네는 삼개 사람이 어떻게 하여 이 처자의 일행이 되었는가?"

항슬은 자향을 흘끗 보고는 대답하였다.

"저희 가게의 단골이신 어느 분의 부탁을 받아 아씨를 안전한 곳으로 뫼시고 가는 중입니다."

"그런가. 그렇다면 자네야말로 혈기남일세."

"무슨 말씀을요. 군관 어른께서는 천한 저에게는 말을 놓으십시오. 거북하옵니다. 그리고 이렇게 도와주시는 것 정말 감사하옵니다."

"고마워할 것 없네. 내가 아까 선뜻 그대들을 도운 것은 나의 꿈 때문이지 무슨 의기가 있어서 한 건 아니네."

"꿈이라니요?"

자향도 궁금한 걸 항슬이 빨리 물어주었다. 털복숭이 군관은 잠시 두 사람을 물끄러미 바라보더니 목청을 낮춰 대답하였다.

"그대들은 아마 내 말을 들으면 웃을 게야."

"군관님의 말씀을 왜 웃겠습니까."

항슬이 재격 털복숭이의 말을 받는데 강한은 빙글 웃으며 고개를 흔들었다.

"자네는 아마 내 말에 고개를 비틀게구, 처자는 강직한 선비이신 박 참의의 따님이라니 어쩌면 이해해줄지 모르지."

강한은 고개를 들고 뭔가를 생각하는 듯하더니 갑자기 둘을 번갈아 쩨려보았다. 눈동자가 어느 결에 부리부리해져 있다. 퉁방울 같은 눈에 광기가 넘쳐흐르고 있었다.

"우리 가계(家系)는 꿈의 계시를 받는 집안일세. 이상하게 들릴지 모르나 이야기를 들어보게.

우리 조부 때인데, 이분이 어느 날 꿈을 꾸셨네. 겨울의 한기가 새벽에 찾아드는 늦가을이었는데 꿈속에서 수우신이 나타나 이런 말씀을 하셨다네. 만들어다오, 만들어다오, 좋은 얼음을. 조부는 그게 무슨 말인지 알 턱이 없었지. 그때는 이 빙고의 일을 보기 전이었으니까. 그런 꿈을 연 삼일을 꾸었는데 꿈에 시달린 조부는 수우신에게 좋은 얼음을 만들어 주겠다고 약속을 하였다네. 그때 우리집은 찢어지게 가난하여 하루 두 끼도 제대로 때우질 못하는 신세였으니 어느 귀신이던 매달리고 싶지 않았겠나. 한데 거꾸로 귀신이 부탁하니 덥석 약속할 수밖에. 그런 며칠 뒤 조부는 이곳 빙고의 군졸이 되었다네.

집안으로서는 그런 경사가 없었지. 조부는 너무나 좋아서 일을 열심히할 수밖에. 추운 겨울엔 한강에 나가 좋은 얼음을 찾았고 봄엔 얼음을 잘 보관하였다가 관에 납품하였지."

"아, 그분이시군요."

항슬이 말을 거들자,

"자네는 우리 조부를 아는가?"

"알고말굽쇼. 따뜻한 얼음의 주인을 모르는 사람이 어디 있겠습니까. 함자가 강자 온자이시구요. 유명한 전설입지요."

"저도 그분 이야기는 들었습니다."

자향도 아는 체를 하자, 털복숭이는 입이 째졌다. 털복숭이 수염이 너부죽히 웃었다.

"우리 조부는 정말 건실한 분이셨네. 성종임금께서 군관 벼슬도 내려주시고 나까지 군관이 되는 특혜를 나리셨으니 황감할 일 아닌가. 허나……"

"……?"

"호사다마라고 우리 부친 때의 꿈 계시가 좀 이상하였네. 밤마다 나타나는 귀신이 들려준 이야기는 '지켜라 지켜라'였어. 아버님은 그게 무슨 말인지 알 수가 없었지. 뭘 지키란 말일까. 알 턱이 없었어. 한데 그렇게 노심초사한 게 잘못이었네. 맨날 노심초사하며 귀신의 계시를 괘념한 끝에 신이 들고 말았지."

"신이 들다니요?"

항슬이 묻자,

"신들리는 거 말일세. 무당이 몸에 내리는 거 말야. 꿈속의 귀신에 너무 경도된 사이 몸이 허약해지고 그 속에 잡귀가 날아든 거지. 신들린 사람이 어떻다는 건 잘 알지 않는가. 부친은 자다가도 벌떡 일어나서 동네를 마구 달려가는 거야. 그러다가 어느집 싸리문을 통통통 친다네. 그러면 그 집에 무슨 일이 일어나고 말지. 사람이 죽거나 염병이 나거나 다른 액화가 일거나. 그리구 사람을 보면 몸을 부르르 떨며 뭔가 마구 지껄이는데 그 말이 죄 사실로 들어나구 말이네. 사람들은 무당을 열어야 한다고 하였네. 무당 액땜은 무당을 여는 길밖에 없다는 말이 있잖은가. 사내무당은 특히 영험하니 외려 경사인지 모른다고 주접떤 사람도 있었고."

"그래서요?"

"부친은 그때서야 알았네. 지켜라 지켜라, 한 말을. 바로 벌빙군관의 자리를 버리지 말고 지키라는 계시였던 거야. 한데 부친은 신들린 게 너무 깊었어. 군관 자리는 지켜야겠고 자기도 모르게 행동하는 신들린 행위는 그치지 않아, 두 마음이 매일 갈등을 빚었어. 그 결과는 뻔하였지. 꿈속에서 지시하는 수우신과 몸속에서 발광하는 무당신, 어느 쪽이 유리하겠는가. 결국에 무당신이 이겨서 부친은 어느 새벽 집을 뛰쳐나가 옆동네 보강무당한테 가버렸네."

"보강무당요?"

"응, 보강무당 이야긴 들었겠지? 워낙 선성이 자자했으니까. 그 무당은 고명딸이 있었는데 그녀도 역시 몸받은 무당이었네. 부친은 그 딸과 인연 맺힌 영검이 있어 같이 무당을 열었지."

강한은 잠시 말을 끊고 허공을 바라보았다. 부친이 무당판에서 영검을 불러내는 걸 회상하고 있는 걸까? 자향과 항슬은 조용히 털복숭이 얼굴만 응시하였다.

"석달 열흘, 딱 백일 동안 무당을 하였다네. 부친은 어느 새벽 논가에서 주검으로 발견되었어. 그 옆에는 딸 무당이 지키고 있었는데 정인이 죽었는데도 귀신처럼 웃고 있었다고 하네. 그 논가가 바로 우리 동네로 오는 길목이었거든. 부친은 우리 동네로 돌아오려다 뜻을 이루지 못한 게야."

"그럼, 지금 보강무당은 그 딸인가요?"

항슬이 물었다.

"그러네. 나의 부친을 무지 사랑하였다는 딸이지."

"그 무당도 외동딸이 있잖습니까?"

"그것까지 아는가. 내 이복동생일세. 나의 모친은 결코 니 애비 자식이 아니다. 무당년이 누구 애를 낳았는지 그 누가 알겠냐. 괘념하지 마라, 했지만 그 앤 내 이복동생임에 틀림없더군."

"만나보셨군요."

"한 번 만났지. 아버님 무덤가에서 우연히 마주쳤는데, 그때의 그 애 눈빛을 잊을 수가 없어."

"어떤 눈빛인데요?"

이번에는 자향이 이쁜 목소리로 물었다.

"그 애의 얼굴은 제 어미를 닮았지만 눈을 치켜뜰 때의 눈빛은 우리 부친의 것이었어. 부친이 신들렸을 때 내 나이 아홉이었거든. 아버님의 추억도 다 잊혀가고 있지만 신들린 그 눈빛은 기억하고 있지. 어렸을 때는 그 눈빛이 섬칫하였으나 지금은 그 눈빛도 그리웁다네."

털복숭이의 시커먼 얼굴, 부리부리한 눈에 이슬이 반짝했다.

"왕래는 하지 않으시고요?"

자향의 목소리에도 정감이 깃들어 있다. 그녀는 이제 쫓기는 자기 신세는 잊고 군관의 집안 내력에 파묻히고 있었다.

"처지가 달라서 서로 기피하였지. 특히 연전에 돌아가신 어머님은 유난하셨어. 보강리엔 절대 가지 마라, 생각도 마라, 그들은 너에게 저주니라. 엄명하는 것은 물론이고 주변에서 그들 이야기를 하면 난리를 피우셨지.

하지만 세상사란 묘한 게야. 인연이란 끊는다고 끊어지는 게 아닌가 봐."

"무슨 말씀이신데요?"

"내가 요즘 수우신의 계시를 받고 있거든. 수우신이 나한테 뭐라 교시하는지 알고 싶지 않나?"

"알고 싶어요."

자향은 애교있게 답했다.

"이쁜 처자가 궁금해하니 알려줄까?"

강한은 완전히 이야기꾼이 돼 있었다. 그의 목청은 군관답지 않게 부드러웠고 얼굴은 궁금증을 불러일으키는 만담가였다.

"요 두달 전부터 가끔 밤에 나타난 수우신 현명씨가 나에게 이렇게 말하였네. 차가운 얼음아, 선행을 하라, 여린 아녀자를 버리지 마라. 선행을 하라! 아녀자는 도와야 한다, 하고 말이야."

"군관님 함자가 차가울 한자이군요."

"그렇네. 울 할배의 함자가 따뜻할 온이 아닌가. 조부는 따뜻한 얼음은 사실 있을 수 없는 일이고 얼음은 차가워야 한다며, 내 이름을 한으로 지었다네. 빙고의 얼음을 더욱 차갑고 좋게 운영하라는 바람이셨겠지."

"한데 수우신의 계시는 뭘 뜻하는 걸까요?"

"그것 땜에 내동 방황하는 중일세. 지금 생각으로는 이복동생을 뜻하는 건가, 헤매기도 하네. 하지만 다시 고쳐 생각하면 나의 부친을 무당신에게 빼앗긴 수우신이 무당을 보호하라고 교시할 턱은 없지 않은가. 그래서 요즘은 우선 선행을 하자고 마음먹고 있다네. 그래서 그대들을 선뜻 도와준 것일세."

"네에, 그렇군요. 군관님, 정말 감사합니다."

자향은 고개를 깍듯이 숙이며 고마움을 표했다. 강한은 그런 자향을 유심히 바라보았다.

"처자는 정말 아름답군. 비자가 될 얼굴은 아니야. 아니고말고. 한데……."

강한은 뭔가를 망설이고 있었다. 그때 밖에서 쿵쾅거리는 소리가 들려왔다.

"누군가 와서 문을 두드리는군. 내 나갔다 올 터이니 자네들은 여기 가만 있게. 밖의 얼음을 밀쳐 놓으면 이 밀실은 아무도 찾을 수 없을 게니 걱정할 건 없어. 조용히 쉬고 있으라구."

34. 빙귀 제삿상

사정전에서 강녕전으로 들어가는 낭하에서 둘은 만났다. 이조판서 남곤은 낭하 가운데를 지나가고 있었고 상선 이처현은 낭하 오른쪽 끝을 밟아 오고 있었다. 낭하가 좁다 해도 두 사람이 스치기엔 닉닉한 너비였으므로 둘이 평소처럼 공순히 인사하고 지나면 그만이었다.

남곤은 멀리서부터 이처현 상선을 알아보았다. 이 상선도 남곤이 걸어오는 모습을 언뜻 보아 알아채고 있었으나 허리를 깊숙이 숙이고 인사를 깍듯이 하며 지나치려 하였다. 그때,

"이 대감!"

남곤이 묵직한 말로 이 상선을 불러세웠다.

"아, 네. 지정 대감님. 강녕하시옵니까."

두 사람은 낭하에서 비스듬히 서서 바라보았다. 남곤은 미소를 짓고 있었고 이처현은 다소곳한 표정이었다.

"성은이 두터운지라 잘 지내고 있으오이다. 하늘 같은 은혜 하해 같은 성총, 촌각이라 잊을 수 있으리까. 성명(聖明, 임금)의 총애에 노상 몸둘 바를 모릅지요."

남곤은 임금을 기리는 말로 이 상선의 동태를 은근히 떠보았다. 그러나 이 상선은 약간은 시침을 떼고,

"우둔한 소인도 성명의 은총에 보답치 못하와 이처럼 전전긍긍, 눈은 측목*이고 걸음은 중족*이옵니다."

남곤은 비위가 틀어졌다. 혹여 나를 보고 빗댄 말은 아닌가. 요즘 들어 만사 상하 좌우의 눈치를 보는 자신인지라 공연히 뜨끔하였다. 여하튼 기분이 좋은 건 아니었다. 그러나 훈훈하던 말투를 금세 토라져서 바꿀 일은 아니었다. 남곤은 이 상선의 어조를 맞춰,

"이 노신도 궤격한 자들을 미리 제재하지 못한 죄 몸둘 바를 모르리로다."

한발 양보의 말을 내었다. 이 말은 대신들이 조광조 같은 궤격한 자를 미리 제재하지 못했다고 임금이 탄한 것을 은연히 발명하는 언사였다. 이처현은 더욱 맑은 소리로 대꾸했다.

"상의 대우가 융숭하옵고 언로 막힐 염려 있음에 어이 쉬이 제재가 되오리까. 이판 대감의 잘못은 그 어디에도 없는 줄로 아옵네다."

이처현은 순전히 남곤을 역성드는 말만 하였다. 그러나, 그 말을 그저 순순히 받아들여도 되는 것일까. 남곤은 속으로 도리머리를 하였다. 저 말 속에는 임금의 고임받는 신하를 감히 간하지 못하는 간신들을 탓하고, 옳은 말을 하는 충신의 언로를 어찌 막을 수 있느냐는 반어가 들어 있는 게야. 말은 아부로되 내포한 뜻은 곧으니 어쩌면 질책일 터였다.

아름다운 말 속에 숨은 비수! 보이지 않는 비수를 이 상선은 들이대었고 남곤은 그것을 간파하였다.

남곤은 뒷골이 당기었다. 목줄기에 땀이 배이고 콧등엔 송글송글 땀이 솟았다. 과연 예상대로 당적하기 힘든 상대였다. 이 상선의 뽀오얀 얼굴과 하관이 긴 얼굴 윤곽이 공연히 두렵기까지 하였다.

측목 側目 두려워서 바로 보지 못하고 곁눈으로 보는 것.
중족 重足 두려워 활보 못하고 좁게 띄어 종종 걷는 것.

맞아. 저 얼굴은 이씨 왕족의 것이야. 그리고 저 눈썹. 총기 좋고 성깔 있는 성종 임금의 짙은 눈썹, 그 눈썹이 아니던가. 이 상선이 필히 왕족이라고 주장했다는 심정의 말이 생각났다. 맞는 말일 것이었다.

남곤은 이 상선의 속뜻은 제쳐두고 드러난 아부에만 맞장구를 쳤다.

"옳으신 말씀이오. 과격한 말을 하더라도 상께서 힐책하지 않으시는 그 성명, 그 밝으심을 헤아리지 못하고 대신들이 제 몫을 못하였으니 부끄러 웁소이다."

이 상선은 처음으로 슬쩍 미소지었다. 그리고는 아무 말이 없다. 남곤은 대화를 바꾸었다.

"요즘 상선 대감은 무척 바쁘다는 말을 들었소이다."

"저 같은 소인이야 하는 일이 사소하고 하도해서 늘 바쁘긴 하옵니다. 허나 대감님들처럼 무거운 나랏일이 아니니 크게 괘념할 바는 못 되옵니다."

"무슨 겸손을. 상감을 옆에서 뫼시는 일이야말로 나랏일 중에서 나랏일이니 하나하나가 부탕도화*이겠지요."

"저희 같은 별감짜리가 어이 부탕도화를 할 넘이 있습니까. 그저 조심하고 조심하와 상께 누가 되지 않으면 천행이옵니다."

"그 사이 큰일을 하셨다는 말을 들었소. 경하하는 바이오."

"그저 작은 일일 뿐입니다. 저희들이 하는 일이란 해도 그만 아니해도 그만 아니겠습니까."

"무슨 말씀. 보이지 않는 공헌이 큰 공로보다 값질 수 있지요."

남곤의 이 말은 이 상선의 명언을 인용한 것이다. 이처현이 처음 내시로 들어와 면담할 때 이 말을 해 궁궐에 한때 회자된 바 있다. 그 뒤로 내시들은 사소한 일을 하는 자신들이 안타깝고 슬플 때 '보이지 않는 공헌이 큰 공로보다 값질 수 있어' 하고 위로하곤 하였다. 따라서 그 말은 우리들 내

부탕도화 赴湯蹈火 끓는 물이나 뜨거운 불을 밟는다. 아주 어렵고 힘드는 일을 한다는 비유.

시용인데 지금 남곤이 인용하였으니 이 상선은 순간 긴장하였다.

남곤 대감이 지금 무슨 꿍꿍이 속이 있는 겐가. 자기를 불러세운 자체에 어떤 복선이 있을 터, 자기의 명언까지 인용하는 것은 무슨 뜻일까.

그러나 이처현은 현명한 사람, 얼굴이 혹시나 굳어질세라 살짝 미소를 드러내며 순박하게 응대하였다.

"대감의 깊은 이해 너무 감사하옵니다. 저희들의 사소한 공헌이야 천만 개를 쌓은들 기실 하나의 공로만도 못하지요. 소인배들의 자기 위로말을 대감께서 되뇌시니 부끄럽습니다."

"아니요 아니요. 난 진담으로 경하하는 마음에서 이야기하였소. 고깝게 들렸다면 내 미안하구려."

"아니옵니다. 감사할 따름이옵니다. 그럼 시생은 다른 지시가 없으시면 이만 물러가겠습니다."

이처현은 허리를 깊숙이 숙여 절을 하고는 낭하 옆길을 걸어갔다. 남곤은 상선의 절을 마주 받은 뒤 허리를 젖히고 멀어져가는 그의 뒷모습을 바라보았다. 허리를 숙여 걸어가는 모습이 언뜻 보기엔 소심한 자의 행보인 성싶지만 한 걸음 한 걸음이 조심스럽고 힘이 실려 있다. 깊이 있는 걸음이었다.

무서운 자로다. 말은 깊되 뜻은 드러나지 않고, 이쁜 말을 건네어도 하나도 즐거워하지 않는다. 응대의 깊이가 과연 지존급이 아닌가.

이명현 진사는 이처현을 우리 사람으로 끌어야 한다고 주장하였다. 그 주장을 실천해볼 양으로 말을 걸었으나 한 오라기도 따뜻한 입김을 느끼지 못하였다. 친군위의 내밀한 책임자라는 숨은 힘의 소유자, 이처현 상선은 생각보다 더 무서운 자인 게 틀림없다. 그에 대해서는 다시 한 번 궁리를 해야 할 것이었다.

명례방 네거리의 안침술집은 길 서켠 안쪽에 깊숙이 들어앉아 있었다.

손님은 그리 많지 않았다. 술청에는 두 동아리가 술을 들고 있었다.

노린내와 이완이 왼쪽 조용한 귀퉁이에 자리하고 앉자 주모가 생긋 웃으며 다가왔다.

"어서 오십시오."

스물하고는 한참 멀고 서른하고는 아주 가까워 보이는 주모는 눈 아래 까만 점이 있었다. 미행자가 말한 여자였다.

"개성 동생, 오랜만이오. 그 사이 별래무양하였는가?"

노린내는 대번에 약조되어 있는 비밀 언적을 던졌다. 주모는 잠시 얼굴이 굳어지는 듯하더니 이내 산뜻하게 받아넘긴다.

"오마나, 개성 오빠시군요. 워낙 오랜만이라 몰라 뵈었어요. 개성 동생이란 말 오랜만에 들으니 정말로 좋다. 옛날 생각 나네요. 그래 몇 해 만이어요. 저야 맨날 이것저것 근심걱정으로 전전긍긍 살고 있습니다."

주모는 전전긍긍이란 언적을 제일 마지막에 구겨넣었다. 그러면서 술집 여자답고 집안 동생답게 노린내의 손까지 다정하게 잡으며 맞은편에 앉았다.

"그래 개성은 언제 떠나 오셨수. 집은 아무 일 없으시구요?"

"아무 일 없기는 좀 일이 있어서 찾아왔네."

"아, 그러셔요. 그렇다 해도 대포 한잔은 드시면서 말씀하셔야지."

주모는 마침 안쪽에서 얼굴을 내민 어린 아낙에게 손짓을 하고는 고개를 돌렸다.

"그래, 무슨 일이 있으신가요?"

노린내는 주모의 얼굴을 정면으로 들여다보았다. 눈 아래 검은 점이 외려 정이 가고 서글서글한 눈이 마음에 들었다. 이처현 대감의 수족으로 장안의 동태와 연락책을 맡고 있는 여인인 만큼 응대가 늘씬하고 자태도 삽삽하였다. 인물은 홍가주막의 서란을 능가하고 있었다.

신분이 낮되 이쁜 여자는 죄 술집으로 팔리는가. 하기야 이 여자는 서란이처럼 먹고 살기 위해 술청을 하는 것은 아니겠지. 은밀한 목적이 있는 술집일 터이니까. 그 생각을 하니 속으로 섬칫한 게 스쳐지나간다.

노린내는 다른 손님이 들을 수 없게 목소리를 낮춰 말하였다.

"내가 어둔 저녁에 적의 기습을 받고 죽을라다 겨우 살아났소."

"오마나, 그런 일이 있었나요. 어떤 놈들이지요?"

"그걸 내 알 수는 없지. 다만 저들이 금부놈들이라고 큰소리를 떵떵 칩디다."

"아무리 금부라도, 장안 바닥에서 사람을 죽이려 들다니요."

"궁안의 이 대감을 만나고 싶소."

그 말에는 주모도 잠시 입을 다물었다. 마침 술과 안주가 나왔으므로 셋은 한동안 말없이 앉아 있었다. 계집이 주방으로 돌아간 뒤 주모가 살짝 웃으며 가볍게 말하였다.

"그럼 연락이 되겠지요. 오빠가 잘 가는 곳에서 만나시면 되겠네요."

"그러네. 청계천 홍가주막서 내일 아침 묘시와 진시 사이에 기다리겠네. 그때 그 사나이 혼자 오라고 하시오."

"묘시와 진시 사이요? 그 이른 시간에 주막이 문을 엽니까?"

"열 거요. 아침밥을 거기 와서 들라고 하시오."

"그러지요, 오빠도 혼자 가실 거구요?"

주모는 옆에서 무뚝뚝하게 앉아 있는 이완을 보며 물었다.

"그러리다. 이 사람은 인척으로 내 몸이 불편하여 돕기 위해 함께 왔을 뿐이오. 어떤 이야길 해도 괜기찮은 사람이지만, 원한다면 내일은 혼자 가리다."

"그러시군요. 대포 식겠습니다. 따뜻할 때 드십시오."

주모는 상냥하게 미소지으며 다시 주방 쪽에 손짓하였다. 보이지 않던 아낙이 득달같이 나타나자 너비아니 안주와 콩국수 두 그릇을 가져오라고 분부하였다. 마침 점심시간이어서 주모는 두 사람의 식사를 챙겨주는 것이었다.

한 식경이 지나서 안침술집을 나온 노린내는 장통방으로 빠지는 골목골목을 돌아 종로통으로 나왔다. 이완은 불안한 듯 연신 뒤를 돌아보았다.

"돌아볼 것 없네. 아무도 쫓아오는 사람 없으니까."

"그걸 어찌 아시었습니까."

"느낌으로 아네. 미행자가 뒤를 돌아본다고 못 쫓아올 것 같은가. 미행자를 따돌릴려면 뒤를 돌아봐서도 아니 되고."

"하긴 그렇군요."

"염이 도령은 신시까지는 육주비전 네거리로 오겠다고 하였지."

"네, 우리 도령은 말씀하면 틀림없는 분이니까요."

"도령은 어떻게 사귀었는가?"

"작년이지요. 서소문동의 어느 새집 짓는 역사에 잡일을 돌봐주다가 너무 힘이 부쳐서 쓰러진 적이 있습니다. 며칠째 굶고 일을 나간 탓이었지요. 제가 쓰러져 금방 숨이 끊어질 것 같아 난리가 났는데 마침 지나가던 도령님이 저를 진맥해보더니 명치 혈도를 어찌 눌러 정신을 차리게 하고는 꿀물을 먹여 살려냈답니다."

"못 먹어서 쓰러진 병을 대번 알아본 모양이로군."

"그렇습지요. 그 뒤부터 저희 집을 찾아오곤 하였는데 그저 동무로 지내자며 서로 하오를 하자고 하는데 그렇게 됩니까요. 상놈과 명가집 도령님 사이가요."

"그래서 친구 아닌 도령님으로 모시는 건가."

"꼭 그렇지는 않아요. 정말로 동무처럼 여겨서 어떤 때는 너나들이로 놀 때도 있습니다."

"괴이한 도령이야."

"괴이한 정도가 아니라 천재입지요. 한번은 우리집에 끼니가 없는 걸 알고요 쓱쓱 그림을 그려서 어느 집에 갖다 주라고 하질 않습니까. 그랬더니 그 집 주인이 입이 함지박만 해져서 쌀을 서말이나 주더라구요. 그럼도 절품인 모양이지요. 우리야 알 턱이 없지만."

"지금 열네 살이라 하였소? 한 십 년만 있으면 과거에 장원은 따놓은 당상일세."

"과거는 안 볼란다고 하던대요."

"정말루? 그 좋은 재주 왜 안 쓸라구 할까. 한데 도령의 춘부장은 누구신가?"

"아직도 그걸 모르십니까. 무슨 참의라고 하였는데. 맞아 형조 참의라든가. 정 참의라고 모르세요?"

"정 참의? 나도 그 방면엔 조예가 없네. 우리 같은 하급 포교가 영감들 함자를 일일이 꿸 수야 없지."

도총부 마을 뒷채의 별방은 원래 야근을 할 때 숙직실로 쓰는 방이었다. 따라서 낮에는 사람이 들지 않는 곳이다.

그 방에 얼굴이 긴 채수염의 도총관이 문을 열고 들어서자 방 구석에 숨은 듯 앉아 있던 사내가 벌떡 자리에서 일어났다. 패랭이를 썼으나 등치가 좋고 눈매가 매서운 게 허름한 사내로는 보이지 않는다. 꾹 다문 입술에 오기가 서려 있다.

"앉으시게."

높은 도총관의 너그러운 분부에,

"네."

대답은 하되 여전히 주춤하고 서서 도총관 어른이 먼저 앉기를 기다린다. 그러나 도총관도 뒷짐을 지고 있을 뿐 앉을 생각을 하지 않는다.

"확인하였는가?"

"네, 시체를 시구문 밖에 갖다 버리더군요."

"그 계집이 맞던가?"

42

"아니었습니다."

"아니라고?"

"네."

"확실한가?"

"확실합니다. 우선 나이가 틀리고 인상이 여염집 여자였습니다. 인물이 좋다고 하였으나 시체는 인물이 없었습니다."

"그래? 더 이상 확인하지 않아도 될까?"

"틀림없을 겁니다."

도총관은 잠시 사내를 바라다보며 생각에 잠겼다. 그런 후, 이윽고 뭔가 알겠다는 듯 고개를 주억거리고는,

"그럴 줄 짐작은 하였지. 장시후란 자는 어찌했다던가?"

"그자도 다른 곳에서 처형했다고 하였으나 이 일로 볼 때 믿어지지 않습니다."

"그렇겠군. 그렇다면 그들의 향방을 계속 추적해야 할 기 아닌가?"

"물론입니다."

"그렇다면 그 사호를 처치하자는 안은 계속 유효한 것이로군."

"그렇습니다."

"알았네. 형가를 다시 보자고 전해주게."

"알았습니다."

강한이 빙고 문을 열자 햇빛을 등지고 두 사람이 서 있었다. 포졸들이었다. 모두 힘이 당차 보이고 눈빛이 예리했다. 왼쪽 포졸은 귀가 큼지막했고 오른쪽의 부하인 듯싶은 포졸은 암탉 같은 몸매에 날카로운 눈을 지니고 있었다. 귀가 큰 포졸이 말하였다.

"실례하오. 여기에 혹 젊은 남녀가 오지 않았습니까?"

"무슨 말씀이신가."

"도망자를 찾고 있소. 두 남녀요."

"여기는 서빙고요. 얼음을 보관하는 곳이요. 그런 사람들이 여길 왜 오겠소."

"그자들은 중요한 도망자입니다. 도타하는 노비와 그를 비호하는 사내 녀석인데 그들이 여기라고 숨길 않겠습니까."

"내 말은 그런 자들이 오지 않았다, 이거요."

"여기 담당 군관이십니까?"

"서빙고 벌빙군관 강한이라 하오."

"전 의금부 소속 특수포졸이올시다. 중요 도타범을 잡는 사람이지요. 빙고 안을 좀 살펴봐도 되겠지요?"

"여긴 아무나 들이는 곳이 아니오."

"그래요? 벌빙군관쯤 되신다면 이런 표신은 알겠지요?"

함지박귀는 품에서 검은 바탕의 표신을 꺼내 보였다. 비부라고 씌어진 흰 글자가 으스스해 보였다. 정승의 안방까지도 수색할 수 있다는 특별표신이었다.

강한의 얼굴이 굳어졌다. 길을 터줄 수밖에 없었다. 그러나 여기는 어빙을 다루는 서빙고가 아닌가. 조부부터 지켜온 우리의 신성한 빙고. 여길 어느 누가 감히 함부로 들어온단 말인가. 호락호락 물러서고 싶지가 않았다.

"포교께선 어인 일로 우리 빙고를 의심하는 거요?"

으스스한 표신을 지닌 의금부 특수포졸인데다 나이도 자기보다 조금은 위인 성싶어 강한은 포교라고 대접하여 불렀다.

"이유야 있지요."

함지박귀도 지지 않고 응수하였다.

"이유가 뭐요?"

"첫째, 그 도망자의 발자국이 이 부근에서 행방불명이 되었소이다. 흔적도 없이 사라졌단 말이오. 그 이상하지요? 둘째, 군관께서 아까 우리 애들한테 이것저것 꼬치꼬치 물은 바가 있다면서요. 수상하다는 생각이 들지 않겠소? 우리같이 만사 의심하며 도망자를 쫓고 있는 사람한테는."

강한은 속으로 혀를 찼다. 이자는 과연 보통내기가 아니군. 내가 지나가면서 한마디 거들어 본 것도 일일이 챙겨서 의심을 품다니. 게다가 발자국까지 추적한다니 무서운 일이다. 저 남녀를 안전하게 숨겼다가 도주하게 해주려면 심기를 쓰지 않으면 안 되겠군.

그러나 강한은 속이 켕긴 것과는 아무 상관 없이 능청을 떨었다.

"포교께서 그렇게 의심한다니 할 말이 없구려. 무서운 표신도 지니고 있고. 흠, 들어와서 얼마던지 수색해보시오. 허나 이곳은 임금께 상납하는 얼음을 보관한 곳이오. 둘러는 볼 수 있지만 얼음을 건드리거나 더렵혀서는 절대 아니 되오. 그 점은 유념하시오."

"알겠소. 벌빙군관께서 안을 안내해주시지요."

함지박귀는 독랄한손에게 눈짓을 하고 안으로 들어갔다.

동자나루시 합류한 이 고을 포졸이 재미있는 보고를 하였다. 서빙고 군관을 만났는데 요상한 관심을 보였다, 이것저것 자세히 캐묻는 게 수상하다는 것이었다.

그 말에 함지박귀의 육감은 즉각 발동하였다. 수상한 놈은 항상 우리 옆에 있게 마련, 그리고 슬그머니 나타나는 법이지. 흠, 이 함지박귀의 발톱이 얼마나 무서운지 알게 될 것이로다!

둘은 얼음과 얼음 사이를 누비며 사방을 수색하였다. 사실 빙고 안은 너무나 추워서 오래 있다가는 한 겨울의 동태꼴이 되기 십상이었다. 벌빙군관이 오뉴월인데도 군복 안에 옷을 꺼입은 게 이제야 이해가 갔다. 도망자가 숨어 있기에는 불편한 곳이었다. 허지만, 함지박귀의 머리로는 이런 곳이 더욱 수상할 터이었다.

그들이 밀실이 있는 곳으로 다가가고 있을 때, 강한이 소리쳐 앞을 제지하였다.

"이 안쪽은 들어가지 마시오. 어빙을 보관하고 있는 곳이오."

"어빙이 무어요?"

"어빙은 임금께 올리는 얼음을 말하는 거요. 저 패찰을 보시오."

강한이 가리키는 곳을 보니 나무 팻말에 어빙(御氷)이라는 글자가 선명하였다. 함지박귀는 고개를 갸우뚱하였다. 우선 들어가지 말라는 것이 수상하지 않은가. 허나 어빙이라고 써 있는 게 맘에 걸렸다. 아무리 비부 표신을 지니고 있긴 해도 임금의 영역까지 범할 수는 없었다.

"이 안은 뭐가 있소이까?"

"어빙이 있다고 하였지 않소."

"아무리 어빙이 있다고 하여도 둘러볼 수 없는 게요?"

"없소."

"그 이유 뭐요?"

"임금님께 올리는 얼음은 빙질이 가장 좋은 얼음만 엄선하여 보관하는 바, 오물은 물론 먼지까지도 범접하지 못하게 엄정히 관리하여야 하오. 따라서 얼음관리자 외에는 어느 누구도 그 안으로 들어가서는 아니 되오."

"우리는 나라의 중죄인을 잡기 위해 출동한 특수포졸이요. 수상한 곳은 모두 수색하여야 하오. 그것이 우리의 책무이자 권리이오."

"어빙을 보관하고 있는 곳은 그 누구라도 범접하면 아니 되오. 강제로 볼려면 보시오. 무서운 표신을 지닌 사람을 누가 감히 막겠소. 허나 난 보고를 올릴 게요. 먼지도 떨어지면 안 되는 곳에 무슨 범죄자가 있다고 감히 침범하려는 겐지 난 걱정이 되는구려. 내 경고를 너무 무시하지 않는 게 좋을 거요!"

그때, 함지박귀의 뒤에 서 있는 독랄한손이 옆에 쌓여 있는 얼음을 손으로 툭툭 쳐보고 있었다. 그런 모습을 언뜻 쳐다본 강한이 음흉하게 웃었다.

"포교 양반, 얼음에 손대지 마시오!"

"이까짓 얼음 좀 손대면 어떻습니까."

아까부터 어빙이니 어쩌니 으스대는 벌빙군관이 아니꼬왔던 독랄한손이 입이 부르튼 투로 내뱉었다.

"흥, 얼음을 함부로 건드리지 말라고 하였지 않소. 그 옆의 제빙은 정말 건들지 마소. 큰코를 다치리다."

그 말에 독랄한손은 강한이 가리킨 곳을 바라보았다. 얼음들이 무슨 조각을 한 듯 아름답게 다듬어져 기묘한 형태로 포설돼 있었다. 기이한 모습들이 너무 아름다워 강한의 말이 아니더라도 한번 만져보고 싶은 충동을 주는 것이었다.

"이 얼음들은 아주 이쁘게 쌓아 놓았구려. 이걸 뭐라구요? 제빙?"

그렇게 물으면서 독랄한손은 돼지 얼굴을 한 얼음을 툭 쳤다.

"멈춰요!"

강한의 외침과 함께 우르르 쿵쾅 하는 요란한 소리가 나고 얼음이 천장에서부터 쏟아져내렸다. 거의가 얼음 부스러기였으나 사람 몸통만한 얼음 서너 개가 퉁퉁거리며 독랄한손 머리 위로 떨어졌다. 옆에 있던 함지박귀도 깜짝 놀라 옆으로 쓰러졌다. 얼음들이 뿜어내는 한기와 얼음 부스러기가 자욱이 내려앉았다.

함지박귀는 정신을 차려 사방을 둘러보았다.

독랄한손은 큰 얼음에 머리를 치었는지 정신을 잃고 쓰러져 있었는데 피가 얼굴을 타고 흘러내리고 있었다. 그들 주위엔 얼음이 너저분하게 널려 있었다. 함지박귀는 그런 얼음을 건드리지 않으려고 애를 쓰며 몸을 가누었다. 독랄한손의 상세를 살폈다. 피가 왼쪽 볼 위에 흥건히 젖어 있었다. 함지박귀는 독랄한손의 얼굴을 살살 치며 불러보았다.

"독수, 독수. 괜찮은가. 정신을 차리라구."

독랄한손은 대답이 없었다. 마음이 다급해진 함지박귀는 강한에게 소리쳤다.

"여보 군관 나리, 그러고 쳐다만 보지 말고 이 사람 좀 살리고 봅시다."

두 손을 허리에 걸치고 침중한 얼굴로 장승처럼 서 있던 강한이 싸늘한 목소리로 대꾸했다.

"그러길래 내 뭐라 하였소. 그 얼음을 건드리지 말라 하지 않았소. 그 얼음이 어떤 얼음인지 아시오?"

"어떤 얼음이건 간에 이 사람을 살리고 보자니까요."

"그 얼음은 제빙이요."

"제빙이 뭐요?"

"제사얼음. 이 빙고엔 빙귀, 얼음귀신이 많이 있는데 그 얼음귀신한테 바치는 밥상인 게요. 그 젯상을 건드렸으니 큰 벌을 받을 수밖에."

"그럼 진작 그렇게 알아듣게 말할 것이지. 여보게 독수, 정신이 드는가?"

그때서야 독랄한손은 눈을 뜨고 고개를 끄덕이었다. 얼음벼락을 맞은 데다 얼음 사이에 누워 있으니 온몸이 차디찼다.

"정신이 겨우 드는구만. 머리를 다치었는가?"

"머리?"

독랄한손은 머리를 흔들흔들 하더니 뒷골을 만져보았다. 얼음에 맞았는지 퉁퉁 부어 있었다.

"괜찮은 것 같습니다. 좀 부딪쳐서 피가 난 것뿐…… 아, 다리가……."

독랄한손은 일어나려다 풀썩 주저앉았다. 함지박귀는 이대치의 다리를 만져 보았다. 왼쪽 다리 발목 위가 삐죽하였다.

"이런, 다리가 부러진 모양일세."

"건들지 마세요. 으윽……."

독랄한손은 신음소리를 내며 고통을 하소연하였다. 함지박귀는 독랄한손과 강한을 둘러보다가 한숨을 쉬며 말하였다.

"독수, 밖으로 나가세. 여긴 너무 추워서 부러진 다리에 크게 해가 될 걸세. 나가서 우리 애들을 불러 조치를 합세. 내가 부축해주지."

함지박귀는 독랄한손을 어깨에 메고 밖으로 나가며 강한에게 퉁명스럽게 말하였다.

"군관 나리는 보고만 있지 말고 우리 동료가 떨어뜨린 환도하고 털벙거지하고 좀 들어 주시오."

강한은 그 말에는 어쩔 수 없다는 듯 독랄한손의 칼과 털벙거지를 주워 들었다. 그는 함지박귀의 뒤를 따라나오면서 계속 주절댔다.

"댁들이 조선천지 제일가는 포교들인 줄은 모르겠지만 빙귀의 노여움을 샀으니 우리들은 큰일났소. 제빙을 건들다니, 허참 큰일이로다. 삼일밤낮을 빙귀님께 빌고 수우신께 빌고 천지신명께 빌어야 하겠소."

함지박귀는 그렇게 주절대는 강한이 미워 한번 혼내주고 싶은 충동을 느꼈다. 그러나 독랄한손의 고통스러워하는 모습이 너무 애처러워 우선 급한 조치를 하는 게 선무이었다.

빙고 밖으로 나오니 따듯한 햇살에 살 것만 같았다. 강한은 빙고 앞쪽 양지바른 언덕까지 나와 칼과 털벙거지를 내려놓으며 또 사설을 늘어놓았다.

"포교의 다리가 부러졌으니 안됐소만 우리 빙귀한테도 묵도를 하시오. 귀신한테 빌어서 동티날 건 없으니까. 우리는 삼일삼야를 빙귀께 빌어야만 하오. 제삿밥을 잘못 지켰으니 내 죄도 크지. 세상에 이런 재변이 어디 있나."

함지박귀는 독랄한손을 풀섶에 내려놓으며 정말로 한방 쳐주고 싶었다. 그러나 별빙군관을 팰 수도 없고 아무리 보아도 이자는 맛이 간 녀석이었다. 귀신인지 뭣인지에 섭쓸린 자였다. 그런 사람을 혼내서 한풀이할 것도 없다 생각하며 쓴웃음을 지었다.

비밀문이 열리고 강한의 얼굴이 보이자 자향은 살 것만 같았다. 항슬이 물었다.

"그들은 갔습니까? 어떤 사람들이었어요?"

"무서운 포교야. 둘이 왔는데 귀가 부처님귀처럼 큰 녀석이 눈썰미가 보통이 아니더라구. 그대들의 발자국을 따라왔다고 하는데 그 말이 사실이라면 우리 빙고에서 쉽게 물러날 자들이 아니야."

"함지박귀로군요."

항슬은 혼잣말처럼 하면서 자향을 바라보았다. 자향은 고개를 끄덕였다.

"함지박귀라니?"

강한이 물었다.

"장안에서 유명한 추적포교지요. 귀가 커서 그런 별호로 부른답니다. 한데 금방 천지개벽할 것 같은 요란한 소리는 무엇이었습니까?"

항슬은 궁금해 못 견뎌 우선 물었다.

"아하하, 그것 말인가? 놈들이 우리들의 부적을 건드린 거지."

"부적이라니요?"

강한은 빙그레 웃었다. 털복숭이의 웃음은 좋게 볼라치면 매력도 있었다. 왠지 신이 난 강한은 또 한번 이야기꾼이 되었다.

서빙고 군졸 중에는 꾀보가 하나 있었다. 그 군졸은 우리가 얼음을 다룸에 경건한 마음이 있어야 한다고 주장하였다. 얼음을 사랑하고 귀히 여기고 안전하게 다루려면 얼음에 대한 무서움증도 있어야 하므로 이런 설치를 하자. 즉 아름다운 얼음조각을 만들고 거기에 기계설비를 하여 항시 우리를 즐겁게 하는 장식품으로 만들자. 허나 아차, 잘못 건드리면 큰코다치게 한다. 그것은 얼음을 존경하는 마음을 갖는 한편 얼음으로 인한 사고를 예방하기 위한 조심성을 기르는 첩경이다.

그리하여 바로 어빙 옆에 이쁜 곡예 얼음판을 만들었다. 그 얼음판은 강한의 주문대로 빙귀에게 드리는 제삿상처럼 도야지의 얼굴도 새겨 넣고 생선도 쪼아 넣고 과일과 밥그릇 수저도 조각해 놓았다. 그리고 그중 어느 것 하나만 건드려도 우르르 쏟아지게 설치한 것이다.

군졸들은 그 앞을 지나갈 때면 뒤꿈치를 들고 살살 걸으며 조심도 하고 호들갑을 떨기도 했다. 그러면서 항용 싱글생글 웃으며 조심해요, 조심해, 안전사고 방지 구호를 뇌곤하였다. 그들은 그것을 '빙귀 제삿상' 또는 '우리들의 부적'이라고 불렀다.

사실 동빙고와 서빙고에는 엄청난 얼음을 보관하고 그걸 다루느라 노상 안전사고가 났다. 동빙고에 보관하고 있는 얼음은 일만 이백사십사 정(丁), 서빙고에는 십삼만 사천구백칠십사 정이나 되었다. 정이란 정방형의 얼음판을 일컫는 것으로 쌀 서말이 넘는 무게였다. 이 많은 얼음을 쟁이고 보관하고 들어내고 하다 보니 미끄러지고 떨어뜨리고 짜개지면서 온갖 안전사고가 났다. 작게는 발가락이 끊어지고 발등이 짓이겨지지만 크게는 팔과 다리도 부러지고 여러 정이 한꺼번에 무너지는 날에는 목숨까지 잃기도 하였다. 그러나 꾀보가 '빙귀 제삿상'을 만들어 조심성을 키운 뒤부터는 안전사고가 눈에 띄게 줄어들었다.

한데 이 '우리들의 부적'은 처음 설치할 때 시범으로 해체시켜 보았을 뿐, 그후로는 한번도 작동하지 않았는데 독랄한손이 돼지머리를 살짝 건드려 그 첫 희생자가 된 것이다. 살짝 건드렸는데도 얼음이 노한 듯 우르르 쏟아져내린 걸 보면 설치 하나는 잘해 놓은 셈이었다.

"그러다 그 포교가 죽었으면 어쩔 셈이었어요?"

마음 착한 자향이 걱정을 태산같이 하자,

"처자를 잡겠다고 그악하게 덤비는 자가 좀 죽으면 어떤가?"

강한은 외려 심술을 부렸다.

"그렇다고 사람이 죽으면 아니 되지요."

자향은 또 다시 고운 마음을 발동하였다. 기녀 채향이 한강에 몸을 던져 죽겠노라 앙탈을 벌이던 정경도 눈에 선하게 다가온다. 채향은 죽지 않았겠지. 그악한 만큼 목숨도 질 테니까. 자향은 행여 자기 때문에 사람이 죽는 건 견딜 수 없었다. 안방이 죽은 걸 생각하면 지금도 눈물이 앞을 가린다. 불쌍한 것. 그렇게 똑똑하고 정도 깊고 이쁜 애였는데. 중상을 입은 석수가 쾌차하였는지도 궁금하였다. 포졸이 둘이나 죽고 여럿이 다친 것 또한 미안하였다. 아무리 질 나쁜 포졸이라 해도 자기로 하여 벌어진 일 아닌가.

"하여간, 여기서 쉽게 나가기가 여의치 않아. 그 당나귀 귀를 가진 포졸은 우리를 의심하고 있어. 절대로 포기하지 않을 자더구만. 눈자위만 보면 알지."

털복숭이는 자신까지 넣어 우리라고 말하였다.

"그럼 어떻게 하지요?"

"글쎄, 좋은 수가 있을 순 있는데."

털복숭이 강한은 또 묘한 웃음을 지으며,

"자, 이제 나는 그만 가네."

"가시다니요?"

항슬이 놀라서 물었다.

"오늘은 한 달에 한 번씩 모두가 노는 날이야. 내 궁금해서 빙고를 한 번 살필 겸 나왔지만 계속 있을 게 뭐 있는가. 집에 가야지."

"그럼 저희들은 어쩝니까?"

"자네들이야 여기 숨어 있어야지 별 수 있는가."

항슬과 자향이 멀뚱멀뚱 쳐다보고 있자,

"자네들 어디로 갈 생각이 있는가. 갈 곳이 있기나 한 거야?"

"저희들은 두모포에서 동무들을 만나기로 약조가 되어 있습니다."

항슬이 대답하였다.

"두뭇깨에서? 언제."

"내일 중입니다."

"그럼 오늘 중에, 아니 늦어도 내일 새벽에는 출발해야겠구먼. 하지만 포교들이 쫙 깔린 판에 쉽게 갈 수 있을까?"

"포교들이 깔려 있으니 여길 빠져나가야지요."

"그 말은 맞긴 하네. 허면 좋은 방법이 있어야 할 것 아닌가."

강한은 잠시 눈을 떼굴떼굴 굴리더니 고개를 끄덕끄덕했다.

"수가 있을 법도 허이. 어두워지면 자네들을 데릴러옴세. 그때까지 여기서 푹 쉬게. 내가 나가야 저 포교들도 이곳을 의심하지 않을 테니까. 그리고 저 홰는 하룻밤 하룻낮을 버틸 수 있어서 꺼질 염려가 없으니 그것도 걱정 놓게. 알겠는가?"

강한은 대답도 하기 전에 문을 열고 나갔다. 그러더니 아까처럼 얼굴만 쏘옥 내밀고 말을 덧붙였다.

"아까도 말했지만 빙귀는 남녀상열지사를 젤 싫어해. 알았지? 하기야 두 사람이 그런 짓을 할 사이가 아닌 것은 내 아네만. 여하간 조심허게. 밤에 보세."

문이 탁 닫히고 둘만 남았다. 자향은 이 모두가 기이하고 황당히었다. 항슬도 같은 생각을 하는가 보았다.

"저 군관은 이상한 구석은 있어도 못 믿을 사람은 아니지요?"

항슬이 묻자,

"그럼요."

자향이 선선하게 대답하였다.

"기괴한 사람이어요."

"묘한 집안 출신인 게 재미있네요."

둘은 이제 조금은 마음을 놓고 있었다.

강한은 빙고 문을 단단히 닫고 허리를 쭉 펴고 집 쪽으로 걸어갔다. 함지박귀와 독랄한손의 모습은 어디에도 없었다. 몸을 조리하러 간 모양이었다. 그러나 강한은 아까 항슬과 부딪친 굽은 길을 돌 때 누군가가 자기를 훔쳐보고 있는 것을 알았다.

그러면 그렇지. 그 포교가 싹싹하게 사라질 리 없지. 쉽게 포기할 리가 없구말구. 구린 놈을 하나 남겨 놓았군. 흥, 저만 머리를 굴리나. 어디 두고 보세.

강한은 귀때기 큰 놈이 영 맘에 안 들었다. 삽삽하고 영리하고 겸손하고, 그리고는 뒷구멍으로 오만 짓을 다 하는 놈. 세상에는 그런 놈들이 젤 재수없다니까. 그런 놈은 절대 포기도 안 해요. 끝까지 뭔가 노리지. 결코 개제한 마음이 없는 놈들. 그리고 약게 잘 사는 놈들. 어이 재수없어.

35. 거문고

이명현 진사는 다 떨어진 갓을 두 손으로 매만지며 입을 쩝쩝 다시었다. 그는 뭔가를 골똘히 생각하다 사랑 남쪽 벽에 기대어 있는 거문고를 보고는 눈살을 찌푸렸다. 거문고라. 지정 대감이 거문고를 켤 양반은 아니고 어디서 기생을 불렀나 가인을 불렀나. 이 살얼음판에 가무를 잡을 리는 없는데 저 거문고가 왜 갑자기 나타났는고. 거문고는 반짝반짝 빛나는 게 새것으로 공인의 손에 잘 만들어진 명기였다. 아니, 누구한테서 선물을 받은 게로구나.

그렇게 중얼거리고 있을 때 남곤이 들어왔다. 이 진사는 일어나 허리를 굽신하였다.

"잘 지냈는가?"

"저야 잘 지냈습지요. 대감께서는 건강이 어떠신지요."

"뭐 별다른 건 없네. 이것저것 신경을 써서 항시 뒷골이 땅기는 게 문제일세. 그것만 없으면야."

"세상이 하 수상하여 신경을 너무 쓰신 탓이옵지요. 한데 저 거문고는 갑자기 웬일입니까."

"아, 거문고 말인가. 어느 장인이 느닷없이 보내온 걸세. 충청도 괴산군에 거문고를 잘 만드는 장인이 있다고 해. 이름이 최 뭐라더라만 잊었네. 하여간 그 장인이 요사이 만든 것 중에 가장 잘 뽑힌 악기라고 저것을 보내왔다네. 무슨 연유인 줄을 모르겠어. 사양할 사이도 없이 놓고 가고 돌려줄 길도 없어서 그냥 저렇게 놓아두고 있는 거라네."

"괴산군요?"

"그렇네."

"하면 충청도 관찰사가 한 사람 다리 건너 보내온 건 아닐까요. 가만 있으십시오. 현임 충청도 관찰사는 신공제 아닙니까."

"그러고 보니 신공제가 보내온 걸까. 그자는 감사 나간 지 며칠이 아니 되는데 그 사이 괴산군 소산을 이처럼 빨리 구처해 보내왔을까."

"뭐 일일이 구처하겠습니까. 이미 잔뜩 모아져 있는 진상품 중에서 좋은 걸 하나 골라 보냈겠지요. 상납품치고는 격조가 있어서 좋습니다."

"격조?"

"그렇습니다. 돈이나 금부치나 초구나 모피 같은 것보다야 월등 고상한 선물이지 않습니까."

"허허허, 자네 요즘 공부자 책을 열심히 읽는가 보이. 저 거문고가 마음에 들면 가지시게. 내 애들 시켜 집으로 보내줌세."

"아이고, 사양하겠습니다. 제가 음률을 알아야 말입지요. 선비는 무릇 서화와 음률을 알아야 한다는데 저는 둘 다 먹통이라 제대로된 선비는 평생 못될 것 같습니다."

"그걸로 이야기하면 나도 마찬가질세. 날 비웃는 건 아니겠지."

"에이 대감님도. 한데 지정 대감님, 거문고란 명칭이 어디서 온 줄 아십니까?"

"어디서 왔는가. 내 그걸 알면 음률을 안다 하게. 시험하지 말고 알려 주게. 배워봄세."

"그렇습니까. 그럼 제가 쬐께 아는 걸 풀어보겠습니다. 가야금은 가야국의 악기다 해서 가야금이고, 거문고는 곰 나라 즉 고구려 나라 악기다 해서 거문고라 한답니다. 고구려의 왕산악이 거문고를 개량하여 처음 연주하자 그 소리가 어찌나 아름다웠던지 검은 학이 하늘에서 훨훨 날아 내려와 앉았다 하는 설화가 있습지요. 그 검은 학에서 거문고란 명칭이 생겼다고도 하지만 먼저 말씀드린 곰 나라 악기라는 주장이 더 신빙성이 있어 보입니다."

"거 재미있는 이야길세. 자네에게 하나 배웠네. 자네는 항시 그렇게 연찬하고 궁리하는 것이 훌륭허이."

"그런 걸 칭찬해주시니 부끄럽습니다. 우리같이 재주 없는 사람이야 모래를 헤쳐 금을 찾는 마음으로 정진하고 또 매진해야 하는데 그렇게 되질 않습니다. 그건 그렇고 말씀드릴 게 몇 가지 있습니다."

"특별한 게 있는가."

"특별한 건 아니라도 대감께서 유념할 사안인 것 같아서요. 얼마 전 사정전 월랑(月廊)에서 친문한 사안이 있습지요. 무인들이 조광조 일당을 치겠다고 하여 상께서 친히 하문한 박배근 사안 말입니다."

"그 사안이 있었네. 한데 뭐가 문제인가?"

"그 친문 사안이 바로 지정 대감께서 만든 사안이다 해서 선비들 간에 말들이 많습니다."

"말이 많을 게 뭐 있는가. 훈련원 첨정을 지낸 박배근이가 지금은 경력이라고 하였던가 벼슬이? 하여튼 그자가 조광조 일당이 예전에 없던 궤악한 짓을 하여 임금도 기이고 옛것은 무시하고 늙은 사람은 아예 취급을 하지 않는 것은 응징하여야 한다 하고 떠들고 다니고 있습니다, 하는 사실을 상께 보고한 일밖에 없네."

"물론 그렇습지요. 하지만 유림에서는 이런 이야기를 합니다. 이번 사화가 성명께서 먼저 지시한 것이냐, 대신이 징벌해야 한다고 상주해서 벌어진 것이냐, 논란이 있는 중에 그것은 지정 대감께서 박첨정이란 불량한 무인의 말을 빌어 일으킨 사안이다. 이렇게 말들 하니 걱정이 되어 말씀드리는 겁니다."

"그럼 저들이 사실을 왜곡해서 말들을 하는 걸 낸들 어찌하란 말인가."

"특별히 어찌할 방도는 없지만 대감께서는 사관들이 곡필하지 않도록 평소의 언론을 조심하고 삼가시는 게 어떨른지요."

"사관이 무서우니까?"

"사관을 무서워하라는 뜻은 아닙니다."

"아니야. 말을 돌리지 말게. 사관이 무섭기는 하지. 그들 붓끝 하나로 충신도 되고 간신도 되고 역신도 되니까. 더구나 그들이 쓴 사초는 절대로 정정할 수도 없구 말일세. 말이 나서 하는 이야기네만 저 먼 뒤를 생각하는 사람이라면 사관이야말로 정말 두려운 존재지. 허나 저들이 자기네 주장대로 마구 써재길 때는 난들 어찌하겠는가. 하면 그들이 나를 광명정대하게 대접해줄 방략이라도 있는 겐가?"

"이런 건 어떻습니까. 전번에 매듭을 짓지 못한 사안으로, 왕비께서 도타한 박운 참의의 딸을 왜 꼭 생포해오라고 하였는가 하는 의문 말입니다."

남곤은 어리둥절한 표정이었다. 이 진사의 말을 알아듣지 못하고 있었다. 그가 눈을 꿈벅꿈벅하자 이 진사가 설명조로 말하였다.

"왕비가 박운 참의 딸을 꼭 잡으라고 했다. 왜 그랬을까, 그 점이 의문점으로 남았잖습니까."

"아차, 그렇지. 왜 왕비가 그런 명령을 내리었는가?"

"그게 알아보니까 그런 주문을 내린 사람은 왕비가 아니었습니다."

"그럼 누군가. 심정인가?"

"정지 대감이야 현 직책이 화천군 겸 지의금부사이니까 도타한 비자를 꼭 잡으라 명령해도 하나도 이상할 건 없지요. 더군다나 친군위의 도제조이구요. 한데 알아보니까 박운 참의의 딸을 꼭 잡으라고 성화를 부린 사람은 대사간 이빈이었습니다."

"이빈(李蘋)이?"

"그렇습니다. 이번에 사약을 받거나 귀양 가는 자들의 아녀자들은 죄 노비로 가게 되었잖습니까. 그 중 박운의 처자는 바로 이빈이 차지하게 되었답니다."

"그래서?"

"도타한 박 참의의 딸이 이름이 자향이라 하는 아이로 절색이고 동궁비 깜이라는 소문이 날 정도인 것은 대감도 잘 아시잖습니까. 사윗감을 고르고 고르느라 혼사가 늦었는데 금년에 열여섯이라던가. 하여튼 이빈이 그 애를 필히 잡아달라고 정지 대감한테 부탁하였답니다."

"그 처자를 자기 며느리로 삼을려고?"

"대감님은, 참내. 이빈은요 그 애를 첩으로 삼으려는 심뽀랍디다."

"무엇이! 나이 마흔이 넘은 자가 열여섯 살 아이를 첩으로 삼는다. 그것도 엊그제만 해도 당당한 조정 중신의 딸을 비자가 되었다 해서 밤 방사의 노리개로 쓸려고! 허허, 말세로다. 부끄럽도다!"

"이빈이 어떤 사람이오니까?"

"이빈이 바로 그런 사람이지. 왜 그건 묻나?"

"만일 이빈이 생각한 대로 자향이란 애를 첩으로 삼았다고 합시다. 유림에서는 뭐라고들 하겠습니까."

"천하의 더러운 놈이라고 하겠지."

"하면 대감한테는 어떤 말이 돌아올까요?"

"이빈이 더러운 짓을 하는데 나하고 무슨 상관인가? 나한테 돌아올 말이 무엇이고."

"대감. 지난번에도 말씀드렸지만 이번의 징벌은 누가 주도한 것이옵니까. 대감이 아니십니까. 지금 밖은 많은 말들이 날아다니고 있습니다. 제가 충정으로 말씀드리오면 그 많은 말들 중에 대감에게 좋게 이야기는 별루 없습니다. 아니 거의 없지요. 그것을 통촉하셔야 합니다. 그들 말 중에는 이빈은 대감의 수족이다 하는 이야기도 있습니다."

남곤은 입을 여덟 팔자로 다물고 숨을 크게 들이쉬었다. 혈기가 금방이라도 솟아오를 것만 같았다. 참아야지. 암, 참아야 하고말고.

남곤은 부채로 바람을 살살 부치며 두 눈을 감았다. 이 진사만 만나면 내 이런 소리를 듣지. 저 앞 사랑에서는 온갖 놈들한테 오만 칭송을 듣는데 이 사랑에서 만나는 이 진사는 그들하고는 천양지차라. 그래, 내 그래서 이 진사를 만나는 게지.

남곤은 가슴 위로 치솟는 화중을 애써 눌러 참았다. 그는 눈을 감은 채 말하였다.

"그래서, 이야기 계속 해보게."

이번에는 이 진사노 염소수염을 만지작거리며 잠시 동안을 두었다. 그 역시 두 눈을 감았다 떴다 하다가 입을 열었다.

"제번하옵고요, 심정 대감을 만나시거든 넌즈시 이빈 대감 이야기를 물어보십시오. 그리하여 그 이야기가 맞으면 호통을 치십시오. 아무리 박운이 대역죄인이라 한들 그렇게 짓이길 수 있느냐. 선비는 죽일 수는 있을지언정 모독해서는 아니 되는 일이다. 많은 사람이 듣게끔 나무라십시오."

"사람들이, 이 남곤은 그래도 개제한 선비의 풍도가 있는 사람이다 하게 선전하란 말일세."

그 말에 이 진사는 재격 무릎을 모으며 고개를 깊숙이 숙였다.

"죄송합니다. 이 속줍은 놈이 그게 뭐 큰 법수라고 대감께 여쭈었습니다."

"아니야. 그대 충고가 훌륭허이. 요즘에는 하도 심기가 긁히는 데가 많아서 그런 속 깊은 생각은 못하고 있네. 사소한 생각이 큰일을 낳는 건데 말이야."

어라, 이 대감이 오늘은 내 고까운 말을 수이수이 받아들인다. 웬일일까. 이 진사는 속으로 놀라워하였다.

이 진사가 남곤의 집에 드나드는 것은 꼭 벼슬 자리를 얻기 위해서만은 아니었다. 일 년 전 조광조 무리가 주창한 현량과 별시에서 이 진사는 요행히 급제를 하였다. 한데 급제는 하였으되 하찮은 예빈시의 봉사 자리 하나 임명받지 못하였다. 어렵사리 과거에 급제하고서도 직책을 받지 못하니 끼니 때문에 매일 노심초사하는 아내 보기만 미안한 게 아니라 주변의 비아냥이 남부끄러웠다. 그래서 디뎌지지 않는 발길로 남곤의 사랑 문지방을 드나들게 된 것이다.

이런 부끄러운 행보에도 보람은 있었다. 우선, 몸이 약한 아내가 집안을 위해 자기 성깔을 죽이고 몸을 숙이는 낭군이 고마웠는지 요사이 얼굴색이 유별나게 좋아졌고, 게다가 지정 대감이 그가 찾아오는 것을 이상하게도 흔쾌히 받아주는 점이었다.

아내의 먼 인척간으로 평소 안면은 있으되 거의 찾아오지 않던 이 진사가 처음 자기 집에 찾아오자 남곤은 예상 외로 반기었다.

"이 진사가 웬일이신가. 우리집에 다 오시구. 내가 영광일세."

"대감 어른, 쇤네 다시는 오지 말라는 말씀이십니까?"

"아니네. 자주 와서 좋은 이야길 해주시게. 잘 오셨네."

그 뒤로 어쩔 수 없이 남곤의 사람처럼 사랑을 드나들게 되었고 지금은 숨은 참모로 지정을 보좌하고 있는 것이다. 이 진사는 그런 자신이 부끄러웠다. 하지만 찢어지게 고생하는 아내와 아이들을 위해서 눈 한번 질끈 감고 참아 무슨 해가 되리오. 그 덕에 시골 현감 자리 하나 얻으면 선정으로 이 부끄러움을 갚으면 되리. 그렇게 치부하였다.

그리고 그 자신은 남 모르게 각오한 바가 있었다. 사람들은 남곤을 간신이라고들 하지만 그가 보기에는 그것만은 아니었다. 가까이서 본 남곤은 재주가 넘치는 사람이었다. 시문에만 능한 게 아니라 세상일도 훤하고 사람도 볼 줄 알아 제대로만 뜻을 펴면 나라 정치가 잘 이뤄질 수도 있을 터였다. 그런 남곤을 살핀 이 진사는, 내 이렇게 된 바에야 남곤에게 옳은 소리를 하여 그를 계도시키는 방향으로 아부를 하자. 재주 있는 사람을 올바로 가게 도와줄 수만 있다면 그게 큰 정치를 하는 게 아니고 무엇이겠는가, 다짐하였다.

그래서 남곤이 좋아하지 않을 소리를 매번 거침없이 하는 이 진사였다. 그런 점에서는 이 진사의 말을 무던하게 들어주는 남곤도 대단한 사람임에 분명하였다.

이 진사는 고개를 크게 끄덕이며 대답하였다.

"그렇습니다. 대감께서는 이제 덕을 보이셔야 합니다. 편협한 조광조 무리와 대감이 다른 것은 무엇이옵니까. 바로 모든 사람을 거느릴 수 있는 도량이 아니겠습니까. 박운이 아무리 죄를 지어 귀양을 갔다 하여도 한때를 풍미한 조정의 중신입니다. 그런 사람의 여식을 밤의 노리개로 써서는 아니 되지요. 뜻있는 사람이라면 비자로 온 여인들은 시간이 좀 지난 뒤 속량시켜 내보내는 선비지도를 보여야 합니다."

"맞는 말씀이네. 내 이 진사가 고언하는 대로 정지에게 타이르겠네. 하지만 여자란 아무리 똑똑하다 해도 여자인 게지. 이빈이 유난히 여자를 밝히는 건 아닐 게구. 그 사람의 여자복을 막는 처신이라 좀 안되긴 하였군."

"안될 것도 없습니다."

"안될 것도 없어?"

"그러문이요. 그 자향이란 아이가 붙잡혀온다 하여도 이빈의 첩 노릇을 하겠습니까? 총기 좋고 덕행 있다는 아이입니다. 그 전에 자진하여 죽을 겝니다. 그러하니 대감께서 크게 나무라셔도 좋은 것은 첫째 이빈의 천박한 처신을 막아주는 일이옵고 동시에 아녀자의 목숨을 건지는 일이기도 하니 한 화살로 두 마리 장끼를 꿰는 셈입지요."

"듣고 보니 그대 말이 더욱 옳으이. 잘 알았네."

"그리고 두 번째 말씀 올릴 게 있습니다. 지난 계묘일에 상께서 근정전에 납시어 별시문과와 무과의 창방*이 있었지 않습니까."

"그렇네만."

"그 발표 중 무과에 매우 빼어난 급제자가 있다고 합니다."

"뭐가 빼어나다는 겐가?"

"우리나라는 무술에서 활을 으뜸으로 치는데 그자는 검술이 빼어나다는 거지요. 단도, 비검 등에도 출중하고 기마술도 기가 막히다고 합니다."

"그자가 이름이 어떻게 되는가. 장원급제하였는가."

"이름은 최흔이라 하는데 장원급제는 못했습니다. 활 솜씨가 좀 떨어지는가 봅니다. 한데 왜 이자 이야기가 나오는가 하면 녀석의 재주가 어떻게 알려졌던지 병조 오위영 사복시 군자감 군기시 등 여러 곳에서 죄 데려가려고 하였는데 벌써 친군위에서 알고 호분위 서부에 발령을 내었다고 합니다."

"그래? 한데 그것을 어떻게 알았고 뭐가 문제인가?"

"문제는 아니고 친군위가 그런 무인을 포섭할 정도로 무서웁다 하는 이야기와 이자는 워낙 날렵한 자라 친군위가 이자를 포섭하였은즉, 갈수록 무서운 조직이 된다 하는 말씀입니다. 이 소식을 알려준 무인이 그럽디다. 저자는 무시무시한 자객이다. 이번에 나라에서 무과 급제시킨 건 정말 다행이야. 그냥 민간에 놓아두면 무슨 짓을 할지 모르는 위험 인물이거든. 헌데 친군위가 먹었으니 무시무시한 비수 역할을 할라나, 합디다."

남곤은 고개를 크게 주억거리면서 눈을 게슴츠레하게 떴다.

"우리 조선이 태조임금과 태종임금 이래로 무인은 문인의 아래로 쳐졌네. 한데 자네가 저번부터 친군위의 힘, 즉 무력을 이야기하니 기분이 좀

창방 唱榜 급제자의 명단을 읽어 발표하는 것.

좋지 않구먼. 나라는 무인이 득세하면 피바람이 나는 법. 무인의 힘은 눌러둘수록 나라에 보탬이 되는 걸세."

"지당한 말씀입니다. 그러나 작금의 동태가 이렇게 일촉즉발이니 언제 어떤 무력을 쓸지 알 수 없어 이런 정보를 말씀드리는 겁니다. 대감께서도 오위도총부의 도총관(종이품) 천총(정삼품) 경력(종사품)과 만날 경우가 있으면 인정을 심어 놓으시지요."

"그대 말이 무슨 뜻인지 알겠네. 그건 그렇고 내 오늘 오전 강녕전 들어가는 낭하에서 이처현 상선을 만났네."

"아, 그러셨습니까."

"음, 한데 그 이 상선이 확실히 보통내기가 아니야. 내가 이모저모로 능을 쳐보았는데 일호의 흔들림이 없데. 주초위왕의 무수리를 처리한 걸 축하한다 해도 아무 일이 없었던 양 받아넘겨. 이 상선이 친군위의 실제 책임자인 건 맞는 건가?"

"물론입지요. 이 상선은 시정의 여러 조직과도 연계기 있다는 소문입니다."

"시정의 여러 조직?"

"중인들의 계 모임, 육주비전의 동아리 모임, 왈짜들의 동패조직과의 인연도 깊다 합니다. 이들과의 연락을 위해 장안 서너 곳의 술청을 직접 운영하는 하부조직이 있다고도 합니다."

"정말인가?"

"저도 그게 정말인지는 모르겠습니다."

"그건 보통 일이 아니네. 좀 자세히 알아보게."

이 진사는 얼굴이 굳어지는 남곤을 슬그머니 쳐다보았다. 입술 언저리에 못마땅한 표정이 느물거렸다.

"대감. 이 일은 제가 계속 알아는 보지만 일절 모르는 척하십시오. 이 상선의 조직은 성명의 조직이고 이것을 아는 사람은 무사하지 못할 수도 있습니다. 아까 말씀드린 대로 일부 유림과 사관들은 이번 대징벌이 어디서 발의가 되었느냐, 의견이 분분합니다. 임금이 직접 조광조 등을 징계하라 하시었는지 대신들이 발의하였는지 논란이 많고, 이것은 조정의 힘이 어디 있는가 하는 초점이옵니다. 지정 대감께서 박배근이 무인들의 불만을 임금께 고한 사안으로 시작하였다는 말은 뭔가를 숨기기 위한 전제일 수가 있습니다. 저는 이 모든 일이 친군위의 보고에 의해 성명께서 결단하여 이뤄진 일이라고 봅니다. 그리고 이 상선이 맺고 있는 시중의 조직들은 조광조 일당의 정치 전횡보다는 그 청렴결백주의가 맘에 들지 않는 거지요."

"청렴결백주의라니?"

"아, 있잖습니까. 세상은 적당하게 부패하고 적당히 깨끗해야 대부분이 좋아한다는, 그런 얘기 말입니다. 세상은 어떻게든 돈이 돌아야 하는데 너무나 깨끗해서 돌지 않아 보십시오. 뭐가 이뤄지겠습니까. 지난해 광흥창 사안만 해도 그렇습니다. 그 세공미가 조금은 뒤로 나와서 이곳 저곳에 혜택을 줄 때 나라는 둥실둥실 굴러가는 거 아니겠습니까? 조정이 깨끗해야 한다는 거, 그 원칙을 무시하자는 건 아닙니다. 대감도 잘 아시지만 원래 조정이란 사소한 세상사를 모르지 않습니까. 모를 수밖에요. 조정이 알 턱이 없지요. 그럼 누가 아느냐. 그건 조정이 아니고 요소요소의 아는 사람만이 아는 것 아니겠습니까. 지정 대감같이 세상 물정이 훤한 분들 말입니다."

남곤은 이 진사의 요상한 이론에 머리를 갸웃하며 경청한다. 이 진사가 잠시 말을 끊자,

"그래서. 계속해보게."

"네, 생각해보세요. 시정잡배를 포함해서 모든 사람들의 마음, 세상 물산의 복잡한 흐름을 단순한 성리학자인 조광조가 알 수 있습니까. 조정도 알 수 없고 지정 대감같이 세상사가 훤한 분도 다 아노라 자부할 수 없을 겝니다. 그러니 가장 좋은 것은 세상이 돌아가는 대로 맡기는 것이고 그

속에서 과함이 있을 때 통통 머리를 쳐서 고쳐주면 되는 게 아니겠습니까."

"통통 머리를 친다?"

"그러문요. 쉽게 말씀드리면 시정잡배들, 그들 뒤꽁무니에서 입을 벌리고 있는 왈패들까지도 백성입니다. 그들도 먹고 살아야 합니다. 살아야 하고말굽쇼. 그들을 누가 먹여살립니까? 누군가 건사를 해야지 않겠습니까. 나라와 조정? 조정 대신이? 아닙니다. 절대로 할 수 없지요. 그것은, 자연스런 세상 흐름만이 해결해 줄 수 있다, 있을 것이다, 하는 이야깁니다. 그러기에, 그런 자연스런 흐름은 성리학의 이론으로, 청렴결백한 잣대로 막아서도 아니 되고 해결할 수가 없다 하는 말씀입지요. 허면, 나라가 어떻게 백성을 먹이고 다스려야 할 것이냐 하는 이야기는 정해진 것 아니겠습니까?"

"자네 말은 뭔가 철리가 있는 것 같기도 하고, 마냥 적당주의로 부패를 조장하는 것도 같으이."

그 말과 함께 둘은 동시에 웃었다. 이 진사는 남곤 대감이야말로 이런 대화를 할 수 있는 유일한 분이라고 생각하였다. 조광조와는 이런 대화가 이뤄질 수 없지. 암 알아들을 리가 없구말구.

"이 진사, 자네는 내가 벌써부터 높이 보고 있었네만 시골 현감 가지고는 아니 되겠어."

"대감, 무슨 말씀이십니까. 현감 자리 하나도 안 주실 생각이십니까?"

"내가 선부*의 장으로서 사람을 잘 골라 쓰도록 상감을 모셔야 하는 입장인 건 알지 않는가. 한데 자네는 현감 자리로는 아니 되겠고 그 이상을 천거하자니 경력이 없고, 어쩌면 좋겠는가?"

"에이, 대감님도. 힘없는 놈을 놀리면 원한산다 하였습니다."

"그런 원한은 사도 좋네!"

선부 選部 사람을 뽑아 천거하는 부서, 이조의 별칭.

둘은 똑같이 껄껄대며 자기들 나름대로의 재미있는 농담을 음미하였다.

그러나 이 진사는 아직 끝나지 않은 말이 있었다. 그가 먼저 얼굴을 단정히 하고 입을 열었다.

"마지막으로 대감께 한마디 여쭐 게 있습니다."

"무슨 말인가?"

"연작*이 타 죽으면 인조*가 높이 날아가고 우부(愚夫)가 살륙당하면 지사(智士)가 멀리 떠나는 법인데 더구나 충의의 선비이겠습니까! 군신의 의를 맺어 임금이 전에 친히 총애하고 신임하던 자를 또 친히 사납게 살륙하면 큰 재목이며 충성스러운 무리일지라도 어찌 충신(忠信)을 다하여 궐하에 나아가 그 위기를 밝히겠습니까?"

거기까지 읊조린 이 진사는 고개를 살짝 숙인 자세에서 눈을 치뜨고 남곤을 바라보았다.

남곤이 고개를 갸웃하면서 입을 열었다.

"홍문관 전한(종삼품) 정응이 며칠 전 상감께 올린 차자*의 서두로군."

"그렇습니다."

"그 상소문을 읊조리는 것은 무슨 뜻인가."

"상소문의 뜻이 올바르지 않습니까?"

남곤은 말이 없다. 지긋이 이 진사만 바라본다. 눈은 게슴츠레히 뜨고 입술은 여덟 팔자의 반대로 위로 올라갔다.

이 진사가 말을 계속하였다.

"지금은 이 옳은 상소문에 대해서 임금께서는 받아들이지 않으셨죠. 그러나 시간이 지나면 그 상소문의 뜻을 성명은 음미하실 겁니다. 그때를 위한 대비를, 대감께서는 하셔야 합니다."

"그 대비를 어떻게 하면 되는가?"

연작 燕雀 제비와 참새, 하찮은 사람을 비유한 것.
인조 仁鳥 봉황, 현자를 비유한 것.
차자 箚子 간단한 서식의 상소문.

이번에는 이 진사도 입을 다물고 방바닥을 한참 들여다보았다. 선뜻 말을 하기가 어려운 듯하였다.

"이번에 사약 받고 귀양 가는 사람들의 어려움과 고초를 은연중 보이지 않게 돌보아주시면 어떨까 합니다."

"어떻게?"

"예를 들면 조광조의 처자들을 뒤에서 도와주고 박운 참의의 도타한 처자를 무사하도록 돌봐주시는 겁니다. 그리고 언젠가는 그들도 나라를 위한 충정이 있었음을 대감께서 직접 논해 성명께 일깨워주십시오."

"좋은 이야길세만, 자네는 나를 이중인간으로 만들고 있구만."

"소인이 소견이 좁은 탓입니다."

"아니야. 내가 소견이 좁을까 봐 걱정이 되는 게지."

"소인이 뭘 알겠습니까. 사람들이 권력을 잡으면 사소한 것은 간과하기 마련이라는 선현의 말씀을 다시 한 번 말씀드리는 것뿐입지요."

"알았네. 내 유념하지. 한데 오늘은 그대가 아까 편 세상사 보편타당론이 백미편이었네. 세상은 그런 게야. 아무리 올바르다고 해도 많은 사람이 귀찮아하고 실천하기 싫어하면 안 되는 게지. 그걸 조광조는 몰랐던 게야. 원수도 또닥이어야 함을 말이야."

"물론입니다. 항산이 없고 일거리 없는 시정잡배도 먹고 살아야 한다는 원칙을 생각지 못한 소치이지요."

"그러하네. 그들도 먹고 살아야 하지."

"그럼 소인 이만 물러가겠습니다."

"저녁이 다 되었는데 식사를 하고 가시게. 나는 앞사랑에 나가 봐야겠지만 말일세."

"저녁은 아직 멀었잖습니까. 집에 가서 하겠습니다."

이 진사는 꾸벅 절을 하고는 재격 일어나 사랑을 나갔다.

가볍게 방을 나가는 이 진사를 보며 남곤은 생각하였다. 저자는 내가 생각한 것보다 훨씬 매서운 사람일세. 심기도 깊고. 팬기찮은 녀석이지만 조심해야겠군. 내 품에서 떠나보내서는 결코 아니 되렸다.

이 진사는 안방 옆을 통해 뒷문으로 남곤의 집을 나왔다. 그는 나올 때 본 거문고가 다시 뇌리에 떠올랐다.

거문고 거문고. 옳지. 거문고는 그런 뜻이 아닐까. 인생은 음률을 즐기며 한아하게 사는 게 신상에 좋습네다. 권세 다툼은 위험하옵네다. 권세 속을 떠나시오. 아니 권세 속에 있어도 분수를 알아야 하며 정당한 도리를 행하시오. 그런 뜻일까?

음악은 음률의 조화가 중요하니까 세상사의 조화도 알으셔야 합니다, 하는 뜻도 있을 게고.

그렇다면 저 거문고를 선물한 자는 나보다도 더 응큼한 놈일세. 남 대감께 부닐기는 하면서도 뭔가 암시를 하고 싶은 자, 그런 자의 소행일까. 그런지도 모르지. 그렇다면 저런 자는 내가 이 집을 드나드는 걸 혹 알지도 모르겠다. 기분이 나쁘군. 흐음, 쳇. 누군지 알고 싶구나. 녹사놈은 누가 보내왔는지 알 터이지. 알아봐야겠다.

이 진사는 해져 다 떨어진 소매를 휘휘 휘저으며 어두워진 안국동 길을 내려갔다.

항슬은 졸다가 깨어났다. 자향 쪽을 보았다. 그녀도 자고 있었다. 단정한 처자가 자기와 단둘이 있음에도 자고 있는 게 의외스러웠다. 하긴 저 아씨도 피곤하겠지. 나 같은 목석 같은 사내도 정신없이 졸았는데 연약한 여자가 오죽할까.

항슬은 그녀를 무심히 바라보았다. 아름답다. 저렇게 아름답고 마음씨 착한 여자가 이런 생고생을 하다니. 가슴이 아팠다. 부모 마음은 오죽할까. 특히 그녀를 떠나보낸 어머니는 얼마나 애를 태우고 있을까. 그 생각을 하니 자향을 끝까지 지켜주어야겠다는 생각이 났다.

사나이로서 저 여자를 보호해주자. 추적의 손이 닿지 않는 곳까지 안전하게 데려다 주자. 어떤 놈도 손가락 하나 못 대게 지켜주자!

그러나 그런 연민의 정, 사나이의 의기에 앞서 항슬은 자향을 정신없이 바라보고 있는 자신을 발견하였다. 하긴 터놓고 이렇게 그녀를 마음대로 보기도 처음이었다. 이마 눈썹 코 입술 그리고 턱. 안 이쁜 곳이 없다. 꼭 깨물어 먹고 싶을 정도로 이쁘다. 눈을 감아서 그 호수 같은 눈을 못 보는 게 아쉬웠다. 자는 얼굴이 이렇게 아름다울 수 있다는 건 예전엔 상상도 못하였다.

항슬은 그녀가 생긋 웃을 때, 착한 마음으로 발을 동동 구를 때, 새침한 말을 이쁘게 할 때, 그리고 너무나 유식한 말을 자연스럽게 할 때, 그녀를 다시 보곤 하였다. 그럴 때마다 저 여자는 바라보기만 하여도 사람을 감동케 하네, 하고 생각하였다. 그리고 그녀를 한없이 보고 싶다는 충동에 스스로 놀라곤 하였다.

하지만 자향을 바라보는 지금의 내 눈길은 그것만이 아니잖은가. 그래, 시커먼 생각을 하고 있었던 거야. 음흉한 생각을 하고 있었어. 더러운 놈. 난 더러운 놈이야. 늑대 같은 놈이야. 그리고는 의기있는 남아처럼 그녀를 지켜야 한다고!

항슬은 얼굴이 붉어졌다. 자신이 창피하고 싫었다. 역시 난 천박한 놈이야. 상놈임에 틀림없어. 고귀한 여자에게 음심을 품다니!

항슬은 눈을 감았다. 자신의 마음을 단정히 해야겠다고 생각하였다.

어렸을 때 헤어진 누님 생각을 하였다. 누님과는 공기놀이를 많이 하였다. 자기는 결코 지지 않으려 하였고 누님은 한 번만이라도 이기려고 안달을 하였다. 이를 악물고 돌을 쏠고 위로 던진 돌을 잡으려다 옆으로 쓰러지며 악을 쓰던 누님. 다 이길 뻔하다 졌을 때 애성이 나서 씩씩 분기를 내뿜던 누님.

누님은 끝내 한 번도 이기지 못하자,

"그래 넌 참말 잘한다. 허지만 다른 것도 공기놀이처럼 잘 해봐라!"
하고 심사가 뒤틀린 듯한 말을 했었다. 지금 생각하니 후회가 된다. 누님
한테 한 번 져줄걸. 다른 사람도 아니고 하나밖에 없는 누난데.

그 누님은 지금 어디서 무엇을 할까. 잘 사실까. 누님은 내 생각도 하실
까. 내 생각을 할 거야. 그러면서 여린 마음에 많이 울 거야. 누님이 정말
로 보고 싶구나.

그들이 헤어진 것은 누님이 열네 살 항슬이 아홉 살 때였다. 부모가 일
찍 돌아가시고 그들 남매를 길러주던 먼 인척이 누님을 어딘가로 팔은 것
이었다. 누님의 인생은 뻔한 것. 하지만 행복하지 말란 법은 없지. 좋은 남
자 만나면 행복해질 수도 있으니까. 양반집에만 좋은 사람 있으란 법 있
나. 더러운 시궁창에도 아름다운 꽃은 피니까.

누님 생각을 하니까 안되겠다. 공연히 눈물만 나서. 항슬은 눈을 떴다.
다시 자향이 보였다. 아직도 쌕쌕 자고 있다. 역시 아름다웠다. 그녀를 보
지 않기 위해 고개를 돌렸다. 말고지에 걸려 있는 홰를 보았다. 아직도 불
길이 쇠하지 않고 불을 밝혀주고 있었다. 어떻게 만들었기에 열두 시진 동
안이나 불을 밝힌다지. 궁리도 잘 하였어.

엉뚱한 생각을 일부러 해보았지만 눈은 다시 자향한테 갔다. 역시 이쁘
다. 에라 모르겠다. 이쁜 얼굴 좀 보는 게 무슨 잘못이냐. 아름다운 여자
보고 음심 안 품는 놈이 남자냐, 병신이지. 범하지만 않으면 될 거 아냐.

항슬은 이제 자신을 포기하고 있었다. 모르겠다. 보고 싶은 여자 실컷
보래지. 아무리 상놈이래도 이쁜 여자 얼굴 훔쳐볼 자격도 없을라구. 그러
면서 항슬은 그런 자신이 우스워 키득키득 웃었다.

이때 자향은 꿈속에서 노량진나루의 빽빽한 사람들 틈을 비집고 들어가
고 있었다. 웅성임이 크게 일고 사람들이 소리쳤다. 온다, 온다! 귀양 가는
양반들이 온다!

사람들의 외침이 끝나기도 전에 자향은 보았다. 금부도사가 앞을 서고

군졸 서넛이 좌우에 내려오는 사이로 죄인 대여섯이 두 손을 묶인 채 끌려오고 있었다. 이번 사화에 귀양 가는 사람들의 행렬이었다.

자향은 아, 탄성을 내지름과 함께 사람들 사이로 죄인들을 정신없이 훑어보았다. 아버님은, 아버님은! 아버님이 저들 속에 계시는가! 끌려오는 죄인들, 아니 훌륭한 선비님들을 하나 둘 셋, 하고 세는데 그들 중에 아버님 박 참의의 모습은 보이지 않는다. 안 보이는 게 마음이 놓이는 걸까, 아니면 안타까운 걸까.

한데 다섯 번째 죄인, 두 손을 묶여 걷는 게 힘이 들어서 허청허청 끌려오는 분, 저분이 박 참의, 나의 아버님이 아니신가! 오, 아버님! 존경하고 사랑하는 나의 아버님!

자향은 아버님! 하고 소리 지르며 사람들 사이에서 튕겨나가듯 쏘아나갔다.

금부도사가 창으로 길을 막고 사람들이 오오 하며 소리 치고 뒤에서 향슬이 아씨 아씨 하며 치마를 잡아당기는 사이, 자향은 아버님 박 참의의 손을 부여잡았다. 밧줄로 두 손이 묶인 아버님은 발 아래 무릎을 꿇은 자향을 내려다보신다.

아버님! 오, 자향이냐. 네가 여길 왜 왔느냐? 아가야, 가거라. 여기는 오면 아니 된다. 어머니랑 가거라! 저는 괜찮습니다, 아버님. 아버님, 남쪽으로 가시면 아니 됩니다. 남쪽은 아니 되십니다. 화담 선생께서 남쪽으로 가는 분에게 추후로 사약이 내려간다 하셨습니다. 아니다. 걱정 마라. 성명께서 곧 깨달으시고 너그러운 윤음을 내리실 것이니라. 걱정하지 마라. 빨리 여길 떠나거라. 가서 가정을 잘 꾸리고 광명한 날이 오기를 기다리거라. 그때 이 애비를 볼 수 있을 것이니라. 아닙니다. 아닙니다, 아버님! 남쪽으로 가셔선 안 됩니다. 남쪽으로 가시면 광명한 날이 와도 못 보실 것입니다. 가지 마시옵소서!

그때 호통소리가 들리고 금부도사와 추적포교들이 동시에 큰소리 치며 자향에게 달려들고 있었다. 놀란 항슬과 동료들이 자향을 확 끌어당기어 군중 사이를 달렸다. 욱자와 석수가 사람 사이를 뚫고 보욱이 허우적대며 길을 열고 있었다. 항슬은 자향을 안다시피하며 군중 사이를 빠져나왔다. 자향은 상황이 급박한 것을 알면서도 사랑하고 존경하는 아버님을 마냥 떨칠 수가 없다.

아버님 아버님! 가지 마시옵소서. 남쪽으로는 가지 마시옵소서!

자향은 자신의 외침이 군중에 막혀 아버님께 들리지 않을 것이 가슴 아팠다. 그녀는 더 큰 소리로 외쳤다. 아버님 아버님, 남쪽으로는 가지 마시옵소서! 남쪽으로는 가시면 아니 되옵니다!

자향은 자신의 외침이 귀청에서 아련하게 가라앉는 것을 느끼며 꿈에서 깼다.

항슬이 왼쪽 어깨를 흔들고 있었다.

항슬은 혼자 자신을 비웃으며 키득키득 웃고 있었는데 갑자기 자향이 얼굴을 찡그리고 큰 소리로 우는 것이었다. 항슬은 깜짝 놀라 자향을 보다가 그녀가 슬픈 꿈을 꾸는 것을 알아챘다. 처음 잠깐은 그런 자향을 조심스럽게 살폈는데 자향은 갈수록 큰 소리로 울며 몸부림까지 쳤다. 틀림없이 좋지 않은 꿈일 것이었다. 급히 오른팔을 잡아 흔들어 깨워주었다.

"괜찮습니까, 아씨?"

"네?"

자향은 아직 정신이 덜 들어 오히려 되물었다. 항슬의 놀란 듯한 눈동자 속에서 자향은 꿈이 생각났다. 아, 꿈을 꾸었지. 아버님이 남쪽으로 귀양 가는 꿈을 꾸었다. 아, 남쪽으로 가시면 아니 되는데!

자향은 부시시 일어나 앉으며 꿈속에서 맺은 눈물을 훔쳤다.

"악몽을 꾸셨습니까?"

항슬이 물었다.

"네."

"지금은 괜찮으세요?"

"네. 제가 무슨 소리를 질렀나요?"

"아버님 소리를 세 번이나 외치시던 걸요. 정신없이요."

"그랬군요. 아버님이 귀양 가시는 꿈을 꾸었거든요."

"아, 그랬어요. 남쪽으로는 가시지 마세요, 하며 소리 치시던데."

"네. 화담 선생께서 남쪽으로 귀양 가시는 분께는 추후로 사약이 내려갈 것이라 해서 그런 하소연을 했나 봐요."

"아, 그렇군요."

"한데 아녀자가 남자 있는 데서 이렇게 자다니 민망합니다."

자향은 역시 양반집 처자답게 슬픔은 억누르고 법도 있는 말을 하였다.

"무슨 말씀을요. 저도 금방 전까지 정신없이 잤습니다."

"그래요? 지금 시각이 얼마나 됐을까요."

"글쎄요. 비밀방 속에 있어서 시각을 헬 수 없지만 술시는 넘은 것 같은데. 배가 고프지요?"

"아니요."

자향은 겸손하였다. 고프다 하면 항슬이 조금 남은 주먹밥을 줄 것이다. 그는 먹지도 않고.

항슬도 그녀의 그런 마음 씀씀이를 알았는지 미미하게 웃었다.

"잠깐만 기다려 보세요. 제가 나가서 문틈으로 밖의 동정을 살펴보고 오겠습니다."

항슬은 빙고의 출입문에 오자 귀를 대고 밖의 동정을 살폈다. 하늘한 바람 소리만 들리고 조용하였다. 문을 살그머니 밀었다. 문이 끄덕도 하지 않는다. 어, 이상하다. 낮에 밀 때는 문이 스르르 열렸었잖아.

잠시 망설이다가 다시 힘을 주어 밀려는데,

"그 문은 열리지 않아!"

굵직한 목소리가 뒤에서 들렸다. 깜짝 놀라 뒤를 돌아보았다. 털복숭이가 히죽 웃고 있었다. 강한은 군관복은 벗고 흰저고리에 짧은 바지를 입은 가뿐한 몸차림이었다.

"아니, 문은 닫혀 있는데 어디로 들어오셨습니까?"

"다 길이 있지."

강한은 그 말을 하는 게 자랑스러운지 입이 찢어질 듯 너부죽히 웃었다. 그러면서 들고 온 풀잎 보따리를 넘겨준다. 항슬이 받아 보니 주먹밥이다.

"하나씩 나눠 먹게. 왜, 밖으로 나가서 동태를 볼라구? 그렇게 해서야 잠복하고 있는 포교에게 들키기 십상이지."

"살짝 열고 문틈으로 동태만 보려고 하였습지요."

항슬은 뒤통수를 긁었다.

"조금만 연다고 하였나? 이 문은 워낙 커서 조금만 열어도 밖에서 다 볼 수 있어. 내 그럴 줄 알고 이쪽 걸쇠를 작동시켜 놓았지."

강한은 문 옆에 있는 기역자 쇠붙이를 발로 툭툭 찼다.

"내가 만들어 붙인 걸쇠 장치지. 수년 전에 얼음 도둑이 여길 들어왔지 않은가. 자그만치 백 정이나 빼내갔어. 허 참 얼마나 아까운 얼음인데. 난리가 났지. 그래서 내가 자물쇠를 열고 들어와서 문을 잠글 경우, 저절로 잠기어서 다시는 못 열게 내 이 장치를 고안해내었지. 어떤가?"

항슬은 그 장치의 신묘함을 알 턱이 없었다. 그러나 자랑하는 강한의 비위를 맞출 요량으로,

"그것 참 기묘합니다. 기계에도 조예가 깊으신 모양이지요?"

"흥, 그대가 날 기분좋게 하려고 아부를 하는가 본데 아부하는 수법이 빤히 보여서 재미가 없군. 하긴 난 그런 순진한 사람을 좋아하니까, 걱정은 말어. 자, 가세. 밤이 어두워졌네."

강한은 역시 이야기하는 걸 좋아하였다. 항슬은 비밀방으로 가는 강한을 따라가며 물었다.

"여기에 비밀통로가 있군요. 그렇지요?"

"그건 알아내었군."

"혹시 포교들도 그 비밀통로가 있는 걸 알고 대비하고 있지 않을까요?"

"뭐야? 그런 생각도 했어?"

강한이 갑자기 뒤돌아서서 둘은 부딪칠 뻔하였다. 항슬의 키가 약간 더 커서 강한의 코가 항슬의 입가에 닿아 있었다. 강한이 올려다보며 물었다.

"그럼 어떻게 하지?"

"뒷문 동태를 보아야지요."

"그래서?"

"한참 기다렸다가 아무 이상이 없으면 나가구요."

"그럴까."

"그게 만전책 아닙니까?"

"그렇긴 하군."

강한이 고개를 끄덕이는데,

"그게 무슨 만전책이어요? 그렇게 잠복하는 자가 두려우면 지금 빨리 나가야지요."

자향이었다. 그녀는 밖에서 사람 소리가 나서 살짝 내다보다가 둘이 대화하는 걸 들은 것이었다.

"아씨는 무슨 말씀 하시는 거예요?"

항슬이 물었다.

"지금요, 몰래 망보는 포졸이 있을까 걱정한 것 아닙니까?"

"그렇지요."

"좋아요. 망보는 포졸이 있다고 하십시다. 한데 그 망보는 사람이 몇 명이나 되겠어요. 하나나 둘? 둘이라고 해두요, 그 사람들이 군관께서 비밀통로로 들어오는 걸 보았다면 지금쯤 한 사람은 그걸 통부하러 갔지 않겠어요."

"그렇다! 처자 말이 맞아. 아무도 안 보았으면 물론 좋지만 내가 몰래 들어오는 걸 놈들이 보았다 해도 지금 나가는 게 수야. 한 놈 정도는 내 이 주먹으로 날려버리지."

강한은 오른쪽 주먹을 불끈 쥐어 보였다. 그 무거운 얼음을 일 년에 수만 정씩 들어올렸다 내렸다 하는 힘이 넘치는 팔뚝이었다.

"잠깐만요."

항슬은 말과 동시에 비밀방으로 들어가 자향의 보퉁이에 주먹밥을 쑤셔넣고 자기가 풀어놓았던 전대를 차고 나왔다.

비밀통로는 정문의 정반대에 있었다. 역시 얼음이 쌓여 있는 곳을 옆으로 슬쩍 밀자 길쭉한 돌이 나왔다. 강한은 돌 왼켠을 힘차게 밀었다. 돌이 빙그르 돌며 작은 통로가 나타났다. 연도(羨道) 같은 것이었다.

"파수보는 놈이 있어도 피할 좋은 방법이 있네. 날 따라오게. 신속하게 말이야."

강한은 그렇게 말하고 고개를 숙이고 연도를 빠져나갔다. 조금 가자 널빤지로 된 문이 있었다. 강한은 그것을 밀고 밖으로 나갔다. 둘은 잽싸게 뒤따라나갔다.

밖은 밤이 소복히 내려앉아 있었지만 연도를 나오느라 어둠에 익숙해진 눈은 사방이 잘 보였다.

강한은 덤불로 문을 감추었다. 감쪽같았다. 멀리서 보아서는 문 같은 게 있으리라고는 상상도 못하게 되어 있었다.

강한은 관목숲을 기어가면서 둘에게 따라오라고 신호하였다. 조금 가자 강한은 덤불 속으로 사라졌다. 바로 뒤를 따르던 항슬이 두리번거리고 있는데 강한의 얼굴이 덤불 속에서 나타나 빨리 따라오라고 신호하였다. 둘도 덤불 속으로 들어갔다. 굴이 있었다.

컴컴한 굴 속을 한참 가자 입구가 다시 나왔다. 강한이 손으로 쉿 하고 밖을 살폈다.

"여보게들, 이제는 안전할 거야. 저들이 이 굴을 찾느라 한동안 헤맬 걸세. 이 굴은 백제 유적이라고 하는데 어쩌면 옛날 무덤이었는지 몰라. 지금은 애들이 노는 곳이고. 어른들은 잘 모르는 장솔세. 우리는 이 통로로 나가서 산을 넘어 가세."

통로를 나가자 그들은 금세 어느 산허리에 와 있었다. 그때 강한이 주춤하며 이마를 감싸고 중얼거렸다.

"이상하다. 왜 이리 골이 아프단 말인가. 아 아!"

그는 무릎을 꿇고 주저앉았다. 항슬이 고개를 숙이고 강한 군관의 어깨를 부축하며 물었다.

"군관 어른, 어디 아프십니까?"

"아픈 건 아니고 갑자기 골이 어리병하네. 혈기가 치솟아. 정신이 어리어리해지구. 뭔가 이상해!"

강한은 한동안 골을 싸매고 주저앉아 있었다. 항슬과 자향은 그런 군관을 바라보며 애를 태웠다. 서빙고 안에서 나눈 세 사람의 정리는 이미 상당히 두터워져 있었다. 얼굴이 대추빛으로 변하며 고통스러워하는 강한 군관의 고통이 그들의 아픔으로 느껴지는 것이었다.

이 짧은 시간이지만 그 사이 추적자가 금방이라도 덮칠 것 같은 조바심도 났다. 항슬과 자향은 군관을 살필라 사방을 조심할라 마음이 산란하였다. 그렇게 어쩔 줄 몰라 하는데,

"가만 있자. 음, 이쪽으로 가볼까."

정신을 되찾은 강한이 눈을 이상하게 치뜨더니 벌떡 일어나 오른쪽 숲이 우거진 곳을 가리켰다. 언제 아팠느냐는 투였다.

"그쪽이 어딘데요?"

항슬이 이상해하며 묻자,

"글쎄, 이쪽으로 가야 할 것 같아."

눈빛이 섬칫한 강한은 우물쭈물 말하고는 앞으로 성큼성큼 걸어갔다. 항슬은 자향을 쳐다보고 고개를 갸우뚱했다. 둘은 고개를 끄덕여 동감을 교환하고는 군관의 뒤를 따라갔다.

한참을 가더니 강한이 혼잣말처럼 중얼거렸다.

"그렇지, 내가 영감을 받은 게야. 이 길은 우리 선산으로 가는 길일세. 우리 조상이 뭔가 영험을 보이셨나 봐."

"그렇습니까. 군관 어른 선산으로 가는 길입니까?"

향슬이 후딱 말을 받아 군관의 기분을 맞춰주었다.

"그렇네. 우리 조상 오대조가 다 여기 묻혀 있지."

"뭔가 영감을 받으신 것 같군요?"

"그러게 말이야. 여하튼 가보세."

그들은 울창한 숲을 헤치며 야트막한 언덕을 올라갔다.

홍가 주모는 노린내를 보자 반색을 하며 달려와 식탁 맞은편에 앉았다.

"아니, 어제 오신다더니 안 오시고 얼마나 기다렸다고요. 우리집을 못찾았어요?"

"그까짓 집 왜 못 찾겠나. 일이 있었네."

"일이라니요. 오마나, 어딜 다치셨나 봐!"

"그랬네. 어젯밤 늦게 그대 집에 가다가 타락동 삼거리에서 괴한한테 기습을 받아 중상을 입었네."

"오마나, 그래서요?"

주모는 진정으로 놀란 표정을 지으며 노린내 옆에 와서 상처 입은 곳을 만져보며 걱정하는 눈빛을 곤두세운다.

"많이 다치셨어요?"

"크게 다쳤지. 저들도 하나가 죽고 둘은 중상을 입었지. 한데……."

"한데요?"

주모는 노린내가 다친 것에 애를 태우느라 다른 것은 아예 안중에 없었다. 노린내는 술청을 돌아보았다. 손님 한 방구리밖에 없다. 노는 품새가 수상한 자는 아니다. 그들은 잠깐 둘을 쳐다보고는 주모 뒷서방이 왔나 하는 정도의 눈치만 보일 뿐이었다.

"앞으로 좀 조심을 해야 할 것 같소. 주모도 말이요. 오늘은 일이 다 끝났는가?"

"대충요. 근데 제가 왜 조심을 해야 하나요?"

"저들이 나를 미행한 게 이 술청부터인 것 같아서."

서란은 그러나 그 말에 별로 놀라지도 않았다.

"그까짓 거 뭐 걱정이요. 난 아무 신경 쓰지 않는 척할 테니 포교님이나 조심하셔요."

배짱 한번 좋다. 노린내는 그런 서란이 맘에 쏙 들었다. 한다하는 노린내도 속으로 감탄하는 맘이 일어 그녀를 다시 살펴본다.

"왜요, 제 얼굴에 뭐가 묻었습니까요?"

"아니네. 여장부 얼굴이 아름다워서 다시 보았네."

홍서란은 웃었다. 그녀는 노린내의 심사를 횡하니 꿰고 있었다. 눈을 찡긋하며 말한다.

"그게 다치셨다면서 어떻게 이렇게 기동하셨어요?"

"그게 말이야, 묘한 일이 있었네. 내 중상만 당한 게 아니라 희귀한 기인 동자를 만나서 금세 치료도 하고, 오늘 오후엔 종로의 유명한 의원에 들러 약까지 다 지어왔네."

"호오, 재미있네요. 그 이야기 좀 자세히 해주어요."

"이야기하자면 길고 기네. 그리고 내일 아침 일찍 이 술청 문 좀 열어야 할 일이 있네."

"아침에요?"

그 말에는 서란도 조금은 의외란 듯 눈을 동그랗게 떴다.

"아침 일찍 누구랑 여기서 만날 일이 있어서 말이야."

"그거야 어렵지 않지요. 허면, 오늘 우리집에 가서 쉬시구 어제 벌어진 이야길랑은 자세히 해주셔요?"

"그러세."

노린내가 선선히 허락하자 홍 주모는 마음이 흡족했는지,

"저녁식사 제대로 못하셨죠. 국밥 한 그릇 말아드릴 테니 드시구 장사 끝내고 저랑 같이 나가십시다."

"그래 볼까. 짭새들이 뒤를 쫓고 있나 살펴보면서."

노린내의 그런 능에도 주모는 눈 하나 깜짝 않고 씨익 웃으며 주방으로 간다. 노린내는 그런 주모가 정말로 좋아지는 것이었다.

36. 보강무당

이상한 소리는 바로 왼켠에서 나고 있었다. 강한은 고개를 살짝 들고 앞을 내다보더니 갑자기 얼굴색이 확 바뀌었다. 그는 왼손을 이마에 대고 고개를 약간 숙였다.

그러면서도 강한은 계속 앞쪽을 살폈다. 자항은 그런 군관이 이상하여 고개를 살짝 뽑아들어 풀밭 저쪽을 바라보았다.

여인이 있었다. 옅은 색 저고리에 짙은 색 치마를 입은 여자는 요령 같은 것을 흔들며 뭐라 중얼거리고 있었다. 그녀가 서 있는 곳은 무덤 앞이었다. 자항은 그녀와 강한을 번갈아 쳐다보았다. 강한의 눈동자는 여자를 정신없이 관찰하고 있었다.

항슬이 귀엣말로 속삭였다.

"젊은 여자예요. 누굴까요?"

"아마도 이복 여동생인가 봐요. 아버지가 인연 있어 사귀었다는 무당의 딸 말이에요."

머리가 빠른 자향은 여자를 보자마자 강한의 이복 여동생으로 직감하였다. 생김새가 무당 끄트머리처럼 행동하고 있었기 때문이다.

"여기가 강 군관의 선산이라고 하였으니 그 여자가 맞겠네."

"그렇지요. 여자가 서 있는 봉분은 아버님 무덤이구요."

"맞았어."

자향과 항슬이 이렇게 영리한 속삭임을 나누고 있는데 여인이 갑자기 이쪽으로 몸을 돌리고는 큰 소리로 말하였다.

"거기 귀신처럼 숨어서 뭣들 하는 거야. 일루들 썩 나오지 못할까!"

강한은 호통소리에 입맛을 다시고 숨을 한번 크게 들이키고는 허리를 쭉 펴고 성큼성큼 걸어나갔다. 그는 여자 가까이 가자 결기 있는 목소리로 말하였다.

"어른의 무덤 앞에서 무슨 요사한 짓을 하고 있느냐?"

"무엇이, 요사하다구! 흥, 저 세상을 모르는 사람이 무슨 말을 못 할까. 이 무덤이 누구 무덤인지나 알고 하는 소린가?"

여자는 이제 스물이 갓 되었을 법한데 서른이 넘어가고 있는 강 군관에게 반말투로 으시딱딱거리고 있었다. 그러나 강한은 반말투의 어법에는 신경을 쓰지 않고 분기 넘친 목소리가 되어 호통으로 응대하였다.

"여긴 나의 아버님 무덤이니라. 너 같은 천붙이는 이곳에 자주 오는 게 아니느니라."

"흥, 천붙이? 하기야 시시한 얼음장사꾼이 이 세상은 물론이요 저 세상을 알 턱이 없지. 가련하다 인생이여 허무할손 후손이라. 한많은 조왕귀신 그대 살붙이 허망해도 원망이란 하지 마소. 첩첩산중 저승살이 하고많은 세상풀이 모두가 영검이라 그 속에 사연깊고 그 안에 새삶있네. 어허, 불쌍타 불쌍토다 그 모습이 불쌍토다."

밑도 끝도 없는 넋두리를 읊어대던 여인은 요령을 강한의 온몸을 향해 후익휘익 휘둘렀다. 아마도 딴에 무슨 귀신을 쫓는 모양이었다.

여자 무당이 또 주절대었다.

"이 무덤은 내가 십 년째 지켜왔다. 저승에 간 아버님의 한을 풀어준 사람은 바로 나. 일 년에 한두 번 성묘하는 불초 소자와는 다르니라."

그 말에 짜증과 화가 겹친 강한은 성큼 여인에게 다가가 왼손으로 무당의 오른 팔뚝을 꽉 끌어잡았다. 그러나 여인은 외려 싱긋 웃고는 귀신 같은 하얀 얼굴을 강한의 눈앞에 쓰윽 들이대면서 종알거렸다.

"왜, 내 얼굴을 가까이 보고 싶어서? 잘 오시었소, 오빠님. 내가 여기에 왜 나와 있는지 아시오? 그대 오빠가 허둥지둥 동생 찾아 유일한 길 삶을 찾아 이곳으로 올 줄 알고 아픈 가슴 부여안고 마중 나와 있는 거라오."

"무슨 헛소리를 하는 거냐?"

"헛소리? 그야말로 헛소리 같은 소리 하지 마요. 내 오빠가 불쌍하여 동기 정을 버릴 수가 없어 이리 나와 있는 게요. 뒤에 달고 온 저 귀신들이 바로 오빠의 마지막 시련이라. 동티 많은 망나니 인연 있는 악귀라서 아니 달고 올 수 없지이. 어때요, 내 저 귀신들을 살려줄까 죽여줄까."

"요것아, 무슨 헛소리를 하는 거야?"

"하기야 무슨 소린지 모르겠지. 저것들이 세상귀신 저승귀신인지 알 턱이 없지. 한데 요것은 또 무언가요. 삼신할매 명을 받아 우리 강가 대를 위해 이 세상에 나온 신선, 금지옥엽 여동생을 요것이라 부른담요? 내 이름은 옥년이, 옥 같은 이쁜 계집, 호박 같은 붉은 정열, 비취 같은 서른 포한, 인연 많은 슬픈 인생, 그 바로 옥년이오. 하나 있는 동생 이름도 모른다요?"

옥년이라고 으스대는 무당 동생은 얼굴을 금방 뽀뽀라도 할 듯이 강한의 얼굴 코앞에 바짝 들이대며 무당 사설 같은 말을 주절대었다. 힘과 담이 넘치는 강한도 가까이 하지 않던 여동생의 하얀 얼굴이 귀신처럼 다가오자 뒤로 주춤 물러났다.

"흐흐흐, 오빠님, 놀라지 마요. 저 귀신들 뒤에는 또 다른 귀신들이 풍우처럼 몰려오고 있네요. 그치요? 빨리 도망쳐야겠소. 하긴 잘 되었지 뭐. 울 아버지 저승 포한 올해로 끝이 나니 오빠님도 수우신 망나니 노릇 그만하고 나랑 같이 울엄마한테 갑시다요. 가서 삼신할매 복을 받아 우리 둘이 무당세상 훤하게 열자구요."

"무슨 소리 하는 거야?"

"무슨 소리라니요. 우리 아버님이 삼신할매 축복 저버리고 수우신 현명 씨한테 도망하다 저 논가에서 저주받고 죽은 지가 이제 이십 년, 우리 남매 단취하여 세상풀이 할 때라 이거지요."

강한은 어이가 없었다. 무당 신들린 배다른 여동생이 정신이 나갔다는 말을 들어 노상 가슴이 아팠는데 오늘 보니 그 풍문은 슬프게도 정확하였다. 더구나 자기까지 아버지의 영검에 집어넣고 헛소리 하는 것을 들으니 너무나 한심하고 가긍하였다.

"네가 제 정신이 아니라는 말을 듣고 내 늘 가슴이 아팠는데 정말로 신기가 몸속에 깊이 들었구나. 어떠냐. 요양을 해서 몸을 가지런히 해보아라. 돈이 필요하다면 내 필요한 만큼 대주겠다."

"요양? 오빠가 요양이 필요해서 저 남녀 귀신대가리를 데불고 일루 허둥지둥 도망해 오셨소? 허, 참 우습도다. 저 건너에서 하얀 요기가 정신없이 달려오고 있네. 포교 요귀들일세. 오빠님, 빨리 도망치지 않으면 저들에게 붙들리겠소."

"무슨 소리 하는 게야?"

"아니, 멀쩡하다는 오빠가 저기 짓쳐오는 포교 요귀가 보이지도 않수? 눈이 멀어 보이지 않으면 땅에 귀를 대서라도 들어보시라우요."

옥년이는 말이 끝나자마자 풀밭에 엎드려 귀를 대고 소리를 듣는 시늉을 하였다.

"오메, 많이도 쫓아오네. 하나 둘 셋 넷 다섯, 오사할 것들이 다섯이나 되네."

"정말이냐?"

강한은 뭔가 켕기는 마음이 생겨서 뒤를 돌아 자향과 항슬을 보고 여동생을 다시 보면서 물었다.

"내가 왜 오랜만에 만난 오빠한테 거짓말을 하겠수. 내가 여기 나와서 우리 조상께 신풀이하고 있었던 것도 실은 오빠를 기다린 거랍니다. 내 말 알겠어요? 내 말 믿어요. 이 세상 동생 말 믿는 것처럼 좋은 게 어디 있을까. 갑시다, 오빠. 절 따라와요. 저 귀신들 데리고 가도 좋아요. 이쁜 귀신들이니까. 자, 갑시다. 절 따라오셔요."

옥년이는 하는 말이 어떤 때는 신들린 듯하고 어떤 때는 멀쩡한 처자처럼 올바르기까지 하였다. 그녀는 풀밭에서 일어나 두 손을 툭툭 털고는 앞장 서서 오른쪽 산기슭으로 걸어갔다. 그런 옥년의 행동은 자연스러웠고 태도에는 동기를 아끼는 애정이 깃들어 있었다.

그러나 강한으로서는 왠지 떨떠름하였다. 그는 혼이 나간 양 여동생의 뒷모습을 멍하니 바라보고 서 있었다.

자향과 항슬은 얼굴을 마주 보며 눈을 끔벅거렸다. 뭐가 뭔지, 일이 어떻게 돌아가는 건지 알 수가 없었으나 또 뭔가 짚이는 바도 있었다.

"옥년이는 어떻게 포졸이 쫓아오는 걸 알까요?"

항슬이 더듬거리며 자향에게 말하였다.

"신들린 무당인가 봐요."

"신들린 무당은 그런 것도 아나요?"

"그럼요. 믿어지지 않아요?"

"글쎄요, 믿어지기도 하고."

두 사람의 횡설수설 같은 말을 듣고 있는지 마는지 강한이 흐리멍텅한 목소리로 말하였다.

"우리도 따라가보세."

"그러지요."

"네, 그래요."

자향과 항슬도 옥년의 신기에 섭쓸린 듯 동시에 대답하고는 강한의 뒤를 따랐다.

옥년이는 뒤도 돌아보지 않고 가고 있었다. 셋이 빠른 걸음으로 쫓아가 바로 등 뒤에 닿자 그때서야 뒤를 돌아보고 생긋 웃었다. 무우처럼 흰 얼굴이 백반 같은 이를 들어내며 웃자 귀기가 섬뜩하였다.

자향은 옥년의 서늘한 웃음을 보며, 확실히 신기가 깊이 든 여자이다. 저 여잔 어쩌면 천생의 무당인지 모르겠다. 양주댁이 늘 말하던 세상만사를 휑하니 들여다보는 신들린 무당. 바로 그런 경우일까, 하고 생각했다.

옥년이는 산을 왼쪽으로 돌고 다시 위로 오르고 오른쪽으로 휘더니 어느 초막 앞에 섰다.

"어머님, 소녀가 왔습니다. 오빠를 데리고 왔습니다. 귀졸(鬼卒)도 두 마리 따라왔나이다."

"그래, 내 말대로 그 무덤가에 있으니 오던?"

"네. 시간 맞춰 오더이다."

"으흐흐흐, 귀졸이 둘이면 숫자도 맞는고나. 사방귀신에 구천세계라 하였더라. 오늘 일진이. 이제 네 병도 깨끔히 나을 수 있겠고나. 그들을 일루 들어오라 해라."

초막 안의 여인은 옥년의 어머니인 보강무당인 듯하였다. 셋이 안으로 들어가니 나이든 무당이 양켠에 하얀 촛불을 켜고 초막 한가운데 오도마니 앉아 있었다.

자향이 보니 보강무당은 창백하리만큼 하얀 얼굴, 날카로운 눈매와 얇은 입술, 긴 인중이 서늘한 인상을 풍겼다. 어디서 본 듯하고 뭔가가 가슴에 찡하니 와닿는데 그게 무엇인지 확연히 잡히지 않았다.

옥년이 조금 다급한 투로 말하였다.

"어머님, 우리 뒤에 포교귀신 다섯이 질풍같이 쫓아오고 있나이다. 오빠와 이 두 귀졸을 잡으러 오는가 보나이다."

"나도 느끼고 있다."

"그들이 일루 오지 않게 하소서."

"물론이노라."

보강무당은 오른켠에 놓여 있던 쥘부채를 쥐고 일어나 척 펴더니 오른쪽 방향을 향해 철썩철썩 부쳐댔다. 노랑 파랑 빨강으로 색색이 물들인 부채였다. 무당은 바람을 불어내듯 부채를 너울너울 부쳐대고는 묘한 소리를 뱉어내며 소리쳐 주문을 외었다.

어허 웃자 어허 돌자 어허 가라

이녘에 오면 저승이오 저녘에 가면 이승이라

욕심많은 군웅대감

시샘많은 공명대감

공훈 세워 어이하리

뒤로 돌아 순력대감 앞으로 돌아 어사대감

어허 가자 어허 가라 어허 돌라

이 산은 안개 주산

저 산은 서리 주산

내린다 흩날린다 뿌린다 안개요 서린다 서리여

으흐 간다 군웅대감

어허 간다 공명대감

가라 가라 가라!

삼천육백오십일 삼천육백오십일

칠천삼백일

님은 오지 않고 포교귀신 웬말인가

가자 저승이여 오라 이승이여

가라 가라 가라!

마지막 소리는 무슨 말인지 모르게 빠르게 뱉어놓더니 보강무당은 앞으로 풀썩 쓰러졌다. 입에서 피를 토했다. 옥년은 별로 놀라워하지도 않고 앞으로 다가가 어머니를 안아 일으키며 옆에 놓인 수건으로 피범벅이 된 입 언저리를 닦고 물사발을 들어 어머니에게 물을 먹였다.

보강무당이 읊어댄 것은 대감거리 가락에 벽사타령 같은 내용으로 추적하는 포교들을 저주하며 다가오지 못하게 하는 굿거리였다. 뒤쪽에는 무슨 포한진 넋두리를 담아 허공에 원한을 뿜어대듯 읊어대는 것이었다.

보강무당은 숨을 할딱이며 물을 받아 마시고는 눈초리를 더욱 날카롭게 세웠다. 무슨 힘이 어떻게 났는지 벌떡 일어나 초막의 휘장을 확 열어재켰다.

밤이 그들 앞에 펼쳐졌다. 멀리 아래쪽 산 능선에서 횃불이 어른거렸다. 불빛은 천천히 이쪽으로 움직이고 있었다. 보강무당은 한동안 어두운 밤을 응시하였다.

보강무당은 찬 밤공기에 정신이 쇄락해졌는지 허리를 빳빳이 하고 섰다. 그리고는 왼팔을 쭉 뻗었다. 옥년이 냉수가 든 사발을 가져다 바쳤다. 무당은 냉수를 휙허니 허공에 뿌렸다. 그와 동시 오른팔의 쥘부채를 앞으로 높이 쳐듦과 동시에,

"가거라 귀신이여, 오거라 님이어!"

큰소리를 버럭 지르고 온몸을 부들부들 떤다. 밤 하늘에 때아닌 뿌연 서리가 사방으로 날아갔다.

자향은 유심현 지사를 생각하였다. 그때와 비슷한 일이 벌어지고 있었다. 자향은 항슬과 강한을 바라보았다. 그들은 보강무당의 일거수일투족을 보며 무척 놀라워하고 있었다.

하얀 서리가 밤 하늘에 뿌옇게 수놓는 것을 본 보강무당은 부채를 활활

부쳐대었다. 서리는 눈 나리는 겨울밤처럼 빠른 속도로 사방으로 뻗어갔다. 무당은 숨을 헐떡이었다. 부채를 부치는 게 힘이 드는 모양이었다. 온몸에서 땀이 비 오듯 흘러내렸다.

한동안 부채를 부치던 보강무당이 몸을 돌려 강한과 마주했다. 얼굴이 하얘져서 마치 강시 형상이었다. 무당은 숨을 깊이 들이쉬며 강한의 놀란 눈속을 뚫어질 듯 들여다보았다. 그리고는 귀신처럼 웃었다. 옥년이 닦아준 토한 피가 입술 언저리에 약간은 남아 있어 영락없는 강시였다.

"강한아, 내 아들아. 오랜만이로다. 아무리 빙고와 보강 사이에 결계의 벽이 높다 하되 어찌 어머니와 아들이 이렇게 무심히 지낼 수 있을꼬. 네 아버지와 맺힌 한이 이다지도 깊단 말가."

보강무당은 강한을 마치 자기 친자식처럼 취급하였다. 자향은 강한이 어떤 태도를 보일지 궁금하였다. 그러나 강한은 아무렇지 않은 표정을 짓고 있었다. 보강무당이 어머니 행세를 하는 것을 탓하지 않는 투였다.

그러나 말은 퉁겨서 나오고 있었다.

"무당을 제대로 하려거든 딸을 잘 건사하시오. 몸은 여리어 갈대처럼 흔들리고 마음은 의지가지 없는 망망대해의 일엽편주. 보기만 해도 애처럽고 가련하오. 생각 같아서는 저 애를 데려다 조용히 요양하여 천생의 요조숙녀로 환원시킬까 하오."

"맞도다 맞도다. 그대는 역시 같은 살붙이. 오랜만에 만났어도 동기의 깊은 정은 어찌할 수 없고나. 강한아! 저 애가 왜 저렇게 병약한지 아느냐? 네 아버지가 사랑하는 나를 버리고 저 더러운 수우신한테 도망한 때문이다. 내 저 애를 몸속에 가진 것을 알거늘 너의 아버지는 정인을 버리고 나를 버리고 논틀밭틀로 도주하였다. 홍, 대감신이 삼신할매가 용서할 리 없지. 애기 가진 내 몸이지만 삼신할매의 신기를 부여받아 논틀밭틀 뒤를 쫓아 네 애비를 붙잡았지. 내가 어떻게 한 줄 아느냐?"

"아버지를 죽였소?"

"그렇다!"

"정인을 죽이는 사람이 세상천지에 어디 있소?"

자향과 항슬은 강씨 집안의 원한사가 무척이나 충격적이어서 멀거니 바라보았다. 무당의 말속에 신기가 충만한 것은 그렇다쳐도 강한의 어투에도 신기가 어른거리고 있었다.

"정인! 조오치! 사랑하였지. 끔찍이 사랑하였지! 그대 아버지는 멋있는 남자였다. 인물만 좋은 게 아니라 신기도 좋았지. 내가 보지 못하고 듣지 못하는 것까지 그분은 죄 보고 들었다. 정말로 대감신의 말씀을 속속들이 들었다. 귀신과 한몸이었다. 그런 귀한 내림은 조선 천지 백년에 한 번 나는 것이라 했다. 조선 으뜸의 무당, 천하 최고의 박수가 탄생한 거야!"

보강무당은 강한의 눈동자를 들여다보던 눈초리를 들어 허공을 응시한다. 허공 저켠 어딘가에 그리던 님이 있는지, 아니면 원수라도 있는지, 뚫어져라 노려보며 독백처럼 외워댔다.

"하지만, 하지만 마가 끼었다. 마가 끼었어! 부하도다, 원통하도나! 더러운 수우신놈, 내 낭군을 훔쳐가다니! 현명씨놈아, 내 사랑하는 정인을 내놓아라! 내놓으라구! 더러운 현명씨놈아! 으하하! 저 먼 세월, 흘러간 나날들, 삼천육백오십일 삼천육백오십일! 나는 잊을 수 없다. 결코 잊을 수 없어. 수우신놈아, 내 정인을 살려 내놓아라! 으흐흐!"

보강무당은 눈물을 흩뿌리며 신들린 듯 웃어대고 있었다. 그러나 그녀의 말속에는 원한보다는 사랑이 깊고 급했고 더욱 절절하였다.

자향은 무당의 슬픈 사연이 이상하게 슬프지 않았다. 외려 아름다운 추억처럼 느껴졌다.

쓰러질 것 같은 보강무당을 옥년이 옆에서 부축하였다.

"강한아, 내 아들아. 너의 아버지는 내가 죽였다. 이 손으로 죽였다!"

"아버지를 사랑하였다면서 왜 죽인 거요!"

"사랑하기 때문에 죽였다. 너무나 사랑하였기에 그냥 보낼 수 없었다.

그가, 그 님이 가버리는 건 견딜 수 없었다. 견딜 수 없었어. 수우신한테 가는 건 삼신할매도 싫어하여 날보고 죽이라고 하였다. 맞아. 그 님은 내가 죽인 게 아니야. 삼신할매가 대왕마마가 죽인 거다!"

보강무당은 마지막 말을 부르짖을 때 피를 한 움큼 토해냈다. 옥년이 쓰러질 듯 나약한 어머니를 더욱 꼬옥 안으며 수건으로 입과 손을 닦아주었다.

"내 딸아! 너는 내가 사랑하는 정인의 증표로구나! 너를 갖고 내가 너의 아버지를 죽였으니 네가 온전할 수 있겠느냐. 날 때부터 포한진 애물, 잊을 수 없는 원한, 바를 수 없는 인생. 그렇다. 너는 무결한 아이로 태어나 죄많은 평생을 사는구나. 주먹보다 작은 너가 이렇게 산 것만 하여도 이상코 기특하다. 잊거라 잊어. 아버지의 슬픔, 나의 원한은 잊어버리거라!"

보강무당은 비쩍 말라 힘없어 보이는 여린 딸의 몸을 꼬옥 껴안으며 강한을 쳐다보았다.

"내 아들아, 나를 죽여다고. 사랑하는 정인을 죽인 천한 무당, 나는 이제 죽을 때가 되었는가 보다. 나는 기다렸다. 많은 세월 기다렸다. 강한이 너가 나이 들고 철이 나서 아비의 원한 갚겠다고 쳐들어올 것을 기다렸다. 왜 오지 않았느냐. 왜 일찍 오지 않았느냐. 와서 나를 죽여 이 포한의 굴레에서 풀어주실 게지, 왜 오지 않았느냐. 왜 오지 않았어!"

강한 군관은 이제 허리를 곧추세우고 밤 하늘을 바라보고 있었다.

이 몇 달 동안 헤매인 나의 심적 갈등이 바로 이것이었을까! 여인의 사랑과 포한이 서리서리 맺히어 내 꿈속까지 침투하였던가. 나의 아버지를 사랑한 보강무당의 한이!

지난 몇 달 동안의 그 음울한 꿈들이 한꺼번에 그의 뇌리를 가득 채웠다. 어두운 꿈속의 희미한 언어들이 갑자기 빛을 발하는 별빛처럼 그의 머릿속을 스쳐간다.

맞아, 이런 예감은 조금은 있었다. 그러나 무당의 슬픔과 원한이 저리

깊을 줄은 어느 누가 알 수 있겠는가.

아까 이쪽 산등성이로 들어서기 전 머리가 띵하며 주저앉았을 때, 나는 자신도 모르게 보강무당의 기를 받았던 게구나. 보강무당의 말이 맞는가 보다. 현명씨 수우신이 이쪽으로 발길을 옮기는 나를 말리고 있었는지도 모르고.

혹여 무당의 신기가 아버지 때처럼 나에게 덮쳐오는 건 아닐까? 아니야. 그럴 리는 없지. 아버지 같은 신기를 타고난 바도 받은 바도 없으니까, 나에겐.

보강무당은 그렇게 멍하니 밤 하늘을 바라보는 강한이 자신의 말에 동탕이 된 줄 알고 더 신들리게 말을 내놓는다.

"강한아, 이 아이를 보아라. 이 연약한 체질, 여린 마음의 내 딸. 너의 동생을 보거라. 옥년이 너는 평생 웃지 않는 아이, 울지도 않는 아이, 말도 없는 아이. 가엾은 아이였다. 아들아, 너의 동생은 허구헌날 허공을 향해 눈물 짓고 어둠을 향해 홀로 사는 이이였디. 이 아이를 돌보아다오. 니의 동생을 돌보아다오! 네 동생을 사랑하여다오!"

자향은 이제 알 것 같았다. 이 무당은 신기가 아닌 병으로 죽어가고 있다. 지금 죽기 위하여 이 초막에서 강한이 오기를 기다린 것이다. 몇 날 며칠이었을까. 아마도 오랫동안 기도하였던 것 같다. 연인의 아들이 자기를 찾아와 이십 년 쌓인 한을 끝내주기를 기다린 것이다. 강한이 오도록 기도하고 굿풀이하고 한을 녹이며 기다렸다. 강한 군관이 꿈속에서 본 몽환도 바로 보강무당이 뿌린 씨앗일 게 분명하였다.

딸에 안겨 있던 보강무당이 풀썩 땅바닥에 주저앉았다. 아마도 진기가 다 흩어져 몸을 지탱할 힘조차 소진된 모양이었다. 옥년이 그 옆에 앉아 어머니를 자기 품에 안았다. 딸의 품에 안긴 보강무당은 어둠 속의 저 먼 곳을 바라보며 희미하게 웃는다. 힘이 없는 웃음이되 애잔한 정, 밀물처럼 다가오는 기쁨이 서려 있었다.

"아들아, 딸아, 저기 보인다. 너의 아버지가 죽은 논길이 보인다. 님은 논길이 무슨 서빙고 길인 줄 알고 마냥 달려가더구나. 님은, 어머니의 결계에 걸려 길을 찾지도 못하면서 수우신한테 가려고 발버둥쳤지. 그까짓 얼음귀신 뭐가 좋다고 가려고 했을까. 동빙한설(凍氷寒雪)에 호흡을 폐칩하고 강 위를 헤매며 얼음을 찾던 게 그 님의 일이던가. 님은, 논길을 빙빙 돌면서 마구 헤매는 거야. 얼음한테 돌아가려고 헤매는 거야. 내가 붙잡았지.

당신 어디 가우? 엉, 나 잠깐 서빙고 좀 갔다 올께. 얼음이 다 녹는가 봐. 흥, 얼음 좀 녹으면 어때. 겨울되면 다시 얼을걸. 아니야. 얼음이 녹으면 안 돼. 사람들에게 얼음을 나눠줄 수 없잖아. 수우신님이 화났어! 화를 내라지. 우리 대감신이 다 보살펴주실 텐데. 아니야. 내 갔다 올께. 안 돼요 안 돼. 당신 나를 버리지 않는다고 약속하였잖아! 누가 버린댔나. 잠깐 갔다 온다니까. 대감신 말씀이 한번 가면 아니 온대. 가면 아니 되에! 아니야, 내 필히 돌아올게. 믿을 수 없어. 날 버릴 거지. 아니라니까. 날 버릴 거야! 아니라니까!

나는 화가 났다. 논가에 버려진 호미가 있어서 그걸로 한 대 때렸지. 내 님을 때렸지!

한데 그 님은 호미를 맞고 죽었어. 허망하게 죽었어! 작은 호미를 맞고 죽을 사람이 아닌데. 신기 깊은 조선 으뜸의 박수무당이!"

보강무당은 흰창을 드러내며 눈을 홉뜨고 저 아래 논길, 아니 먼 옛날, 사랑하는 님을 그리며 신들린 듯이 독백하였다. 옥년은 어머니를 안고 논길이 있는 앞쪽을 멍하니 응시하였고 강한 향슬 자향은 무당을 똑바로 응시하고 있었다.

"그 님, 조선 으뜸의 신내린 박수무당. 그는 삼신할매가 죽인 게야. 대감신이 죽인 거였어. 수우신한테 너의 아버지를 빼앗기지 않으려고. 그 땜에 나는 사랑하는 님을 잃었네. 그 좋은 님을 잃었네. 삼천육백오십일, 삼천육백오십일. 칠천삼백일. 그님없는 쓸쓸한 나날, 그 나날들…… 비 오는 날이나 눈 오는 날이나, 나는 그 논두렁을 헤매었다. 님이 나를 만나러 올까 오실까 기다리었다. 밤마다 어른거리는 꿈속에서도 헤매었다. 그 님은 한번도 오지 않았다. 가기 전, 꼭 오마고 약속하였으면서, 오지 않았다. 한번도 오지 않았어…… 그 기다리던 세월, 처음엔 기다림도 아름다웠지. 기대와 희망이 있었다. 허나 아무리 기다려도 님은 오지 않았다. 그래, 기다릴 게 아니라 님을 만나러 내가 가야 하는가 보아, 내가 가야 하는가 보아……. 딸아 아들아, 사랑이 무언지 아느냐? 사랑은 받는 것만도 주는 것만도 아니다. 사랑은 아름다운 것만도 추억만도 아니다. 진정한 사랑은 잊어서는 안 되는 거야. 그 잊을 수 없는 사랑을 찾아서 내 가야 하는가 보다. 가야 하는가 보아……."

거기까지 말하던 부강무당은 넋두리가 자지러지더니 끝내는 말이 끊어졌다. 어머니를 안고 있던 옥년이 고개를 숙여 귀를 어머니 코에 갖다 대었다. 숨은 없으되 몸은 아직 따뜻하였다.

무당은 기절하고 있었다.

함지박귀의 추리는 적중하였다.

독랄한손을 치료하고자 빙고를 떠날 때 함지박귀는 빙고 앞뒤 두곳에 포졸 한 명씩을 배치하였다.

술시가 넘어서고 있을 때 뒤쪽을 망보던 포졸이 헐레벌떡 소식을 갖고 왔다. 강한 군관이 빙고로 살금살금 다가오더니 뒤쪽 어름에서 감쪽같이 사라졌다. 아마도 비밀통로가 있어 그 통로로 사라진 것 같다고 하였다.

그동안 모여든 대기조는 모두 여섯이었다. 보강리 언저리까지 갔다가 돌아오기로 한 최윤보 조만 빼고 모두 모인 것이다. 발목이 접질러진 독랄한손은 한강독사와 함께 뒤를 지키도록 하고 넷이 질풍처럼 빙고로 달려갔다. 달이 밝았으므로 홰는 들지 않기로 하였다.

강한 일당은 물론이고 지키고 있던 포졸도 사라지고 없었다. 사방을 수

색한 끝에 포졸이 남긴 하얀 종이쪽을 찾았다. 종이쪽을 따라갔다.

그러나 강한의 수법은 한다하는 함지박귀들을 골탕먹였다. 동굴이 있는 산허리에 왔을 때 먼저 쫓던 포졸과는 접선이 되었다.

"어떻게 되었는가?"

"사라진 뒤쪽에서 금방 전에 세 그림자가 나타나 이쪽으로 왔습니다."

"그들은 지금 어디 있을까?"

"이 앞쪽으로 갔는데 순간 종적 없이 사라졌습니다."

그들은 사방으로 나누어 산을 수색하였다. 유적 같은 동굴이 있었다. 그들이 지나간 흔적도 발견하였다. 그러나 동굴을 찾았을 때는 많은 시간이 지나가고 있었다. 그 사이 그들은 사라지고 없었다. 함지박귀가 물었다.

"이 앞에 길이 몇 갈래가 있는가?"

산길을 안내하던 그곳 포졸이 대답하였다.

"위쪽으로 가는 길과 오른쪽 아래 등성으로 가는 두 갈래인데 결국에는 보강마을로 이어집니다. 왼쪽은 산길이라 좀 험하지만 아랫길을 내려다보며 가니까 그 길로 가는 게 좋습니다. 정 원하신다면 한 사람만 아랫길로 보내면 됩니다."

"그렇게 하지. 자네가 아랫길로 가겠는가."

"그러겠습니다."

"그럼 두 길이 만나는 곳에서 합치세. 여차하면 불을 켜서 신호합세. 신호 방법은 알겠지? 군호도 잊지 말고."

"염려 놓으십시오."

함지박귀와 세 포졸은 산길을 탔다. 산길은 가다가 막히고 없어지고 하여 시간이 걸렸다. 한 등성이를 넘을 때쯤인데 서리가 뿌옇게 내렸다. 한기가 온몸을 엄습함과 동시에 길도 끊기고 앞도 잘 보이지 않았다.

"횃불을 하나 만들어라!"

함지박귀의 명령에 홰가 하나 들리워졌다. 홰를 들고 앞을 살피던 포졸이 물었다.

"갈 길이 없습니다. 어떻게 할까요?"

"초도라도 있는지 한번 찾아보지 그래."

함지박귀는 앞장 서 길을 찾으며 독려하였다.

그렇게 한동안 풀숲에서 헤매고 있을 때 앞쪽에서 신호가 왔다. 아까 아랫길로 빠진 포졸이 산등성이에서 손짓하고 있었다. 역시 이 동네 포졸이라 길이 밝았다.

그가 다가오며 소리쳤다.

"이 앞쪽에는 아무것도 없습니다. 저켠 윗쪽에 무당이 고사 지내는 초막이 하나 있을 뿐인데 텅 비어 있는데요."

"그 사이에 사람 인적은 없었는가?"

"없습니다. 그리고 앞쪽은 허연 서리가 내렸는지 바닥에 눈이 내려서 발자국이 외려 선명히 나타나는데 아무것도 없습니다. 오뉴월에 서리라. 그 이상하지요?"

함지박귀와 일행은 멀뚱히 사방을 훑어보았다. 아스라한 밤이 그들을 감싸고 있었다. 그런 정적의 산속에서 그들은 뾰족한 방략을 찾지 못한 채 한동안 서 있었다.

함지박귀는 이상한 생각이 들었다. 서빙고의 군관이 하는 짓이 확실히 이상하지 않은가. 누군가를 데리고 은밀히 사라진 것도 사실이고. 더구나 이 서리는 무엇을 뜻하는가? 그는 갑자기 뭔가 뇌리를 파고드는 영감을 느끼고 있었다. 뭔가가 있다. 뭔가가 있어! 그는 눈을 부릅뜨고 컴컴한 야산의 밤을 뚫어질 듯 응시하였다.

그때 건너편 등성이에서 이상한 소리가 들려왔다. 그것은 누군가 잠행을 하다가 자칫 잘못하여 나는 소리. 툭, 뚝, 마른 나뭇가지 부러지는 은밀한 소리였다.

소리는 계속 나지 않았다. 그들은 한동안 건너편 숲을 주시하였다.

다시, 버석버석, 우수수.

소리는 거기, 건너편에 사람이 있음을 확인시켜주고 있었다.

37. 옥주비전

보강무당네 집은 초가이되 디근자로 된 한옥으로 방이 네 개이고 큰 대청에 부엌과 말구유간까지 구비돼 있었다. 멀리서 무당을 찾아온 사람들을 이삼 일씩 재울 수 있는 규모였다.

그들이 초막을 뜬 것은 함지박귀의 지시를 받고 아랫길로 달려간 포졸이 접근하기 바로 직전이었다.

보강무당이 기절한 것에 놀라 옥년이 어머니의 가슴에 귀를 대며 안타까워할 때,

"온다, 와!"

강한이 초막 뒷켠을 바라보며 작은 소리로 탄성을 내었다. 그의 눈은 저 아래쪽 언덕을 쏘아보고 있었는데 귀기가 넘실대고 있었다. 이상한 강한의 얼굴을 보자 항슬이 뭔가 뜨끔한 생각이 나서 물었다.

"누가 옵니까?"

"포교들이 오고 있다, 가까이 오고 있어."

"정말로요?"

"그럼!"

"어떻게 아십니까?"

"알려주네 알려주어!"

"누가요?"

"건 알 거 없어!"

강한은 옥년에게 손짓하며 명령하듯 말하였다.

"가자, 어머니를 업고 가자구!"

옥년은 그런 강한의 말에 왠지 아무 이의 없이 고개를 끄덕이며 어머니를 안아 일으켰다.

"자네가 업게."

강한이 항슬에게 말하였다. 항슬은 그 말에 자기가 생각해도 이상할 정도로 후딱 등을 내밀었고 옥년은 어머니를 항슬에게 업혔다. 옥년이 앞을 서고 항슬 자향 강한의 순으로 초막을 뒤로 했다.

한데 앞을 가는 옥년이 이상한 행동을 하는 것이었다. 그녀는 쥘부채와 요령을 좌우 손에 쥐고 춤을 추듯 몸을 흔들며 길을 걸었는데 뭐라 혼자 중얼중얼 사설을 주워섬키며 어두운 앞쪽에 호령하곤 하였다.

부리 서낭 신에 서낭
어서닝요 남서낭요
물 아래 서낭 물 위 서낭
동두길진 되내미 서낭
북두길진 자문안 서낭
서두길진 사신 서낭
남두길진 오수재 서낭
안으로 들어 수구구 서낭
재제봉봉 넘던 서낭
거리거리 노제 서낭

옥년이 주워섬긴 노래는 뒷전거리 사설인데 그녀는 아마도 그 소리로 쫓아오는 포교들의 눈길을 흐리게 해달라고 대감귀신에게 비는 모양이었다.

무당을 업고 뒤따라가는 항슬은 어이없어 입맛을 다시면서 허청거리며 걸었고 자향은 연신 뒤를 돌아보며 강한의 이상한 눈매를 훔쳐보곤 하였다. 하여튼 이상한 야밤의 도망행각이었다.

항슬은 보강무당을 안방에 내려놓았다. 아랫목에 펼쳐 있는 이부자리에 누이자 옥년이는 이미 끓여져 있는 삼신보원탕을 어머니의 입에 흘려 넣었다.

"그게 무슨 약인가?"

강한이 물었다.

"삼신보원탕이에요. 어머님이 요즈음 하도 기가 잘 끊어져서 이 약을 언제든 드실 수 있게 끓여 놓고 있답니다."

"왜 그렇게 자주 기가 끊어진다는 건가?"

"의원 말씀이 절맥기단증이래요. 우리 몸에 흐르는 기가 끊어지고 숨이 막히는 병이랍니다. 보통 사람은 그렇게 기가 한 번만 끊어져도 죽는다는데 울 어머님은 신기가 깊어 열 번 끊어져도 다시 기를 잇는다나요. 그나저나 오늘같이 기절한 뒤 수족까지 차가워지는 것은 처음입니다. 가실 날이 다가왔는지."

옥년이는 말하는 품이 어머님의 임종을 각오하고 있는 투였다.

옥년이 어머니를 침상에 누이는 것을 보고 세 사람은 밖으로 나왔다.

항슬과 자향은 달빛이 우리는 마루에 앉았고 강한은 뒷짐을 지고 마당을 서성이었다. 조금 있자 여종이 밤참을 가져왔다.

항슬은 아까 서빙고를 뜰 때 시간이 없어 강한 군관이 준 주먹밥을 들지 않은 생각이 나서 밤참을 자향에게 먼저 권했다.

"아씨. 배가 고프시겠네. 이것 좀 드시지요."

"맞았어. 둘 다 저녁밥을 못 먹었지. 자네도 함께 들게. 내 잠깐 밖에 좀 나갔다가 옴세."

강한 군관은 그렇게 말하고 항슬의 대답도 듣지 않고 대문 밖으로 횡허니 나갔다.

그런 강한 군관의 행동에 자향과 항슬은 똑같이 짚이는 바가 있었지만 의아스러움도 함께 느껴 마주 보았다.

"저분이 정말 이상한 데가 있어요?"

항슬이 턱으로 밖을 가리키며 말하였다.

"그래요."

"눈동자를 보면요, 언뜻언뜻 신기가 어른거려요. 그치요?"

"맞아요. 옥년이하고 눈빛이 똑같아요."

"그렇지, 그 눈빛이에요. 아씨, 배고프실 텐데 드시면서 이야기합시다."

둘은 밤참을 맛있게 들었다. 빈 속에 밥이 들어가니 힘이 솟고 생각도 민첩해지는 것 같다. 자향이 작은 목소리로 속삭이었다.

"핏줄이 있어요."

"네?"

"핏줄이라니까요. 강한 군관과 옥년이가 똑같은 아비님 핏줄을 타고 났다구요."

"맞습니다. 그건 못 속이는군요. 아까 강한 군관이 '포교들이 오고 있다. 가까이 오고 있어' 하고 혼자 마구 주워섬길 때는 정말 깜짝 놀랐어요. 이 양반도 아버님 군관 못지않게 광기가 있구나. 뭔가 신들린 데가 있다, 하는 생각이 나데요."

"그러게 말이어요."

그때 옥년이 부엌에서 나와 그들에게 말하였다.

"세 분은 저쪽 건넛방이 두 칸 있으니 거기서 쉬시지요. 제 군관 오빠는 어디 가셨나요?"

"잠깐 밖을 보고 오겠다고 나갔습니다."

자향이 대답하자 옥년이 시큰둥한 표정을 지었다.

"흥, 저들 포교가 여기까지 쫓아올까 봐서?"

"그래, 저들이 올까 봐 걱정돼서 나갔다 왔다."

강한 군관이 뒷마당 쪽에서 나타나며 말하였다.

"그런 걱정까진 안 해도 되요. 어머님의 결계가 무너졌다 한들 우리집까지 찾지는 못할 겁니다."

"집에는 따로 무슨 결계가 있나?"

"결계가 쳐 있지요. 어머님의 신기를 부정하는 사람은 우리집에 들어오면 불편하게 됩니다. 포교들은 판단이 흐려지고 뻔히 보이는 걸 알아내지 못하구요."

"그런데 아까 초막에는 포교들이 어떻게 알고 쳐들어온 게야?"

"그건 어머님이 갑자기 기절하시면서 결계의 힘이 약해진 때문이지요."

"그렇다면 이 집도 마찬가지 아닌가?"

"틀리지요. 우리집엔 별도의 결계선이 쳐 있으니까요!"

그렇게 말하는 옥년은 그런 질문을 하는 강한 군관이 괘씸하다는 듯이 눈을 치뜨고 노려보았다. 강한 군관도 지지 않고 옥년의 눈을 들여다본다. 한동안 두 이복 남매는 그렇게 눈싸움을 하고 있었다.

그때 여종이 나와 옥년에게 속삭였다.

"아씨, 어머님이 숨을 쉬기 시작했습니다. 여전히 혼수상태이긴 해도 편안히 주무시는 자태로 숨을 쉬시고 계십니다."

"알았다. 내 곧 들어갈게."

옥년은 오빠를 노려보던 귀기 어린 눈초리를 거두고 세 사람이 묵을 곳을 지정해주고는 급히 안방으로 들어갔다.

자향은 소연을 따라가기가 힘이 들었다. 소연은 어찌나 발랄한지 사내처럼 쑥쑥 걸어갔다. 사직동 뒷골목은 생각보다 언덕이 높았다. 어릴 때 이 언덕을 수시로 오르곤 하였으나 지금도 가파르긴 여전하였다. 자향이 한참 숨이 차오를 때쯤,

"여기다 여기야. 빨리 와!"

소연은 정답게 자향을 불렀다. 기와집이되 처마가 낮고 방이 두칸밖에 없는 초라한 기역자 집이었다. 장대가 문 입구에 높이 세워져 있고 장대 끝에는 하얀 깃발이 나부끼고 있었다.

"저 깃발이 뭔 줄 아니?"

소연이 물었다.

"몰라, 뭔데?"

"귀신 쫓는 벽사기라는 거야. 깃발에 귀신 쫓는 벽사문이 써 있대. 이 집 점쟁이는 장안에서 젤 유명하다. 특히 손금을 잘 본다는 거지. 오늘은 우리 손금을 보자."

"응, 나도 많이 들었어. 어머님도 이 집 이야길 자주 했지. 영험하다구."

둘이 방안에 들어가자 먼저 와서 점을 보던 손님이 그들 옆을 흐르듯이 스치며 나가고 있었다. 얼굴이 창백하고 머리는 산발한 여인이었다. 자향은 기분이 나빠져 가슴이 섬칫하였다. 무서움증까지 일었다.

"곧 죽을 사람이다. 귀신이 저 집 밖에서 기다리고 있는 게 보이지 않는가. 불쌍한 여인이로다."

아랫목 서안 앞에 앉아 있는 점쟁이는 얼음처럼 찬 목소리로 말하였다. 마흔이 좀 넘었을까. 하얀 얼굴에 두 눈은 째져 올라갔고 입술은 붉고 코는 오뚝하였다. 귀기 서린 분위기는 영락없는 점쟁이지만 인물은 미인 소리를 들을 만한 여인이었다.

"앉아, 앉아."

소연은 뭐가 그리 급한지 자향을 눌러 앉히고는 대뜸 왼손을 펴며 점쟁이에게 말하였다.

"우린 오늘 손금을 보러 왔어요. 자, 나 먼저 봐줘요. 복채는 두둑하게 드릴게."

점쟁이는 붉은 입술을 살짝 내밀고 눈은 새촘하게 떠서 둘을 찬찬히 살

폈다. 그리고는 방울 달린 부채를 요란하게 흔들어 바람을 자기 귀밑머리에 부치고는,

"이쁜 처자들이 신방에 드니 멀리서 눈치 보던 귀신까지 다 도망가는고나. 호호호, 그대들 둘은 친한 동무인가?"

"그럼요. 우린 젤 친한 동무여요. 우리 자향이 정말 이쁘지요. 우리 둘이 정경부인이 될지 손금 좀 잘 보아줘요."

점쟁이는 오른손을 뻗어 소연의 왼손을 펼치며 들여다보았다. 그러면서 슬쩍 자향을 흘겨보듯 쳐다보았다. 눈빛의 귀기가 차가웁게 번뜩이었다. 자향은 무서웠다. 점쟁이의 눈꼬리가 아래로 처지며 다시 소연의 손금을 들여다보았다. 그녀의 새촘한 얼굴이 더욱 창백해졌다. 어쩌면 신기를 모으고 있는 듯하였다.

"귀한 처자로다. 정경부인이 되고도 남는 운세로다. 출세선 즉 희망선이 높고 길고 아름답구나. 보조선도 좋구. 한데 생명선, 생명선이 끊겼다 이어졌다 하네. 희미하게 이어졌어. 그대는 이십이 되기 전 큰 위험을 겪으리라. 큰 위험이로다. 백척간두를 뛰어넘어야 하느니. 으흠, 그럼 다음 처자를 볼까."

소연은 울상을 지었다.

"내가 일찍 죽는다구요. 일찍 죽어요?"

소연이 시끄럽게 떠들어댔지만 점쟁이는 대꾸도 않고 자향에게 손을 내밀었다. 자향은 보여주고 싶지 않은 왼손바닥을 손금쟁이에게 보였다.

"흐음, 여기도 똑같네. 정경부인이 무조건 될 상이네. 한데 여긴 출세선 희망선이 중도에 끊어졌네. 끊어졌어. 이어야 해. 정경부인이 되려면 이 선을 이어야 해. 오마나, 생명선도 끊어졌네. 하지만 보조선이 옆을 힘차게 달리고 있군. 보조선이 생명의 다리를 놓아주고 있어. 그대는 애정선이 좋구나. 금슬이 좋겠어. 여자는 금슬 좋은 게 젤이지. 애도 많이 날 거구."

그때 등 뒤에 있던 문이 덜컹 열리고 하얀 옷을 입은 여자가 안으로 쑥

들어왔다.

"내 손금도 봐주세요!"

새로 들어온 계집은 자향을 떠다밀었다. 자향은 방해꾼을 돌아보고 깜짝 놀랐다. 채홍이었다. 자향은 채홍과 소연을 번갈아 보았다. 처음 채홍을 보았을 때 소연이를 닮은 것에 너무 놀랐었다. 지금 보니 둘은 영락없는 자매처럼 얼굴이 똑같았다.

점쟁이가 중얼거렸다.

"오호라, 그대들이 같은 형제로군. 희망선도 같고 생명선도 같고. 둘이서 젤 친한 동무라고 하였어?"

점쟁이는 자향을 가리키며 소연에게 물었다. 소연이 끄덕이자,

"아니야. 그대는 저 처자가 아니라 금방 온 이 애하고 젤 친한 동무가 되어야 해. 앞으로 먼 여행도 같이 가겠는걸."

"뭐요?"

소연은 발끈하였다. 그리고는 채홍의 머리를 세게 밀치고는 두 손으로 채홍을 뒤로 밀었다.

"너 같은 것하고는 동무 안 해. 저리 꺼져!"

뒤로 발랑 넘어지는 채홍은 소리를 바락바락 질렀다.

"요년이 나를 죽인다. 자향이가 날 죽인다. 사람 살려, 사람 살려."

자향은 눈을 번쩍 떴다. 사방이 캄캄하였다. 보강무당 집이었다. 달빛이 닿는 창호지 건너편만 약간 어슴프레할 뿐 아직도 컴컴하였다.

꿈속의 대화들이 선명하게 되살아났다. 소연이 채홍이 그리고 나. 소연한테 점쟁이가 한 말, 나한테 한 말. 뭘 뜻하는 말들일까. 소연이는 스물도 되기 전에 죽는다는 말인가. 그럼 안 돼. 그럴 순 없어. 소연이 죽으면 안돼. 꿈속의 말이 현실로 나타날 것처럼 자향은 마음이 다급해졌다. 그녀는 벌떡 일어나 앉았다.

미닫이 저쪽에서 인기척이 들렸다. 귀를 쫑긋하고 들어보았다. 발걸음

소리가 조심스럽게 들렸다. 누군가가 측간에 갔다오는 걸까. 옆방으로 가는 소리인 듯하였다.

"항슬이에요?"

자향이 묻자,

"네, 접니다. 왜 깨셨습니까."

"아, 항슬이군요. 잠깐 제 말 좀 들어봐요."

"무슨 말씀이십니까."

항슬이 방문 앞에 와서 서는 소리가 들렸다.

"거기 좀 편히 앉아 제 이야길 들으세요."

"네, 말씀하세요."

"혹시 석 주사 소식을 알 수 없을까요?"

"욱자와 보욱이를 두모포서 만나면 궁리해보죠."

"채홍이란 기녀는 죽지 않았겠지요. 자꾸 꿈자리에 나타나서요."

"그 기녀에 대해 왜 신경을 쓰십니까. 아무렇지도 않을 겁니다. 잊어버리세요."

"아니에요. 자꾸 꿈에 비쳐요. 밤배 타고 오면서 잠깐 졸 때는 소리 치며 악다구니를 쓰던 모습이 보이더니 오늘은 하얀 소복을 하고 점쟁이한테 나타나는 꿈을 꾸었어요. 왠지 불길한 생각이 납니다."

"그건 아씨가 너무 걱정해서 그런 걸 겁니다."

"물론 그렇지만요. 그리고 문안 소식을 알아볼 수는 없을까요?"

"뭘 알아보시게요."

"저희 어머님과 집안 소식을 알아봤으면 해요. 또 제 동무가 하나 있는데 그 애의 모습이 자꾸 꿈에 나타납니다. 그 동무에게 무슨 일이 있는 건지 내가 그 애가 그리워서 그런 건지 마음이 편치 못합니다."

"집 소식 역시 두모포에 가서 그곳 결찌들에게 부탁을 해야지요. 보욱이가 통하는 선이 있을 겁니다."

"고마워요. 제가 동무 이름과 동네를 자세히 그려서 내일 드리겠습니다."

"그렇게 하십시오. 아직 밤이 깊으니 좀더 주무십시오. 아침 일찍 기동해야 하니 푹 쉬셔야 합니다."

자향이 유 참판 댁 셋째딸 소연을 만난 건 이 년 전 탑골에서였다. 사월 초파일이 멀지 않은 날이었다. 어머님이 저녁이 다 되어 자향을 불렀다.

"자향아, 너 요즘 탑골에 나가본 적 없지?"

"탑골이요? 오 년쯤 된 것 같아요."

"어머니랑 가 보지 않으련."

"무슨 일로요."

"아버님이 고뿔로 열흘째 고생을 하시잖니. 집안 어른이 미령할 때 탑돌이를 하면 좋다고들 해서."

"네, 그런 말을 들었지만 혹 아버님이 싫어하지 않으실까요."

"아버님은 절에 가서 불사하는 걸 싫어하시지만 탑돌이 하는 것까지 싫어하실라고."

"하긴 탑돌이는 우리 전통 민속이니 불사하고는 다르지요."

아버지 참의 어른은 어느 유학자보다 불교에 의존하는 걸 싫어하셨다. 오로지 공자의 말씀만을 따르시는 분이었다. 그러나 우리나라 민속행사까지 탓하지야 않으실 터였다.

원래 탑돌이는 절 마당에서 탑파(塔婆)를 돌며 하는 행사였다. 범종 법고 운판(雲版) 목어(木魚)에 삼현육각이 연주되고 보념(報念)과 백팔정진가를 부르며 부처님께 소원을 비는 것인데 언제부터인가 우리 전통의 민속행사로 바뀌어 있었다. 어쩌면 조선에 들어와 숭유억불을 하면서 절 행사를 우리 민속으로 틀을 변형시켰는지 모를 일이었다.

유학을 숭상하는 서울의 사대부 집안에서는 요즘에도 우환이 있을 때

수시로 탑돌이를 하였다. 그러자니 절이 없이 탑만 덩그맣히 남아 있는 탑골의 원각사지 십층 석탑이 안성맞춤이었다.

자향과 어머니는 석 주사의 안내를 받아 탑골로 갔다. 어슴프레한 저녁이었으나 사람들이 수월찮게 있었다. 사월 초파일이 다가온 탓이리라. 어머니는 탑을 돌며 소원을 마음속으로 빌으라고 알려주었다.

"정성을 들이려면 백팔 번을 돌아야 하는데 꼭 백팔 번씩이나 채울 수는 없으니 돌 만큼 돌아보자."

"네."

어머니의 말씀에 자향은 살짝 웃었다. 어머니는 저렇게 말은 하시지만 틀림없이 백팔 번을 돌으실 거야. 그녀는 한 번 두 번 숫자를 헤다가 스무 번이 넘어가면서 숫자 외는 것을 그만두었다. 사방을 바라보며 이것저것 해찰을 하느라 숫자 외는 것을 놓친 것이다. 탑골에 오는 동안 어머니는 자향에게 탑골에 대해 이야기하여 주었다.

탑골에는 원래 원각사가 있었단다. 작지만 효험 있는 절이었는데 성종 임금 연간에 불이 나서 죄 타버렸다. 임금께서는 중수를 명하시었는데 잘 이뤄지지 않다가 포악한 연산군이 거기에 연방원이라는 기방을 차리고 여자를 즐겼다나. 얼마나 망측한 일이니. 부처님은 아니더라도 공자님 뵐 면목도 없는 일이지. 지금 임금이 들어오신 뒤엔 백성을 고생시킬 수 없다 하여 원각사를 헐어 재목을 나눠주셨단다. 백성은 고생을 시키지 않았지만 아까운 절이 없어진 건 마음이 짜한 일이지. 탑돌이를 하면 그렇게 효험이 있다구들 해.

어머니는 기회 있을 때마다 자향에게 세상 이야기를 들려주곤 하셨다. 어디서 어떻게 아시었는지 어머니는 세상사에 대해, 천문 지리 역사까지 모르시는 게 없었다.

칠팔십 번쯤 돌았을까. 어둠이 깃들자 석 주사가 발거리등불을 켜서 모녀의 앞을 비춰줄 때 어머니가 반가운 목소리로 누군가에게 말을 걸었다.

"안녕하셔요. 유 참판 댁 안어른이시군요."

"오마나, 박 참의 댁이시네. 댁도 탑돌이를 나오셨어요?"

"네, 부끄럽습니다. 하지만 우리 소원은 탑돌이가 잘 들어주시니까요."

"무슨 소원을 기원하셨는데요."

"어른께서 고뿔로 몸이 좋지 않으십니다. 쾌차해달라고 기원하였습지요."

"오호, 옆에 있는 따님은?"

"저희 집 넷째입니다."

"넷째라면?"

"자향이에요. 애 자향아, 너 인사 올리거라. 계동 유운 참판 댁 안어른이시다."

자향이 고개를 숙이고 깍듯이 인사를 올리자,

"아, 그 자향이군. 오마나 정말 이쁘구나. 네가 어렸을 때 본 적이 있는데. 이렇게 이쁘게 크다니. 소문보다 더 이쁘군그래."

"뭘요. 괜한 헛소문이 나서 송구합니다."

"아니에요. 정말 이쁘군요. 애 소연아, 너도 박 참의 댁 안어른께 인사 올리거라."

그때 자향은 소연을 처음 보았다. 자기보다 약간 큰 키에 눈이 크고 코가 오똑하였다. 뽀얀 얼굴에 연지를 보일 듯 말 듯 살짝 찍었는 듯 화사하였다. 그녀는 예쁘게 웃으며 인사하였다. 사교성이 넘치는 반면 오만도 숨어 있는 얼굴이었다.

둘은 대번 친해져서 탑돌이도 적당히 하고 재잘대며 절터 구경을 하였다. 소연은 원각사 터에 대해 잘 알고 있었다.

이 절은 효녕대군이 세조임금께 말씀을 올려 지었다고 해. 무슨 말씀을? 효녕대군이 세조임금 못지않게 불심이 깊었대. 헌데 한번은 회암사 절 알지. 양주군에 있는 큰 절 말야. 효녕대군이 그곳 동쪽 언덕에 석가모니 사리를 안치하였는데 그날 저녁 여래가 공중에 납시구 사리가 분신을 하였 대요. 오마, 정말? 그렇대요. 이 말을 들은 세조임금이 절을 지으라고 명 하시어 여기에 원각사를 지었다고 해. 한데 이 절이 탑돌이를 하면 소원을 잘 들어주어 많은 부녀자들이 자주 찾아오곤 하였는데 그만 불이 나버렸 어요. 왜 불이 났을까. 글쎄, 혹간에는 유학만을 존숭하는 선비들이 세조 임금께서 너무 불교를 숭상하는 걸 싫어해 그 저주로 불이 났는가 보다고 하지. 너무 무서운 이야기네. 하기야 그럴 리 없지, 하는 말들이니까. 여하 튼 아까운 절이래. 바로 저기가 대광명전이 있던 곳이야. 주춧돌이 남아 있잖아.

소연은 말이 많았지만 말뽄새가 이뻐 호감이 갔다. 상글상글한 눈이 말 할 때마다 반짝반짝 빛났다. 그녀가 물었다.

"자향이, 너 몇 살이니?"

"열네 살."

"나도 열네 살인데. 우리 동갑이구나. 너무 좋다. 우리 서로 형제하구 자 주 만나자. 너 오늘 와서 뭘 빌었니?"

"아버님이 아프시거든. 빨리 낫게 해주십사고 빌었어."

"고것만 빌었어?"

"으응."

"에이, 아닐 텐데. 우리 어머니랑 여기 온 이유가 뭔 줄 아니?"

"뭔데."

"울 어머니는 내가 정경부인이 돼야 한대. 그래서 수시로 여길 와서 부 처님께 빈다구. 나를 정승집 맏며느리로 시집가게 해주십사 하구. 우리 어 머니는 지차는 싫어해. 장남밖에 몰라요. 얼마 전에 모 참판 집서 매파가 왔는데 지차라고 울 엄마가 발로 꽉 차버렸어."

자향이 살그머니 웃자 소연도 흐흐 하고 웃었다.

"한데 넌 너무 이쁘다. 너야말로 정경부인감이구나."

"자기도 이쁘면서 그래. 그리구 넌 아는 게 많아서 좋겠다."

"무슨 소리! 나아, 들어서 다 알고 있다. 자향이 니가 인물만 좋은 게 아니고 학문이 그렇게 빼어나다며. 사서삼경을 일찍이 통달하였다고 소문나 있어."

"그건 헛소문이야. 난……."

"아니다. 겸손하지 마. 니 소문은 장안에 뜨르르한걸. 울 어머니는 그런 소문 들으면 쌍심지가 싹 돈다구. 그리구는 나한테 와서 막 닦달한다. 공부해, 공부하라구. 자향이한테 떨어지면 안 돼! 하구."

자향은 어처구니없어 웃었다. 소연도 고개를 들고 이번엔 호호 하고 웃었다.

"난 니가 이렇게 착할 줄 알았어. 널 처음 보았을 때 척 알아보았지. 이쁘기만 한 게 아니라 마음씨 고운 처자란걸. 울 엄마가 공연히 질투한 거야."

"소연이, 넌 정말 마음이 넓구나. 이런 말을 스스럼없이 하는 걸 보니."

"그래, 나도 괜찮은 년으로 보이니?"

"그럼."

"널 만나니 넘 좋다. 우리 자주 만나 같이 놀자."

그 뒤로 둘은 탑골에서 어쩌다 만났지만 편지는 자주 왕래하였다. 때가 되면 선물도 보내고 받았다. 자향의 열여섯 생일 때 소연은 꽃신을 선물로 보내왔다. 정말 이쁜 꽃신이었다. 발에 딱 맞게 치수까지 겨냥하여 잘 만든 신발이었다. 소연의 생일은 시월이어서 자향은 뭘 선물할까 하고 궁리하고 있었는데 이제는 처지가 달라져 그 좋은 동무한테 선물할 수 없게 되었다. 그 생각을 하니 너무 슬펐다. 자향은 소연도 그렇지만 소연을 닮은 기생 채홍의 뒷소식도 궁금하였다.

그리고 왜 그녀들이 내 꿈속에 틈입하는지 마음에 걸리는 것이었다. 그러나 쫓기는 도망길이라도 좋은 동무 생각을 하니 그나마 마음에 위로가 되었다. 아, 소연이가 보고 싶구나. 소연이가 보고 싶다!

  항슬은 이상한 느낌에 잠에서 깼다. 자향과 이야기를 나눈 뒤 돌아와 한소금을 잔 것 같은데 여명이 터 오고 있었다.
  강한 군관의 등짝이 보였다. 밖으로 나가고 있었다.
  "군관 어른, 어딜 나가십니까?
  무심코 던진 말에 강한은 뒤를 돌아보며 고개를 끄덕였다.
  "깼는가. 밖을 나가 보고 싶은 생각이 나네."
  "제가 모시고 나갈까요?"
  "아니네. 자넨 좀더 자게. 오늘도 힘든 하루가 될 테니까."
  강한은 문을 조용히 닫고 나갔다. 항슬은 일어나 앉았다. 강 군관은 왜 밖을 나갈까? 오늘 하루도 힘든 날이 되다니. 그게 무슨 뜻일까. 귀를 기울이며 밖을 살폈다. 사람들의 기척이 하나도 없다. 왠지 궁금한 마음에 가만히 있을 수가 없다.
  밖으로 나와 미투리를 꿰차고 마당에 섰다. 강 군관은 어디에고 없다. 대문 틈새로 밖을 내다보았다. 아무것도 보이지 않는다. 그러나 보이지 않는 속에 뭔가 있는 것 같은 의구심이 인다. 쫓기는 자의 우려일까.
  집 뒤울로 돌아갔다. 부엌에서 달그락거리는 소리가 들린다. 동자아치가 이미 일어나 밥을 짓고 있는가 보았다.
  뒷문으로 살그머니 나갔다.
  오른쪽 길가 끝에 회나무가 있고 잡목이 우거진 숲, 그 건너 싸리나무와 잡초가 무성한 언덕, 그 왼켠에 초도가 언덕 너머로 넘어가고 있는 곳. 항슬의 눈은 그들 숲을 훑으며 마음속 육감을 발동하였다.
  저쪽이군. 항슬은 새벽 안개 사이로 언뜻 보이다가 사라지는 강한 군관의 뒷모습을 보았다.

새벽은 오월답지 않게 싸늘하였다. 그리고 왠지 불안하였다. 자향은 눈을 뜨자 자기도 모르게 벌떡 일어났다. 너무 늦게 일어났다는 생각에 뭔가를 서두르는 마음이 일었다.

옆방의 동태를 귀기울여 보았으나 조용하다. 죄송하지만 문가를 톡톡 두들겨 보았다. 항슬이 알아듣고 대답할 것을 기다렸으나 아무 응답이 없다. 그렇다고 남자들이 자는 곳을 문까지 열어볼 수는 없다.

이 며칠 신주단지처럼 아끼는 보퉁이를 허리에 차고 신발을 꿰고 안방 쪽으로 가 보았다. 얼굴이 동그란 여종이 지나가다 인사를 한다.

"무당 어머님은 깨어나셨습니까?"

하고 묻자 여종은 고개를 저었다.

"저 방 어른들은 깨어나셨나요?"

강한과 항슬이 잔 방을 가리키자,

"모르겠어요."

안방 문 앞에 섰다. 조심스럽게 문을 톡톡 두드리자, 네, 하는 대답이 들린다. 옥년의 목소리다. 문을 열고 들어갔다. 보강무당 곁에 앉아 있던 옥년이 자향을 돌아보고는 고개를 위아래로 끄덕였다.

자향이 옥년의 옆에 가서 뭐라 아침인사를 하려는데 옥년이 고개를 흔든다. 조용히 하라는 뜻이다.

보강무당의 눈 언저리가 파르르 흔들리고 있었다. 옥년은 어머니의 오른손을 잡고 있었다. 모녀가 손을 통해 기와 기를 교환하고 있는 걸까. 옥년은 눈을 감았다, 떴다를 반복하면서 어머니의 얼굴을 응시한다.

갑자기 보강무당이 숨을 크게 들이쉬고는 눈을 떴다.

보강무당은 무심한 눈초리로 둘을 보다가 정신이 들었는지 힘들게 입을 열었다.

"내 딸아, 내가 지금 어디 있느냐?"

"어머님 여기는 집입니다."

"우리집이라고?"

"네."

"네 아버지를 만나러 가는 줄 알았는데 다시 집으로 돌아왔구나."

"그 포졸 귀신들이 초막 가까이까지 쳐들어와서 집으로 피신해왔나이다."

"그래? 내 신기가 약해져서 결계가 무너졌구나. 예전 같으면 포졸 따위는 내 결계를 결코 뚫지 못했을 터인데."

보강무당은 그렇게 말하며 옥년이 옆에 있는 자향을 쳐다보았다. 그러다 뭔가 깜짝 놀라는 눈빛이 그녀의 눈동자를 스쳐 지나간다. 자향은 그 눈빛이 무섭다고 생각하였다. 신기가 넘치는 눈동자였다.

"옥년아, 이 애는 누구냐?"

"오빠를 따라온 귀졸이 있었잖아요. 그 중의 여자 귀졸이어요."

자향은 옥년이가 자기와 항슬을 어젯밤부터 귀졸이라고 부르는 게 마음에 달갑지 않았지만 애써 참으며 살짝 고개를 숙였다.

"귀졸이라구. 옥년아, 아니다. 이 애는 시시한 귀졸이 아니야. 저 눈을 보아라. 호수가 넘실대고 있다. 저 눈은 옥황상제님의 눈이야. 오, 산에서는 내가 왜 이 애를 몰라봤을까?"

보강무당은 갑자기 얼굴이 근엄해지더니 몸을 일으키려 하였다. 옥년이 그런 어머니를 눌러 말렸다.

"어머님, 가슴병이 도졌으니 그냥 누워서 말씀하세요. 일어나지 마세요."

"아니다. 옥황상제의 시녀가 여길 오셨는데 내가 감히 드러누워 있다니 될 말이냐. 나를 일으켜 다오."

옥황상제의 시녀? 자향은 속으로 어이가 없었다. 이 무당이 몸에 병이 깊더니 이제 마음까지 완전히 병들었구나. 보이는 것이 모두 헛것이고 자기 마음을 자기가 속이며 헤매는 걸까. 자향은 보강무당이 불쌍하였다.

보강무당은 억지로 일어나 자향을 향해 앉았다. 그리고는 한동안 자향의 눈을 뚫어져라 응시하였다. 창백한 귀기 어린 얼굴이 갑자기 꿈틀거리며 경련을 일으키더니 착 가라앉은 목소리로 물었다.

"그대의 이름이 무엇인가?"

"박자향이라고 합니다. 아들 자자 향기 향자입니다."

"자향? 그대는 타고난 신기가 몸 속에 숨어 있는 걸 아는가?"

"그런 거 모르는데요. 저한테는 아무 신기가 없습니다."

"무엇이, 신기가 없다고? 네가 어찌 그걸 알겠느냐. 옥황상제는 네 몸 속에 신기를 심어주었느니라. 하긴 너야 그걸 알 수 없겠지!"

자향은 대답하지 않았다. 말없이 그저 보강무당만 바라보았다. 보강무당은 눈꼬리를 올리며 뭔가 기를 세우는 것 같았다. 자향의 몸 속에 숨어 있는 기, 아니 자향이 지닌 모든 힘을 당기어 보려는 듯이 눈에 힘을 주고 입은 앙 다물고 노려보듯 자향을 주시하였다. 이윽고 엄숙한 얼굴이 되어 옥년에게 손짓하며 말하였다.

"그것을 가서와 보아라."

"어머니, 옥주비전(玉呪秘傳)을 말씀하시는 거예요?"

"그렇다 옥주비전을 가져와라!"

옥년이 일어나더니 방구석에 있는 장롱 안에서 얇은 책자 한 권을 꺼내왔다.

무당은 비전을 받아들자 첫 장을 펴고는 잠시 들여다보다가 책자를 자향에게 주었다.

"이 옥주비전은 우리 무당 최고의 무경(巫經)이니라. 여기에 써 있는 것을 읽어 보아라!"

자향은 책자를 받아들고 첫장을 들여다보았다. 무당이 굿을 할 때 쓰는 사설인 듯한 문구가 한자와 언문으로 길게 씌여 있었다. 어렵게 쓴 문장은 아니었으므로 자향은 금방 다 보았다. 그 다음 장을 보려 하자 보강무당은 책자를 낼름 채틀어 갔다.

"금방 읽은 것을 외워 보아라!"

자향은 생각나는 대로 쭉 외웠다. 낭랑한 자향의 외는 소리를 들으며 보강무당은 얼굴에 환희의 빛을 발하였고 옥년은 놀라 자지러졌다.

자향이 다 외자, 옥년이 떨리는 목소리로 물었다.

"그것이 외워져요? 외워져요? 전에 왼 게 아니고 지금 왼 거예요?"

"그럼 외웠잖아요."

"그래요. 외웠어요. 너무 잘 외웠어요. 오마나, 그 무경은 신들린 무당이 아니면 외워지지가 않는 건데. 큰일났다 큰일났다!"

"큰일이 나긴. 옥년이 너는 절루 비켜라. 큰 무당이 납시었다! 내 이럴 줄 알았도다!"

보강무당은 어디서 힘이 났는지 벌떡 일어나더니 자향에게 넙죽 절을 하는 것이었다. 그리고 꽉 끌어안았다. 자향은 어쩔 줄 모르며 두 사람을 번갈아 보았다.

보강무당은 자향을 꽉 끌어안은 채 무어라고 마구 주절대었다.

그때 문이 열리고 강한이 자향에게 말하였다.

"아씨는 일루 나오게!"

"저요?"

"응, 나오라니까. 빨리!"

그 말에 자향이 일어나 나오려는데 보강무당이 그녀를 더 세게 끌어안는다.

"왜 이 애를 데려가려 하느냐?"

보강무당이 표독스럽게 묻자 강한은 스스럼없이 대꾸하였다.

"지금 급히 어딜 갈 일이 있소. 그 앨 놓아주어요!"

"못 간다. 못 가! 너는 나를 사사하여 조선 으뜸의 무당이 되어야 하느니라. 강한이 이놈, 왜 내 신들린 내림 제자를 도둑질해가려느냐?"

보강무당은 눈에 흰창을 허옇게 드러내며 강한을 흘겼다. 그녀의 뼈만 앙상한 손은 자향의 허리를 끌어안았다. 죽어도 놓을 수 없다는 투였다.

자향이 그런 보강무당을 뿌리치지 못하고 강한을 쳐다보자 털복숭이는 마구 손짓하다가 신발을 신은 채 방으로 들어와 무당의 손에서 자향을 뺏어 냈다.

"빨리 나가세. 포교들이 이쪽으로 오고 있네."

자향을 강한에게 빼앗기자 보강무당은 두 손을 부들부들 떨며 악다구니를 썼다.

"너 이놈 강한이! 네가 드디어 애비처럼 우리 대왕마마를 배신하는고나! 내 신내린 제자를 내놓아라. 강한이 너 이놈, 죄를 받으리라, 천벌을 받으렸다!"

문 밖에서는 언제 왔는지 항슬이 역시 화급하게 자향을 보고 나오라며 정신없이 재촉하고 있었다. 항슬은 자향의 보따리까지 챙겨 들고 있었다.

자향은 강한의 손에 끌려나가면서 그래도 보강무당이 가여워 되돌아보며 인사말을 올렸다.

"어머님, 몸을 보중하소서. 소녀 도와주시고 이뻐해주신 정 잊지 않겠나이다."

자향은 무당들이 쓰는 어머니라는 칭호로 보강무당을 불렀다. 자신도 모르게 어머니라는 단어가 입에서 나왔는데 자향은 그렇게라도 불러서 불쌍한 무당을 위안해야지, 라는 생각이 퍼뜩 들었기 때문이다.

그 칭호에 보강무당은 너무나 감동하였던지 눈빛이 빛난다. 그녀는 몸을 기어 일어나며 두 손을 방바닥에 기댄 채,

"뭐라구, 네가 나를 어머니라 불렀느냐? 어머니라 불렀어? 그렇다. 나는 너의 어머니니라. 삼신할매 내림을 주는 네 어머니니라. 강한이 이놈, 너는 우리 천생연분의 사이를 떼어놓지 못하리라! 떼어놓지 못하리라!"

방을 나온 자향은 다시 한 번 방 안의 보강무당을 보고 허리 숙여 인사

하였다.

"안녕히 계세요. 소녀 죄지은 몸이라 창졸간에 떠납니다. 안녕히 계세요."

"아, 내 딸아. 꼭 그래야 하겠느냐. 가야겠느냐. 정 가려거든 그리 하라. 허나, 지금은 내 곁을 떠나간다만 너는 곧 돌아와야 한다. 기다리고 있으마. 영원토록 기다릴 것이다. 기다리고 있을 것이야. 꼭 가야 하면 가거라. 갔다가 때가 되거든 나에게 돌아오거라. 알았느냐, 내 딸아!"

자향은 무당의 마지막 발악 같은 넋두리에 이상하게 가슴이 아파 연신 고개를 끄덕여주고 뒤를 몇 차례나 돌아보며 항슬을 따라나왔다.

강한은 뒷문 쪽으로 급히 걸어갔다. 항슬과 자향은 바짝 그 뒤를 따라갔다. 뒷문을 나서자 바로 문 옆에 깃대가 하나 서 있었다. 고개를 들어 바라보니 하얀 깃발이 바람에 펄럭이고 있었다. 어, 이것은? 그것은 어젯밤 꿈에서 본 사직동 손금쟁이네 집에서 펄럭이던 깃발이었다.

"오마나!"

자향은 자기도 모르게 외치고는 손으로 입을 막았다.

"왜 그래요?"

항슬이 물었다. 자향은 깃발을 올려다보면서,

"어젯밤 저 깃발을 본 꿈을 꾸었어요."

"그래요?"

"저건 마귀를 쫓는 깃발이에요. 벽사기! 그게 이 집에도 있네."

자향은 깃발을 보며 신들린 듯이 중얼거렸다.

"저건 마귀만이 아니라 마음 나쁜 포교들도 가까이 오지 못하는 깃발이에요. 한데 어떻게 저들이 이 집에 온다지요?"

앞에서 빨리 따라오라고 성화를 부리는 강한이 나무라듯 소리쳤다.

"지금 포교들이 덮쳐오고 있는데 무슨 헛소리를 하고 있는 거야! 빨리 와!"

강한은 짜증을 내면서 경황없이 손짓하였다. 그들은 열 살짜리 키만큼 자란 갈대 옆으로 몸을 숙이고 달려갔다. 사십여 보를 가자 덤불숲이 나왔다. 강한은 얼른 그 숲으로 들어갔다. 둘도 따라 들어갔다.

"됐다! 놈들이 우리가 일루 오는 건 못 보았겠지. 자네들 둘은 이쪽 숲으로 해서 나아가게. 나는 여기서 동태를 보다가 포교들을 따돌려 줌세."

"군관님은 그리고 어디로 가시게요?"

"어디로 가긴. 우리집에 가야지. 서빙고 동빙고 얼음이 있는 곳으로. 지금 얼음귀신들이 안 온다고 난리들이야."

털복숭이는 왠지 꺼칠꺼칠한 목소리로 그렇게 말하고는 손가락으로 어둑컴컴한 앞쪽을 가리켰다. 그쪽으로 빨리 가라는 뜻이렸다.

"군관님은 괜찮겠어요?"

자향은 얼음귀신 운운하는 군관이 걱정되었다.

"그럼 괜찮지. 무슨 일이 있을라구. 내 걱정은 할 것도 없어."

"군관님, 고마웠습니다. 어제부터 도와주신 은혜 잊지 않겠습니다."

"잊지 않고 잣이고 간에 빨리들 가!"

그때 집 쪽에서 급한 발소리가 들려왔다. 이쪽으로 누군가 빠르게 달려오고 있었다.

"잠깐!"

강한은 두 사람을 덤불에 숨으라고 손짓하고 앞을 막아섰다. 포졸들이라면 한방 먹일 자세였다.

발소리는 옥년이었다. 그녀는 숨을 헐떡이며 달려와 두리번거렸다.

"아씨가 어디 있지요?"

아까까지만 해도 귀졸이라 부르던 칭호가 아씨로 바뀌어 있었다.

"무슨 일 땜에?"

강한이 퉁명스레 묻는데 자향이 풀섶에서 머리를 들고 옥년이를 맞았다. 옥년이는 자향을 보자 들고 왔던 책을 앞으로 쓱 내밀었다.

"우리 어머니가 이것을 가져가시래요."

옥주비전이었다. 채보에 고이 싸여 있었다.

"내가 왜 이것을?"

"어머니는 이 책을 주시면서 당신의 내림을 아씨에게 전한다고 하셨어요."

"하지만 전 받을 수 없는 걸요."

"어머님의 마지막 소원입니다. 받아주세요."

"아무리 소원이라도 이 책은 나와 아무……."

"아니에요. 이 책은 아씨 거예요. 나는 이 책을 이어받을 신기가 없습니다."

"나도 신기가 없습니다. 옥년이는……."

"아씨, 제발 받아주세요. 우리 어머님 마지막 소원입니다. 울 어머님은 곧 돌아가십니다. 그분의 마지막 소원이에요, 이게……."

"그렇지만……."

자향은 계속 머뭇거리며 어찌할 바를 몰라했다. 옥년은 무슨 연유인지 눈물을 흘리고 있었다. 그녀는 눈물 사이로 자향을 보며 하소연하듯 말하였다.

"이 책을 받아주세요. 저는 불효잡니다. 사실은 제가 이 책을 받을 수 있어야 하는데 그럴 신기가 저에겐 없습니다. 제발 이 책을 받아주세요. 어머님이 지금 보고 계십니다. 아씨가 이 책 받기를 학수고대하면서요. 아씨가 이 책을 받는 즉시 어머님은 편안한 마음이 될 거라고, 후계를 정하고 가는 행복한 무당이 될 거라고 말씀하셨습니다."

마음이 다급한 강한이 성깔을 부리며 소리쳤다.

"그 책을 받아주어요. 그 다음 일은 그 다음에 생각하고. 그리고 빨리 가요, 가!"

자향은 강한의 역정 어린 재촉에 자기도 모르게 책을 받아들었다. 책을 넘겨주는 옥년은 뭐라 표현하기 어려운 묘한 표정을 지었다. 그러나 그녀는 허리를 깊숙이 숙이며 떨리는 목소리로 자향에게 감사하는 것이었다.

"아씨, 삼대 보강무당이 된 것 축하드리옵니다. 조선 으뜸의 무당이 되소서! 이로써 어머님은 평안히 잠드실 것입니다. 소저 감사드리옵니다."

그리고는 옥년은 미련없이 돌아서더니 삽삽하게 걸어갔다. 자향은 느낄 수 있었다. 옥년의 뒷모습에 형언키 어려운 아쉬움이 서려 있는 것을.

강한이 재촉하였다.

"빨리 가요 빨리 가! 여긴 내가 잠시 맡을 테니까!"

지금까지 시종 지켜만 보던 항슬이 자향의 저고리를 끌어당겼다. 둘은 그곳을 떠나기 전 동시에 강한에게 고개 숙여 인사했다.

"그동안 고마웠습니다. 평안하시옵소서."

"군관님, 몸조심하십시오."

"그래, 잘 가아. 아마 또 만날 수 있겠지. 머지않아서 말야."

강한은 털복숭이를 둥글게 펼치며 여유있게 웃었다. 그러나 눈동사에는 걱정하는 빛이 역력하였다. 하루 사이에 정든 심려는 깊이가 있었다. 그의 얼굴에 이상한 신기가 어른거리는 것은 어떻든 간에.

38. 경고

백여 보쯤 갔을 때 항슬은 퍼뜩 이상한 생각을 하였다. 섬광 같은 암시가 뇌리를 스치더니 아, 폭포처럼 쇄도해오는 무서운 각성. 항슬은 가던 자리에 우뚝 섰다. 뒤따라 오는 자향을 돌아보았다. 자향은 왜 그런지 몰라 눈을 동그랗게 뜨고 항슬을 본다.

항슬은 생각하였다. 이것은 나에게 주는 영감이자 경고이다. 누가 깨우쳐주는지는 모르지만!

우리가 어제부터 허둥댄 모든 것, 경황없이 보강무당의 결계 속에 들어간 이 모든 행위는, 바로 강한 군관의 조상탓이다! 꿈속에서 귀신들과 대화하는 그 핏줄, 그 핏줄의 영험하에, 움직인 거다. 그리고 강한과 자향이 그 영검 속에 들어가고 있고!

"왜 그래요?"

자향이 물었다.

"할 이야기가 있습니다. 우선 절 빨리 따라오세요!"

항슬은 왼쪽 풀숲으로 급히 달려갔다. 항슬은 자향의 왼소매를 잡고 있었다. 자향은 끌려서 허둥지둥 따라갔다. 항슬은 발자국이 남지 않도록 큰 돌과 풀만 밟았다. 백여 보를 간 뒤 오른쪽으로 방향을 틀어 숲 깊숙이 들어갔다. 그렇게 차 한잔 마실 시간이 흐른 뒤, 으늑한 곳을 가리키며 자향에게 말하였다.

"아씨, 여기 앉아서 잠깐 이야기 좀 하십시다."

항슬의 태도가 하도 단호하였으므로 자향은 조금은 놀라 그를 빤히 바라보았다. 둘은 나무가 우거진 그늘의 은폐된 풀밭에 나란히 앉았다.

항슬이 호흡을 고른 뒤 입을 열었다.

"아씨, 지금 뭔가 이상한 기분이 들지 않습니까?"

"뭐가요?"

"아무거나 이상한 기분이 들지 않아요?"

"아닌데요."

"그 책을 주어 보아요."

"이거요?"

자향은 옥년이 준 옥주비전을 항슬에게 보이며 답했다. 항슬이 보자기에 싼 책을 뺏듯이 가져갔다. 자향은 그런 항슬의 행동이 이상하였지만 그

저 바라만 보았다.

"옥주비전?"

항슬은 책을 펼쳐보며 혼잣말처럼 물었다.

"무당의 비법을 적은 책인가 봐요."

"이걸 왜 아씨한테 주지요?"

"아까 보강무당이 이 책을 보여주며 읽어보라고 하더군요. 그래서 앞쪽을 보고 본 대로 외웠더니 나보고 신기가 있다고 하며 삼대 보강무당이 되라고 준 것 같아요."

"그래요?"

"네, 옥년이의 얘기에 의하면 그 책은 아무나 쉽게 읽고 외워지지 않는다나요."

"한데 아씨는 그걸 쉽게 읽고 외웠다 이거요?"

"그래요. 보강무당이 날 유심히 보더니 무슨 옥황상제 시녀가 납시었다고 절까지 하구요."

항슬은 자향의 얼굴을 뜯어보듯 한동안 바라보았다. 그리고는 고개를 갸웃하며 무언가 생각에 젖는다.

"항슬이 왜 그래요?"

자향은 아까부터 항슬의 태도가 괴이해서 궁금해 미칠 지경이었다.

항슬이 심호흡을 하더니,

"아씨. 제 말을 귀담아 들어보세요. 제가 이상하게 퍼뜩 느낀 건데요."

"이야기하세요."

"어제 우리가 강한 군관을 만나면서부터 일은 벌어졌습니다. 그 군관이 왜 우릴 이렇게 도와줍니까. 뭔가가 있는 것 같아요. 하는 행동도 이상하구. 안 그렇습니까?"

"꿈의 계시를 받았다고 하였잖아요. 아녀자를 도와주어라 긍휼히 여겨라 하고요."

"좋아요. 그 꿈의 계시를 누가 한 겁니까? 대감귀신이 한 겁니까, 수우신이 한 겁니까?"

"글쎄요. 강한 군관은 수우신이 한 거라고 하였잖아요."

"아닙니다."

"그러면요?"

"조선 으뜸의 무당이었다는 아버지처럼 강한 군관도 대감귀신의 부름을 받고 있는 겁니다."

"그럴 리가!"

"틀림없습니다. 그가 어젯밤 산허리를 넘어올 때 혈기가 넘쳐 거의 쓰러지다시피 하였지요? 그리고는 자기네 산소로 가고 동생인 옥년이를 만나고 보강무당을 만나고 갑자기 포졸들이 온다면서 초막을 떠나 집으로 가자고 지휘도 했습니다. 보강무당 못지않게 신기가 어른거렸습니다. 그런 영감을, 그런 신기를, 강한은 누구한테서 받았다고 생각합니까?"

"그러고 보니 이상하네요."

자향은 놀란 눈으로 항슬을 바라보았다.

"이상한 정도가 아닙니다. 이건 확실해요. 강한 군관이 혈기가 넘쳐 쓰러진 것은, 자기 아버지 때처럼 그의 몸 속에서 수우신과 대감귀신이 싸운 때문입니다."

"뭐요? 군관의 몸 속에 대감귀신이 들어갔다구요?"

"그렇습니다. 강한 군관이 주저앉은 것은 수우신이 못 가게 말리려는 거였고 다시 일어난 것은 대감귀신이 힘을 불어넣어준 겁니다. 오라 오라, 나의 곳으로 오라고. 그와 반대로 수우신은 가지 마라 가지 마라, 끝까지 강한 군관을 잡으려 하였으나 실패한 겁니다. 대감귀신은 또 한번 승리한 거구요."

자향은 망연자실하였다. 이게 무슨 말인가. 믿어지지가 않는다. 항슬은 도대체 이런 의구심을 어째서 갖게 되었고 어떻게 그런 흐름을 근리하게 추리해내었을까?

"이해가 되십니까, 아씨? 그때부터 강한 군관은 대감귀신의 지시를 받은 겁니다. 신들린 무당의 몸이 돼가고 있었어요. 그 덕에 우리는 그의 안내로 무당 초막으로 가고, 무당집으로 피신하게 되고, 오늘 새벽에는 간발의 차이로 포교의 손길에서 벗어났습니다. 하긴 우리로서는 고마웁지만요."

"모르겠어요, 모르겠어요. 허나 항슬이 말이 맞는 것도 같아요."

"아씨, 그럼 내 이야기 하나 더 할까요. 오늘 아침 집 밖에서 무슨 일이 벌어진 줄 아십니까?"

항슬은 자향의 눈동자를 유심히 관찰하며 말하였다.

"무슨 일이 있었어요?"

"어젯밤 아씨와 잠깐 이야기한 뒤 잠이 들었는데 이상한 느낌에 눈을 떴습니다. 강한 군관이 밖으로 나가고 있데요. 날보고는 계속 자라고 하였지만 기분이 묘해서 슬그머니 따라나갔지요. 뒷문 쪽에서 앞문 쪽으로 돌아가다가 강한 군관을 보았습니다. 그가 어떤 일을 하였는지 아세요?"

"어떻게 했는데요?"

"그는 강시처럼 걸어가고 있었어요. 풀밭 위를요."

"강시처럼요?"

"그래요. 그가 한참 걸어가자 포졸 둘이 나타나데요. 그런데 포졸들은 그를 보고도 멀뚱히 쳐다보고 옆쪽에서 따라서 걸어가는 거예요. 전 뒤에 숨어 쫓아갔는데 포졸들은 저를 보기는커녕 주변을 살피지도 않고 멍하니 따라만 가더라니까요."

"그래서요?"

"한참을 갔어요. 저도 어디를 어떻게 가는지 알 수 없었습니다. 낮은 언덕 저쪽에서 다른 포졸의 목소리가 들리는 듯했어요. 어쩌면 함지박귀 포교였는지도 모르지요. 그 소리가 들리자 강한 군관은 손을 들어 오른쪽 얕은 산을 가리키더군요. 뭐라 중얼거리는 것 같기도 하고. 그 손 신호를 기다리고 있었던 듯 두 포졸은 그쪽 방향으로 가는 거예요. 그 자리에 서 있던 군관은 포졸들이 사라지자 뒤를 돌아 집 쪽으로 돌아왔구요. 돌아올 때도 강시처럼 건데요. 저도 뒤따라 왔지요. 아씨, 제 이야기가 믿어지세요?"

"그게 정말이에요?"

"그러문요. 그리고 돌아와 아씨를 안방에서 데리고 나온 거예요."

자향과 항슬은 여전히 상대의 눈을 들여다보고 있었다. 항슬은 이 아씨가 혹 이상하지 않는가 살피고 있었고 자향은 항슬이 온전한 상태인가 살피고 있었다.

항슬이 먼저 입을 열었다.

"강한 군관은 확실히 자기 아버지처럼 신들리고 있는 것입니다. 그리고……."

항슬은 잠깐 망설였다. 자향의 눈동자를 다시 한 번 들여다본다. 맑은 눈동자는 총명한 빛을 발하며 자기를 응시하고 있었다. 멀쩡해 보인다. 내가 너무 걱정하고 있는 걸까.

항슬이 근엄한 투로 말하였다.

"그리고 자향 아씨가 그런 신들림 속에 혹시 끼어들고 있는 건 아닌가 걱정이 되는군요."

"제가요?"

"네."

"그래서 옥주비전을 내놓으라고 한 거예요?"

"그렇습니다. 이 책은 당분간 제가 보관하겠습니다."

항슬은 그렇게 말하면서 책을 자기 품속에 집어넣어 버렸다. 자향은 손을 뻗어 그 책을 내놓으라고 하려다, 손을 거두었다.

"항슬이는 그러니까 나를 의심하는군요. 내가 무당 신들릴까 봐서?"

"그렇습니다."

"왜 나까지 의심하는 거예요?"

항슬은 자향의 말에 대답하기 전 숨을 깊이 들이마시며 환하게 밝아오는 숲을 둘러보았다. 귀도 기울였다. 행여 추적하는 발소리가 들리는지 확인하며 말을 고르고 있었다.

"어제 처음 우리가 강한 군관 어른을 만났을 때, 그분이 아씨를 보고 깜짝 놀라는 표정을 지었습니다. 그때는 아씨가 워낙 예뻐서 그런가 보다 했지요. 그러나 그건 그렇게 단순한 게 아니었어요. 아씨를 보는 순간 강한 군관은 이상한 영감이 발동한 것 같아요. 그건 틀림없을 겁니다. 강한 군관이 꿈속에서 본 무당신의 모습을 아씨 얼굴에서 느낀 것인지. 여하튼 지금 저는 이상한 느낌 속에 빠져 있습니다. 뭐라고 할까요. 저도 영감을 받았다고 할까요. 뭐라 말할 수 없게 많은 생각들이, 고뇌와 추리와 놀란 경각심이, 마구 쏟아져 들어와요. 나도 주체를 못하겠습니다. 아씨는 총명한 분이니까, 무슨 말인지 아시겠지요? 그래서 이 책은 제가 보관하겠습니다. 이상한 책을 몸에 지니고 계시면 그것에 의해 영향을 받을 수 있으니까요."

자향은 어이없어 웃었다.

"항슬이 말은 알아들었어요. 하지만 그 책을 한번 주어 보아요."

자향은 오른손을 내밀었다. 항슬은 그런 자향의 손바닥을 내려다보며 생각을 굴린다. 자연스레 책을 달라는 이 말에 혹 노림은 없을까. 왜 달라는 걸까.

항슬의 눈길은 자향의 손에서 자향의 눈으로 옮아갔다. 그녀는 새침한 표정을 짓고 있다.

책을 주어서는 안 돼. 자꾸 이 책과 연이 닿게 해서는 안 돼. 그랬다가 안 돌려주면 곤란하지. 강제로 뺏기도 그렇고.

그럼에도 항슬의 왼손은 품으로 들어가 책을 꺼내고 있었다.

책을 받아든 자향은 묘한 웃음을 지으며 책장을 넘긴다. 한 장 한 장 책장을 넘기며 읽는다. 옥주비전은 두터운 책은 아니었다. 모두 삼십여 쪽쯤 되는 책이었다.

차 한잔을 마실 시간에 자향은 책장을 다 넘겼다. 마지막 책장을 넘기자 자향은 책을 항슬에게 건네주었다.

"항슬이가 갖고 계세요."

말씨가 쌀쌀한 건지 나긋나긋한 건지 분간이 안 된다. 그 사이 책자에 서린 신기가 아씨 몸 속에 아니 마음속에 들어갔을까. 약간은 의심이 간다. 항슬은 책을 받아 품에 넣으면서 말하였다.

"이 책은 이제 제가 갖고 있어도 소용 없는 건 아닐까요. 아씨는 인제 책 내용을 다 외고 있을 테니까요."

"호호, 그 사이에 내가 다 외었을 것 같아서요?"

"그럼요. 아씨, 다 외웠지요?"

"그러면 천재게요."

"아씨는 천재잖아요. 다 외웠지요?

"어떻게 그걸 한 번 보고 다 외워요?"

"다 외운 것 같아요!"

"그러면 오죽 좋아요. 정말 천재니까. 아니지요, 좋을 것도 없지요. 이젠 나도 항슬이 같은 상민이 됐는데 천재면 뭐 합니까."

그 말에 항슬은 움찔하였다. 상놈인 자기를 비꼰데서가 아니라, 자향의 말투가 묘한 느낌을 주었기 때문이다. 책을 보여주는 게 아니었는데, 하는 후회가 인다. 그런 항슬의 망설임을 훤히 읽었는지 자향은,

"날 너무 의심하지 마세요. 난 멀쩡하니까."

삽삽하게 말을 하고는 앞쪽을 쳐다본다. 해가 지평선 위로 떠올라 산의 능선 위가 바알갛다. 그 바알간 소나무 사이를 바라보는 자향의 눈길이 왜 그런지 하염없이 슬퍼보였다. 슬픈 만큼 그녀의 모습은 정말로 아름다웠다.

보욱과 욱자는 밤이슬에 온몸이 후줄근히 젖어 있었다. 보욱이 몸을 오들오들 떨며 몸을 옹상거렸다.

"보욱이 형, 추워?"

"응, 춥다."

"내 윗도리를 벗어줄까?"

"아니, 그런 정도는 아니야. 조금 있으면 해가 뜰 텐데 뭘. 그나저나 넌 괜찮냐. 밤새도록 그렇게 달리고?"

"흐흐, 보욱이 형. 난 달리는 게 장기 아녜요?"

"하긴 그렇지만."

"다행인 게 말이요. 저들 속에는 윤보 형이 없었어요."

"그 사람이 있었으면 너 입장이 곤란할 뻔하였다."

"그렇지. 만일 윤보 형이 있으면 기왓골 쪽으로 한없이 도망갈까 했지. 그래도 그 형님이 쫓아오면 나 잡아가슈 하고 항복할까 하고도 생각하였고. 넘 미안하니까."

"그러다간 그 최윤보라는 포졸만 곤란해지게. 넌 도통 생각이 깊질 못해. 그 형님 포졸한테는 네가 잡혀주면 외려 더 곤란한 거야."

"아차, 그렇기도 하겠네."

"하여튼 저들의 길을 하룻밤은 막은 셈이 됐다, 네가."

"보욱이 형 생각대로 되었수?"

"됐구말구. 넌 정말 보석 같은 존재다. 그렇게 잘 달리다니."

"계속 저들 포교들을 뒤쫓아야 하나?"

"힘들면 여기서 잠깐 쉬자. 너무 가까이 갔다가 들킬라. 좀 쉰 뒤에 다시 생각하자구."

"그러지."

보욱과 욱자는 어둑컴컴한 숲의 그늘에 퍼지고 앉았다.

함지박귀 일당과 욱자의 숨바꼭질은 보욱의 작품이었다.

물고기인 욱자는 물이 필요하다고 종알대며 보욱에게 돌아갔다. 보욱은 욱자의 설명을 듣자 그래도 함지박귀들이 간 곳을 뒤따라가야 한다고 판단하였다. 저들이 허둥지둥 쫓아간 것은 그쪽엔 틀림없이 포졸을 배치하지 않은 때문이라는 진단이었다.

그 진단은 맞아떨어졌고 그들은 늦게나마 함지박귀네 뒤쪽을 따라잡았다. 멀찍이서 포교들의 동태를 훤히 보고 있었으나 어두워질 때까지 손을 쓸 수가 없었다.

보욱과 석수가 고대하던 어둠이 내렸다. 포교들도 부산하게 움직이기 시작했다. 뭔가 계획과 노림이 있는 모양이었다.

밤이 이슥할 때 보욱은 힘들어하며 고개를 넘고 있었다. 그때 한참 앞쪽에 가 있던 욱자가 헐레벌떡 돌아왔다.

"보욱이 형, 포교 다섯이 앞쪽에서 누군가를 급히 쫓고 있어."

"확실하니?"

"그럼. 허지만 쫓기는 자가 누군지는 확인할 수가 없었어. 훨씬 앞을 갔는가 봐."

"항슬이가 틀림없다. 그들을 도와줘야 해. 둘이 밤을 타서 움직였는가 본데 포졸들이 그 뒤를 쫓는 거야. 이 밤중에 자향 아씨가 제대로 달릴 수 없을 테니 우리가 도와야 한다."

욱자는 보욱의 지시대로 함지박귀들이 망연히 서 있는 보강무당 초막 근처에서 일을 시작하였다.

욱자는 함지박귀들이 서 있는 건너편 등성이에서 일부러 마른가지를 밟았다. 뚝 하는 소리가 맑은 밤공기를 뚫고 포교들의 귀로 날아갔다. 그리고 한동안 조용. 의심이 풀릴 때쯤해서 다시 나뭇잎 밟는 소리 바사삭. 나뭇가지 스치는 소리 스스슥. 나뭇잎 떨어지는 소리 우수수.

그 은밀한 소리는 듣키고 싶지 않은 도망자의 간장을 녹이는 속삭임이었다.

포교들의 민감한 귀는 그 소리를 쫑긋하고 경청하였다. 그리고 놓치지 않았다. 흥, 언 놈이 있다, 저 숲에 있어! 그들은 이 멋진 유혹을 뿌리칠 수 없었다. 포교들은 함지박귀의 지시에 따라 세 갈래로 나눠 욱자를 포위하며 추적해왔다.

보강마을로는 가지 말라고 하였지. 그거야 쉽지. 욱자는 추적해오는 포졸의 속도를 감안하며 달렸다. 밤이었으므로 피차 빠른 속도로 달릴 수는 없었다. 그렇게 한참을 달리다가 방향을 틀었다. 동쪽으로 나아갔다. 그러다가 서쪽으로 바꿨다. 일루 갔다 절루 갔다 하는 이 사소한 방략도 모두 보욱이 알려준 대로였다.

보욱과 욱자는 새벽에 보강마을 입구에서 만나기로 하였다. 등성이를 타고 숲을 돌고 계곡을 넘고, 욱자와 포졸들은 쉬임 없이 보강리 옆 산맥을 넘나들었다. 그렇게 쫓고 쫓기는 추적으로 한밤을 꼬박 새웠다.

그러다가 욱자는 살금살금 보강마을로 길을 돌아섰다. 포졸들에게 집힐 위험은 하나도 없었지만 애로사항은 있었다. 밤새도록 달리다 보니 허기가 진 것이다. 욱이는 허리를 꾸부리고 배가 고파 헉헉대며 보욱이 형을 찾았다. 보욱이는 갈무리해 놓은 주먹밥을 들이밀었고, 욱자는 허둥지둥 뱃속에 퍼넣다시피 하고는 개울물을 정신없이 들이마셨다. 개울물을 마시고서야 겨우 정신이 든 욱자는 환하게 웃었다.

뭐가 그렇게 좋아서 웃나? 밤새도록 달린 게 그렇게 좋아? 응, 좋아. 난 달리는 걸 좋아하잖아. 그리고 내가 달리는 목적이 맘에 들거든. 달리는 목적이 있어? 응, 있잖아! 놈들을 골탕먹이는 것도 좋구.

그렇게 말한 욱자는 풀 위에 등을 뉘이며 또 한번 히죽 웃었다. 보욱은 그런 욱이가 이상해서 눈을 동그랗게 뜨고 바라만 보았다.

함지박귀는 포졸들을 사방에 흩뿌려놓고 보강마을로 들어가는 요목에서 하회를 기다리고 있었다. 여명이 틀 무렵 수상한 자를 쫓아간 송골매

추적조는 후줄그레한 몰골로 그의 앞에 나타났다. 맨 마지막으로 돌아온 추적조였다.

"어떻게 됐는가?"

함지박귀의 물음에 송골매는 한동안 숨을 헐떡이며 대답을 고르고 나서,

"놈은 번개요. 그리고 수상한 놈이요. 뭔가 우릴 놀린 거 같습니다. 놈이 어디를 가고 있는지는 대충 알겠는데 쫓아가 잡을 수는 없었습니다. 하룻밤을 쫓고 달리며 얻은 결론은 놈이 우리를 농락하고 있다는 것이었습니다. 성 포교님께 이 느낌을 보고해야겠기에 서둘러 왔습니다."

"서둘러 온 게 지금이야?"

"그렇게 됐지만 어쩝니까. 그리고 마지막으로 놈은 분명 이쪽 방향으로 왔습니다. 성 포교님은 이상한 낌새를 못 채셨습니까?"

"못 챘는데."

그러나 함지박귀는 느끼고 있었다. 찬 바람이 귀를 스치듯 쌩하니 뇌리에 와닿는 영감!

그녀석이다. 우리 앞에 나타난 녀석은 그저께 밤 독랄한손과 최윤보를 놀린 달음박질쟁이다. 천하에 가장 빠르다는 놈이 다시 나타난 것이다.

더구나 놈은 송골매 말대로 일부러 우릴 유인한 거다. 또 속았다. 그러고 보니 모사꾼이라는 꾀보도 우리 근처에 와 있는 게 틀림없다. 오늘 밤의 추적은 또 한 번 그 모사꾼한테 속은 것밖에 안 된다.

게다가 재수없게 최윤보마저 우리에겐 없었다. 최윤보만 있었어도 이렇게 당하지는 않았을 것이다. 최윤보와 또 발빠른 포졸 둘을 두뭇개와 보강리 사이의 정탐조로 앞서 내보낸 게 결과적으로 크나큰 실수였다.

혈기가 오르고 분통이 터질 일이었다. 함지박귀는 입술을 자근자근 씹었다.

그러나 이렇게 놈들에게 당한 것도 잘 생각해보면 최악은 아닐 터이었

다. 모사꾼이 꾀를 낸 것은 그 처자가 우리 근처, 우리 가까이에 있었기 때문이 아니겠는가.

그렇다. 그 계집은 분명 우리 근처에 있었다! 그것도 아주 가까이에!

분해서 이성을 잃어야 할 함지박귀는 그러나 마지막 냉정은 잃지 않고 있었다.

함지박귀는 이 마을 포졸에게 물었다.

"여보게, 그 산속의 초막은 어느 무당 거라고?"

질문을 받은 포졸이 영리하게 대답하였다.

"이곳 보강무당이 쓰는 초막이지요. 허지만 어제는 그 초막에 무당은 없었는 걸요."

"그래? 그 무당집이 어디쯤인가?"

"마을 입구서 왼켠 산 쪽으로 가면 있는 좀 큰 초가인데요."

"그곳에 빨리 가 보세."

"왜요. 무당하고 무슨 상관이 있습니까?"

"있을 수도 있지. 자네가 먼저 한 사람 데리고 뒷문으로 가게. 내가 앞문 쪽으로 갈 테니 뒤쪽을 맡으라고."

"알았습니다."

함지박귀의 명령에 따라 뒷문으로 먼저 간 포졸 둘은 보강무당집으로 가는 초입에서 이상한 증후에 걸렸다. 새벽 안개가 낀 탓인지 앞이 잘 보이지 않았다. 긴가민가하는 속을 경황없이 나아갔다. 무당집인 듯한 초가가 있어 가 보니 아니었다. 초가 입구에 늠름한 할배가 있었다. 할배는 안개속을 거닐고 있었다. 그들은 한동안 그런 할배를 쳐다보다 물었다.

"무당집이 어딥니까?"

"무당집? 무당집은 오른쪽 저 건넌데 왜 일루들 오셨소?"

할배는 오른쪽 산허리를 가리켰다. 할배가 가리킨 곳으로 갔는데도 거기는 언덕일 뿐, 초가가 나오지 않았다.

　바로 뒤를 따라오던 포졸이 외쳤다.

　"어, 저쪽 우리 동료들이 어딜 가는 거야?"

　송골매가 포졸이 가리키는 쪽을 보니 두 포졸은 정신을 잃은 듯 산 위쪽 언덕으로 가고 있었다. 송골매가 소리쳐 불러도 그들은 소리를 듣지 못한 듯 그냥 나아가고 있었다. 잽싸게 뒤쫓아가서 팔을 낚아채자 그때서야 꿈에서 깬 듯,

　"다 왔소!"

하면서 헛소리를 했다.

　함지박귀는 수년 전 물너미고개(수유리)에서 겪은 무당이 생각났다.

　무당집에 숨은 범인을 찾아 산허리에 있는 초가를 들어가려다가 거의 반시진을 헤맨 적이 있었다. 그때 무당의 신령한 힘도 겪었고 그들이 친다는 결계가 효험이 있는 것도 처음 알았다.

　어젯밤과 오늘 새벽 또다시 그런 곡절을 겪고 있는 게 아닌가. 이게 도대체 어찌 된 셈판일까. 와우산에서는 하얀 서리에 속수무책이었고 토정에서는 팔진도 때문에 나무한테 농락을 당하더니 이번엔 무당귀신에 섭쓸렸나?

　그렇게 헤매던 무당집을 가까스로 찾아 들어갔다. 여러 고을에 명성이 자자한 만큼 무당집은 상당히 큰 집이었다.

　함지박귀 일행이 무당집에 들어섰을 때 울음소리가 낭자하게 들려왔다. 그것은 초상난 집의 울음소리였다.

　함지박귀는 이마를 찌푸리며 이곳 포졸에게 물었다.

　"보강무당이 나이가 연로한가?"

　"뭐 아주 많은 건 아닌데요. 사십이 좀 넘었을까."

　"무당의 어머니가 있는가?"

"이 집은 대물림 무당인 걸요. 살아 있으면 그 어머니가 무당을 하게요."

"그렇군."

동자아치임직한 삼십대 여자가 사람 소리를 들었는지 앞문 쪽으로 나왔다. 송골매가 앞으로 나서며 말을 걸었다.

"저 울음소리는 뭔가?"

"저희 어머님이 돌아가셨습니다."

동자아치는 나올 때부터 울고 있었다.

"어머니라니?"

"우리 보강무당댁이 금방 운명하셨어요. 가슴병으로 그렇게 고생하시더니 기어코 돌아가셨습니다. 우리 경기 일원서 최고 무당이신데, 신기 좋고 마음씨 고운 분이셨는데요. 흐흑!"

여자는 마당에 서서 더욱 서럽게 운다. 아마도 무서운 포교들이 다섯이나 떼지어 온 것을 보고 놀라 더 우는지 몰랐다.

함지박귀가 고개를 끄덕이자 송골매가 다시 물었다.

"어젯밤 여기 손님이 들었소?"

"손님요? 모르겠는데요. 제가 모르니까 오신 분이 없었겠지요."

동자아치는 천연스럽게 말하였다. 그러나 함지박귀는 여자의 태도가 자연스럽긴 했어도 눈빛에 당혹이 스치는 것을 짚어내고 있었다. 함지박귀가 고개를 흔들자 송골매의 말씨가 조금 사나워졌다.

"기이지 말고 대라구! 거짓말했다가는 치도곤이 맞고 어머니따라 저승 갈 수 있어!"

여자는 움찔하였다. 그때,

"생이는 무슨 일이니!"

하는 쉰 목소리가 들리고,

"일루 들어와라!"

하는 명령이 이어지자 동자아치는 함지박귀 일행을 되돌아보며 주춤주춤 부엌 쪽으로 들어가 버렸다. 조금 있자 부엌을 통해 소복한 여인이 나타났다.

여인은 마당 가운데쯤 오더니 포교들과는 상당한 거리를 두고 허리를 살짝 숙이고는 조용히 입을 뗀다.

"보강무당의 딸 옥년이라고 합니다. 어머님의 상을 맞아 상주로서 손님을 맞지 못함을 여쭙니다. 무슨 일이오신지요. 급한 일이 아니시오면 저희 상이 끝난 뒤에 오실 수 없으신지요?"

차가웁지만 침착한 어투, 범접하기가 힘든 무당이다. 더구나 아무리 큰 범죄라도 상가에는 격을 두는 것이 조선의 불문률이다. 함지박귀는 순간 멈칫하였다.

그러나 짚어낸 의문이 아무리 사소하다 해도 놓쳐서는 안 될 일. 시간을 다투는 추격전 아닌가. 게다가 무당의 응대가 너무나 의연하다. 저런 행동은 당황하는 자보다 더 수상한 법.

함지박귀가 앞으로 나서며 말을 정중하고 빠르게 주워섬겼다.

"우리는 문안서 특파된 추적포교이다. 중범자를 쫓고 있다. 그 중범자로 보이는 자가 손님으로 어젯밤 이 집에 든 걸 알고 있소. 그 손이 지금 어디 있는가?"

단정적으로 말한다. 함지박귀의 노련한 수법이다. 그러나 옥년이는 하나도 흔들리지 않고,

"어머님의 임종을 맞아 저의 오빠가 오셨지요. 이십 년 만에 처음 오시었으나 동기간이 어찌 손님이겠습니까."

언제 나타났는지 강한이 팔짱을 끼고 대청마루 끝에 서 있었다. 강한 군관은 입을 한 일자로 다물고 근엄한 표정을 짓고 있다.

함지박귀의 머리가 순간 빠르게 돌아갔다. 요것 봐라. 저 빙고 군관이 드디어 나타났군. 한데 오빠라구? 뭔가 연계는 되는 것 같더니 이상하게 돌아가는구나.

"저 군관이 오빠이시오?"

그 물음에 무당은 다소곳이 고개를 숙이고 강한이 뚝뚝하게 대답한다.

"내가 바로 그 오빠올시다. 포교 양반, 서빙고 말고 여기서도 무슨 일이 있소이까?"

함지박귀는 재빨리 판단하였다. 그리고 결심하였다.

"군관께서 같이 온 두 남녀는 어디 있소이까?"

"무슨 말인지 모르겠는데."

군관은 어제와는 다르게 아주 무뚝뚝 하였고 신념에 차 있었다.

"군관은 어젯밤 빙고에서 두 남녀와 함께 나오지 않으셨소?"

"그런 일이 없소이다."

"흥, 시침뗀다고 무사할 성싶소. 그들이 붙들리면 군관도 함께 곤욕을 당하리다."

"마음대로 하시오. 나는 보살님 말씀대로 광명정대하게 사는 사람이니까. 질 나쁜 포교가 엉겁을 뒤집어씌우면 당하는 수밖에!"

"보살님? 엉걸?"

함지박귀는 흥, 코웃음을 한번 치고는,

"가자!"

포졸들에게 문 밖을 가리켰다. 피차간에 인사를 나눌 마음이 없는 탓에 강한이나 함지박귀나 서로 노려보다가 얼굴을 돌렸다.

"왜 무당집을 수색하지 않습니까?"

문 밖을 나오자마자 송골매가 불평 어린 표정으로 물었다.

"수색해봤자 아무도 없어. 시간 낭비지. 녀석이 나타난 것은 우리보고 수색해보라고, 아니 수색해달라고, 그래서 시간을 벌겠다는 심뽀야."

함지박귀는 무당집이 보이는 않는 곳에 오자 멈춰서더니 품에서 지도를 꺼내 들었다.

"자, 이걸 보고 이야기하세. 지금 저들은 틀림없이 금방 이 집을 떠났다구. 아마 오른쪽, 두모포 쪽으로 도망갔을 가능성이 많겠지?"

"그렇습니다."

송골매가 맞장구치자,

"그러면 우린 이곳과 이 계곡, 그리고 이 산허리 세 군데를 훑으세. 시간이 급하네."

졸개들이 머리를 끄덕이고 함지박귀가 조 편성을 하려는데 뒤쪽에서 급히 다가오는 발소리가 들렸다.

독랄한손과 한강독사였다.

"오, 이 형. 다리는 괜찮소?"

"찜질을 두 시진쯤 하니까 좋아졌습니다. 부러지진 않았더군요, 지금은 멀쩡합니다."

"좀더 요양을 하지 그랬어?"

"불안해서 드러누워 있을 수가 있나요. 그년은 꼬리를 못 잡았습니까. 빙고 안에 없습디까?"

"말도 말게. 또 농락당했네."

씁쓸한 함지박귀는 상황을 간단히 설명해주었는데 갑자기 눈을 치뜨며 허공을 보는 것이었다.

"왜, 무슨 좋은 생각이 나셨소?"

함지박귀의 버릇을 아는 독랄한손이 물었다. 함지박귀는 고개를 끄덕이고는 씨익 웃는다.

"이 형, 오다가 이상한 녀석들을 못 보았지?"

"못 보았는데요."

"길에서 스쳤어도 놈들이 숨었겠지."

"그 꾀보놈 이야기하는 거요?"

"그렇네. 놈들은 우리 뒤에 있거든. 이놈들이 우릴 매번 골탕을 먹이는데 이번엔 거꾸로 우리가 골탕을 먹여야지."

39. 두 만남

청계천 홍서란의 주막. 아침 묘시와 진시 사이, 술청엔 노린내 혼자 앉아 있다. 주모 홍서란은 아침상을 차려주고 주방으로 물러가 있었다.

차 한잔을 마실 시간이 지났을까, 문이 열리고 사내가 들어왔다. 노린내가 손짓하자 사내는 귀퉁이 좌석으로 성큼성큼 걸어와 맞은켠에 털썩 앉았다. 미행할 때와 똑같은 행동 거지였다.

"잘 와주셨소."

노린내가 먼저 인사하자 사내는 히죽 웃고는 앞에 놓여 있는 대포잔을 보며 말하였다.

"내 산전수전 다 겪어보았지만 이런 조찬모임은 평생 처음이요."

"그렇소?"

"그러문요. 허나 기분은 나쁘지 않구려. 아침상을 보니 말이요. 이 술은 ㅣ나를 위해 미리 준비해놓으신 건가요?"

"그렇소. 독은 안 들어 있으니 드시오."

"독이 있어도 좋수다. 먹고 죽은 귀신은 때깔도 좋다 하였소. 독이 무슨 상관이 있겠소."

사내는 껄껄 웃으며 대포잔을 들어 꿀꺽꿀꺽 단번에 반이나 들이마셨다.

"시장하셨던가 보오."

노린내는 말소리에 조금은 애정을 담고 물었다.

"우리 같은 사람은 이런 주막의 대포도 마음껏 마실 수가 없습니다. 더구나 이 술은 유가네 동동주 아닙니까?"

"맞소. 이 집은 유가네 동동주로 유명하지요. 특별히 주문해서 만든 거라 아무리 센 모주꾼이라도 한 잔만 마셔도 거나하고 두 잔이면 갈지자랍디다."

"허, 독하긴 하네요. 으으, 좋다. 아침부터 대포 한잔 드니 세상이 돈짝만하구려. 한데 무슨 일로 저를 부르셨소?"

사내는 안주로 나온 북어찜을 맛있게 먹으며 물었다.

"내가 그저께 밤 장안 네거리에서 자객의 칼에 죽을 뻔하였소."

"글쎄요. 그런 말을 들었는데 그게 정말이우?"

"거짓말을 내가 왜 지어내겠소."

"하긴."

"한데 참, 댁은 성씨가 어떻게 되오. 이름이나 알고 지냅시다. 나는 노동팔이라고 하오. 아마 아시겠지만."

"저야 알고 있지요. 제 성은 윤가요. 그럼 됐지요. 우리 같은 졸자 이름을 알았자 필요없을 터이니."

"좋소. 윤 형, 그 일로 이 상선 대감을 한번 뵙고 싶소."

"글쎄, 그 얘기도 들었는데, 잘 될지 모르겠네."

"잘 될지 모르겠다니. 무슨 일이 있으면 연락하라고 한 건 댁네 아니요? 그리고 그건 무슨 일이 있어 내가 이 대감을 만나고 싶다면 만나게 해주겠다는 뜻일 게구. 아니 그렇소?"

"그 말도 맞습니다."

윤가는 말할 때마다 고개를 연신 흔들었는데 그것보다도 이것저것 안주를 집어먹느라 정신이 없었다.

"윤 형은 남이 무슨 말을 할 때 먹기만 하는 거요? 내 말은 들어봤자 그거다, 이겁니까?"

노린내는 사내가 하는 짓거리가 하도 가당치도 않아서 한마디 퉁을 집어 넣었다.

"아닙니다요. 그 무슨 말씀을. 제가 워낙 출출한데다 이렇게 맛있는 음식은 정말 오랜만이라서요. 이 집 주모 음식 솜씨가 대단합니다. 요즘 생기는 게 음식장산데 열에 아홉은 음식이 뭔가도 모르는 자들이 음식점을 열더라고요. 그래도 이 집 정도는 음식 솜씨가 있어야 하는데 말씀이야. 안 그렇습니까?"

사내는 그렇게 너스레를 풀고는 이번에는 주방을 향해 보이지 않는 주모에게까지 인사하는 것이었다.

"주모, 음식 솜씨가 천하으뜸이요. 잘 먹고 있수다."

노린내는 어이가 없어서 입맛을 다시며 천장을 쳐다볼 수밖에 없었다.

"허, 노 형. 뭐 섭하게 생각하진 마십시오. 노 형같이 포교 재주 넘치고 여자복 있는 사람이 어디 있소이까. 부럽습니다. 한데 말씀드리오만은, 이 대감 만나는 일이 그렇게 쉬울 턱이 없지 않겠습니까. 제 말은 그런 뜻입니다. 어느 어른이 일이 있으면 날 찾아와, 한다고 해서 뿌르르 찾아가 봐요. 좋아할 리도 없고 만나주지도 않는 게 세상 이치 아닙니까. 제 말은 바로 그렇다, 하는 겁니다."

"그럼 이 대감이 무슨 일이 있으면 연락하라 한 것은 그저 말로만의 공치사다 이거요?"

"아, 누가 또 꼭 그렇다는 겁니까. 말이 그렇다 이거지요."

윤가의 밑도끝도 없는 두리뭉실 대답에 성깔로는 한다하는 노린내도 어이가 없어 허허 웃고 말았다.

대포를 한 잔 다 비우고 안주와 밥을 싹 쓸다시피한 윤가가 입 언저리를 훔치며 만족한 표정으로 말하였다.

"그럼 노 형, 이렇게 합시다. 이틀 뒤 이 시간에 다시 만납시다. 궁궐은 들어갔다 나왔다 하는 게 좀 시간이 걸리니까. 이틀 뒤로 합시다. 제 말은 꼭 만날 수 있다는 보장이 없다뿐이지 안 된다는 건 아니잖습니까."

"이틀 뒤는 너무 늦소."

"그러면?"

"내일 정오까지 하회를 알아오시오."

"그건 너무 바틉니다. 궁궐을 어찌 그리 쉽게 보십니까. 궁궐은 들어갔다 나왔다 하는 게 조만 힘든 게 아니요."

"아오. 그래도 내일 정오까지요."

"정말입니까?"

"정말이요. 사람의 목숨이 걸린 일이요."

노린내의 딱딱 끊는 말투에 윤가는 한동안 말없이 노려보기만 했다. 노린내도 지지 않고 노려보았다.

이윽고 윤가가 입을 열었다.

"그렇게 합시다. 그럼 지금부터 불이 나게 움직여야 하겠군요."

"부탁하오!"

"허, 노 형은 무서운 사람이오."

"미안하오."

"그럼 내일 정오 때요. 내일은 점심을 여기서 하면 되겠군그래."

윤가의 마지막 말은 힘이 없었다. 윤가는 먹는데 기갈이 든 사람같이 놀았지만 노린내의 눈에는 그런 사람이 아니었다. 벙글벙글 웃는 것처럼 보이는 윤가는 처음 만났을 때의 섬칫한 자객임에 틀림없었다.

더구나 오늘따라 그의 눈 속에는 심오한 뭔가가 어른거림을 노린내는 느끼고 있었다.

삼거리를 돌아설 때 노린내는 설핏 어떤 눈동자를 본 것 같았다. 어, 누군가가 미행하고 있나? 마음이 섬칫해 왼쪽으로 방향을 틀며 자연스레 뒤를 보았다.

중년의 사내였다. 머리에 초립을 쓴 게 별로 어울리지 않는다. 진득하게 웃음을 지으며 느린 걸음으로 뒤를 따라오고 있었다.

저녀석은 아무리 보아도 미행자 훈련을 받은 자는 아닌데, 이상하다. 생김새는 시정잡배이고. 잘 봐줘야 장사아치. 얼굴에 씌어 있어. 가만 있어봐, 내가 걸어가지 않고 서 있으면 어쩔 텐가. 실력이 어느 정도인지 한번 볼까.

노린내는 서서 뭔가 생각하는 척하다가 뒤로 돌았다. 다시 서란의 술집 쪽으로 걸어갔다. 앞을 똑바로 보고 갔으므로 금세 사내와 마주쳤고 서로 쳐다보았다.

사내는 건방지게도 노린내 앞에서 우뚝 섰다. 그리고 히죽 웃었다. 노린내는 별놈 다 있다는 식으로 고개를 외로 치며 노려보았다.

"그렇게 인상을 쓸 건 뭐 있수?"

사내는 아무렇지도 않다는 듯이 말을 걸었다. 노린내도 자연히 서서 응수할 수밖에 없었다.

"나에게 무슨 용건 있소?"

"용건이랄 건 아니고. 형씨와 괜히 사귀어보고 싶다는 생각이 나는구려."

"뭐요?"

"으하하, 뭐 그렇게 계속 인상이슈? 내가 당신과 한번 사귀고 싶다 그런 생각을 했다니까요."

"왜?"

"왜라니. 괜히 사귀고 싶다는 말은 특별한 이유가 없다는 뜻 아니겠소?"

"거 참 싱거운 사람 다 봤네."

"그렇지. 난 싱거운 데가 있는 사람이요. 울 할머니가 노상 나에게 그랬다오. 너는 키도 안 큰 게 왜 그렇게 싱겁냐? 그럴 때마다 나는, 할머니, 사람이 싱겁다는 것은 좋은 사람이라는 뜻이지요? 뭐야! 그게 아니고 사람이 좀 모자란다는 뜻이란다. 하지만 나는 지금도 내가 싱거운 것은 사람이 좋기 때문이다. 이렇게 생각하고 있소. 재미없습니까?"

"재미고 잣이고 당신은 좀 이상한 사람 같구료."

"상대가 받아들이기 나름이지요. 이 세상은 이상해 보이는 사람은 이상하지 않고 수상해 보이는 사람은 수상하지 않은 게요. 특히 포청 사람들이 그런 말을 합디다. 안 그렇소? 여하간 내가 귀댁과 사귀고 싶은데 사귀어

보지 않겠소?"

"거 이상한 사람 정말 다 봤네."

"사귀어 보지 않을라우?"

"정말로?"

"그렇소."

"어디서 날 보고 미행해 온 거요?"

"미행이라니. 듣기 거북하오. 아까 홍가주막에서 나오는 걸 봤지."

"그래서?"

"저 홍가주막 여편네가 부지런한 것은 내 알지만, 이렇게 이르게 술집 문을 연 건 첨 보우. 한데 귀댁이 거기서 나오지 않겠소. 좀 이상하데. 귀댁을 어디서 본 듯도 하고. 한데 가만히 생각을 해보니 그저께 그 술집을 나올 때 본 얼굴이더라 이거요."

"그게 뭐 대수요."

"으흠, 뭐라고 말할까. 그날 귀댁을 처음 보면서 왠지 모르게 괜찮은 사람 같다, 그런 생각을 했거든."

"그래서?"

"그러고 한참 뒤에야 귀댁과 한번 사귀어볼걸 하고 후회했었지. 한데 오늘 이른 아침 여기서 만나게 됐단 말씀이야. 그래서 나도 모르게 귀댁을 따라왔나 보오."

"왜?"

"하, 그참. 말하지 않았소? 사귀고 싶어서 따라온 것 같다고."

"싱겁기는."

"맞소. 나는 싱거운 사람이라니까. 하지만 사귀어보면 괜찮은 사람이오. 어떻소. 한번 사귀어보는 게?"

"글쎄."

노린내는 조금 의심이 갔다. 혹시 이자가 내가 윤가와 이야기하는 걸 밖에서 엿들은 건 아닐까? 금방 전 포청 사람 운운하는 것도 그렇고. 얼굴에 능글능글한 미소를 띠며 히죽거리는 게 왠지 마음에 들지 않았다.

"뭘 그렇게 망설이시오, 사내대장부가. 나로 말하면 김득수란 사람이오. 장사꾼이지. 이것저것 돈이 생기면 아무거나 손을 대는 더러운 장사꾼이라오. 허허허, 별로 맘에 들지 않수?"

김득수는 여전히 싱글벙글 웃었다. 노린내는 보다가도 별놈 다 보았다고 생각하였으나 김득수가 자신을 더러운 장사아치라고 소개하는 게 조금은 마음에 들었다.

"나는 노동팔이란 사람이오. 얼마 전까지만 해도 포교였소. 솔직히 말해 나도 더러운 포졸이었다오."

"하하하, 포교이셨군. 나같이 더러운 사람은 아닐 게구. 어쩐지 댁 주변에서 포교 냄새가 났지. 하지만 말씀하고 행동하는 품은 품격 있는 무인 같소. 내 친구에 포교가 하나 있는데 그댈 사귀면 난 친구로 포교 풍년 맞는 셈이 되겠구그래."

"포교 친구가 있으시오?"

"그렇다오. 우리 사귀었으니 아무리 아침이지만 어디 가서 기념으로 대포라도 한잔하면서 동무로서의 정을 나눠봅시다."

그 말과 동시 둘은 서로 쳐다보면서 허허, 싱겁게 웃었다.

홍서란은 낭군 같은 노린내가 다시 돌아온 것이 반가우면서도 이상하였다. 그가 데려온 사람이 다름 아닌 김득수 아닌가.

"아니, 왜 돌아오셨어요? 뭐 잊어버린 거라도 있나요? 오마, 김 사장께서는 아침 일찍 웬일이셔요?"

"나도 아침 일찍 일어나네. 그대만 아침 장사 하는 줄 아는가. 우리 같은 장사치야 새벽부터 일어나야 뭔가 생길까 말까 하지. 한데 오늘은 아침 일찍 나온 보람이 있어서 좋은 동무 생겼네. 우리 둘이 이 술청서 한잔 할려는데 어떤가. 괜기찮겠지?"

김득수의 긴 너스레에 홍서란은,

"둘이서요?"

하며, 너무 놀라 두 사람을 번갈아 바라보다가 별 괴이한 일도 다 있다는 투로,

"아니, 두 분이 아는 사이요? 물과 불처럼 도대체 맞지 않는 분네들인데. 호오, 이상하다."

"이상할 것 뭐 있고 물과 불이 따로 있는가. 불이 나면 물로 끄고, 물을 끓일려면 불을 피워야 하듯 물과 불은 뗄래야 뗄 수 없는 동무일 수도 있지. 주모 정도는 그런 이치쯤은 아실 법도 한데."

"오마나, 별 이론도 다 있네. 한데 포교님, 이 야꼽쟁이 장사꾼하고 동무하신다구요? 우리 향기포교님이."

"이 사람아, 내가 비록 돈을 아끼는 사람이지만 야꼽쟁이라니……."

"야꼽쟁이가 아니면 뭐예요? 지금까지 우리 술청에 와서 대포 두 잔 든 적이 있습니까. 일하는 아낙에게 인정으로 쏨쏨이돈 한번 던져준 적 있습니까. 향기포교님, 이 김 사장은요, 주머니에 돈을 잔뜩 넣고 다니면서 한번도 시원하게 쓴 적이 없는 노랭이야요. 이런 사람을 왜 사겁니까. 그 많은 돈 갖고 다니면서 왈짜들에게 뺏기지 않는 건 또 이상해."

"허, 주모. 별 말을 다 하는군. 내가 왈짜들에게 돈뜯기는 걸 원하나?"

"왈짜들도 먹고 살아야 허니께. 그것도 적선이지요. 나라가 세전 받는 거나 왈짜가 행전 떼는 거나 그게 그거지 뭐."

"허, 주모. 화적 여두목하면 잘 하겠소. 그나저나 우리가 오늘부로 돈독한 동무를 하기로 하였으니 대포에다 맛있는 안주 좀 주시게. 오늘은 내가 쏨세. 우리 동무가 계산한다면 주모가 돈을 안 받고 못 받을 테니까 오늘은 내가 내지. 주모가 원한다면 대포도 석 잔 들겠네."

김득수는 주모가 노린내와는 돈을 안 받는 사이인 것을 벌써 넘겨짚고

있었다. 주모는 그런 눈치가 더욱 밉살스러워 냇물처럼 이쁘던 눈을 독살
이 오른 첩의 눈꼬리로 바꿔서 시원하게 흘겼다.

"오마나 웬일일까. 오늘은 내가 돈 좀 만지겠네."

"이보게, 주모. 그대가 파는 대포가 어디 그냥 대폰가. 그 유명한 유가네
동동주 아니던가. 맛도 좋지만 워낙 독해서 한 잔씩밖에 못 들었지만 오늘
은 좋은 동무 사귀었으니 석 잔도 더 마시면서 장취해볼 생각일세."

"허 참, 별일이어요."

주모는 그렇게 말대거리를 하면서 눈은 다시 냇물로 바꾸어 노린내에게
주었다. 어제 하룻밤 맺은 사랑이지만 연인인 노린내가 행여 수전노 장사
아치한테 이용당하는 건 아닌가 하여 괜히 걱정이 되었던 것이다.

"주모는 걱정 말고 맛있는 안주나 내어오소."

눈치가 휑한 노린내는 주모를 안심시키고 김득수 맞은편 자리에 앉았
다.

가을나무는 주씨국밥집을 들어가면서 그렇게 조심스러울 수가 없었다.
십 년 넘게 경기 일원을 돌며 봇짐장수를 한 그녀이지만 오늘은 왠지 가슴
이 콩콩 뛰었다.

그녀는 한쪽 귀퉁이에 가서 앉으며 술청을 휘 둘러보았다. 손님이 세 방
구리 앉아 있었다. 오른켠 안쪽에 셋, 그 윈켠에 둘, 바로 옆에 한 사람. 모
두가 자연스런 시골 사람들이다. 짭새는 없어 보였다.

국밥집 아낙이 다가와 인상좋게 웃는다.

"국밥 한 그릇 주세요."

가을나무도 괜히 헤벌쭉 웃었다. 주문받은 아낙은 뚱뚱한 몸을 흔들며
주방으로 사라졌다. 혹시 포졸이 얼씬거리며 자기를 잡으러 덤비지나 않
나 걱정하였으나 지금은 맘을 놓아도 될 성싶었다.

조금 있자 아낙이 소반에 국밥 한 그릇을 들고 나와 식탁에 내려놓는다.

가을나무는 자연스레 물었다.

"저 여기, 항슬이는 어디 갔어요?"

"항슬이?"

"네."

"흐음, 요즘엔 왜 걔 찾는 사람이 이렇게 많을까."

아낙은 그 이야기를 하며 옆 식탁의 사십객을 슬쩍 바라보았다.

그 말에 가을나무는 살짝 놀랐으나 아무렇지 않은 표정을 지었다.

"항슬이 찾는 사람이 많아요?"

"그럼요. 온갖 사람이 다 찾는다니까. 걔가 어디 가기만 하면 그래요."

"항슬이한테 무슨 일이 있어요?"

"특별한 일은 없구, 항슬이는 요즘 좀 아프데요. 그래서 며칠 절에 가서 쉰답니다. 예전 같으면 올 때가 됐는데 아니 오네. 몸이 정말로 많이 아픈 가. 밤에는 손이 많아서 항슬이가 있어야 하는데."

가을나무는 속으로 됐다, 하고 쾌재를 불렀다. 역시 항슬이는 지금도 송이를 돕고 있구나. 그럼 안심이다!

"아 그래요? 여기 와서 몇 번 봐서 그냥 궁금해서 한번 물어본 거예요. 항슬이가 오면 가을나무가 와서 찾더라고 그렇게 이야기해줘요."

"가을나무요?"

"네."

"그게 아씨 이름이요?"

뚱뚱한 아낙은 호기심이 많은 여자인가 보았다.

"네, 제 이름입니다."

"이름 한번 특이하네, 알았어요."

아낙은 서글서글하게 답하고는 주방으로 사라졌다. 그때 옆에 있던 사십 전후의 사내가 가을나무를 유심히 바라보는 것이었다. 국밥을 몇 숟갈 훌훌 불며 먹던 가을나무는 이상한 눈초리에 고개를 돌리다가 그 사내와 눈이 마주쳤다.

사내는 후딱 고개를 돌린다.

어, 저 사람 행동이 이상하다. 그러고 보니 눈자위가 시컴스름한 게 좀 기분이 나쁘다. 아낙이 이야기할 때 슬쩍 이 사내를 쳐다보았지. 이것 봐라. 짭샌가 보다. 아까는 왜 몰라봤지.

가슴이 퉁퉁 튀었지만 이럴수록 의연해야 함을 잘 아는 가을나무다. 그녀는 아무것도 모른 척 국밥을 들었다. 먹는 속도를 내었다.

여길 자연스럽게 빨리 뜨자. 저자가 따라오는지 살피면서. 그리고 수상하면 번개같이 사라져야지. 흐흠, 그 무서운 장작눈썹을 따돌리듯이 말야. 한데 그 장작눈썹이 죽었다고 했지. 나쁜 짓 하는 놈은 그렇게 천벌을 받아야 해. 오사할 놈 잘 죽었어.

가을나무는 천천히 그리고 빠르게 조씨국밥집을 나왔다. 퉁퉁한 아낙은 싱글싱글 웃으며 잘 가라고 고개를 끄덕여주었다. 국밥집을 나와 열 발짝도 가기 전에 누군가가 그녀의 소매를 잡아당겼다.

가을나무는 깜짝 놀라 돌아보았다. 아까 그 짭새는 아니었다. 어린 처자였다. 물색 저고리에 검정 치마를 입은 때깔이 어지간히 사는 집의 딸이었다. 열일곱 살 정도 되었을까.

"가을나무 언니."

물색옷은 아주 작은 소리로 가을나무 이름을 불렀다.

"어, 내 이름을 어떻게 알지?"

"용강댁이 알려줘서."

"아, 너 이집 사는구나. 맞아, 주인집 딸인가 보군. 그치?"

수삽한 테를 짓는 물색옷은 고개를 끄덕였다. 동그란 얼굴이 이쁘지는 않아도 귀여워 보인다.

"우리 항슬이 오빠, 잘 아세요?"

"조금 알지."

"왜 찾았어요?"

"너의 집에 들렸으니까, 혹시 있으면 보구 갈라구."

그 말에 물색옷은 고개를 약간 숙이고 살짝 눈을 치켜뜨며,

"혹시 우리 항슬이 오빠, 어디 갔는지 아세요?"

"아니, 모르니까 나도 물었지. 아낙 말이 절에 갔다면서?"

"아니에요. 절에 안 갔어요. 용강댁이 그냥 둘러댄 거예요. 언니는 항슬이 오빠가 어디 갔는지 알지요?"

"아니, 몰라."

"흥, 알면서?"

"정말 몰라."

가을나무는 진지한 표정이 되어 대답하였다. 그러자 물색옷은 잠깐 생각하는 척하더니 금세 기가 죽은 목소리로,

"혹시요, 울 오빠 만나면 빨리 오라고, 우리가 기다리고 있다고 이야기해줄래요?"

"아, 그거야 말해줄 수 있지. 아가씨는 이름이 뭐야. 누가 그러더라고 이야기해야잖아."

"나는 윤금이. 울 엄마랑 아빠도 기다린다고 전해줘요."

"윤금이? 알았어. 혹시 만나면 전해줄게. 그럼 나도 하나 부탁하자."

가을나무는 그 말을 하면서 사방을 휘이 둘러보았다.

"뭔데요?"

"어떤 처자가 와서 항슬이나 가을나무를 찾으면 이 쪽지를 전해줄래?"

가을나무는 소리 죽여 이야기하고는 준비해온 쪽지를 윤금이에게 내밀었다. 윤금이는 쪽지를 후딱 받아서 허리춤에 집어넣는다. 생김새보다 눈치가 빠른 처자다.

"그래 그래, 고마워!"

가을나무는 그렇게 말하고 윤금이한테 손을 흔들고 포구 쪽으로 발을

떼었다. 윤금이는 한동안 그 자리에 서서 지켜보고 있었다.

가을나무는 서른 발짝쯤 가서 뒤돌아보았다. 윤금이가 아직도 서 있다. 손도 흔들어 준다.

저 애가 지금도 서 있네. 내가 좋아서 서 있는 건 아닐 게구. 항슬이란 사내를 좋아하는구나. 국밥집 주인인 아버지와 어머니도 항슬이를 좋아하고 말이야. 많은 사람이 좋아하는 걸 보니 항슬이는 괜찮은 사낸가 보다. 흥, 만나보고 싶군. 그나저나 항슬이는 어디로 송이를 데려갔을까.

가을나무는 문득 안방이 생각이 났다.

뒷골과 원당을 살금살금 돌면서 들은 소식에 의하면 송이는 사내 서넛과 함께 귀신같이 포졸의 포위망을 뚫고 사라졌다고 했다. 사내들 서넛? 안방은 어디를 가고? 처음은 의아했으나 삼개방의 면식있는 거지를 만나 소식을 알게 되었다.

불쌍한 안방은 죽고 새우젓패가 끼어들어 일이 복잡해졌다는 것이다. 으이그, 불쌍한 녀석. 꿈도 많고 하고 싶은 것도 많더니, 의리만 싶어서 포졸의 창을 맞고 죽다니!

안방이 생각에 가을나무의 눈에 물기가 촉촉히 젖는데 음침한 목소리가 귓전을 때린다.

"가을나무 아줌마!"

깜짝 놀라 소리나는 곳을 보았다. 아까 국밥집에서 본 눈 언저리가 시컴스름한 사내가 옆에서 따라 걷고 있었다.

아이쿠, 안방이 생각에 이 짭새가 따라오는 걸 몰랐네. 가을나무는 속으로 비명을 지르면서도 여유를 건저올리며,

"저를 부르셨습니까?"

하고 물었다.

"그렇소. 아줌마는 어쩐 일로 항슬이를 찾으셨소?"

아마도 이 사내는 국밥집 밖에서 윤금이와 나눈 이야기를 다 들었을 것

이다. 그러면서도 또 묻는 건 무슨 연유일까. 뭔가 노림이 있겠지. 허나 내가 그렇게 호락호락 넘어갈 여잔 줄 아느냐!

"난 아줌마가 아니오!"

"아, 그럼 처자시오?"

"그럼요."

"미안하게 됐소. 처자는 무슨 일로 항슬이를 찾으셨는지?"

"그냥 왜 얼굴이 안 보이나 해서 물어보았지요. 잘못된 거라도 있습니까?"

"잘못된 건 없고, 나도 그 항슬이를 만나고 싶어서 그렇소."

"아, 그래요. 전 항슬이와 친한 사이는 아닙니다. 그저 그 술청에 가끔 들러서 조금 아는 정도지요."

"아닌데."

사내는 무뚝뚝하게 말하면서 조용히 가을나무 옆을 따라 걸었다. 가을나무는 아니긴 뭐가 아니야, 속으로 쫑알대며 사내를 다시 한 번 유심히 살폈다. 작은 키에 호리호리한 몸매 얇은 입술 갸름한 얼굴, 힘꼴은 없어 보였다. 양반집 마름이나 하면 딱 알맞을 듯했다.

그 생각을 하는 순간, 어, 그렇다. 이자가 혹시 송이, 아니 본명이 자향이라고 하였지, 자향이를 데려가던 박 참의네 마름은 아닐까?

가을나무는 잽싸게 물었다.

"뭐하는 분이십니까?"

"아씨는 뭐하는 사람이요?"

서로 딱딱하게 물어대는 바람에 둘은 멈춰섰다.

"저요? 저야 보시다시피 봇짐장삽니다."

가을나무는 안고 있는 봇짐을 손으로 툭툭 쳐보였다.

"나는 양반집 마름이요."

"정말로요?"

150

"정말로. 한데 왜 그대는 항슬이를 찾느냐니까?"

석 주사는 다시 원론으로 돌아가 가을나무에게 물었다. 가을나무는 고 개를 살짝 숙이며 노려보는 자세로 물었다.

"혹시 박 참의 댁 마름 어른 아니십니까?"

"허, 그렇소만. 그대는 어떻게 나를 아시오?"

가을나무는 주변을 재빨리 돌아보았다. 행인이 몇 있으나 자기들을 주 시하는 사람은 없었다.

"왜, 수상한 사람이 있을까 봐?"

"그래요. 그리구 정말로 석 주사세요?"

"어, 내 성도 아네."

"그러문요. 석 주사가 확실한지 증거대봐요."

"흐음, 우리 송이를 만난 모양이군그래."

"송이라고 하셨어요? 오, 석 주사가 맞구나. 그치요?"

"내 석 주사가 맞지만, 나는 왕년의 석 주시가 이닐세."

석 주사는 갑자기 눈을 껌벅인다. 눈물이 핑그르르 고인다.

"울긴 왜 울어요?"

가을나무는 석 주사 얼굴을 찬찬히 들여다보았다. 자세히 보니 눈자위 만 까만 게 아니라 얼굴 전체가 우중충하다. 오마, 병색이 얼굴 전체를 덮 고 있네. 금부에 잡혀갔다더니 그곳에서 너무 맞아 몸이 완전히 망가졌구 나. 쳐죽일 놈들. 죄 없는 백성을 이렇게 모질게 쳐서 다 죽게 만들다니!

"한데 그대는 누구관데 우리 자향 아씨를 아오?"

눈물을 찔끔거리던 석 주사는 자기를 빤히 들여다보는 가을나무를 외려 이상하게 여기는 눈치였다.

"이야기하자면 조금 길지요. 석 주사님, 우리 걸으면서 이야기할까요."

가을나무는 석 주사의 옷소매를 당기며 포구 쪽을 가리켰다. 석 주사는 그런 가을나무가 왠지 믿어져서 힘없이 고개를 끄덕이며 그녀 뒤를 따라갔다. 둘은 잘 아는 사이인 양, 포구 쪽으로 걸어가며 슬금한 이야기를 나누기 시작하였다.

40. 밥 반그릇

자향과 항슬은 조심스레 초가를 돌아갔다. 방 하나와 부엌, 그리고 골방이 부엌에 붙어 있는 일자집이었다. 외딴 초가를 고른 것은 행여 사람의 눈에 띄지 않기 위해서였다.

앞서 가던 항슬이 자향을 돌아보면서 기다리라는 신호를 하였다. 자향은 고개를 끄덕이고는 울 밖 소나무 뒤쪽 풀숲에 숨었다.

바느질 뜸 열 개를 뜰 시간도 안 돼 항슬이 문 앞에 나타났다. 들어오라고 신호한다. 자향은 살금살금 걸어서 울 안으로 들어갔다.

"아침인데도 부엌에는 밥 짓는 흔적이 없습니다. 먹을거리도 하나가 없구요."

자향은 그 말에 부엌의 이것저것을 뒤져보았다. 가난이 쩌든 정지였다. 정말로 먹거리 비슷한 것도 없다. 한데, 안방에 누군가 있는 것 같다. 숨소리가 아니라 사람이 있다는 감이 저절로 가슴에 와닿는다.

자향은 안방을 손으로 가리켰다. 항슬은 부엌문의 찢어진 창호지 사이로 안을 엿보았다.

이부자리가 아직 펼쳐 있었는데 사람은 없는 듯하다. 문을 살그머니 밀고 들여다보니, 아니 있다. 이불만 보아서는 사람이 없는데 윗쪽에 머리카락이 보였다. 피골이 상접한 사람인가, 아니면 죽은 사람일까. 머리카락 생김새가 나이든 노파 같다. 밖에서 사람 발자국 소리가 들렸다.

자향이 고개를 갸우뚱하자 항슬이 속삭였다.

"뒷뜰 쪽으로 숨읍시다."

둘은 부엌 뒷문으로 해서 뒷뜰로 나갔다. 항슬은 문틈 사이로 부엌 안을 염탐하였다. 이십대 여자가 함지박을 들고 부엌으로 들어오는 게 보였다. 수저와 젓가락 달그락거리는 소리에 이어 소반에 무엇을 얹는 소리가 났다. 문소리가 삐그덕 나고 여자는 안방으로 들어간다.

"어머니, 일어나 밥 좀 드세요."

그 말에 자향은 항슬을 쳐다보았다. 항슬도 그녀에게 눈길을 주고 있었다. 이십대 여인은 동네에 가서 동냥을 해온 모양이었다.

"아이구, 우리 어머니. 힘이 없어 일어나질 못하시나. 숨을 거두셨나. 이런 재변이 어디 있나! 어머니, 어머님. 눈을 떠 봐요, 눈을 떠요!"

여인의 울음섞인 목소리에 둘은 어머니인 노파가 죽었을까, 눈썹이 곤두선다. 그때 노파의 가랑거리는 소리가 들렸다.

"밥 밥, 아아, 주욱."

"그렇지 내 정신 좀 봐. 죽을 쑤어 드릴께요."

여자가 소반을 들고 방을 나오는가 본데 부엌 밖에서 싸리문 두드리는 소리가 요란하게 났다.

"누군가가 또 왔습니다."

항슬은 자향을 굴뚝 뒤쪽, 사람이 안 보이는 곳으로 끌며 속삭였다.

"개손 엄마, 이럴 수 있어요. 없는 밥에서 반 사발이나 퍼주었는데 또 몰래 한 그릇도 넘게 훔쳐가다니! 그 밥 내놓아요!"

"아니, 난 주신 것만 가져왔는데……."

여인의 발명은 힘이 하나 없고 호통소리는 칼칼하다.

"흥, 개손이 요놈. 지 어머니가 밥을 얻어가는 걸 보고도 우리 부엌으로 들어와 죄 훔쳐가다니!"

꽈당, 소반이 엎어지는 소리에 이어 여인의 외침이 절절하다.

"오마나 어머니 밥! 일루 줘요 우리 어머니 밥이어요!"

여인의 외침은 어머니 밥을 지키려는 처참한 절규인데 앙칼진 목소리는 이미 밥그릇을 빼앗아든 모양이었다. 자향은 눈치가 붙자 굴뚝 뒤에서 벌떡 일어나 달려가려고 하였다. 항슬이 그런 자향의 치마를 뒤에서 잡아당겼다.

"뭐하는 거예요?"

"저 여자가 밥을 빼앗아가잖아요. 가서 도루 찾아주어야지요."

"가만히 계세요!"

항슬은 자향을 잡아당기어 도루 앉혔다. 힘에 눌려 주저앉으면서 자향은 안타까운 목소리로 항슬에 속삭였다.

"노파가 그나마 죽을 못 먹으면 죽을 거예요. 항슬이 가서 여자를 설득해서 밥을 찾아줘요."

"알았어요. 잠깐만요."

항슬의 말이 끝나기도 전에 여자의 아금받은 목청이 그악하게 울렸다.

"이 밥은 가져갈 거야. 개손이 놈이 우리 밥을 두 그릇이나 도둑질해갔다니까!"

그리고는 여자가 부엌 밖으로 나가는 소리가 들린다.

"말산댁, 제발 그 밥 좀 주어요. 우리 어머님이 밥 못 먹으면 죽을 거예요. 죽습니다. 이틀이나 굶었다구요. 주셨다가 뺏어가는 법이 어디 있어요. 밥을 주세요, 제발!"

여인은 울기만 하는 게 아니라 달려가 말산댁을 붙드는 모양이었다.

"이 손 놔! 놓으라니까!"

"못 놓아요, 못 놓아요. 그 밥 주어요. 제발 주세요. 울 어머님 빨리 죽 쑤어드려야 해요! 지금 힘 없어서 죽으려 해요!"

쿵하는 박지르는 소리에 이어 철퍼덕하고 넘어지는 소리가 들렸다. 말산댁이 개손이 어머니를 밀치고 집을 나가버린 모양이었다.

그때 자향이 재빠르게 부엌 쪽으로 달려갔다.

"이런, 뭐하는 짓이야!"

항슬은 왼손을 쭉 뻗어 자향의 치마를 가까스로 잡았다. 찌익, 치마가 찢어지면서 자향은 부엌 뒷문 못 미쳐서 쿵 허니 넘어졌다. 항슬은 달려가 자향을 일으켜주며 나무랐다.

"지각없이 무슨 짓입니까? 밖에 또 누가 오고 있단 말이에요!"

그 말에 자향은 깜짝 놀라 항슬이 이끄는 대로 굴뚝 뒤로 숨었다. 집 밖에서 나누는 말소리가 작게 들려온다.

"말산네, 밥을 도루 빼앗아가는 거야?"

"개손이가 우리 밥을 두 그릇이나 도둑질해갔단 말이에요. 이런 법이 어딨어요. 맨날 와서 밥을 달라니 우린 어떻게 먹고 살고 어떻게 그 밥을 대란 말이요."

"밥술이나 먹는 사람이 도와야지 어쩌나. 그 밥 돌려주고 가요. 개손네가 이틀째 굶은 모양이야."

두둔하는 목소리는 오십은 넘어 뵈는 할매였다. 그러나 만산네는 막무가낸다.

"밥을 세 그릇씩이나 어떻게 준단 말이어요. 마침 포교들이 왔던데 포교한테 일러서 잡혀가게 할까 부다."

"그 무슨 말인가. 동네 사람이 굶어 죽어도 된단 말인가. 포교에게 일르는 건 뭐구."

항슬과 자향은 포교라는 말에 가슴이 뜨끔하였다. 둘은 서로 바라보았다. 어쩌면 그들을 잡으러 온 포졸들일 게 분명하였다. 이제 자향은 개손이네 밥을 위해 나설 수 없게 되었다.

그때 그들이 숨어 있는 굴뚝 뒤쪽에서 부스럭, 하는 소리가 들렸다. 자향은 깜짝 놀라 뒤를 돌아보았다. 울바자에 개구멍 같은 틈새가 벌어지고 시커먼 얼굴이 쓰윽 나타났다. 자향은 깜짝 놀라 항슬의 팔뚝을 잡으며 몸을 뒤로 움추렸다.

개구멍으로 들어온 시커먼 얼굴은 열두 살쯤 되어 보이는 사내였다. 다 떨어진 옷에 비쩍 마른 몸매, 움푹 들어간 양 볼, 툭 튀어나온 광대뼈, 땟국이 주르르 흐르는 얼굴. 한마디로 저승서 온 야차 같다. 게다가 유난히 큰 눈이 반짝반짝 빛나서 야차 중에도 그악한 새끼악마 같았다.

"너 누구니?"

항슬이 물었다.

"아저씨네는 누구여요? 왜 우리집에 숨어 있어요?"

아이는 사납고 당돌하다.

"아하, 너 개손이구나."

항슬이 말하며 아이의 팔뚝을 잡으려 하자 아이는 들고 있는 소쿠리를 품에 꼭 안으며 뒤로 잽싸게 물러난다. 그러고 보니 소쿠리에 밥과 김치 같은 게 들어 있는 게 보였다.

"너 정말로 밥을 두 그릇이나 훔쳐갔고 왔구나?"

"그래요!"

아이는 당연하다는 투로 대답하였다.

"그러면 되나. 어머니가 밥을 얻었던데 또 도둑질해오면 되겠니?"

항슬이 그렇게 말하며 아이에게 다가가는데 부엌 뒷문으로 하얀 옷이 불쑥 나타났다.

"개손이 너 이놈! 왜 밥을 도둑질해왔느냐?"

키는 크지만 비쩍 마른 할매는 항슬과 자향이 있는 것을 보고도 하나도 놀라지 않고 개손이를 금방 박살낼 듯 다가왔다. 개손은 그러나 할매한테는 저항할 염도 내지 않고 고개를 푹 숙인 채 들릴락말락 변명하였다.

"덕이 할매, 울 할매가 굶어갖고 금방 죽을라고 해서요."

"알았어!"

덕이 할매는 소쿠리를 턱허니 빼앗아들고 부엌으로 허청거리며 들어가 버렸다.

그리고는 아마도 밥을 빼앗기고 넘어져 울고 있는 개손 어머니에게 위로하듯 이야기하는 게 나지막이 들린다.

개손네, 여기 밥이 있네. 어머니께 드리게. 네, 죽을 쑤어야지요. 죽을 언제 쑤나. 그러다 어머니 배고파 죽지. 우선 물에 말아 빨리 드리게. 허기져 죽는 사람한테는 시간이 저승사잘세. 개손이와 자네도 좀 먹게. 잘못하다가 어머니가 아니라 자네까지 초상나겠네. 고맙습니다, 덕이 할머니.

대화하는 품이 말산이네는 밥 반그릇을 빼앗아서 이미 가버렸고 밥을 안 빼앗기려고 저항하던 개손네는 지쳐서 기력을 잃고 마당에 쓰러져 있는 모양이었다. 자향과 항슬은 뒷문에 다가가 두 사람의 말을 들으며 오도마니 서 있었는데 왠지 아이도 바로 옆에 멍하니 서 있다. 조금 있자 할매가 정지 뒷문으로 다시 나타났다.

"개손이 이놈, 너는 어머니한테 가거라! 어머니도 힘이 없어 죽겠다! 도와드리라구."

호통치자 개손이는 부지깽이로 얻어맞은 삽사리처럼 후딱 부엌문으로 들어갔다. 할매는 그제서야 두 사람을 쳐다보는데 그 사이 너무 힘을 썼는지 두 손으로 두 무릎을 짚고 겨우 서서는 나직한 목소리로 물었다.

"그대들은 이 집에 왜 들어왔소? 혹시 밥을 얻어먹을 생각에 들어오셨소?"

할매 역시 개손이처럼 비쩍 말랐으나 개손이가 사악한 기를 내뿜는데 비해 할매는 인자한 인품을 풍기고 있었다. 할매는 둘이 집에 들어오는 걸 보고 있었다는 투였다. 항슬이 삽삽하게 대답하였다.

"그렇습니다. 지나가는 길손인데 아침 요기를 못해서 혹 밥을 얻어먹을까 왔지요. 정당하게 돈을 드리고 밥을 얻자고 할 판이었습니다."

"그렇겠지. 생김새가 깨끔하게 생긴 정도가 아니라, 이목구비가 훤출한 남녀니까. 허지만 잘못 짚었소. 이 집은 쌀 한 톨은커녕 꽁보리알 하나도 없는 집이요. 내가 동네 이집 저집 돌아가며 밥을 주게 해, 굶어 죽지 않게 할려고 애를 쓰오만 이제 한계에 도달했소. 우리집이 넉넉하면 오죽 좋겠소. 우리도 이제 굶어 죽을 지경이라오."

거기까지 말한 할매는 힘없이 히죽 웃더니 스르르 넘어지는 것이었다. 순발력 있는 항슬이 번개처럼 다가가 쓰러지는 할매를 붙잡아주었다.

"나도 어제부터 세 끼를 굶었더니 힘이 없어 이렇게 쓰러지는구랴."

할매는 땅바닥에 일어나 앉으며 골계스럽게 말하고는 허망하게 웃었다. 허허한 웃음이나 초탈한 여유가 약여하다. 훌륭한 할머니다. 자향은 순간 감탄하였다.

자향은 그런 할매의 두 손을 그러쥐며,

"할머니, 할머니는 참 훌륭하신 분이셔요. 어디 사셔요?"

"바로 건너편이지. 그대들이 들어오는 거 보구 있었소. 잠깐만 쉬면 집까지는 걸어갈 수 있소. 집에 가면 울 며느리가 푸성귀 죽을 끓이고 있으니 한 그릇 먹으면 될 거라. 그걸 먹으면 오늘은 죽지 않을 게구."

쭈글쭈글하지만 얼굴이 맑은 할머니는 여전히 웃고 있었다.

"할머니, 저희들이 데려다 드릴 게요. 항슬이는 할머니를 업어 드려요."

그 말에 항슬이가 할매를 업으려 하는데 할매는 오른손을 젓는다.

"그러지 말어. 그대들 무슨 일이 있어서 쫓기는가 본데, 그냥 나갔다가는 위험하지. 마을 저쪽에 포교들이 와 있거든. 우리 동네에 왜 포교가 오겠는가. 그대들 때문인 것 같애. 밥이고 잣이고 그냥 피하시게. 아직은 힘이 있어 뵈는구만. 나는 걸어갈 수 있응께."

자향과 항슬은 서로 얼굴을 마주보았다. 이 할머니가 마음만 너그러운 게 아니라 머리도 빼어나지 않은가. 척허니 한 번 보고 모든 것을 환히 꿰뚫어보다니!

"놀랄 건 없구. 날 부축해 일으켜만 주어."

"네, 네."

자향은 할머니를 끌어안아 일으켜 드렸다. 그들이 부엌문 옆으로 돌아

나가려는데 언제 나와 있었는지 개손 어멈이 그들을 바라보고 있었다.

"우리 이야기 다 들었어, 개손 어멈?"

개손 어멈은 말없이 고개만 끄덕였다.

욱자는 신이 나서 되돌아왔다. 그는 풀숲으로 몸을 신묘하게 숨겨가며 아무도 모르게 다 부서진 초가로 스며들었다. 보욱이 건넛방 으슥한 곳에 숨어 졸고 있었다.

"보욱이 형, 아침부터 또 자요?"

"응, 잠깐 누웠더니 또 잠이 들었네."

보욱은 부시시 일어나 욱자를 살피며 한마디 한다.

"뭔가 좋은 소식 가져왔구나."

"좋은 소식이 아니라 화급한 소식이요, 보욱이 형."

"뭔데?"

욱자는 보욱이 앞에 뻣뻣이 시시 밀을 급하게 주워섬겼나.

"내가 저켠 마을 입구 소나무숲에서 보질 않았겠소. 포졸 두 녀석이 동네 사람들하고 한참 이야기를 하더니 바쁘게 가는 거야. 건너편 동네에 가서도 그러고. 수상하데. 포졸·녀석들이 멀리 간 뒤에 나이든 할배를 잡고 살짝 물어봤지."

"그랬더니?"

"포졸놈들이 우리를 발견하면 즉각 고자질하라고 부탁하더라는 거지. 그러면서 포졸은 투덜투덜하더래요."

"뭐 땜에?"

"사실은 도타하는 비자를 발견했다는 전갈이 두뭇개 쪽 잠복 포졸한테서 왔는데 우리보고는 이 고을 포졸이라고 이곳에 숨어서 뒤에 오는 새우젓패 왈짜들이나 잡으라고 했다나. 혹시 모르니 둔지산 쪽도 훑으라고 하고. 그러면서 화를 은근히 내더라는 거죠. 이번의 비자를 잡으면 포상이 상당히 있을 것 같은데 저희들만 차지할려는가 보다며 아주 약올라 하더래요."

"뭐야? 그럼 항슬이와 자향 아씨가 두모포로 가는 걸 어느 놈이 본 모양이다!"

"그런가 봐요. 빨리 쫓아가야겠지?"

"가야지. 한데 아침이라 길로는 마구 달려갈 수 없잖니."

"샛길은 없는데 어쩌지. 돌아가는 길은 아는데."

"그 길은 안전하냐? 사람들은 많이 안 다니냐?"

"산길이니까."

"좋다. 그 길로라도 가면서 동태를 보자. 저놈들이 항슬이네 종적을 잡았으면 큰일이다."

자향은 항슬을 따라 나무 그늘과 풀숲 사이로 조심스레 걸었다. 아까 그 동네에 벌써 포교가 들어온 걸 겪고 나니 가슴이 떨려 견딜 수가 없었다. 금방이라도 포교들이 뒤쪽에서 벼락같이 나타날 것만 같아 불안하기 그지없었다.

그들은 아침의 찬 공기를 마시며 그렇게 한참을 걸었다. 시원한 숲에서 나무들의 내음을 맡으며 걸어가는 게 나쁘진 않았다. 아침의 소나무 내음은 그렇게 좋을 수가 없었다. 배가 고픈 게 섭할 뿐.

그러나 앞서 가는 항슬은 그런 기색도 하나 없다. 굶는 것을 밥 먹듯이 했다더니 역시 익숙한가 보았다. 어제 강한 군관이 가져다 준 주먹밥이 쉰 듯해서 버린 게 아쉬었다. 물에 깨끗이 씻으면 쉬었어도 먹을 수 있을 텐데 말이다.

자향은 힘을 내기 위해 항슬에게 말을 걸었다. 어쩌면 지금의 서글픈 마음을 달래기 위해서였는지 몰랐다.

밥 한 그릇이 그렇게 귀중한 걸 처음 알았어요. 항슬이도 굶은 적 있지요? 그러문요. 어렸을 적 많이 굶었죠. 굶는 게 먹는 것보다 많을 때도 있었어요. 그래요? 고생 많이 하였군요. 밥 한 그릇이 저렇게 귀한 걸 느낀 적 있어요? 우리 같은 상놈이야 밥 굶고 고생하는 게 기본이지만 저렇게 밥 한 그릇이 처절한 건 저 역시 처음입니다. 항슬은 볼이 이렇게 쏙 안 들어간 걸 보니 잘 먹고 사나 봐요. 자향은 오른 손가락으로 자기의 볼을 쏘옥 누르면서 이야기했다. 뒤돌아보던 항슬은 그 모습이 하도 귀여워서 하하, 웃었다. 아씨도 잘 먹고 잘 살아서 두 볼이 이렇게 쏙 안 들어갔잖아요. 항슬은 두 손으로 자향처럼 똑같이 흉내를 냈다. 자향은 방글 웃으며 고개를 살짝 틀었다. 항슬도 좀 미안한 듯 웃는다.

저는요, 조씨국밥집에서 중노미 일을 보았어도 잘 먹고 잘 산 셈이어요. 우리 주인은 양민밖에 안 되지만 어느 양반 못지않게 훌륭하답니다. 머슴들이 밥 많이 먹는 거 나무라지 않고요, 응 많이 먹어라, 많이 먹어. 그래야 일을 잘하지, 하고 거꾸로 격려한답니다. 그렇다고 해서 우리가 마구 먹나요. 주인 어른이 그렇게 너그럽게 나오니까 외려 적당히 눈치를 보면서 먹지요.

항슬이는 주인이 이뻐해하는가 봐요? 그렇게 보여요? 항슬이는 말하고 행동하고 생각하는 게 스스럼없잖아요. 그건 항슬이 품성이 좋아서이기도 하지만 주인이 잘 대해줘 자신감이 있는 때문 아니겠어요? 정말 보기 좋아요. 주인 어른이 틀림없이 좋아했을 거여요. 잘도 아시네요. 우리 주인은 저를 아들처럼 대해줍니다. 정말 고마운 분이어요. 주인집 딸이 있지요? 딸요? 그건 왜 물어요. 딸이 있으면 주인은 아마 항슬이를 사위 삼고 싶어하겠지요. 그렇지요?

그 말에 항슬이 얼굴이 살짝 붉어진다. 자향은 그런 항슬을 보고 슬쩍 웃었다. 순진한 항슬이 부끄러워하는 게 재미있다. 순진함이 살아 있는 게 맘에 든다. 자향은 말을 돌렸다.

계희는 보욱이를 좋아하구 사랑하지요? 그것도 아시는군요. 보욱이가 좋아하는 것보다 계희가 보욱이를 더 좋아하지요. 보욱이는 여자에 대해서 관심이 없습니다. 그럼 뭐가 관심이 있는데요? 돈이요. 돈요? 네, 보욱은 부자가 되겠대요. 외당숙에 아주 똑똑한 분이 계신대요, 그분이 넌 부자가 되어라 하고 교시를 했다나요. 뭔가 장사를 하라고 하는데, 보욱은 시시한 것은 싫고 큰 장사를 할려고 하지요. 외당숙은 장사는 다 비슷한 것이니까 연습 삼아 작은 것부터 하라고 타일른대요. 그러나 보욱이는 욕심이 많아서 큰 것만 보지요. 보욱이 아버지는 돈이 없는 분이고 외당숙이 돈을 마련해주겠다고 하는데 너무 욕심이 사납다고 지금은 돈을 안 대줘요. 그래서 보욱은 지금 앙앙불락하고 있는 중입니다.

보욱은 왜 계희랑 결혼 안 해요? 돈을 번 뒤에 번듯하게 최부자한테 가서 청혼을 하겠다는 거죠. 돈 없이 부잣집 딸하고 결혼하는 것은 싫대요.

그렇군요. 석수는 다친 데가 다 나았나 몰라요. 넘 걱정되는군요. 걱정하지 마세요. 갠 워낙 튼튼하니까, 금방 나을 거구. 아마 우리한테 못 와서 외려 안달복달하고 있을 겁니다.

그 말에 자향은 말할 수 없이 기쁘면서도 미안한 마음이 들었다.

다들 저 때문에 고생해서 정말 미안하군요. 보답할 것도 없는데. 보답받으려고 돕는 게 아니니까 걱정 마세요. 지난 삼 년 동안 제가 석 주사님한테 얼마나 신세를 졌는데요. 신세를 졌으면 얼마나 졌겠어요.

그리고 욱자가 혼자 포교들을 달고 유인해갔는데 혹시 잡히지나 않았을까 불안해요. 욱자요? 건 걱정 마요. 욱이가 얼마나 잘 달리는데요. 욱이만큼 잘 달리는 사람은 문안에도 없을 겁니다. 그렇게 잘 달려요? 그러문요. 우리 동네서 가장 큰 삽살이도 욱이만큼 달리지 못할 정돕니다. 정말 잘 달리는군요. 그 재주 대단하다. 그렇지요? 물론이지요. 그렇게 잘 달리는 욱이니까 틀림없이 우리 근처에 와 있겠는데요. 우리와 못 만날 뿐이지. 안 그래요? 맞습니다. 우리 이곳에 있는 걸 알게끔 가끔 표시를 해놓아야겠습니다. 우리 여기서 잠깐 쉬었다 갈까요?

항슬은 소나무숲 안의 평평한 바위를 가리키며 자향에게 앉으라고 권했다. 항슬은 뾰족한 돌을 주워서 바위 전면에 뭐라 표시를 해놓았다. 그리고는 자향과 약간의 사이를 두고 바위에 나란히 앉았다.

해가 높이 떠서 아침은 가고 정오가 오고 있음을 알려주고 있었다. 자향은 나무 사이로 비쳐 들어오는 햇빛을 보다가 아침에 만난 할매 생각을 하였다.

개손네를 굶어 죽지 않게 할려고 애를 쓰던 덕이 할매는 정말로 심기가 깊었다. 덕이 할매는 부엌문에 나와 있는 개손네를 보자,

"개손이네, 이분들은 자네네 집에 밥이 있으면 돈을 내고 좀 얻을까 해서 들어왔는가 봐. 다른 뜻은 없고 좋은 젊은이니까 이상하게 생각 말게. 그래, 어머니한테는 밥을 드렸는가?"

"개손이가 먹여드리고 있습니다."

"잘했네. 어머니나 나나 며칠 살겠는가만 죽을 때까지는 공양을 해야지. 짐승하고 사람이 다른 게 그거 아니겠는가. 산다는 게 또 그런 거구. 자네도 좀 먹지 그러나."

"몇 숟갈 먹었습니다."

"잘하였네. 그럼 난 가네. 이분들도 가실 거야."

그때 자향이 보퉁이를 뒤적거리더니 은가락지 하나를 꺼내 할매에게 디밀었다.

"할머니, 이것을 가져다 파셔서 쌀을 사는 데 쓰셔요. 두 집이 다 어려우신가 본데."

은가락지를 본 개손 어멈은 눈이 번쩍 뜨이고 할매는 놀라는 중에도 의연한 얼굴을 한다. 할매가 말하였다.

"젊은 아씨, 맘도 곱지. 그러나 그런 건 안 줘도 되네."

덕이 할매가 사양하는 말을 하자 개손이 어멈의 눈빛이 사나워진다. 항

슬은 그런 여자의 눈매를 살피고 있었으나 자향은 반지를 할매한테 내밀며 받기를 원한다.

"할머니 사양하지 마세요. 이건 별거 아니지만 쌀 섬이나 받을 수 있을 겁니다."

"아니야, 지나가는 길손이 그렇게 엄청난 것을 주면 큰 사단이 날 수 있어."

할매가 계속 사양하자,

"덕이 할머니, 왜 그러세요. 이 아씨가 주잖아요. 감사하다고 받으면 될 거 아니어요!"

그 말과 함께 개손 어멈은 자향의 손에서 은가락지를 낼름 채갔다. 자향은 깜짝 놀라 개손네를 쳐다보았다. 암상스런 개손네 눈이 자향을 뻔뻔스럽게 노려본다. 눈이 마주치자 조금은 미안한 눈빛이 우러나는 듯도 하다. 그러나 채간 반지는 결코 빼앗기지 않겠다는 듯 반지를 꼭 쥐며 이를 악문다. 자향은 그런 여인의 행동이 이해할 법도 하였다. 그녀는 머리를 빨리 굴리며,

"그래요. 개손 어머니가 가져다 쌀과 바꿔 쓰세요. 이 할머님네도 드리구요. 알았지요?"

그 말에 개손 어멈은 말없이 고개만 끄떡인다. 그때,

"개손 어멈, 그게 무슨 짓인가! 그 반지를 아씨께 돌려드리게!"

어디서 기운이 솟았는지 덕이 할매의 목소리엔 노기가 넘쳤다. 개손 어멈은 호통소리에 목을 움추리고 한 걸음 주춤 뒤로 물러났다. 개손이나 개손이 어멈은 덕이 할매를 존중하여 어려워하는 게 역력하였다. 그러나 지금의 호통은 길내 들을 생각이 없는 태도다. 저항의 눈빛이 번뜩인다. 그때 도깨비 같은 개손이 후익 달려나오더니 어머니 치마 앞을 딱 버티고 섰다.

"엄마, 그 반지 돌려주지 마요!"

외치다시피 그렇게 말한 개손은 머리를 약간 숙이고 항슬과 자향을 흘 끔흘끔 노려본다. 약간 치뜨는 눈매라 흰창이 더 드러나서 눈이 하얗게 빛 났다. 그야말로 악마의 눈빛이었다.

"개손아, 걱정 마. 어머니한테 드린 거니까."

자향이 달래는 투로 말하자 덕이 할매는 한숨을 푹 쉬고는 자향과 개손 이 어멈을 번갈아 보며 입을 떼었다.

"아씨는 참 고마운 분이구료. 맘씨도 선녀 같구. 복 많이 받으십시오. 그 리구 개손 어멈, 이 아씨께 고맙다고 절하게."

그 말에는 개손 어멈도 후딱 고개를 숙이며 얼버무리듯 말하였다.

"고맙습니다."

"아이그, 인사하는 거 하며 예절도 없지. 개손 어멈, 내 말을 잘 들어. 그 반지 받은 거 아무한테도 말하지 마. 알았지? 이분네들이 온 것도 이야기 하지 말고. 알았나?"

"네."

개손 어멈은 할매가 무슨 뜻으로 이야기하는지도 모른 채 고개를 끄덕 이며 답하였다. 그런 개손 어멈의 태도가 맘에 안 들었는지 할매는 혀를 끌끌 차더니,

"그럼 젊은이들은 빨리 가셔야지."

자향과 항슬을 바라보는 눈빛이 처음으로 애처로운 표정이었다. 굶어 죽을 지경인 가난에 경황이 없어서 예의와 염치를 모르는 개손네, 그래도 그런 것 괘념하지 않고 선선히 자선을 베푸는 자향, 그 두 여인을 보며 덕 이 할매는 자기도 모르게 슬펐던가 보았다.

자향과 항슬이 개손네 집 뒤쪽으로 나올 때 개손 어멈은 엉거주춤 허리 를 구부리며 잘 가라고 인사했다. 개손이는 어머니 치마를 잡고 여전히 노 려보듯 항슬과 자향을 바라보고 있었다. 덕이 할매는 그런 모자가 못마땅 하였던지 집으로 들어가라고 손짓으로 쫓아보내고 숲 입구까지 뒤따라왔

다. 자향이 할머니한테 인사하였다.

"할머니는 그만 돌아가세요. 힘도 없으신데."

"있는 사람이 문젠가. 가는 사람이 문제지. 이 앞쪽 산으로 올라가소. 누군가 볼지 모르니까, 조심하시구. 등성이를 넘으면 오른켠에 소롯길이 있고 왼쪽에 길 아닌 길이 있는데 그 길 아닌 길로 가요. 알았지요? 어디로들 가는지는 모르겠지만 그 길이 안전할 게요."

할매는 누가 들을세라 나지막이 당부하는데 약간은 망설이는 기색이 있다.

"감사합니다."

자향이 인사하자 노파는 빨리 가라고 손짓하며,

"그래, 그 길로 가요 가. 아이구, 밥 한술 대접 못 하고 가게 해서 미안허우!"

말은 애처러워도 얼굴은 웃고 있었다. 할매는 아마도 힘이 없어 주저앉지 않으려 애를 쓰며 서 있는 것 같았다.

"그 할매는 참 특이한 분이어요. 우릴 보고 어쩌면 그렇게 한순간에 모든 걸 꿰뚫어봤을까요?"

자향이 바위에 앉은 채로 멀리 숲 밖을 보며 감탄하듯 말하자 항슬은 자향을 살짝 돌아보고는,

"문안 양반집 할머니라면 한가락을 했겠지요?"

"했을 뿐이겠어요. 어쩌면 한 집안을 훌륭하게 키웠겠는데요. 명문 집안이 되어서 나라의 동량이 되는 인재도 길러내고 현모양처도 배출하구요."

"그렇지요. 할매 똑똑하고 훌륭한 게 정말 아깝다."

자향도 그 생각을 하고 있었다. 이 고생길에 기인도 많이 만났지만 저렇게 빼어난 할머니를 찢어지게 가난한 양민 집에서 만날 줄은 생각도 못하였다. 하지만 그런 할머니가 가난한 양민 집의 평범한 할매인들 왜 가치가

없을까. 그런 할매와의 만남이 어찌 보람이 없을까. 자향은 왠지 덕이 할머니를 만난 것에 깊은 의미를 두고 싶었다.

41. 생명의 외침

항슬과 자향은 덕이 할머니가 그들에게 길을 알려주며 뭔지 망설이던 이유를 금방 알게 되었다.

왼쪽 길 아닌 길로 한동안 걸어 작은 언덕을 넘자 작은 길이 나오고 그 넘어 계곡 안쪽에 초가가 대여섯 채 있었다. 초가에는 인적이 없고 뜸마을 입구에는 새끼줄이 쳐 있었다. 새끼줄에 빨간 물감이 물들어 있었다.

"이런, 역병이네. 앞으로 가서는 절대 안 됩니다!"

항슬이 놀라 외치자,

"역병이요?"

자향은 어리벙하여 물었다.

"저 새끼줄에 빨간 물감이 쳐 있잖아요. 저게 역병 동네란 표십니다."

"아, 그래요. 그럼 어쩌지요?"

역병 동네를 처음 본 자향은 얼굴색까지 달라진다.

"이상하다. 덕이 할매라는 분이 왜 이쪽 길을 알려주었을까. 아씨, 돌아가야 합니다."

항슬은 어쩔 줄 몰라하며 사방을 두리번거리다 얼굴을 들어 넘어왔던 언덕을 돌아보았다. 무슨 생각이 들었던지 항슬은 언덕으로 뛰쳐올라갔다. 그는 언덕 위에 엎드려 온 길을 살폈다. 도망가는데 이골도 났지만 추적에 대한 두려움은 한결 민감해져 있었다.

자향은 초가들을 살펴보았다. 인기척이 없다. 사람들이 죄 죽은 역병 동네인 듯하였다. 역병 동네는 관아에서 나와 불태우거나 두 절기 이상 격리시킨다고 하였다.

서 진사는 자향이 송 진사 댁으로 가기 전 두 시진 동안 의술을 가르쳐주었는데 그 짧은 사이에 특히 역병, 즉 돌림병에 대해 이것저것 알려주었다.

그 고약한 병은 모든 것으로 전염된다. 특히 환자와 접촉하면 아니 되고, 이야기를 나누어서도 아니 되고, 그들이 쓰던 기구도 만지면 아니 되고, 오로지 불로 그것들을 태우는 수밖에 없다. 오로지 불만이 효과가 있고 손을 수시로 씻어 청결히 해야 한다. 역병 동네에서는 흐르는 물만 사용하여야 한다. 고인물, 즉 우물물도 써서는 아니 된다, 고 알려주었다.

자향은 그 생각을 하면서 서 진사가 어쩌면 오늘의 상황을 예견한 걸까, 하는 의문도 해본다.

"뒤는 아직 안전해요. 하지만 큰일났네. 돌아가야겠는데……."

언덕에서 돌아온 항슬이 속삭이듯 말하며 말끝을 맺지 못했다.

"항슬이 걱정하지 마세요. 할매가 이 길을 알려준 건요, 이 역병 동네가 우리에게 더 안전하리라 생각해서 안배한 걸 거예요."

"하긴 그렇지만 위험하잖아요."

"꼭 그렇지는 않을 거예요. 저 옆쪽으로 가면 어떨까요? 두모포 쪽으로 가는 길이 나올 것 같기도 한데요."

항슬은 자향이 가리킨 쪽을 바라보았다. 희미한 오솔길 같은 게 보였다.

"그럴까요."

항슬이 아무 책략없이 중얼거릴 때, 자향은 보았다. 초가들 사이에서 무언가가 움직이는 것을. 그것은 사람이었다. 그것도 아이였다. 두 살 정도 되는 아이인 듯하였다. 아이는 이쪽을 향해 걸어오다가 쓰러졌다. 허청허청 걸어오다 힘없이 넘어지는 것이었다. 아이는 두 사람을 본 모양이었다.

자향은 저도 모르게 앞으로 나아갔다. 아이를 향해 걸어갔다.

아이가 있다. 아이가 살아 있어. 자향은 쓰러진 아이가 다시 일어나는지 목을 빼고 쳐다보면서 걸어갔다.

"아씨, 어딜 가는 거요? 거긴 역병 마을이라니까요. 들어가면 죽어요. 가지 말아요!"

자향은 그 말에도 아랑곳하지 않고 앞으로 나아갔다. 이중으로 쳐진 새끼줄 앞에까지 왔다. 새끼줄은 자향의 앞을 가로막고 있었다. 빨간 물감이 새끼줄에 피를 토한 듯 범벅이 돼 있었다.

멀리서 본 새끼줄하고는 또 달랐다. 가까이서 본 빨간 새끼줄은 죽음의 표시임을 웅변하듯 더욱 붉게 보였다. 으스스했다. 삶과 죽음의 경계선이었다.

그 느낌 때문인지 자기도 모르게 걸음을 멈춘 자향은 새끼줄 건너 마을 쪽을 바라보았다. 아이는 보이지 않는다. 아니, 아이의 얼굴과 몸뚱이는 보이지 않았지만 덤불 위로 아이의 작은 손은 보였다. 손은 꼼지락거리며 자향에게 손짓하고 있었다.

언니, 언니야. 나 여기 있다. 나 여기 있어! 날 실려줘!

저 힘없는 아이의 손가락, 저 꼼지락거림, 그 여린 하소연. 살고파 하는 어린아이의 외침. 저건 생명이다. 생명의 외침이다! 가자, 가서 아이를 돌봐주자. 자향의 마음속에서 거센 외침이 일었다.

가자! 가서 아이를 도와주어야 해!

자향은 새끼줄을 넘었다. 보퉁이를 허리에 매고 있는 자향은 뒤뚱거리며 달려갔다.

"아씨, 무슨 짓을 하는 거요! 빨랑 나와요. 돌아와요!"

쫓아오던 항슬이 놀라 소리를 빽 질렀다. 그러나 그의 외침은 아이가 그녀에게 보낸 신호에 비하면 아무것도 아니었다.

아이의 호소는 절절한 것, 항슬의 외침은 이기주의인 것. 맞아, 아이의 호소는 생명의 절규다. 가야 해! 가서 구해줘야 해!

자향은 난리난 듯 마구 외쳐대는 항슬을 뒤에 두고 더 빠르게 달려갔다.

아이는 덤불 속에 넘어져 있었다. 왼손은 덤불을 잡고 오른손은 하늘을 향해 꼼지락대고 있었다. 퀭한 눈속의 까만 눈동자는 자향을 빠히 바라본다. 눈동자는 힘이 없다. 흙속에서 뒹굴었는지 온몸이 시커멓다. 아랫도리에 걸친 바지가 다 해져서 고추가 내보였다. 곳곳에 상처가 나서 피가 맺혀 있다. 입술은 쭈글쭈글 시커멓게 타들어가고.

가련한 아이의 모습을 보자 자향은 자기도 모르게 아이의 왼손을 잡았다. 비쩍 마른 손이었다. 그래서 더욱 꼬옥 잡았다. 아이의 눈동자에 생기가 도는 듯 반짝하였다. 희망이 돋는다! 그래서 자향은 더욱 가슴이 아팠다.

아이가 뭐라 입을 달싹였다. 자향은 고개를 숙이고 귀를 아이의 입에 갖다 대었다.

물, 물. 아이의 목소리는 가시에 긁혀서 나오는 것 같았다. 물을 달라고? 자향은 아이에게 물었다. 아이는 고개를 끄덕였다. 다시 물었다. 물을 달라고? 아이는 또 고개를 끄덕였다.

자향은 사방을 둘러보며 귀를 기울였다. 왼쪽이다. 우물은 보이지 않았으나 개울물 흐르는 소리가 왼켠에서 들리는 것 같았다. 우물이 있더라도 지금은 쓸 수 없겠지. 서 진사는 이런 경우 흐르는 물만 써야 한다고 말했다.

자향은 아이를 두 손으로 들었다. 무겁지가 않다. 며칠을 굶었는지 한계 체중으로 내려가 있었다.

자향은 아이를 안은 채 계곡으로 내려가 한참을 헤매었다. 졸졸 흐르는 물이 보였다. 바위 사이서 떨어지는 물은 돌 틈으로 금세 사라지고 있었다. 그러고 보니 지난 한동안 비가 오지 않았다. 도망길에 비를 맞지 않아 행복하였지만 나라는 지금 가뭄에 시달리고 있었던 것이다.

자향은 아이를 그늘진 바위 위에 누이고 풀잎으로 물을 받아 아이의 입에 흘려주었다. 아이는 물을 정신없이 받아 마셨다. 물을 적당히 먹이고 나서 자향은 아이를 떨어지는 물 밑에 놓고 온몸을 씻겼다. 아이는 아무저항도 하지 않고 자향만 바라보고 있었다. 그 순간 아이에 있어 자향은 구세주 같은 존재였을 것이다.

이 아이는 역병에 전염돼 있을 거야. 아직 죽지 않은 것으로 보면 역병이 몸 속까지 침투하지는 않았을지 몰라.

자향은 아이를 씻기면서 자신의 손과 아이가 접촉한 모든 곳을 함께 씻었다.

"그렇게 씻는다고 해서 역병에 안 걸리우?"

항슬이 뒤에 서 있었다.

"역병에 걸리면 어쩔려고 새끼줄을 넘어왔어요?"

자향이 묻자,

"아씨도 넘어오는데 나라고 못 넘어오겠어요."

항슬은 묘한 표정으로 웃었다. 마지못해 따라왔지만 그 마지못한 게 부끄럽다는 투였다. 밉지 않았다.

"내가 죽으면 항슬이도 따라 죽을라구요?"

"아씨가 죽는 판에 내가 죽는 게 무슨 대수겠수."

자향이 어이없어 웃자 항슬도 따라서 웃었다. 그러나 자향은 갑자기 안방이 생각이 나서 웃던 얼굴이 엄숙해졌다.

그렇다. 이 아이도 안방이처럼 죽게 해서는 안 된다. 도와주어야 해!

아이가 뭐라고 말하는 것 같았다. 자향은 항슬이 허리에 차고 있는 광목으로 파아랗게 추워 떠는 아이를 닦아주며 귀를 아이의 입에 대고 물었다.

"뭐라구?"

"어마, 어."

"엄마?"

아이는 고개를 끄덕였다. 자향은 항슬을 보며 말하였다.

"엄마가 살아 있다는 걸까요?"

"그런가 봐요."

"그럼 마을로 가서 이 아이의 어머니가 살아 있는지 찾아 보아야겠네."

자향은 광목으로 아이 몸을 둘둘 말아줬다. 광목은 임시 옷이 되었다. 돈인 귀한 광목을 아깝게 애를 닦는데 쓰고 임시 옷으로 변통하는 걸 항슬은 뭐라 탓할 수가 없었다. 자향은 아이를 안고 마을 쪽으로 올라갔다.

"항슬이는 맘에 내키지 않으면 새끼줄 밖에서 기다려요."

자향이 항슬을 돌아보며 말하였다. 그 말에 항슬은 어처구니없어 했다.

"이미 들어왔는데 무슨 소용이요."

"죽는 게 무섭지 않아요?"

"죽는 거요? 무섭지요. 허나 지금은 관에 잡히는 것보다는 덜 무서운뎁쇼. 그리고 우린 이미 죽을 고에 발을 디디고 말았지 않수. 이판사판이지 뭐. 다 아씨 덕분 아니겠어요."

자향은 소리없이 웃었다. 항슬이 이 사내는 사람을 잘 웃겨. 골계 만담가로 나가면 성공할까.

자향과 항슬이 초가가 있는 곳에 왔을 때 아이가 끙끙대었다.

"내려달라는 모양이어요."

항슬이 말하였다. 자향은 아이를 땅에 내려놓았다. 아이는 쓰러질 듯 앞뒤로 흔들리다 바로 섰다. 자향이 그런 아이의 왼손을 잡으며 물었다.

"너의 집은 어디니?"

아이는 오른손으로 세 번째 집을 가리켰다. 아이가 먼저 집 쪽으로 걸어갔다. 자향은 아이의 손을 꼭 잡고 힘을 넣어 주었다. 자향의 도움도 있었지만 물을 먹은 덕으로 힘이 났는지 아이는 쓰러지지 않고 걸어갔다. 생각보다는 키도 컸다. 다리가 피골이 상접할 정도로 말라서 커보였는지도 모를 일이었다. 여하튼 영양이 부족해서 그렇지 세 살은 넘은 아이였다.

"너 이름이 뭐니?"

자향이 묻자, 아이는 멈춰서서 자향을 올려다보며 뭐라 대답하였다. 알아듣기가 힘들다.

"상질이?"

자향이 되물었으나 아이는 계속 가시 걸린 목소리로 뭐라 중얼대었다. 알아들을 수가 없다.

"상길이래요."

항슬이 옆에서 거들었다. 자향은 항슬을 보고 물었다.

"어떻게 알았어요?"

"아, 그렇게 이야기하잖아요. 상길이라고."

"상길이라고요? 그렇게 안 들리는데."

"문안 양반집 귀한 따님이 시골 무지렁이 아이의 말귀를 알아듣기가 쉽나요."

"그게 무슨 말이어요?"

자향은 항슬을 노려보았다.

"아이쿠 아씨, 죄송합니다요. 그렇다는 이야기지요. 애한테 물어보세요. 이름이 상길이가 맞느냐구요."

자향은 항슬이를 계속 노려보는 것도 그래서 아이에게 물었다.

"얘야, 니 이름이 상길이니?"

"웅."

아이의 말을 처음으로 알아들을 수 있었다. 아이는 고개도 끄덕이었다. 역시 사는 세상이 다른가 보았다. 이들과 나는.

자향은 힘없이 대꾸하였다.

"니 이름이 상길이가 맞구나. 내가 왜 못 알아들었지. 자, 너의 집으로 가자."

자향은 항슬이 계속 웃고 있는 걸 알 수 있었다. 그래, 서울 양반집 귀한 딸에게도 문제점은 있겠지. 시골 아이와 호흡이 안 맞는 것은 어쩔 수 없어. 너희들 세계에 내 호흡을 맞춰야 하는 거니까.

상길이의 집은 방 두 칸에 부엌이 하나, 그게 전부였다. 측간도 없었다. 당시 조선에는 측간이 있는 집이 전체의 반이 되지 않았다. 시골집들은 집 밖이 뒤엄자리였다. 시골길을 갈라치면 분뇨 냄새로 코를 막아야 할 지경이었다. 그 때문에 한 집에서 이질이나 염병에 걸리면 마을 전체가 눈깜짝할 사이에 전염이 돼 마을을 몽땅 태우지 않고는 역병이 해결되지 않았다.

이 마을은 관아에서 나와 보고 어 뜨거라 하고 새끼줄만 치고 피해버린 듯싶었다. 물론 가근방에는 소문이 짜허니 나서 오고 가지도 않고 이곳 사람이 밖으로 나가지도 못하게 했을 것이었다. 자연히 역병만이 아니라 사소한 약방문 하나, 끼니 때울 먹거리 한 종지, 조섭이 안 돼 몰사죽엄할 수밖에 없을 터이었다.

상길이네는 울바자도 다 부서져 있고 안방 문도 찌그러진 채 열려 있었다. 자향이 좁디좁은 툇마루 사이로 안쪽을 들여다보자니, 항슬이 그녀를 와락 잡아당겼다.

"가까이 가지 말아요. 떨어지세요!"

"왜요?"

"시취 냄새가 진동합니다. 애 어머닌지 아버진지는 모두 죽은 지 오랜가봐요."

자향은 상길이를 쳐다보았다. 아이는 퀭한 눈으로 방안을 바라보고 있었다. 이윽고 오른손을 들어 방안 오른쪽을 가리켰다.

"안에 엄마가 계셔?"

자향이 묻자 아이는 고개를 끄덕였다.

"아버님은?"

아이는 고개를 저었다.

"아버지는 안 계신가 보지요."

174

자향이 항슬에게 말하였다.

"그게 아닙니다. 안에 시체가 여러 구 있거든요. 제가 물어보지요."

항슬이 아이 옆으로 와서 상길에게 물었다.

"상길아, 아버지는 죽었지?"

아이는 고개를 끄덕였다. 아예 말을 할 생각을 하지 않고 있었다.

"이번에 돌아가신 거지?"

아이는 고개를 끄덕였다.

"언니 동생도 이번에 다 죽은 거지?"

아이는 고개를 끄덕였다.

"언니 동생은 몇이냐? 셋?"

아이는 고개를 저었다.

"둘?"

아이는 고개를 저었다.

"넷?"

아이는 고개를 끄덕였다.

"넷이군. 일가 일곱 명 중에 다섯은 이미 죽고 어머니는 지금 죽어가고 있는 모양입니다. 다시 물어봅시다. 상길아, 어머님은 아직 안 죽었어?"

아이는 고개를 끄덕였다.

"살아 계셔?"

아이는 고개를 끄덕였다.

"어머니는 살아 있군요. 그럼 살려야지요."

자향은 그렇게 말하고 방안으로 들어가려 하였다. 항슬이 그런 자향을 또 막아섰다.

"그렇게 무턱대고 들어가면 어떡합니까?"

"그럼 어떻게 해요?"

"옷과 손을 단속하고 사방을 조심하면서 들어가야지요. 특히 손을 헝겊

쪼가리 같은 것으로 감아들고 들어가야 합니다."

"알긴 아네요. 항슬이도 역병에 대해서 공부하였나요?"

"아니요. 그런 걸 왜 공부합니까. 그냥 들은 풍월이지요. 그나저나 아씨가 들어가는 건 위험하니 내가 들어가 보지요."

항슬이 나서자,

"무슨 소리여요. 상길이 어머니는 여자예요. 다 죽어가는 여자가 남자의 시중을 어떻게 받으며 말이라도 하겠어요?"

자향이 대번에 고개를 흔들었다. 듣고 보니 그 말이 옳다.

"내가 들어가 볼 테니 항슬이는 광목이나 좀 더 줘봐요."

항슬은 허리에 감고 있는 남은 광목을 마저 풀어 주었다.

"돈인 광목을 이렇게 함부로 써도 되어요?"

자향이 미안한 마음에 그렇게 물었는데,

"아까부터 그렇게 써서 놓곤 새삼 그러셔. 허지만 돈이 문젭니까. 아씨가 역병으로 죽느냐 사느냐가 문제지."

그 말에 자향은 울컥 감동하였다. 아까 공연히 항슬을 미워했다는 생각이 났다. 많이 미워한 것도 아니지만.

자향은 광목을 찢어 두 손과 발을 묶고 머리도 싸매었다. 치마는 들어올려 질질 끌리지 않게 졸라매었다.

자향은 안방을 들여다보면서 천천히 문지방을 넘었다. 항슬은 아이의 손목을 잡고 마당에 서 있었는데 불안한 마음에 한마디 노파심을 팔았다.

"아씨, 아무 데고 손을 대지 마세요. 급한 일 외에는요."

"알았어요. 너무 걱정하지 말아요. 아이나 잘 데리고 있어요."

문지방을 넘어서자 아닌게 아니라 시취가 진동하였다. 잠시 코를 막고 방안을 주시하였다. 어둡던 방안이 밝게 보인다. 왼쪽에 이부자리를 넓직하게 덮어씌운 게 있었다. 시신들이었다. 아랫목인 오른쪽에 한 사람이 누워 있다. 상길이 어머니인 듯하였다. 자향은 아랫목으로 다가갔다.

목까지 이불이 덮여 있는 환자가 꿈틀하였다. 자향이 방에 들어온 걸 아는 것 같았다.

"가까이 오지 마세요."

여자의 목소리는 아주 작았지만 뚜렷이 들렸다. 있는 힘을 다하여 말을 하고 있었다.

"살아 계시군요. 힘을 내세요. 저희가 도와 드리겠습니다."

"고맙습니다. 하지만 전 곧 죽습니다. 나가세요. 전염되면 안 되어요."

"전염 안 되게 준비하고 들어왔습니다."

"네, 하지만 위험해요. 우리 아이 하나가……."

"상길인 건강합니다."

"상길인가요, 걔가 건강해요?"

여자의 목소리가 밝아졌다. 몇째인지 혼동하고 있었지만 아들 하나이 건강하다는 말에 힘이 솟는 모양이었다.

"아이는 걱정하지 마세요. 저희가 돌보겠습니다."

"고맙습니다. 복받으세요. 그 애를 살려주세요. 꼭 살려주세요. 부탁합니……."

여자의 목소리는 희미해져가고 있었다. 울고 있었다. 자향은 그녀의 눈동자를 보았다. 눈동자는 희미한 불빛처럼 어른거렸다. 뭔가를 호소하고 있었다. 역병만 아니라면 여자의 손을 쥐어주며 위로하련만 지금은 그럴 수가 없다.

"걱정하지 마세요. 힘을 내시고 살려는 마음을 가지세요. 우리가 불도 때주고 매실도 구해오고 미음도 만들어드릴 게요."

"고마워라. 보살이 우리집에 내리셨네. 우리 앤 성이 홍입니다. 홍상 길. 강 건너 사평리에 오빠가 있습니다. 강씨 집. 거길 데려다 주세……."

거기까지 말한 여인은 조용하였다. 자향은 기다리다 못해,

"여보세요!"

하고 불러 보았다. 아무 대답이 없다. 자향은 조금 더 다가가 여인을 들여다보았다. 여인은 눈은 뜨고 있었으나 눈동자가 멎어 있었다.

"여보세요. 상길이 어머니!"

자향이 힘주어 불렀다. 여자의 눈동자가 반짝하였다. 그리고 입이 달싹하였다.

"꼬오옥……"

말은 이어지지 않았다. 자향은 잠시 기다렸다. 이번엔 숨이 끊어진 게 확실하였다. 자향은 조금 더 그녀를 쳐다보았다. 병색을 감안해도 서른이 넘지 않은 여자였다. 여자는 눈을 뜬 채 한맺힌 세상을 작별하고 있었다. 하나 남은 아들에의 기대와 자식을 돌봐주겠다는 사람에의 고마움, 그로 해서 맺힌 눈물방울이 그녀의 눈을 닫지 못하게 하고 있었다.

그 반짝이는 눈물방울이 하도 애처롭게 보여 자향은 혼자 중얼거리듯 말하였다.

"걱정하지 마세요. 제가 상길이를 삼촌한테 꼬옥 데려다 줄게요. 약속할게요. 마음 편히 눈 감으세요. 꼬옥 데려다 줄게요."

그렇게 꼬옥이라고 강조해서 말한, 약속한 자향은 한동안 죽은 여인을 쳐다보았다. 생판 모르는 사람이지만 이렇게 불쌍하게 죽는 걸 보니 가슴이 아팠다. 눈물이 맺혔다. 맺힌 이슬은 똑똑 방바닥에 떨어졌다. 자향은 손을 싼 광목으로 눈물을 훔치고 조용히 방을 나왔다. 이제 송장 썩는 냄새는 맡아지지 않았다.

항슬은 자향을 보자 나직이 물었다.

"아이 어머니는 죽었어요?"

자향은 고개를 끄덕였다. 항슬도 밖에서 다 들은 것을 되물었기에 더 할 말이 없었다. 아이는 멍하니 자향만 바라보고 있었다. 어린 나이지만 하도 무서운 일을 당해서 엄마가 죽는 것도 실감하지 못하는 듯하였다.

"상길아, 엄마는 저세상에 가셨단다. 알았지?"

자향은 자기도 모르게 아이에게 말을 걸고 있었다. 일가를 몽땅 잃고 천애고아가 된 아이가 너무 불쌍하여 자신도 모르게 뭔가 말을 하고 싶었던 것이다. 그러나 그것은 위로의 말도 아니고 위로의 말을 알아들을 아이도 아니었다.

놀랍게도 아이는 고개만 끄덕일 뿐 울지 않았다. 가족이 차근차근 죽다 보니 슬픔도 죽음이란 무서움도 느끼지 못하고 있는가 보았다. 그런 아이를 보자니 자향은 더 슬펐다. 다시 눈물이 쏟아져나왔다. 자향은 아이의 두 손을 꼭 쥐며 소리 죽여 울었다. 아이를 끌고 울 밖으로 서둘러 나왔다. 행여 저세상으로 가는 어머니가 애를 데려가지나 않을까, 그것을 막기라도 하려는 듯이.

항슬은 그런 자향의 슬픈 행동을 뒤에서 지켜보며 따라나왔다.

마음이 여리고 감정도 많고 눈물이 많은 여자. 죽은 안방을 그렇게도 떨치지 못하던, 상처입은 석수의 가슴을 동여매며 무척이나 가슴 아파하던, 채홍이 죽을까 봐 부들부들 떨던, 보강무당과 헤어지며 마냥 안쓰러워하던, 그런 모든 자향의 모습이 항슬의 눈앞을 스쳐지나갔다.

집 밖으로 스무 발짝쯤 나와서 자향은 섰다. 고개를 돌려 항슬을 바라본다. 앞으로 어떻게 해야 할지 막연한 표정이다. 눈에는 여전히 눈물방울이 맺혀 있다. 아이는 자향의 손을 잡고 망연히 서 있었다.

항슬은 이렇게 여린 행동을 하는 자향을 처음 보았다. 자향은 상심한 마음에 이제는 어찌해야 할지 모르고 헤매는 양과 같았다. 측은하였다. 이슬 맺힌 눈이 아름다웠다. 정말 아름다운 여자였다. 눈이 덮인 매화보다 비에 젖은 해당화보다 더 청초한 여자였다.

항슬은 그런 자향에게 뭔가 용기를 넣어줘야겠다고 생각하였다. 항슬은 큰소리로 자향에게 말하였다.

"아씨, 여기서 잠깐만 기다리세요. 내 다른 집들도 다 살피고 올 테니까요. 어디 가지도 말고 앉지도 마요. 역병이 오만 군데 달라붙어 있으니까요. 살펴보고 산 사람이 없으면 빨리 이 동네서 뜹시다."

자향은 조용히 고개를 끄덕이며 아이를 내려다본다. 아이는 자향의 손을 꼭 잡고 목석처럼 우두커니 서 있었다. 자향의 손만 잡고 있으면 아이는 되는 것이었다.

42. 엄마 아빠 뜨거워!

얼굴이 넙죽한 김유모 상차(尙茶)는 언제나 표정이 없었다. 누구를 좋아하는지 무엇을 좋아하는지 지금 어떤 감정을 갖고 있는지 도통 알아볼 수 없는, 표정이 없는 환관이었다.

"지난번에 몸이 안 좋다 하더니 쾌차하시었소?"

이처현 상선은 병문안으로 서두를 꺼냈다.

"금방 나았습니다."

"김 대감도 나이가 벌써 사십을 넘었으니 몸조심을 해야겠지요."

"저희 같은 환관이 어찌 자기 몸을 걱정할 수 있겠습니까."

"가슴이 불편한 것은 기가 위로 솟구치는 것이니 기를 눌러주는 차를 드는 게 제일 좋다 하더이다."

"그거는 저도 잘 아옵니다마는 비싼 차를 들 수 있는 처지도 아니고 자칫 차를 좋아한다는 말을 들을까 외려 저어됩니다. 상감의 차를 관리하는 자가 차를 즐긴다 하면 무슨 말이 날지 뻔하지 않겠습니까."

이 상선은 기대했던 말이 김 상차의 입에서 술술 나오자 빙그레 웃었다. 김 상차는 웃지 않았다. 그러나 이 상선은 김 상차가 속으로 웃는 것을 느낄 수 있었다.

"요즘 상감께는 어떤 차를 올리고 있지요."

"주로 우룽차입니다."

"그 차는 기(氣)는 보완하지만 화(和)에는 도움이 되지 안잖습니까."

"그러하옵니다. 하지만 성명께서 그 차가 좋으시다며 찾으셔서 아니 올릴 수 없는 상황이옵니다."

"그래도 상차의 직무를 맡은 사람은 성명께 옳은 소리를 하여야 합니다. 정삼품 상차가 어떤 벼슬입니까. 우리 환관 벼슬 가운데 꽃 중의 꽃이 바로 상차 직책이 아니더이까. 임금의 기호를 바르게 해드리고 성명의 삶을 풍요롭게 하는 최측근 벗이요, 그로 하여 임금의 사고를 올바르게 해드리고 하루의 진퇴를 용맹케 하는 자문 역할 아닙니까. 그 임무는 충성과 순절이 항상 준비되어 있어야 합지요."

"그러하옵니다. 명심하고 있습니다."

"옛날 어느 스님이 이런 이야기를 하였습니다. 한잔의 차는 한 조각의 마음이다. 고로 매일 마시는 차는 우리의 마음 전체이니라. 즉 차는 사람의 마음을 형성한다, 이런 뜻이겠지요?"

"그러하옵니다."

"허면, 차로 하여 상감의 마음과 행동이 결정나는 것 아니겠습니까?"

"그러하옵니다."

"지금 상감은 기가 강한 입장에 있습니다. 생각해보세요. 성명께서 지금보다 더 기가 강해지면 어떤 결과가 나오겠습니까. 지금 조정은 시퍼런 칼날이 부르르 떨고 있어요. 한번 잘못 휘두르면 천지가 피바다가 되리다. 김 상차 대감 정도는 그런 정경이 눈에 훤히 와닿지 않습니까."

"죄송하옵니다."

"그런 저런 상황을 훤히 아시는 상차께선 이런 위급존망지추에 상감께 보답해야 하는 방략을 잘 아시리다."

"명심하겠습니다."

"상감의 화를 고르게 해주는 차로는 어떤 게 좋소이까?"

"몸의 화를 고르게 해주는 데는 오미자차가 최고입지요. 중국의 육우(陸 羽)와 상백웅(常伯熊)이 쓴 다경(茶經)에 의하면 중국 남쪽에서 많이 나는 말리화차가 몸을 화하게 하는 데는 기중 좋다 하였지만 우리나라 특산의 오미자차야말로 기를 화하게 하는 데는 으뜸이라고 생각합니다. 다만 상께서는 저번 우리 사절단이 명나라에 갔을 때 황실의 배려로 그 차를 많이 가져왔고 중국서 유행한다는 연유로 우롱차를 찾으시는 거지요."

"맞았소. 말씀하니까 나도 생각이 나는구료. 그러면 앞으로 상감께는 그 오미자차를 올리십시오. 성명께서 왜 이 차를 주느냐 하문하시면 그 연유를 똑바로 대십시오. 상감께서 그래도 싫으시다 하면 내 쫓아가 간해드리리다."

"잘 알겠습니다."

"그리고 왕비전에는 어느 차를 진상하고 있지요?"

"왕비마마께는 생강차를 주로 올리고 있습니다."

"그건 정(精)에 좋은 차이지요?"

"그렇습니다. 정에 좋고 심(心)을 깊게 해주는 차로 중국의 왕비들도 즐긴다 합니다."

"그렇다면 왕비전에는 좋은 차를 올리고 계시군요. 한데 어떻습니까. 왕비마마께는 마음이 온(溫)해지는 차를 드리면 더 좋을 성싶은데……."

"저도 그 생각을 해서 왕비마마께는 가끔 남도의 녹차를 올리기도 합니다."

"맞았소. 그 차를 주로 드리시는 게 좋겠구려. 아시겠지만 왕비마마는 요사이 마음이 냉(冷)해지고 있습니다. 생각하는 게 많고 불안한 마음이 깊어서 수시로 가슴이 싸늘해진다 합디다."

그 말에 김유모 상차는 잠시 생각하는 표정을 지으며 고개를 갸우뚱한다. 이윽고 고개를 끄덕이며,

"왕비마마께서 그런 말씀을 하시었습니까?"

"어제 그 말씀을 하더이다. 그래서 김 대감을 뵙자 한 것입니다."

"그럼 왕비마마께는 전라도 해남 특산의 녹차를, 대전마마께는 지리산 특산의 오미자차를 올리겠습니다. 저는 거기까지는 미처 생각을 못하였습니다. 상선 대감께 깊숙한 심려를 배웠습니다."

"배우기는 뭐. 어려울 때일수록 이렇게 서로 의논해서 일을 해야지 않겠습니까."

"잘 알겠습니다."

마지막 알겠습니다를 말할 때까지도 김유모 상차는 얼굴 표정이 한번도 변하지 않았다. 이 상선은 그런 김 상차가 마음에 들면서도 무서운 자라는 생각이 났다. 자기를 진실하게 따르고 있는 것은 잘 알지만 저 깊숙한 김 상차의 가슴속에 무슨 생각이 숨어 있는지는 어느 누구도 헤아릴 수가 없을 터이었다.

시골 농사꾼 둘은 내동 투덜대었다.

"이장은 말야, 정말 꾀보야 꾀보. 미치겠군."

"그러니까 자네도 술을 작작 좋아해요. 이장이 한잔 낸다니까 이유도 안 따지고 덜렁 따라가서 퍼마시기는."

"아이구 남말 하고 있네. 아니 내가 어디 좋은 데 혼자 가나 하고 허둥지둥 쫓아와서 한 잔 더, 한 잔 더, 한 건 누구구?"

"그거야 동무 의리고. 자넨 이미 이장의 꾀주머니 속으로 떨어진 뒤 아닌가. 내가 한잔 술 의리로 먹어주고 자네와 함께 이 일 하러 따라온 건만 해도 황감해야지."

"아, 그런가. 눈물나요. 의리 있는 동무 있어 우리 같은 슬픈 인생 위로 되네요!"

"위로만 되는 게야. 우리 둘이 얽히고 설키고 어우러져 사는 맛으로 세월 가는 거 아닌가. 그나저나, 이장이 노래는 잘해. 어제 이장이 부른 노래 어때?

　산촌에 밤이드니 외기러기 홀로운다
　사창열고 내다보니 하늘차고 달은섦다
　저새야 공산야월에 어인일로 예는고.

"끝내주지. 저가 쓴 시졸까?"

"뭐, 저가 지었겠어. 누군가 명사가 쓴 걸 제껀 양 읊거나 모방한 거겠지."

"여하간 멋있지 않은가."

"흥, 그까짓거. 내 한번 읊어보까."

"그래? 읊어보게."

"사랑사랑 긴사랑아 개천같이 긴사랑아

하고해도 끝이없고 그깊은속 한이없다

아마도 내님사랑은 가없은가 하노라."

"그건 누구 시조야?"

"누구 시조긴. 내가 지은 거다. 왜, 괜찮냐?"

"어쩐지 천박하더라니."

"에, 이 사람아!"

키 큰 농부와 보통키에 너부죽한 농투성이는 이렇게 찧고 까부는 사이 새끼줄을 친 곳까지 왔다. 새끼줄에 빨간 물감이 피를 토한 듯 섬칫해서 둘은 이마는 찡그리고 입맛은 다시었다.

"드디어 죽음의 경계선에 왔네그려."

"여기서부터는 조심해야지. 아무 데도 손을 대어서는 안 되네. 발만 디뎌야 해. 그리고 갈 때 짚신은 갈아신어야 하고."

그들은 잠시 동안 마을을 바라보았다. 시조를 곧잘 짓던 키 큰 농부는 등에 화구와 짚신 서너 켤레를 지고 있었다. 화구래야 관솔과 부싯돌 그리고 등유를 담은 통이었다.

"이장 말은 사람들이 다 죽었을 거라던데 그 말 맞을까?"

시인 농부가 말하였다.

"글쎄. 아직 죽지 않은 사람이 있는데 불지르기는 그렇지."

"우리가 화형내리는 셈 아닌가. 그 짓을 우리가 왜 해. 그치?"

"그럼. 하지만 산 사람이 있나 들어가 살펴봐야 할 것 아닌가."

"글쎄 말이야."

둘은 다시 입맛을 다시며 서로를 쳐다보았다. 살아 있는 사람이 있다면 그거야말로 큰일이었다. 온 마을 사람이 몰사한 역병 동네를 불지르지 않을 수 없고, 혹 살 가망이 있어 보이는 사람이 하나 둘 있다 하면 그냥 두고 갈 수도 없고. 마음 약한 농투성이 둘이 그렇게 망설이고 있는데 뒤에서 급촉한 발소리가 들렸다. 우락부락한 포졸 셋이 잰걸음으로 디기오고 있었다.

"포졸들이네."

"포교 같은 자는 칼을 찼고 포졸 둘은 창을 들었고. 뭔일일까?"

포졸들이 가까이 오자 시조를 지어 부르던 키 큰 농부가 말을 붙였다.

"포교님들, 웬일이십니까. 이 앞으로는 가시면 안 됩니다. 역병걸린 동네라서요."

"당신들은 여기 왜 왔소. 오라, 불지르러 왔군."

"그렇습니다. 우리 이장 말씀에 의하면 이 마을과 저 건너편 마을이 죄 죽었어요. 이놈의 역병 땜에 불안해서 살 수가 없네요. 그런데 무슨 일이십니까?"

"도타한 비자를 쫓고 있네. 이십대 사내애와 함께 도망하였어. 기집애는 해끔하고 사내는 휜출하지. 그런 애들 못 보았는가?"

"못 보았는 걸이요. 아무렴 이런 곳으로 도망오겠습니까."

"그자들이 역병걸린 동네를 어찌 알겠나. 대치 형님, 어떻게 할까요?"

뒤에 서 있던 이대치 큰바보는 아직도 가슴 부위에 하얀 광목을 둘러매고 있었다. 그는 차고 있는 칼을 툭툭 치며 앞으로 나와 농부에게 물었다.

"이 길에서 저 계곡으로 넘어가는 길이 있는가?"

"저 두뭇개 가는 샛길 말이군요. 길은 있습니다만 소롯길이 일을락말락하고 바로 저 건너편 마을도 역병으로 다 죽어서 새끼줄이 사방으로 쳐 있고 길은 막혀 있을 겝니다. 가지 마세요. 아차 하다 죽을 수가 있습니다. 망나니 칼춤보다 더 무서운 게 역병이란 말 잘 아시지요. 원님은 돈이라면 사족을 못 쓰지만 역귀는 돈도 안 먹는대요."

"역병은 언제부터 돌았는가?"

"글쎄 그게, 요 몇 년은 우리 골은 아무 이상이 없었는데 한달 전부터 소문이 이상하게 나더니 이 말 사람들이 다 죽어버렸답디다. 여름도 아닌데 빠르게도 왔어요. 빌어먹을 역병이어요. 찢어지게 가난하게 사는 사람들인데 명줄까지 더럽게 짧네요."

"지금 불지를 건가?"

"그럴라고 합니다."

"혹 살아 있는 사람이 있는지 어찌 아는가?"

"그것도 확인은 해보지만 살아 있어도 병이 깊으면 불지를 수밖에요. 우리만 원수되지만 그게 또 적선인지 어찌 압니까. 낫지도 못하는 역병으로 고생하는 것, 입에 칼 물고 끊어주는 염라사자지라."

"그럼 일이나 보게."

큰바보는 그렇게 말하고 동료 둘을 데리고 뒤로 물러났다. 먼발치서 동네가 불바다되는 것을 구경하자는 심사도 있었으나 주목적은 행여 이 어딘가에 자향이 일당이 숨어 있을지 동태도 볼 요량이었다.

농부 둘이서 불을 지르기 시작한 것은 그로부터 반의 반시진이 안 되어

서였다. 다섯 채밖에 안 되는 집을 싸리문과 문설주에 손이 닿을세라 발만
디디고 동정을 살피고는 둘은 고개를 절레절레 저었다.

바람이 남쪽에서 불어오기 시작하였다. 불지르기엔 큰 도움이 되는 바
람이었다.

"오메, 바람이 우리 일을 도와줄라는가베."

너부죽한 녀석이 괜시리 좋아하자,

"무슨 소리야. 저쪽 하늘을 보아. 검은 구름이 몰려오고 있는 게 안 보이
나. 자칫 잘못하면 불이 한창일 때 소나기 내리겠어."

"정말 그러네. 불을 지를 바엔 빨리 지르고 가세. 살아 있는 사람 없는
것만 해도 큰 복일세."

검은 구름이 남쪽에서 나타나 북쪽으로 서서히 진군하고 있었다. 해가
구름 사이로 얼굴을 보였다가 숨었다가 하다가 이젠 깊이 들어갔는지 안
보였다. 둘은 바람이 부는 쪽인 남쪽 초가에 먼저 불을 질렀다. 다섯 채 초
가와 뒤엄채까지 활활 불이 붙었다. 보기에는 허름한 초가들이 불은 요란
하게 타올랐다.

불을 지른 농투성이 둘은 새끼줄 건너편에서 회광이 충천하는 것을 보
고 있었고 이대치와 포졸 둘은 더 뒤쪽에서 장관을 바라보고 있었다.

자향과 항슬은 마을 뒷산 우거진 숲에 숨어 있었다. 아이를 데리고 샛길
을 타고 두모포 쪽으로 갈까 할 때 언덕 저켠에서 사람 둘이 얼씬거렸다.
그들은 얼른 마을 뒤 숲이 우거진 곳에 몸을 피했다. 그리고 포졸 셋이 나
타났다. 항슬은 빨리 움직이지 않은 것을 외려 다행으로 여겼다.

그러나 운명은 이성적으로 전개되는 것은 아니었다.

불이 붙은 직후까지도 아이는 멀건히 불타는 것을 바라보았다. 불길이
싸게 붙고 화광이 충천해지자 아이가 느닷없이 경기 어린 소리를 내었다.

"우으우으, 어부어부, 엄마마……"

아이는 소리만 지르는 게 아니라 갑자기 불타는 쪽으로 달려갔다. 어디

서 힘이 솟았는지 띠뚱때뚱, 그러나 상당히 빠른 속도로 달려갔다.

불타는 우리집, 불타는 어머니, 불타는 아빠, 불타는 형제, 오오 우리 가족, 그들의 아우성 그들의 고통, 그런 게 아이의 뇌리에서 작동하였을까. 아이는 두 팔을 휘저으며 신들린 듯 자기집 쪽으로 달려갔다. 아이의 집은 불길 한가운데 있었다.

자향과 항슬은 계속 아이를 붙잡고 있었는데 불타는 것을 보느라 소홀한 사이 아이는 손을 빼쳐 달려나간 것이다. 자향이 소리 질렀다.

"상길아, 가면 안 돼! 돌아와, 돌아와!"

소리쳐 외치고 어쩔 줄 몰라 하는데 아이는 불길이 어른거리는 집 쪽으로 육박하고 있었다. 저렇게 정신없이 내닫다가는 불 속으로 들어갈 것 같았다. 자향은 뛰쳐나갔다. 아이가 죽겠다. 불길 속으로 들어갈라. 상길아 상길아, 거기 서. 언니가 간다!

허둥대며 쫓아나간 자향보다 더 놀란 건 항슬이었다.

"자향 아씨, 돌아와요. 가지 마요!"

큰일났다. 큰일났어. 포교놈들이 불구경하다 필히 자향 아씨를 볼 게 아닌가. 저 아씬 미쳤어! 미쳤어. 이런 재변이 어디 있나! 갑자기 신기가 발동하였나. 이를 어쩐다!

항슬이 두 발을 동동 구르고 있을 때 농투성이 둘은 아이와 자향을 발견하고 있었다. 처음에는 숲 속의 미미한 움직임으로 보였다. 작은 점이었다. 점은 빠르게 움직였고, 그 점은 아이였다. 아이는 달음박질로 불길 가운데로 달려가고 있었다. 사소한 움직임으로 보였던 동선(動線)이 아이의 윤곽으로 뚜렷해지면서 그 아이를 뒤쫓아오는 자향까지 확인할 수 있었다.

이대치들은 거리가 먼 데다 각도가 맞지 않고 불길에 가리어 아이를 보지 못하고 있었다.

너부죽한 농투성이가 손가락질을 하였다.

"저기 봐, 아이가 살아 있네. 불타는 집으로 달려간다. 어, 여자도 있네. 살아 있는 사람이 있었네!"

나름대로 멋진 시조를 읊던 홀쭉한 농부는 이마를 찡그리며 초점을 맞추었다. 아이와 여자만이 아니다. 숲 속에는 사내가 있는 듯 보였다. 아이는 이 고을 아이 같고 여자와 사내는, 아까 포교들이 말한 도망자들인가.

시인 농부는 느낄 수 있었다. 맞아, 저들은 도망자들이고 이 고을 아이를 구해준 거야. 아이를 도와준 도망자.

어쩐지 한 명쯤은 산 사람이 있을 법한데 없더라니. 저 도망자들이 유일하게 생존한 아이를 돌봐주었군. 거기까지 생각이 미친 시인 농부는 포졸들이 있는 쪽을 흘깃 돌아보았다. 그리고는 호들갑을 떠는 동무에게 신경질적으로 말하였다.

"야, 손가락질 그만 하고 가만 있어!"

"왜, 그래?"

"여하간 가만 있으라니까!"

"거참 왜 그래."

아이는 한 번 넘어지고 두 번 넘어지고 그래도 일어나 달렸다. 불타는 자기집으로 달려갔다. 엄마, 아빠, 언니야! 아이는 작은 마음으로 울부짖고 있었다.

뜨거워! 뜨거워! 불이 탄다! 엄마, 뜨거워! 엄마 나와! 언니야 나와! 뜨거워 뜨거워!

아이는 집 뒤켠 덩굴에 걸려 다시 넘어졌다. 날름대던 불길이 아이의 위를 휩싸고 하늘로 올랐다. 불붙은 이엉이 하늘로 솟구쳐 후익 날랐다. 아이가 넘어진 곳으로도 활활 불이 붙은 이엉이 날아 떨어졌다.

아, 뜨거워! 엄마! 뜨거워 엄마야! 뜨거워! 아이는 불을 이고 쓰러졌다.

자향은 아이를 안았다. 얼굴이 불에 데었는지 발갛게 익어 있었다. 오마나! 아가야, 정신 차려 정신 차려라! 상길아 상길아!

자향은 후끈후끈한 불길을 피해 뒷걸음질쳤다. 불은 절정으로 타오르고 있었다. 자향은 불똥 사이를 누비며 아이를 안고 항슬이 있는 곳으로 되쳐 달려갔다. 항슬은 손짓하고 있었다. 동동 발을 구르고 있었다. 숲으로 들어가자 자향은 목메어 소리쳤다.

"애가 불에 데었어요! 많이 데었어요. 간장이 있으면 좋은데. 간장을 덴 데 바르면 좋은데! 오마나, 눈까지 데었는가 보아요."

"지금 그게 문제요. 포교들이 아씨를 보았을 거요. 빨리 피합시다!"

큰바보는 뭔가 이상한 느낌이 들었다. 농부 하나가 손가락질을 하며 호들갑을 떠는 게 수상하였다. 자기도 모르게 육감이 발동하고 있었다. 그는 발꿈치를 들고 머리를 뽑아 바라보다가,

"여보게들, 뭔가 이상한 게 안 보이나?"

하고 물었다.

"뭐가 이상한 게 있어요?"

"농부들이 뭔가 발견한 모양인데."

"그렇군요. 가까이 가서 알아볼까요. 불길에 놀란 토끼와 노루가 튀고 있나?"

그때 눈이 좋은 포졸 하나이 침착하게 말하였다.

"불타는 초가들 뒤쪽에 사람이 어른거렸습니다. 살아 있는 사람이 있는가 봅니다."

"뭐야! 살아 있는 사람이라고?"

"그렇습니다. 여잔 거 같았어요."

"여자?"

"네, 그것도 젊은 여자요."

"그래? 그것 이상하군. 여보게 빨리 달려가서 여자를 잡아보세."

"그러다 역병걸린 여자를 만나면 어쩌게요."

"생긴 모습을 모르면 모르나. 역병이고 잣이고 간에 쫓아가 봐야지 않겠

어. 아니, 우 몰려가지 말고 몽비 자네는 곧바루 가구, 송골매 너는 왼쪽
을 돌아 우리가 온 곳을 막구. 나는 오른쪽으로 해서 마을 뒤켠으로 가겠
네. 거기서 만나세. 아무 데고 일절 손대지 말어. 역병이야. 알았지. 빨리
움직여!"

세 포졸은 빨래줄같이 세 갈래로 나눠 쏘아나갔다.

사태는 엄중하였다. 포졸들이 자향을 못 봤을 리가 없다. 이를 어쩌면
좋단 말인가. 항슬은 초조하였다. 비상수법을 써야 한다. 자향만은 잡히지
않게 하여야 한다. 그럴려면 둘로 짜개지자. 그 방법밖에는 없다.

자향을 서둘러 산속으로 쫓아보낸 항슬은 손에 맞는 몽둥이를 찾아들었
다. 나무 사이에 숨었다. 창을 든 포졸 하나이 불타는 초가 사이에서 조심
조심 불을 피하며 나타났다. 이럴 줄 알았어. 아씨를 못 봤을 리 없지. 사
단은 크게 났군!

포졸은 발을 살살 디디며 사뿐사뿐 다가왔다. 우지끈 우직끈 충천하던 불
들이 조금씩 사그라들고 있었다. 불을 등진 포졸은 어둑침침한 숲으로 거침
없이 달려들었다. 그곳에 항슬이 있음을 육감으로 느끼고 있는 듯하였다.

갑자기 날이 어두워졌다. 하늘에 새까만 구름이 몰려들고 있었다.

불빛을 앞에 두고 있는 항슬은 날씨가 어두워지고 있는 것도 느끼지 못
한 채 포졸의 숨소리만 듣고 있었다. 포졸의 거친 숨결이 바로 앞으로 박
두하였다. 거친 숨결이 갑자기 멈추어섰다. 항슬은 숨을 죽였다.

포졸과 항슬은 둘레가 열 자쯤 되는 둥치 굵은 나무를 사이하여 대치하
고 있었다. 항슬은 포졸이 앞에 있는 것을 알고 포졸은 누군가가 근처에
숨어 있는 것을 느끼고 있었다. 그 차이는 지금으로서는 아주 컸다.

포졸은 발 끝에 힘을 주며 앞으로 다가왔다. 창을 정안으로 꼬누고 있었
다. 포졸이 나무 옆을 스치고 나올 때 항슬은 몽둥이를 휘둘렀다. 퍽 하는
소리와 함께 포졸은 뒤로 발랑 나가자빠졌다. 항슬은 잽싸게 달려나가 넘

어져 부스럭대는 포졸의 등짝을 다시 한 번 몽둥이로 팼다. 포졸은 대번 뻗어버렸다. 항슬은 버려진 창을 주워 들었다. 사방을 휘이 둘러보았다.

아무도 보이지 않는다. 그때서야 천지가 어두워지고 있음을 알았다. 하늘을 보았다. 먹장구름이 남쪽에서 몰려오고 있었다.

항슬은 나무 사이로 몸을 숨기고 앞쪽을 주시하였다. 아직 두 포졸이 남아 있다. 그들도 이쪽으로 달려왔을 게 분명하다. 농사꾼 둘은 아마 이런 사태에 놀라 사라졌을 게고.

마음은 도망하고 싶지만 그래서는 안 된다. 나는 관문이 되어야 한다. 포졸들이 자향을 쫓아가는 길목의 관문 역할을 하여야 한다. 아니 최소한 그 역할을 하고 싶다는 게 그의 희망이었다. 지금쯤은 오백 보 이상 도망하였겠지. 아까 오다 본 서쪽길 계곡으로 잘 도망하고 있는지 몰라.

바스락, 하는 소리가 들리고 오른쪽에서 포졸 하나이 나타났다. 중키에 거무티티한 얼굴, 눈은 반짝반짝 빛났다. 승냥이 눈빛이었다. 한데 이자는 아까의 포졸보다도 더 조심성이 없어 보였다. 항슬은 창 잡은 손에 힘을 주었다. 더 자신이 있었다. 숨을 죽였다.

이십 보, 십 보, 그리고 오 보 앞. 항슬은 창을 쓱 내밀어 힘차게 찔렀다. 헉, 헛손질에 항슬의 몸은 앞으로 고꾸라질 듯 허청대었고, 포졸은 왼손으로 항슬의 창을 낼름 잡아챘다.

"이놈!"

포졸의 창이 항슬의 가슴팍을 향해 직선으로 찔러왔다. 항슬은 꼰아잡은 창을 버리지 못하고 잡아당기며 옆으로 빙그르르 돌았다. 그 덕분에 포졸의 창은 항슬의 옆구리를 스치고 지나갔다.

"으윽!"

항슬은 비명과 함께 창을 놓치며 왼쪽 옆구리를 거머쥐었다. 빨간 피가 주르르 흘러내렸다. 피를 본 항슬은 대번에 기가 꺾였다. 포졸의 두 번째 창이 가슴팍을 찔러왔다. 항슬은 오른쪽으로 풀썩 넘어졌다. 아까 버린 몽둥이를 거머쥐었다. 오른손으로는 몽둥이, 왼손으로는 상처 부위를 누르고 가까스로 일어섰다.

포졸은 능글맞게 웃었다.

"네 이놈, 이 송골매를 우습게 알았지. 네가 숨어 있는 것을 내가 모를 줄 알았느냐? 흐흐흐, 어디를 찔러줄까!"

포졸은 창으로 항슬의 명치를 겨누며 슬슬 다가왔고 항슬은 창과의 간격을 유지하며 왼편으로 돌았다. 왼쪽 옆구리에서 통증이 느껴왔다. 놈은 먹이를 즐기는 수리처럼 눈빛을 더욱 세우고 있었다.

항슬은 아무것도 생각나지 않았다. 창과 몽둥이의 대결, 아니 정규 포졸과 일반 백성의 대결. 그것은 균형이 무너진 대결일 뿐이었다.

싸움의 결과는 뻔하였다. 끝까지 용맹히 싸워 죽느냐, 항복하여 목숨을 부지하느냐는 선택만 남았다. 그러나 항슬은 투항한다는 생각은 추호도 하지 않고 있었다. 오로지 지금은 창과의 간격 그 간격을 유지하여 옆으로 돌고 뒤로 밀리면서라도 싸워야 한다는 생각밖에 없었다.

우드드드, 빗발이 들었다. 빗살이 세차게 쏟아져 내렸다. 소나기는 검은 물방울을 대지에 쏟아 부었다. 어, 하며 두 사람은 동시에 하늘을 보았다. 억수로 쏟아지는 빗물에 하늘은 보이지 않았다.

항슬이 먼저 눈동자를 돌렸다. 두 사람은 빗속에 서서 서로를 바라보았다. 포졸은 느물거렸고 항슬은 긴장하였다. 포졸은 즐기었고 항슬은 초조하였다.

쓰윽, 창이 항슬의 왼쪽 가슴을 찔러왔다. 항슬은 몸을 휙 옆으로 돌며 몽둥이를 횡으로 휘둘렀다. 발끝이 비에 젖은 흙 위에서 미끈등 미끌어졌다. 엉덩방아를 찧을 때 창이 항슬의 왼팔을 긁고 갔다. 윽, 신음과 함께 오른손의 몽둥이를 놓쳤다. 진흙이 튀며 온몸에 뒤집어씌웠다.

항슬은 두 손으로 벌벌 기어 겨우 일어났다. 왼팔에서도 피가 흘러내렸다.

"이놈, 무릎을 꿇고 항복하라! 죽고 싶느냐?"

"흥, 시시한 포졸한테 항복이 웬말이냐!"

항슬은 나오는 대로 큰소리쳤다. 처음 창을 맞았을 때 기가 꺾였으나 이젠 겁도 나지 않았다. 항슬은 맨손에 기를 넣으면서 창끝을 피해 빙빙 돌았다. 이렇게 시간이라도 벌어주면 자향이 도망할 여유가 생기겠지. 죽기밖에 더 할라구.

그렇게 마음을 다졌지만 위급사태가 되니 석수 생각이 났다. 석수만 있으면 이 따위는 문제 없는데. 그가 여기에 없는 게 너무 아쉽고 안타까웠다. 혹시 때맞춰 오지나 않을까, 요행마저 기다려진다.

비는 더욱 세차게 내렸다. 그나마 비가 고마웠다. 포졸은 창을 잘 쓰는 고수인 듯하였으나 비가 거센 데다 앞이 잘 보이지 않고 발바닥이 미끄러워 마음대로 무술을 펼쳐내지 못하고 있었다. 그리고 보니 비 때문에 그 잘 타던 초가집의 불은 순식간에 꺼져 시커먼 잔재가 빗속에서 무너져 내리고 있었다.

빙빙 도는 항슬의 발에 물컹하는 게 걸렸다. 기우뚱, 오른쪽으로 넘어졌다. 항슬은 진흙투성인 채로 옆으로 기어 일어났다. 포졸도 쉽게 대들지 못하고 있었다. 비는 억수로 내리고 앞은 보이지 않고 옮길 때마다 미끌어져서 휘두르는 창이 번거로울 지경이었다. 항슬의 발에 걸린 물체는 아까 항슬이 때려눕힌 포졸이었다.

저자가 나한테 몽둥이로 모지게 맞더니 죽었나. 정말 죽었을까. 마구 내리는 빗속에서도 정신을 못차리는 것을 보면 죽었을 가능성이 크지. 그 생각을 하자 항슬은 불편한 마음이 일었다. 사람을 죽이다니! 그것도 포졸을. 자향이 알면 얼마나 원망하며 가슴 아파할까.

아니다. 포졸 생각을 할 계제가 아니다. 지금은 저 포졸을 피해 도망갈 생각을 하자. 빗속에 한 번만 상대가 넘어져 준다면 도망할 수 있을 게다. 이제는 비겁하지만 도망할 생각이 났다. 사정없이 내리는 비가 정말로 고마웠다.

큰바보는 마을을 오른쪽으로 돌아 뒤쪽으로 다가갔다. 울창한 소나무숲 앞을 지날 때, 검은 물체가 옆에서 어른거렸다. 어, 누군가 있다. 그는 나무 뒤에 몸을 숨기고 숲을 바라보았다. 나무가 세찬 바람에 살랑이는 소리만 들렸다. 이상하다. 검은 그림자가 어른거렸는데.

하늘엔 먹장구름이 덮쳐오고 숲은 더욱 어둑침침해졌다.

큰바보는 과감하게 숲으로 들어갔다. 젊은 민간 무사한테 가슴을 버힌 뒤, 한때 기가 죽기도 하였지만 그래도 장안에서 손꼽히는 포졸 아닌가. 이 따위 어른거리는 그림자에 간이 오그라들다니! 그는 자신을 채찍질하며 관목을 헤치고 안으로 들어갔다. 사람의 발자국과 흔적은 어디에도 없다. 너무 긴장한 탓에 헛것을 보았나.

그는 숲을 가로질러갔다. 소나무숲은 오십 보쯤 가자 끝이 났다. 그 저쪽은 백양나무 사시나무 억새풀투성이었다. 귀를 기울여 소리를 들어보았다. 소나기 오기 전의 거센 바람소리만 공기를 가르고 날아왔다.

분명히 보았는데, 분명히 보았는데. 혼자 중얼거리고 있을 때 비가 내리기 시작하였다. 비는 세상을 한꺼번에 휩쓸어갈 듯 거세게 퍼부었다. 큰나무 아래서 비를 피하며 사방을 주시하였다.

새까맣게 퍼붓는 비와 사정없이 몰아치는 바람에 아무 동정도 엿볼 수가 없었다. 마을 뒤쪽으로 가자. 우선 불타는 집으로 달려간 여자가 누군지나 확인해보자. 그렇게 마음을 먹었을 때, 다시 검은 그림자가 오른쪽에서 어른거렸다. 아까보다 더 진한 그림자였다.

"누구냐!"

큰바보는 칼을 쥔 오른팔에 힘을 쥐며 그림자가 얼씬거린 쪽으로 쏘아나갔다. 백양나무의 하얀 수피가 비바람에 번쩍번쩍 빛났다. 검은 그림자는 그 백양나무의 하얀 반짝임 속으로 사라졌다. 대단히 민첩한 몸놀림이었다.

저자는 자객이다! 예삿놈이 아니다. 무서운 놈이다. 한데 왜 피할까. 저자가 나를 유인하고 있는 걸까? 큰바보는 갑자기 두려운 생각이 났다. 버드나무여울에서 석수한테 일격을 받은 뒤 큰바보는 자기도 모르게 소심해져 있었다.

그러나 큰바보는 그런 자신을 부정하고 있었다.

"네 이놈, 비겁하게 피하지만 말고 나와라!"

이대치는 큰소리를 치면서 사방을 휘 둘러보았다. 세차게 쏟아지는 빗속에서 그의 외침은 멀리 갈 수가 없었다. 하지만 저자는 내 외침을 들을 것이다.

오십 보쯤 산허리 쪽으로 질러갔으나 더 이상 그림자는 보이지 않았다.

소나기에 새앙쥐처럼 쫄딱 젖은 큰바보는 하늘로 시원히 뻗은 떡갈나무 아래서 숨을 골랐다. 비는 시원하게 내리고 있었다. 이런 일만 아니라면 장쾌하게 내리는 비를 감상할 만도 하였다. 이 빗속에서 자객을 찾을 수는 없다. 마을로 가자. 나를 유인하고 있다면 저도 따라오겠지.

그러고 보니 아차, 속았다는 생각이 났다. 성동격서, 저 자객은 그 여자를 구하기 위해 나를 유인하였구나! 틀림없다. 그 생각을 하자 큰바보는 정신이 번쩍 들어 마을 쪽으로 달려내려갔다.

자향은 아이를 안고 정신없이 달렸다. 그러나 산길이 그녀에게 익숙할 리가 없었다. 왼쪽 산허리를 돌아 아까 온 길로 내려가려 할 때 비가 쏟아지기 시작하였다. 두 팔에 아이를 안은데다 빗길이어서 발걸음이 더뎌지고 한길 앞조차 분간하기 힘들었다. 항슬이 도망가라고 알려준 계곡이 어디쯤인지 가늠이 잡히지 않았다. 아물고 있던 상처 부위가 다시 터졌는지 통증이 엄습해왔다. 자향은 두 번이나 엉덩방아를 찧으며 허둥대었다. 그럴 때마다 가슴이 매우 아팠다.

나무 사이를 뚫고 바위 옆을 돌아설 때 검은 물체가 앞을 가로막았다.

고개를 들어 바라보았다. 사람이었다. 깜짝 놀라 뒷걸음질을 쳤다. 서너 발짝 뒤로 물러났으나 바위에 부딪쳐 그 자리에 섰다.

자향은 육감적으로 알았다. 귀가 큰 포교, 함지박귀였다. 비에 젖은 포졸복이 몸에 꽉 끼었어도 사나이는 몸체가 묵직하였다.

"아!"

자향이 놀라 자지러지는데,

"이젠 그만 도망하여도 될 거야. 허허, 정말 잘도 도망하는 처자야. 여자가 이렇게 잘 도망하는 건 내 평생 처음일세. 감탄하였네. 소문대로 과연 이쁘기도 하군!"

함지박귀가 보기에 자향은, 봄날의 햇살처럼, 갓 피어난 모란처럼, 비에 젖은 수련처럼 청초하였다. 빗속에 있어도 그녀의 아름다움은 하나도 손상되지 않고 있었다. 그는 자향을 붙들거나 건들지 않았다. 자향이 주춤 물러섰으나 괘념하지 않고 빗속에서 여유롭게 그녀를 관찰하였다.

자향은 뭐라 대꾸하지 못한 채 함지박귀를 바라보았다. 둘은 비를 맞으며 그렇게 한동안 서로를 응시하였다.

함지박귀는 왠지 이대치 뒤를 받쳐주고 싶다는 생각을 하였다. 큰바보가 이 사건과는 뭔가 연대가 맞는 것 같았다. 와우산 길에서 풍수사와 자향을 놓칠 때 거기 있었고, 만수림에서 정면으로 맞닥뜨렸고, 버드나무여울에서 검을 맞으며 그녀를 확인하였다.

큰바보는 오늘 아침 마포 일을 끝내고 서빙고 아래쪽에 배를 대어 그들과 합류했다. 마포의 일은 함지박귀의 예측대로 하나도 제대로 된 게 없었다. 검 쓰는 부상자를 잡지도 못하였고 달음박질 잘하는 자는 그림자도 없었다. 새우젓패의 신원만 모두 알아갖고 왔을 뿐이었다. 이대치는 그런 상황을 다 설명한 뒤 재추적 안배를 할 때 보강리서 옆으로 흐르는 이 길을 맡겠노라고 자원하였다.

함지박귀는 그런 큰바보의 선택이 이상하게도 마음에 와닿는 바가 있었다. 졸개 하나와 함께 서둘러 큰바보가 온 곳을 뒤받쳐 쫓아온 이유였다. 그 감이 들어맞은 것이다. 그리고 그 덕으로 드디어 도망자를 잡았다.

처자는 소문만큼 아름다웠다. 귀티가 넘치는 얼굴과 호수 같은 눈이 함지박귀의 가슴에 찡 와닿았다. 불행한 여자이다. 노린내 말대로 비자가 되어서는 아니 될 여자일지 몰랐다.

그때 함지박귀는 자향의 얼굴에서 뭔가 스쳐가는 영감을 느꼈다. 그렇다. 이 여자는 어디서 보았다. 처음이 아니다. 어디지, 어디지. 샛강주막이다. 남장하고 나타난 풍수사의 동자가 확실히 이 처자였다. 어쩐지 그 동자가 깨끔하게 잘생겼다고 생각했었지.

아, 그러면! 조 포교는? 남장 여자로만 안 게 아니라 도타하고 있는 박참의의 딸임을 그때 알아챈 건 아닐까? 이 눈동자, 이 갸름한 얼굴, 이 우아한 자태를 유심히 보았다면, 알아보았을 게야. 조 포교가 몰라볼 리 없지. 나는 그들을 등지고 앉아 있었지만 조 포교는 정면으로 보고 있었지 않은가. 그렇다면, 조 포교는 이 여자를 보고도 모른 체한 걸까. 왜? 나처럼 여자에게 연민의 정을 느껴서?

자향은 말없이 서 있는 함지박귀가 거인처럼 느껴졌다. 귀가 과연 소문대로 컸다. 조계사 부처님도 저렇게 크진 않을 거였다. 눈도 크고 입도 컸다. 머리가 좋고 끈기가 무섭다는 말에 딱 맞는 인상이었다.

아, 이렇게 무서운 포교한테 잡혔으니 이젠 모두 끝장이구나. 나는 붙들려가 비자가 될 것이고 어머니의 작은 소망은 물거품이 되는구나. 우리 박씨 집안은 드디어 대가 끊길 것이고.

함지박귀가 물었다.

"그 애 혹시 죽진 않았소?"

그 말에 자향은 철렁 가슴이 내려앉아 아이를 보았다. 아이는 아직도 정신을 잃고 있을 뿐 죽지는 않았다. 비는 맞았으되 자향이 하도 꽉 껴안고 있어 가슴에 파묻힌 듯 안겨 있었다. 아이의 체온이 그녀의 가슴에 따스하게 느껴왔다.

상길이는 살아 있다. 살아 있고말고. 산협을 울리는 빗속에서도 그녀는 상길이의 숨소리를 느낄 수 있었다. 자향은 아이를 더욱 꼭 안았다. 아이의 머리에 왼손을 얹어 비를 막아 주었다.

자향은 함지박귀를 쳐다보며 고개를 저었다.

"아이를 안았으니 포승을 묶기가 그렇군. 고이 따라오겠소?"

자향은 숙명인 양 고개를 끄덕였다. 비는 약간 숙었어도 여전히 내리고 아이는 아직도 정신을 잃고 있었다. 자향은 그런 상길이를 가슴에 꼭 껴안고 포교 뒤를 따라갔다.

항슬은 이제 자기의 숙명을 느끼고 있었다. 상대는 너무나 조심스러울 정도로 간특한 포졸이었다.

이제 모든 게 끝났구나. 도망할 요행도 없다. 오로지 바랄 것은 자향이 혈로를 뚫고 도망가는 것이다. 그녀만 무사히 도망한다면 그래도 보람이 있을 터이니까.

마음이 흩어진 사이 포졸의 창끝이 스르릉 항슬의 오른팔을 스치고 지나갔다. 항슬은 재차 주워 든 몽둥이를 또 놓치고 뒤로 주춤주춤 물러났다. 창은 그런 그의 가슴팍을 매섭게 찔러왔다. 항슬은 무턱대고 창끝을 잡았다. 으윽, 신음을 토하며 항슬은 뒤로 발랑 나가자빠졌다. 창은 여전히 그의 가슴팍 위에 꽂아 있었다. 씩씩대던 포졸은 창을 높이 들어올렸다. 그때 함지박귀의 호통이 들려왔다.

"죽이진 마라!"

송골매라 자칭한 포졸은 함지박귀를 쳐다보지도 않고 소리쳐 대꾸하였다.

"이자가 몽비를 죽였는데두요!"

"그래도 죽일 건 없다."

항슬은 소리나는 쪽을 바라보았다. 아직도 여전히 내리는 빗속에 함지박귀가 장승처럼 서 있고 그 뒤에 자향이 아이를 안고 있었다.

"아씨!"

가슴이 철렁한 항슬은 가슴에 겨누어 있는 창도 아랑곳하지 않고 부르짖으며 일어서려 하였다. 창끝이 그의 명치를 찔러왔다. 숨이 콱 막혔다. 그는 뒤로 덜렁 나가떨어졌다.

"항슬이 괜찮아요, 다쳤어요?"

자향은 소리침과 동시에 함지박귀 옆을 지나 항슬에게 달려갔다. 그녀는 아이를 안은 채 무릎을 꿇고 항슬의 얼굴을 가까이하며 울먹였다. 오른손으로 항슬의 다친 곳을 만지며 흐느꼈다.

"많이 다쳤군요. 온몸이 피투성이네. 오른팔은 창에 찔리구! 허리에서도 피가 나네!"

"괜찮습니다. 아씨는 곤욕을 당하지 않았소?"

자향은 고개를 저었다. 그녀는 고개를 들어 여직 창을 꼰우고 있는 송골매를 노려보았다.

"포교가 양민을 감정으로 죽이려 하다니요! 이 창 비켜요!"

"뭐야, 양민? 요놈이 무슨 양민이야! 죄지은 자가 감히 포교에게 대들었으니 죽어도 할 말이 없는 게다!"

"이 사람이 무슨 죄를 지었습니까?"

"요 계집 봐라!"

"이 사람이 무슨 죄를 지었어요? 대보세요! 죄는 나만 지었을 뿐이어요. 이 사람은 아무 죄도 없어요. 내가 불쌍하여 길을 안내해준 것밖에 없어요!"

자향은 벌떡 일어나 얼굴을 송골매 코앞에 들이대며 따졌다. 너무나 황당한 상황에 송골매는 어! 하는 탄성과 함께 뒤로 한 걸음 물러났다. 그 바람에 창끝이 항슬의 명치에서 벗어났고 항슬도 벌떡 일어났다.

일어난 항슬은 자향을 뒤로 끌고 송골매 앞에 썩 나서며,

"여보쇼, 포졸 양반. 당신이 창술이 대단한가 본데 죽일라면 죽여보쇼!"

항슬이 가슴팍을 송골매 코앞에 들이댔다. 항슬이 이처럼 대드는 건 자향을 보호하겠다는 일념에서였다. 자향이 자기를 위한답시고 너무 세게 나가다가 포졸의 손찌검을 당하지 않을까 걱정이 됐다. 하긴 그동안 창술을 잘 막아낸 자신이 생각보다 기특해서 배짱이 솟은 대목도 있었다.

송골매는 갑자기 두 죄인이 가당치도 않게 격하게 나오자 어이가 없었다. 아니 너무 당황해 뒤로 물러날 지경이었다.

그때 비가 거짓말처럼 그치고 햇볕이 쩽하고 비쳤다. 셋은 깜짝 놀라 하늘을 바라보았다. 파아란 하늘이 높다랗게 눈부시었다.

"송골매, 그놈들을 빨랑 오라지우지 않고 뭐하고 있는 게야!"

이대치의 목소리였다. 언제 왔는지 그는 함지박귀 옆에 서 있었다. 이대치의 호통에 정신이 든 송골매는 허리춤에서 빨간 오라를 뽑으며,

"네 이놈들, 죽고 싶지 않으면 두 손을 일루 내라!"

뒤늦게 정신을 차리고 큰소리를 쳤다. 그말에 자향은 항슬에게 고개를 끄덕이었다. 공순히 오라를 받을 일이지 싸워서 몸을 다치지 말라는 뜻이었다. 항슬은 비웃는 표정을 지으며,

"오라를 지우는 건 좋지만 사람을 공연히 패거나 멸시하진 마시오! 이 세상 살다 보면 언제 어떻게 될지 어찌 아오."

포졸을 위에서 내다보는 투로 말하자 빗물 속에 아직도 드러누워 있는 몽비를 살피던 함지박귀가 인상을 팍 쓰며 항슬을 노려보았다.

"고놈 한번 맛 좀 봐야겠군!"

호통과 함께 항슬의 등짝을 냅다 발로 차버렸다. 항슬은 대번에 앞으로 푹 고꾸라졌다. 진창에 꼴아박힌 항슬은 잠시 정신을 잃을 지경이었다. 놀란 자향이 항슬을 잡아 일으키며 울먹이었다.

"왜 죄 없는 불쌍한 사람을 치는 거예요! 포교면 포교답게 공정하게 구세요!"

자향의 앙탈에 그렇지 않아도 체면이 손상된 송골매가 만회할 기회를 만났다는 듯이 오른손으로 자향의 뒤통수를 갈겼다.

"요년이 앙칼지기는!"

"아악!"

자향은 비명과 함께 앞으로 넘어졌는데 아이를 안 놓치려고 꼭 보듬는 바람에 무릎을 꿇고 앞으로 처박혔다. 항슬이 일어나다 그런 자향을 후딱 부축해 일으켰다. 자향의 온몸이 진흙으로 범벅이 되었다. 그런 중에도 그녀는,

"어머나, 상길이가 온통 진흙으로 범벅이 되었네!"

아이 생각만 하였다. 항슬은 아이보다 그 아름답던 자향의 처참한 모습을 보자 분기탱천하여 벼락같이 송골매에게 달려들었다. 송골매는 이놈이! 하며 왼손에 들고 있던 창을 두 손으로 거머쥐며 옆으로 돌렸다.

그러나 워낙 가까이 있었던 터라 창이 닿기 전에 항슬의 주먹이 먼저 송골매의 아래턱을 올려쳤다. 송골매는 미끈둥 하다가 뒤로 덜렁 나가자빠졌다. 항슬은 계속 달라들며 송골매의 옆구리를 걷어찼다. 송골매는 오른손으로 잡고 있던 창을 재차 옆으로 휘둘렀다.

횡소천군의 일격, 항슬은 발목을 거세게 얻어맞고 옆으로 넘어졌다. 거기에 이번엔 이대치의 뭉툭한 발이 항슬의 면상에 일격을 가했다. 항슬은 진흙에 푹 파묻히고는 사지를 놓고 정신을 잃었다.

아이를 놓치지 않을세라 안고 있던 자향은 항슬이 정신을 잃는 것을 보자,

"항슬이, 정신차려요!"

하고 울먹이며 달려가는 찰나, 송골매의 창이 그런 자향의 옆구리를 훑었다. 아아악, 묵직한 창의 일격을 맞은 자향은 항슬이 옆에 철퍼덕 무너지듯 쓰러졌다. 자향은 정신을 잃고 말았다. 그러나 아이는 꼭 안고 있었다.

43. 아름다움이 다칠 때

비가 억수로 내릴 때 욱자는 다 부서진 농막 귀퉁이에서 비를 피하고 있었다.

새벽, 수상한 정보를 얻어들은 욱자와 보욱은 산길로 정신없이 달렸다. 혹시 항슬이 잡히면 어쩌나. 자향 아씨는 어떻게 될까. 그동안은 한번도 생각지 않은 비상사태를 맞자 그들은 가슴이 애렸다.

소나무길을 따라 언덕을 내려가자 작은 마을이 보였다. 보욱이 말하였다.

"욱이야. 나 혼자 갈 테니 너는 어디 숨어 있어라."

"왜?"

"둘이 떼지어 다니면 수상하잖아."

"그럼 내가 가서 정탐해봐야지. 포졸한테 집힐 위험이 있으면 날쌔게 도망갈 수 있으니까 말이야. 보욱이 형은 느림보라 도망도 못 가잖아."

"으이그, 하니만 알고 둘은 모르는구나."

"뭐가 몰라?"

"들켜서 도망가는 것보다 들키지 않는 게 더 중요한 거다, 인석아. 나는 결코 들키지 않을 수 있어. 생김새도 너처럼 불량하지 않잖아."

"아니쿠, 형님이 잘생겼소? 잘생긴 건 항슬이 형이지."

"야, 잘생긴 놈은 수상하지 않고 안 잡히는 거냐? 깝깝하다, 깝깝해. 사람은 나같이 평범해야 좋은 거다. 평범 속의 성실, 평범 속의 진실, 평범 속의 아름다움. 이런 게 인생을 살찌우는 거야. 알았어?"

"호, 공자님 말씀 같네."

"공자가 별 거냐. 마음 깨끗이 먹고 열심히 노력하고 겸손하게 살면 공자님도 존중할 게다."

"우아, 놀랐다."

욱자는 가던 걸음을 멈추고 보욱을 쳐다보았다. 보욱이 평소 머리가 좋은 건 알지만 이렇게 멋있게 말하는 것은 처음이었다.

"왜, 놀랐냐. 내 말이 안 맞니? 넌 저기 농막에 가서 잠이나 자고 있어. 어젯밤 피곤했을 테니까. 사람 오는가 잘 보고."

그렇게 말하고 정탐하러 간 보욱이 두 시진이 가까워 오는데도 나타나지 않고 있는 것이다. 이 느림보 형이 정말로 포졸한테 잡힌 건 아닐까. 아니면 비 속에 꼴아박혀서 사고를 당한 건 아니구?

걱정이 홍수 물 붇듯 커질 때 보욱이 저쪽 인가 쪽에서 나타났다. 아이쿠, 보욱이 형이네! 별일은 없었군. 천만 다행이다.

보욱은 요령도 좋게 삿갓 하나를 얻어 쓰고 있었다. 껑충껑충 뛰어온 보욱이 농막 안으로 들어와 앉으며,

"야, 비가 무섭게 온다."

하며 비가 줄줄 새는 농막 안을 살펴보았다.

"소식은?"

마음 급한 욱자가 묻자,

"아무 소식이 없어. 이 부근에 포교들이 잠깐 왔다가 갔다고는 하는데 누굴 잡아 호송하는 건 못 보았대."

"그래? 다행이다. 한데 왜 이렇게 오래 걸렸어?"

"그럴 수밖에. 두뭇개까지 얼마나 넓으냐. 이곳저곳 쑤셔봐야 아는 사람이 있어야지. 한참 헤맸다니까. 여하간 누군가 잡혀가는 건 못 보았다니까."

"그럼 다행이다."

"그래, 다행이고말고. 여기 주먹밥 있다, 먹어라. 배고프지?"

"아이구 형님이 밥도 얻어올 줄 아우?"

"왜 그런 거 못 할까 봐?"

"기특해요. 역시 부자가 될 사람은 달라요. 요령도 있고. 형님은 먹었수?"

"그럼 먹었지. 욱자야, 빼어난 장사꾼은 자기 이익부터 챙기는 거다. 알았나?"

"동무하고 놀 때도 자기 잇속 먼저 챙긴다구?"

"동무? 야, 욱이야. 장사꾼에게는 동무는 있으되 의리도 있으되 내 것 챙기는 게 그 무엇보다 훨씬 먼저라는 걸 알아야 해. 알았어? 순진한 욱자야!"

"호오. 여러 가지로 놀랄 일이에요!"

"흥, 한데 말이야. 우리가 혹시 놈들한테 속았나 몰라."

"누구한테?"

욱자는 주먹밥을 게눈 감추듯 입에 넣으며 물었다.

"누구긴. 그 포졸놈들이지."

"어째서?"

"아무 이상이 없잖아. 현재까지는."

"그게 속은 거요?"

"속은 거지. 놈들 땜에 엉뚱한 곳으로 온 것 같아."

"그럼 어떻게 하지?"

"그렇다 해도 별 건 아닌데, 여하튼 여기까지 왔으니까 비가 갠 뒤 두뭇개 왈짜들을 만나러 가자. 그들에게 소식도 묻고 돌아가는 통빡을 알아달라고 하고 이것저것 부탁도 해야지."

"잘 아는 사람 있지?"

"그럼!"

이처현은 서안 건너편에서 고개숙인 내시를 화난 듯 바라보았다.

"그쪽에 내 말을 정확히 전하라. 함부로 사람을 죽이면 아니 된다고! 아무리 어둑컴컴한 저녁이라도 장안 큰거리에서 무기를 휘두르며 사람을 죽이려 덤비다니! 그것도 제대로 죽이지도 못하고 말썽만 내면서. 다시는 그 자에게 가까이 가지 말라고 전해. 알았는가?"

"알았습니다."

"한데 지난번 전한 내 당부의 말에 대한 답변은 언제 준다던가?"

"곧 전언이 올 것으로 알고 있습니다."

"이 이야기도 함께 전해. 앞으로 사람을 해치거나 나의 충언을 존중해주지 않는다면 횡적인 협조는 다시 하지 않겠노라고. 알았지?"

"알겠습니다."

"그럼, 다른 무슨 할 말이 있는가."

"제 느낌을 하나 말씀 올려도 되겠습니까?"

그 말을 하며 서른을 갓 넘어 뵈는 내시는 이처현이 화난 것하고는 아무 상관없이 여유 있는 표정을 지으며 올려다보았다. 뽀오얀 살갗에 눈은 찌꿋째꿋 뱁새눈이었다. 그러나 날카로운 눈매는 숨길 수가 없다.

"말해보아라."

이 상선의 말하는 품이 조금은 너그럽다.

"저들은 그 노 포교란 자를 꼭 해치우고 싶어하는 눈치였습니다."

"이유는 무언가?"

"믿을 수 없다는 투, 뭔가 일을 낼 놈이다 하는 생각을 하고 있는 것 같았습니다. 그리고 그 생각은 저들의 판단만이 아니라 위에서 어떤 언질이 있었던 것 같은 인상을 받았습니다."

"위라면 누구를 지칭하는 겐가."

"그건 감히 말씀드리기가 어렵사옵니다."

"무슨 말인지 알았다. 만날 때마다 그들의 동태를 잘 좀 살펴보아야 해."

"알았사옵니다."

"그쪽 사람 가운데 우리와 맥이 닿는 사람이 있다고 하였지?"

"네. 좋은 사람이 있습니다. 그동안 친교를 맺으며 사귀어왔는데, 영원한 동지가 될 만한 사람입니다."

"얼마 전에 말한 그 사람 말인가?"

"네."

"그렇기는 하지만 모든 일은 사람을 잘 골라야 하느니. 사람 하나를 잘못 쓰면 나라도 망하는 법이야."

"명심하겠습니다."

둘은 잠시 말없이 서로 바라보기만 하였다. 그런 중에도 서로의 눈길이 다정하다. 그 눈길은 표현할 수 없는 정이 깃들어 있었다.

"아버님, 그럼 물러가겠습니다."

"잠깐만!"

이 상선은 눈을 감고 고개를 들어 뭔가를 숙고하더니 의자(義子) 김수인 상전을 내려다보며 작은 목소리로 속삭이듯 말하였다.

"저들에게 이 말도 전하여라. 위에서 다른 지시가 있기 전까지 절대로 노포교는 다시 건들지 않는 게 좋겠노라는 말은, 뜻이 있는 것이다. 그에게는 우리가 어떤 임무를 준 바가 있는 것으로 안다, 하는 말을. 알았는가?"

"알겠습니다. 제가 귀띔하는 형식으로 말하는 게 좋지 않을까요?"

"그래, 그렇게 하는 게 좋을지도 모르지. 그렇게 해보던가."

눈은 찌긋째긋하지만 얼굴이 뽀오얀 내시는 무슨 말씀인지 잘 알겠다는 듯 씨익 웃고는 이 상선에게 공손히 절을 하고 방을 나갔다.

항슬이 정신을 차렸을 때 산협은 비갠 뒤의 쾌청을 자랑하고 있었다. 자향과 함께 숨어 있던 언덕 풀밭이었다. 송골매가 그의 얼굴을 찰싹찰싹 치고 있었다.

"이놈, 이제 정신이 들었느냐?"

정신이 덜 깬 항슬은 송골매의 고약한 얼굴과 주변을 둘러보았다. 왼쪽에 자향이 나무에 기댄 채 정신을 잃고 있고 그 옆에 아이가 있었다. 의외로 상길은 앉아 있었다. 얼굴이 약간 벌겋다. 화상은 심하지 않은 모양이었다. 아이는 자향 옆에 바짝 붙어 앉아서 송골매와 항슬을 쳐다보고 있었다. 퀭한 눈이 어리둥절한 표정이다.

오른쪽 소나무 밑에는 항슬한테 얻어맞고 중상을 입은 몽비가 누워 있고 못 보던 포졸이 그를 간호하고 있었다.

"정신이 들었느냐니까, 이놈아!"

송골매가 재차 소리를 치며 금방이라도 다시 칠듯 눈을 부라리자 항슬은 은근히 화가 솟았다. 그는 포졸의 눈을 똑바로 쳐다보며 큰소리로 말하였다.

"그래 정신이 덜 들었다! 어쩔 테요?"

"허, 이놈 봐라. 쌍놈인 주제에 배짱은 좋네."

"배짱은 무슨 배짱이요. 당신이 더럽게 나오니까 억화심정으로 큰소리치는 게지!"

"흥, 말솜씨도 있군."

"말솜씨만 있는 줄 아쇼. 당신이 쓰는 창솜씨쯤은 일 년만 공부하면 훨씬 나을 자신도 있어!"

"뭐야, 일 년만 공부하면 나보다 나을 거라고! 이 짜식이 누굴 약올려!"

불퉁이 난 송골매가 오른손으로 항슬의 왼뺨을 찰싹 후려쳤다. 항슬은 뒤로 양손이 묶여 있었으므로 몸을 제대로 가누지 못하고 오른쪽으로 휘청 쓰러지려다 겨우 바로 앉았다.

"왜, 억울하나?"

"흥, 네놈이 포졸벼슬 찼다고 더럽게 논다만 두고 보자. 내가 죽지 않으면 언젠가 이 빚을 갚아주마."

"핫하하, 네 놈이 삼개 새우젓패를 믿고 큰소리 치는가 보다만 고놈들은 이제 일망타진이야. 한 놈도 살아남지 못할걸."

"그들이 무슨 죄가 있어 죽는다고 하느냐, 포졸놈아."

"이놈이 어따대고 포졸놈이라고 해! 에잇, 이자식이!"

송골매는 이번엔 발로 항슬의 왼쪽 가슴을 세차게 박찼다. 항슬은 뒤로 넘어졌다가 다시 일어나 앉았다.

"계속 쳐라, 너 같은 피라미 포졸이 백성 죽이는 원흉인 건 내 다 안다. 더러운 포졸놈아!"

"뭐, 또 포졸놈이야! 이자식이 아직도 정신을 못 차려!"

송골매는 왼손 오른손으로 항슬의 뺨을 마구 쳤다. 항슬의 입에서 피가 튀어 송골매의 얼굴에도 불그스레 묻어났다. 그때 자향의 앙칼진 외침이 들려왔다.

"사람을 그만 쳐요! 포졸이 사람 치라고 있는 거예요! 관부에 고하면 당신도 큰코다칠 거예요!"

언제 깨었는지 자향은 항슬을 향해 앉아 있었다. 자향도 항슬처럼 두 손이 뒤로 묶여 일어나지도 못하고 이쪽을 향해 애를 태우고 있었고, 상실이는 그런 자향의 무릎에 기대어 매달리고 있었다.

"관부에 고변해? 헤헤헤, 우습군. 금방 죽을 줄은 모르는가! 관부가 니 코앞에 있는 줄 아느냐, 이 싸나운 계집아! 네년이 얼마 전까지는 양반집 따님이었던가 보다만 지금은 도타하다 붙들린 비자야, 비자! 알았어? 하하하."

"더러운 포졸놈 보게. 너 이놈, 포졸하면서 백성 죽이고 해코지하는 것만 배웠느냐, 더러운 놈아!"

항슬은 자향이 나서지 못하게 먼저 말길을 빼앗았다.

"이자식이 또 더러운 포졸놈이래. 그리고 어따 호통을 쳐!"

송골매가 다시 뺨을 치자 항슬은 넘어지지 않고 버티면서,

"그래 이놈아, 넌 더러운 포졸놈이다. 포졸 중에는 좋은 포졸도 있으니까 널 더러운 포졸놈이라고 하는 게다. 알았느냐 이 개만도 못한 더러운

포졸놈아!"

그 말에 더욱 화가 솟은 송골매가 발로 항슬을 짓이기려 하고 자향이,

"사람 좀 그만 쳐요!"

하고 소리 치는 중에 왼쪽 언덕에서 발자국 소리가 들려왔다. 송골매는 발길질을 멈추고 언덕을 바라보았고 항슬과 자향도 그쪽으로 고개를 돌렸다.

함지박귀와 이대치가 무슨 이야긴지 진지하게 나누며 내려오고 있었다. 자향이 소리쳤다.

"포교님, 저희들을 체포한 건 좋지만 왜 포졸이 가만 있는 사람을 마구 칩니까?"

자향의 외침에 함지박귀는 그녀와 항슬 그리고 송골매를 번갈아 돌아보더니,

"여봐, 송골매. 자네는 창술은 신통치 않은 자가 사람 패는 수법은 빼어난가. 그래, 그렇게 사람을 패고 싶걸랑 저자를 실컷 패서 죽여보게나. 내 말리지 않음세. 저런 자 하나 죽은들 무슨 상관일까. 안 그런가?"

그 말에 송골매는 갑자기 기가 죽어서 항슬의 옆에서 벗어나 입맛을 쩝쩝 다시며 오른쪽 소나무 아래 몽비와 포졸이 있는 곳으로 가버렸다.

"그래, 송골매. 몽비가 어떤지 좀 잘 살펴보소."

이대치가 그렇게 말해 분위기를 돌려놓고는 자향 쪽으로 다가왔다. 자향은 다가오는 등치 큰 포교를 바라보았다. 버드나무여울에서 석수한테 검을 맞고 쓰러진 포교였다. 그때 중상을 입었을 터인데 가슴에 흰 천을 두르고 다시 나타난 걸 보니 몸이 여간 좋은 게 아닌 듯싶었다.

"아가씨, 어디 다친 데는 없소?"

큰바보는 의외로 다정한 목소리로 물었다. 자향은 고개를 저었다. 사실은 다친 데가 여러 곳이었다. 송골매한테 얻어맞은 뒤통수는 밤송이가 나 있고 오른팔은 창에 스치어 생채기가 크게 나 있었다. 허리도 어떻게 결렸는지 움직일 때마다 아팠다. 그러나 포졸에게 어디가 아프다며 어리광을 피울 정도로 지각이 없는 자향은 아니었다.

"온몸이 진흙 속에서 뒹굴었구려. 말이 아니네. 양반집 아씨가."

큰바보는 그렇게 말하며 고개를 끄덕이었다. 언뜻 들으면 비아냥 같지만 그런 건 아니었다. 말 속에 애정이 있었다. 버드나무나루에서 죽이지 말라고 애를 태우던 그 마음에 답하는 작은 정인 듯하였다.

"대치, 빨리 여길 뜨세. 이곳은 역병이 돈 동네라 오래 있기가 꺼림칙하네. 비가 워낙 무섭게 와서 좀 씻겨나갔겠지만 말야. 오던 길을 한 고개만 넘으면 동네가 있으니 거기 가서 몸조리 좀 하세. 몽비를 누가 짊어져야겠군."

"그러지요. 여보게 송골매, 몽비는 어떤가?"

"아직도 정신이 몽롱한가 봅니다. 등짝을 얻어맞고 등뼈를 크게 다쳐 운신이 잘 안 됩니다."

"그럼 누가 업고 여길 빨리 뜨세."

"저놈보고 업으라고 할까요. 저가 사람을 이 모양으로 만들었으니 벌을 받아야지요."

송골매는 항슬을 턱으로 가리켰다. 큰바보는 눈쌀을 찌푸렸다.

"자네한테 박살이 나서 만신창이가 된 녀석이 어떻게 몽비를 업을 수 있겠나. 차라리 내가 업지."

그 말에 몽비를 보살피던 포졸이,

"제가 업고 가겠습니다."

씩씩하게 말하고는 몽비를 등에 업었다. 재수없게 핀잔만 받은 송골매는 포졸이 몽비를 업는 걸 도와주었다.

작은 고개를 넘어갈 때 자향은 발을 헛짚고 앞으로 넘어졌다. 이대치의 배려로 아이를 업기 위해 손이 묶인 것은 풀어주었으나 너무 지쳐 있었다.

앞으로 넘어진 자향은 상길이를 놓지 않으려고 팔을 딛지 못한 탓에 두 바퀴나 굴러 길가 풀섶에 뒹굴었다. 앞쪽에서 끌려가던 항슬은 자향이 넘어지며 내는 요란한 소리에 뒤를 돌아보았다.

자향이 길가에 쓰러졌다가 일어나려 애를 쓰고 있었다. 상길이를 업고 있는 데다 길이 미끄럽고 너무 지친 탓에 힘까지 팽겨 몸을 제대로 가누지 못하고 있었다.

항슬은 뒤로 돌아 종종걸음으로 자향이 있는 곳으로 달려갔다. 송골매가 호통쳤다.

"네 이놈, 어디를 가느냐?"

"여자를 구해주러 간다구요. 그것도 안 되오?"

아름답고 가녀린 자향이 길가에 쓰러져 있는 것에 가슴이 아픈 항슬은 자신이 범죄자로 연행중이라는 것도 개의치 않고 있었다.

"이놈아, 그 여잔 상관 말고 앞으로 가!"

송골매의 야멸찬 호통에 항슬은,

"여자 좀 구해줍시다!"

그동안 송골매에게 박박 대들던 어투를 조금 숙이고 하소연 조로 말하며 몸은 여전히 자향이 넘어져 있는 쪽으로 달려갔다. 자기의 호통에 추호도 개의치 않는 항슬이 괘씸한 송골매는,

"이놈 봐라, 말을 안 듣네!"

큰일이 난 듯 잽싸게 쫓아와 발로 항슬의 등짝을 세차게 찼다. 뒤로 손이 묶인 항슬은 뒤뚱거리다 끝내 넘어졌다.

허청허청 넘어진 곳이 바로 자향의 앞쪽이었다. 항슬은 송골매한테 얻어맞은 것은 신경을 안 쓰고 바로 앞에 보이는 자향의 얼굴을 들여다보았다. 엉거주춤 무릎을 꿇고 일어나던 자향도 항슬을 바라보았다.

두 사람의 눈이 마주쳤다. 항슬의 눈동자엔 안쓰러움과 미안함이, 자향의 눈동자엔 마음 여린 여자의 하소연이 그득하였다.

"다친 데는 없습니까?"

항슬이 일어나며 북받치는 눈물을 밀막고 물었다.

"괜찮아요. 항슬이 너무 걱정 마요."

자향은 눈동자에 담긴 감정과는 달리 태연하려 노력하고 있었다. 자향이 넘어지는 바람에 졸다 깬 상길이 놀란 눈을 크게 떠서 더욱 퀭해 보였다. 항슬은 자향이 일어나도록 어깨로 보듬어 주었다.

"애가 깼네요. 아씨, 너무 미안합니다. 이렇게 된 것 다 제 불찰입니다. 아씨, 참고 보중하세요, 네!"

"됐어요, 항슬이. 걱정 말아요. 항슬이도 용기를 내어요. 나도 힘을 낼게요."

그 말에 항슬은 감격하였다. 이 곱디곱게 자란 양반집 규중 처자가 온몸이 으깨지고 흙투성이가 되어서도 아이를 그렇게 아껴주고 용기를 추스리고 나까지 위로를 하다니! 훌륭한 여자다! 어떻게든 도와줘야 한다! 이 험난한 상황을 벗어나야 해. 아, 방법이 없을까!

그런 두 사람의 애간장 타는 사연을 알 턱 없는 송골매는 더욱 콧김을 씩씩대며 항슬의 멱살을 움켜쥐었다.

"이자식아, 앞으로 빨리 가! 이 여잔 니가 걱정할 바 아니야!"

"알았소! 가면 될 거 아니요. 여자가 쓰러졌길래 도와준 게 뭐 죄가 된단 말이요."

"이자식이 아까부터 말이 많아!"

송골매는 들고 있는 창으로 항슬의 뒤통수를 마구 쳤다. 앞쪽에서 내동 돌아가던 것을 보고 있던 함지박귀가 호통쳤다.

"그만들 해! 여자가 넘어졌으면 도와줄 수도 있는 게지. 대치 자네가 제일 뒤에 서서 여자가 잘 걷는가 돌봐주게."

상관한테 꾸지람을 들은 송골매는 약이 올랐다. 그는 항슬의 등짝을 험악하게 밀어서 제일 앞쪽에 서서 걷게 하였다.

일행의 행보가 다시 정리되었다. 두 손이 뒤로 묶인 항슬과 송골매가 맨 앞에 서서 길을 열고 그 뒤에 몽비를 업은 포졸이 서고 함지박귀 자향 이

대치 순으로 길을 재촉하였다.

모두가 비를 후줄근히 맞은 몰골들이라 마치 패잔병 같았다. 그 가운데서도 뒹굴고 터지고 깨진 항슬은 몰골이 처참을 극하였고 여러 번 구른 자향도 이쁜 얼굴까지 생채기가 나서 풀밭에서 거드모리 장사하는 들병이 모습이었다.

자향은 있는 힘을 다 내어 걷고 있었다. 다시 넘어지지 않으려 무진 애를 썼다.

엊그제만 해도 양반집 귀한 딸로 얼마나 사랑을 받으며 살았던가.

새벽 일찍 세소를 하고 나면 아버님 어머님 아침인사를 드리고 언니 동생들과 재잘거리며 즐거운 하루를 시작하였다. 아직 시집 못 간 바로 위 언니는 바느질 재미를 붙여서 조반만 끝나면 바느질 그릇을 안고 살았다. 어머니는 그런 언니는 그런 대로 놓아두고 자향에게는 책을 많이 보기를 은근히 권하는 것이었다. 그리고 틈틈이 사군자 치는 방법을 가르쳐주며 와룡동에 사는 장안 최고의 화가 집에 한번 가서 가르침을 받자고 벼르기도 하였다.

하이고, 너는 글씨만 잘 쓰는 게 아니라 어쩌면 이렇게 난을 잘 치니. 조금만 더 연찬하면 서예가가 되겠다.

어머니는 자향을 얼마나 기특해했는지 모른다. 시간이 나면 거문고 타는 법도 가르쳐주시고 이제 곧 시집을 가야 하니 음식 솜씨도 길러야 한다면서 이것저것 요리법을 알려주시곤 하였다. 그러다가 실제로 김치를 담글 때나 집안 제사가 있을 때 배울라치면 자향은 누구보다 잘 깨우쳤다. 그러면 어머니의 입이 함박만해져 다물 줄을 몰랐다. 마음속으론 아마, 내 딸은 정경부인감이야, 라고 만족하셨을 것이다. 지금 생각하니 그 생활은 신선 같은 삶이었다.

자향은 뒤에 업은 상길이가 칭얼대어 뒤를 돌아보았다. 상길이 뭐라 말을 하는데 잘 알아들을 수가 없다.

"왜, 오줌쌀래?"

"으응, 아니 아니."

"그럼 배가 고파?"

"응, 응."

"응, 상길이가 배가 고프구나. 조금만 참아라. 저기 앞에 있는 마을에 가면 밥을 얻어서 줄게."

"응, 응."

상길이는 끙끙대던 얼굴이 금방 풀어진다. 사귄 지 반나절이 채 안 되지만 상길에게 자향은 어머니 그 이상이었다.

자향은 조심조심 걸으며 뒤의 상길이와 이야기를 하다가 뒤따라오는 이대치와 눈길이 마주쳤다. 자향은 유심히 쳐다보는 이대치를 보자 멋쩍어서 쓸쓸히 웃었다. 이대치는 고개를 약간 숙이며 예를 보내는 것 같았다. 그것은 어쩌면 이대치 자신도 모르게 자연스레 나온 태도였는지 몰랐다.

이대치가 보기에 지금 자향이 모든 행동은 선녀 같았다. 이쁜 얼굴에 온통 흙범벅이었지만 그녀의 아름다움은 여전하였다. 저렇게 아름다운 여자, 용모만이 아니라 마음씨까지 고운 처자가, 이 무슨 업보란 말인가. 얼마 전까지만 해도 금지옥엽처럼 지내다 갑자기 노비가 되고 지금은 도타한 범죄자가 되어서 이렇게 진흙탕에서 포로처럼 끌려가다니.

자기를 죽이지 못하게 소리 치던 자향의 목소리가 지금도 아련하다. 포교를 죽이지 말아요. 그 사람도 크게 부상했어요. 재차 해치지는 말아요! 처자의 애틋한 외침이 지금도 귓바퀴에서 웅웅거린다.

이대치는 장안에서 명성이 자자한 사나운 포졸답지 않게 아픈 가슴앓이를 하고 있었다.

자향은 상길이를 안은 두 팔에 힘을 주어 추슬러올렸다. 아무리 비쩍 마른 아이지만 오래 업다 보니 힘에 부쳤다. 더구나 두 끼를 꼬박 굶고 있었다. 그러나 힘은 없었어도 배는 고프지 않았다. 처참한 포로의 신세는 배가 고플 여지가 없었던가 보았다. 그것은 속없는 자의 사치일 터이었다. 자향의 마음만이 아니라 몸 자체도 긴장과 슬픔과 분노에 떨고 있는지 모를 일이었다.

자향은 있는 힘을 다 내어 힘든 모양을 보이지 않으려 노력하였다.

저녁 바람이 스산하게 불어왔다. 차가운 바람은 그녀의 머리카락을 날리고 흙이 묻은 볼을 스치며 몸을 부르르 떨게 하였다. 진흙이 잔뜩 엉겨 붙은 치마가 나풀거리어 펄럭펄럭 된소리를 내고 있었다.

바람이 차갑게 부니 등에 업은 상길이의 체온이 따스하게 느껴진다.

아, 상길이를 업으니 따뜻해서 좋구나. 아이도 내 체온 때문에 아주 춥지는 않겠지. 이 어려운 속에 그나마 상길이가 있어서 좋다. 상길이를 그의 친척집에 잘 데려다 주어야 할 터인데. 상길이는 이제 자고 있나. 얼마나 배가 고플까. 그리구 애 어머니한테 약속한 것은 지켜야 하는데. 그래, 꼬옥 지켜야 하구말구.

그런 생각을 하자 자향은 힘없는 자신이 너무 안타까웠다. 비자가 되어 한평생을 살아야 할 자신이 진정으로 처량하고 불쌍하였다. 눈물이 마구 솟아올라서 앞도 잘 보이지 않는다.

각오가 새로워지면서 생각이 났다. 그들이 산골네 아래 으악새밭에 있을 때 부동이란 애가 울자 안방은 단호한 말투로 나무라지 않았던가. 쓸데없이 울지 마! 우리같이 불쌍한 사람은 용기와 오기를 갖고 살아야 한다. 울 것 없어. 운다고 언 놈이 도와줘! 우리가 힘을 내야지. 알았지?

그래, 안방이처럼 나도 용기를 내자. 힘을 내야 해. 안방이의 오기를 나도 배워야 한다. 마음을 독하게 먹고 힘을 내자구나. 불쌍한 나를 스스로 위로하고 격려해야겠다!

그들이 초가 십여 호가 웅기중기 모여 앉은 뒷골로 들어갈 때는 어둑발이 짙게 내려 십여 장 앞이 잘 보이지 않았다.

마을로 들어가는 초입에 장승이 서 있고 그 건너편에 소나무 방풍림이 있었는데 그 숲에 한 사나이가 우뚝 서서 마을로 들어가는 그들을 지켜보고 있었다.

어둑한 나무 사이에 귀신처럼 서 있는 사나이는 큰 키에 날렵한 몸매, 부리 같은 콧날, 두툼한 입술에 호랑이눈이었다. 얼굴엔 아무 표정도 담고 있지 않았으나 반짝반짝 빛나는 눈매는 패잔병 속의 두 포졸을 유심히 관찰하고 있었다. 함지박귀와 이대치의 걷는 모습에서 그들의 실력을 헤아리고 있는 것이었다.

"이 형이 본 게 확실히 자객이었을까?"

함지박귀는 아낙이 들이민 누룽지를 베어물며 이대치에게 물었다.

"확실합니다."

"그렇다면 왜 계집을 먼저 구하지 않았을까?"

"그때는 계집이 어디로 갔는지 잘 모르지 않았을까요?"

"하긴, 그럴 수도 있지. 비 오기 직전에 도착했다면 말일세. 그럼 오늘밤은 일전을 치룰 준비를 해야겠어."

큰바보는 무언가 짚이는 게 있는지 비장한 표정을 지으며 고개를 끄덕이었다. 함지박귀는 눈을 껌벅이며 생각에 잠겼다.

이제 노비추적은 끝났다. 저 아이만 문안으로 압송해 금부에 넘기면 된다. 큰바보가 본 자객은 어쩌면 이대치에 중상을 입힌 젊은 무사일 가능성이 많다. 그도 부상해 한동안 나타나지 않았는데 지금쯤은 이곳에 나타날 법하였다. 그자의 추적만 떨치면 이 며칠의 고생은 보람있게 끝날 것이다.

"한데 그자가 말이요, 몸이 정말로 빠릅디다."

큰바보가 엄숙한 얼굴을 풀며 말하였다.

"자네가 버드나무나루서 조우한 그자일까?"

"글쎄요."

"하면 이번에 앙갚음을 한번 해야겠는걸."

"그렇지요."

톡톡 소리에 이어 문이 열리고 송골매가 들여다보며 보고하였다.

"두 년놈은 단단히 묶어서 토방에 잘 안치해 놓았습니다. 우리 셋이 밖에서 화톳불을 놓고 밤을 샐까 합니다."

"그들에게 요기는 시켰는가?"

"주먹밥 하나씩 주었습니다. 잘도 먹데요, 계집애까지."

"저들도 먹어야 살겠지. 그들을 한 군데 붙여 놓지 말게. 떼어 놓게."

"알았습니다."

"아 참, 어린아이는 어떻게 했는가?"

이대치가 물었다.

"계집애가 신주단지처럼 안고 있습니다."

"그 아인 뭘 먹였나?"

"계집이 밥을 먹이던데요. 지 애새끼처럼 아낍디다요."

"맘씨가 고운 처자더라구."

이대치의 말이 송골매는 마음에 안 들었던지 뜨아한 표정을 짓고 함지박귀는 고개를 끄덕였다. 함지박귀가 말하였다.

"그 아이는 화상까지 입었던데 잠이 들면 방에 갖다 웃목에 뉘여주게."

"계집이 아이를 안 떼어 놓으려고 하던 걸요."

"여하간 그렇게 하라구. 자기 애는 아니지 않은가."

함지박귀가 역정을 내며 말하자 송골매는 마뜩지 않지만 할 수 없다는 표정을 지으며 문을 닫았다. 맘에 안 드는 천박한 포졸 녀석이 사라지자 둘은 한동안 말없이 앉아 있었다. 똑같이 오늘 밤의 기습에 대한 대비를 생각하고 있었다.

"그럼 이렇게 하세."

함지박귀는 한참을 생각한 뒤에 이대치에게 오늘 밤의 매복 방략을 논의하기 시작하였다.

44. 관포검(管鮑劍)

술이 얼큰히 취한 노린내는 걸음을 노량으로 걸었다. 밤이 살포시 남산에 내리는 것을 보며 명례골 큰 길을 걸어가고 있었다.

노린내는 오늘 하루가 바빴다. 그리고 기념비적인 날이었다.

아침에는 윤가를 만났고, 서란의 술청을 나오다 만난 김득수와 동무의 의를 맺었고, 정오가 훨씬 넘도록 술을 거나하게 들었고, 오후엔 새 동무와 함께 술을 깰 겸 종로통을 걸었다.

그중 가장 큰 역사는 오후 종로통에서 이뤄졌다.

그들이 종로 놋쇠그릇을 파는 골목을 지날 때였다. 노린내가 안쪽을 보고 고개를 늘어뜨리며 입맛을 다시자 김득수가 눈을 꿈뻑이며 물었다.

"왜 그런가. 저 안쪽에 뭐가 있는 겐가?"

"뭐가 있지."

"뭔데?"

"우리 무인들에게는 유명한 김쇠방이라는 가게가 있다네."

"무슨 가겐데?"

노린내는 잠시 서서 새 동무를 돌아보며 답하였다.

"무기를 파는 가게지."

"그래? 그거 한번 구경할 만하겠는걸."

"구경은, 그대 같은 장사치는 재미있을지 모르나 우리는 재미가 없어."

"왜 재미가 없는 겐가?"

"저 가게엔 좋은 무기가 많거든. 우리 같은 무인은 좋은 무기를 보면 갖고 싶지 않겠는가. 그러나 살 능력이 없을 때는 그 얼마나 가슴이 아프겠나."

"그래? 노 형이 사고 싶은 무기가 있는데 돈이 없어서 못 산 게 있는가?"

그 말에 노린내는 너털웃음을 웃었다.

"허허허, 여보게. 나도 무인으로 입신하고 싶은 사람일세. 무기를 보고 욕심을 안 낼 것 같은가. 이 세상엔 값 비싼 좋은 무기가 많고도 많네. 특히나 저 가게에는 말이야."

"그래? 허면 가서 하나 사지그래. 내가 동무의 의를 맺은 기념으로 무기 하나 좋은 걸로 사줌세. 그 좋지 않은가?"

그 말에 노린내는 고개를 옆으로 절레절레 흔들고는 홍인지문 쪽으로 걸어갔다. 그리고는 뒤에다 대고 말하였다.

"싫으네. 첨 사귄 동무한테 첫날부터 신세지기는 싫어."

그러나 김득수는 단번에 노린내의 팔뚝을 꽉 붙들더니 얼굴을 빤히 들여다보며 말하였다.

"여보게 동무. 그런 예의는 좋지만 우리 한번 들어가 구경이라도 하면 어떨까?"

"구경?"

"그래. 구경 좀 한들 뭐가 잘못인가? 우리 들어가서 한번 보세."

"볼 수야 있지."

"그래, 한번 보자니까. 자넨 많이 보았겠지만 난 첨이라 무척 궁금하이. 그러다 자네가 맘에 드는 것 있으면 하나 사도 되고, 영 싫으면 그만둬도 되고. 뭐 그런거 아닌가."

"하긴 그렇네."

"하긴 그런 게 뭐야. 자네도 참. 내 자넬 위해 하나 사줄 수도 있는 것 아닌가?"

"건 싫다니까."

"허허, 자네 속이 그렇게 좁은 줄 몰랐네. 좋아, 그렇게 싫다면, 나도 사줄 생각 없지. 여하튼 들어가서 구경이나 하세."

노린내는 김득수가 하도 구경하고 싶어하는 바람에 마지못해 김쇠방에 들어갔다.

주인 염가는 쉰이 가까운 장인이었다. 앉은키가 크고 얼굴이 길쭉하여 언뜻 보면 거인인 듯 느껴지는 사람이다. 그러나 그가 일어나 걷는 것을 보면 희한하게 짧은 그의 하체에 모든 사람이 눈을 동그랗게 뜨기 마련이었다.

노린내의 얼굴을 보자 염가는 대번에 알아보고 아는 체를 하였으나 왠지 얼굴이 어두웠다. 둘이 이것저것 벽에 걸려 있는 무기를 보고 있는데 염가가 혼잣말처럼 물었다.

"그 단검 때문에 오시었소?"

노린내는 '그 단검' 때문에 온 건 아니었으나 답하지 않을 수 없었다.

"건 아니오. 그냥 구경하러 왔소다. 한데 단검이 저 선반에 걸려 있더니 오늘은 안 보이오그려. 팔렸소?"

"그 단검은 팔지 않기로 하였지요."

노인은 고개를 숙이며 왠지 미안하다는 표정을 지었다. 노린내는 이상한 생각이 들었다.

"무슨 말씀이오. 장인이, 만든 검을 안 팔고 그럼 무엇하겠다는 게요?"

"그럴 사연이 있습니다."

둘이 나누는 말에 김득수는 귀를 쫑긋하며 듣고 있었다. 뭔가 궁금하고 재미가 있다.

"사연이 무업니까?"

이번엔 김득수가 물었다. 염가는 고개도 들지 않고 만지고 있던 칼집을 손질하며 대꾸하였다.

"그 검을 얼마 전 팔았는데 사간 무인이 그 다음날 칼을 맞고 죽었습니다."

"……."

"며칠 뒤 한 포교가 그 검을 가져왔더군요. 그분 하는 말이 이 단검은 주인이 죽는 불길한 무기인데 이런 무기를 어찌 팔 수 있느냐고 다그치질 않습니까. 황당하였습지요. 저야 예리한 무기를 만들려고 노력합니다만 흉기를 만들자는 건 아니잖습니까."

염가는 손질하던 칼집을 옆에 세워 놓고 허리를 펴며 노린내를 반듯이 바라보았다. 억울하다는 표정보다는 무언가 곤혹스럽다는 얼굴이었다.

"그 포교는 나이가 듬직한 분으로 한두 번 뵌 적이 있는데 무기를 잘 알아보는 사람이었던가 봅니다. 제가 말했지요. 저는 그런 전제(前提)는 모릅니다, 하구요. 전제란 말 아시지요. 어느 무기를 만들었을 때 이 무기는 앞으로 무슨 일을 겪을 것이다, 아니면 무슨 일을 겪어야만 제 구실을 하게 된다, 하는 미신 같고 예언적인 말 말입니다."

"전제 얘기는 들었습니다만, 그런 무기가 진짜 있는 겁니까?"

노린내가 물었다.

"물론 있구말구요. 허나 제가 그것을 겪을 줄은 상상도 못하였습니다. 그 단검이 첫 경험입지요. 그 포교님이 그런 전제를 어떻게 알았는지는 모르겠습니다만은."

"그래서 어떻게 하였소?"

장인 염가는 한숨을 한 번 푹 쉬고는,

"포교님께 사과하였습지요. 제가 만들긴 했지만 전제가 있는 검인 줄은 몰랐습니다, 하고요. 그래서 검값을 돌려주고 검은 다시 받았습니다. 했더니 사람값을 쳐야 한다고 두 배를 내라 해서 두 배로 갚았습니다요."

"사람값을 치다니요?"

"전제가 있는 무기가 장인한테 돌아오면 원래 무기값의 두 배 세 배로 쳐주고 되받는 게 원칙이랍니다. 그렇지 않으면 장인이 화를 입는다는 속신이 있습지요. 그걸 사람값을 치른다고 합니다."

김득수는 들을수록 재미가 있었다. 그러나 장인은 얼굴이 어둑하고 노린내는 엄숙한 표정을 짓고 있었다.

"그래서 검을 안 보이는 곳에 치워놓았소?"

노린내가 물었다.

"네. 안에 들여 놓았는데, 봐서 땅에 묻을까 합니다."

"땅에 묻다니요?"

"전제가 있는 검은 녹이거나 부숴뜨려서는 안 된답니다. 그러다가는 장인이 화를 입는다는 거죠."

"그게 무슨 말이요?"

"그것은요, 검을 하나의 인격 대우를 하는 거지요. 특히나 전제가 있는 검은 뭔가가 있다. 그런 검을 함부로 부숴뜨리는 자체가 사람을 죽이는 거와 마찬가지다. 함부로 다뤄서는 안 된다. 그래서 사람들이 찾을 수 없는 땅에 묻는 게 원칙인데 거기엔 복선도 있습지요."

"복선이? 복선은 뭐요?"

"옛날 유명한 검들이 세월 흐른 뒤에 땅에서 발굴되지 않습디까요. 그런 칼들도 다 그런 전제 때문에 땅 속에 묻은 거ㄱ 수십 년, 수백 년, 이니면 수천 년 지난 뒤 다시 햇빛을 보게 되는 것입지요. 그 칼이 진정 명검일 때는 장인의 이름도 후세에 남게 되구요."

"그런 이야기는 들은 것 같소."

"그러문요. 중국서 유명한 거궐검과 용천검이 다 그런 역사를 지니고 있지 않습니까. 뭐 제 단검이야 그런 검과 비견될 바는 못 되지만 말입니다."

"그렇다면 아깝구료, 검이 좋아보이던데. 사실 전제가 붙은 검이라면 명검이니까 그렇겠지요."

장인 염가는 노린내의 명검이라는 평에 기분이 좋아졌는지 고개를 끄덕끄덕한다. 은은한 미소가 얼굴에 번진다. 이윽고 뭔가 생각난 듯이 말하였다.

"한데 그 포교님이 이런 말을 합디다. 저 검은 무사할 수가 하나 있는데 그건 금방 사귄 동무가 사서 동무한테 선물로 주면 동티가 붙지 않고 전제도 사라진다는 거였어요."

그 말에 노린내와 김득수는 동시에 서로를 바라봤다. 이건 뭐야. 저 장인이 우리 사이를 알고 하는 소린가. 아니면 넘겨짚은 건가. 이렇게 공교로울 수가 있을까. 지어낸 것 같잖아. 그렇지 않다면 우리가 금방 동무된 게 정말로 무슨 인연이 있는 거든가.

둘이 한동안 쳐다보며 어리병한 모습을 보이자, 장인이 물었다.

"두 분은 왜 그러십니까?"

김득수가 떠듬거리는 투로 답하였다.

"우리가 바로 금방 사귄 동무요."

"뭐요?"

장인은 놀란 듯 눈을 동그랗게 뜨고 둘을 번갈아 쳐다보았다.

"정말이시오?"

"정말이고말고."

김득수는 여전히 노린내를 쳐다보며 대답하고는,

"그 검을 좀 봅시다."

단호하게 말하였다.

염가는 좀 황당하다는 표정을 지으며 앉아 있던 모퉁이 안쪽의 큰 서랍을 열고 상자 하나를 꺼냈다. 갈색 윤이 반질반질한 상자를 열자 파아란 단검이 드러난다. 장인은 검을 들어 검집에서 단검을 쓰으 뽑아들었다. 시퍼런 칼날이 확 눈에 들어왔다.

이상한 말을 들어서인지 김득수의 눈에 단검은 보기만 해도 으스스하고 차가운 기를 뿜어내는, 명검이었다.

"좋은 검 같구료. 나야 문외한이라 잘은 모르지만 말입니다."

"만드는 데 여섯 달이나 걸린 검입지요. 한번 쥐어보시겠습니까?"

장인의 말에 김득수는 단검을 받아들었다. 오른손에 꽉 쥐고 눈 높이에 치켜들고 관찰하였다. 가까이서 보니 검날이 두 뼘밖에 안 되었으나 뿜어내는 섬광이 섬찟하다. 파아란 한기가 검에서 뿌옇게 뿜어나오는 것만 같다. 머리카락 한올이라도 검 위에 내려 앉으면 싹둑 잘려나갈 것만 같다.

노린내는 시종 말없이 단검만을 응시하고 있었다. 그의 눈길에 검을 갖고 싶어하는 열정이 욕구가 유월의 태양처럼 빛나고 있었다.

주천화후의 높은 경지는 단검을 쓰면 더욱 효력이 좋을 겁니다. 화후의 힘은 접근전에서 빛을 발할 테니까요.

새된 정염의 목소리가 노린내의 귓청을 때리고 있었다. 어제 용호비결을 설파하던 정염이 그런 말을 했을 때, 노린내는 이 단검을 떠올렸다. 그래. 염가의 가게에 갈 때마다 갖고 싶었던 단검, 그 단검을 정염이 말하고 있는 걸까.

그러나 쉰 냥이나 달라는 이 단검을 그가 살 수 없는 건 말해 무엇하랴.

"값이 얼마요?"

김득수가 물었다.

"백오십 냥이요."

장인 염가는 아무렇지도 않게 대답했다.

"뭐요? 백오십 냥?"

노린내는 자기도 모르게 놀라 물었다.

"그렇습니다."

"원래 쉰 냥이라 하지 않았소?"

"그랬었지요."

"근데 백오십 냥은 무슨 뚱딴지요?"

백오십 냥이라면 어지간한 초가집 한 채 값이었다.

"이 검에 전제가 붙었다 하지 않았습니까. 제가 이 검을 판 값의 두배인 백 냥에 돌려받았습니다. 그 포교 말씀이 만에 하나 팔 경우가 생기면 그 값에 사람값을 하나 더 얹어 팔으라 하더이다. 그래야 파는 사람 사는 사람 둘 다 동티가 안 난데요. 그러니 자연히 백오십 냥이 되지 않겠습니까?"

"흐으웅!"

노린내는 염가를 노려보았다. 그러나 염가는 노린내의 사나운 눈초리는 아랑곳하지 않고 검을 김득수한테 빼앗다시피 돌려받아서는 검집에 넣는다. 상자를 다시 서랍에 넣으려 하였다.

김득수가 왼손을 흔들며 염가를 말렸다.

"잠깐 잠깐. 누가 안 산다 하였소?"

염가는 김득수를 바라보다가 눈길을 노린내에게 돌리고는 시큰둥하게 말하였다.

"이 검으로 장사할 생각은 없습니다. 저는 전제 때문에 노심초사할 뿐이요. 노 포교님의 눈초리와 그 열정을 보면 이 검을 그냥도 드리고 싶소이다. 허나 그럴 수 없는 게 지금 사정이요."

"알았소, 알았소. 내 그 검을 사리다. 여기 돈이 있소. 받으시오."

김득수는 괴춤의 주머니에서 전표 하나를 꺼내 활짝 펴서는 장인에게 디밀었다.

"이백 냥짜리 전표요. 내 수결도 들어 있소. 오십 냥을 내주면 될 것이요."

염가는 전표를 뚫어지게 살피더니,

"전표는 확실하군요. 하지만 이렇게 큰 거스름돈이 없는데요. 내일 다시 오시면 거스름돈을 준비했다가 검과 함께 드리리다."

"그럴 거 뭐 있소. 전표는 받으시고 오십 냥 보관증만 한 장 써주시오. 내일 와서 받아가리다. 그리고 검일랑 일루 주시구."

염가는 전표를 챙기고는 검상자를 김득수에게 주었다. 한지 한 장을 꺼내 현금보관증을 쓰기 시작하였다.

검상자를 받아든 김득수는 얼굴을 근엄하게 고치고는 노린내를 쳐다보았다.

"여보게 동무. 자네와 나는 뭔가 확실히 인연이 있어 만났는가 보이. 그렇지 않은가. 이 단검도 우리와 인연이 있어 전제라는 게 생긴 것 같구. 그렇지?"

노린내는 한동안 대꾸없이 김득수만을 바라보았다. 눈을 끔뻑끔뻑하고 있는 품새가 무언가 생각을 하고 있는 듯한데 쉬이 입을 떼지 않는다. 김득수가 들고 있던 검상자를 노린내에게 내밀었다.

"노 형, 이 검은 자네에게 인연이 있는 것 같아. 그치? 자, 검을 받게."

노린내는 김득수가 내미는 검상자를 한동안 물끄러미 바라보다가,

"득수, 그대 말이 맞는 것 같기도 하구, 아닌 것도 같고. 지금 판단이 잘 서지 않네만 그대가 이처럼 나를 위해 큰 돈을 서슴없이 내는 것을 보니 내 안 받을 수가 없구려. 감동하였네, 처음 만난 동무한테 이렇게 깊은 정을 표하다니. 한데…… 나는 지금 이상한 생각이 나네."

"무슨 생각이?"

"우리의 인연이 이 검처럼 무서운 것이 되지 않을까 하는 생각이 드는 거야."

"에이, 여보게. 너무 걱정하지 말게. 나는 인생이란 긍정적으로 생각하면 만사 긍정적으로 풀린다고 생각하는 사람일세. 이 장인이 전제라고 이야기하는 자체도 나는 별로 믿어지지 않아. 오히려 우리의 인연이 이 검으로 하여 더욱 돈독하고 공고해지리라는 믿음이 생기는구만그래. 우리 항상 적극적으로 밝게 생각하며 사세. 자, 검을 받으시게!"

노린내는 근엄한 얼굴로 검 상자를 받아들었다. 그러나 그 근엄한 얼굴 속에는 무한한 기쁨이 서려 있었다. 그렇게 원하던 명검을 얻은 기쁨이.

노린내는 어두워지는 길 앞쪽을 내다보았다. 사람들이 분주하게 지나가고 있었다.

포교 시절에는 녹미도 변변히 나오지 않고 일도 일 같지 않던 직장이 그렇게 못마땅할 수 없었다. 그러나 경복궁서 도망나온 이 며칠, 그는 사소해보이던 그 직장이 얼마나 귀중하고 고마웠는지 뼈저리게 느꼈다. 주머

니는 찬 바람이 스치고 갈 곳은 없고 동무도 만나자니 그렇고, 자신의 신세를 생각하면 할수록 쓸쓸하였다.

한데 오늘 우연히 만난 김득수로 해서 쓸쓸했던 이 세상이 완전히 뒤바뀌고 있었다.

이것은 무엇일까. 꿈은 아니고 무슨 이상한 일의 전조는 아닐까. 노린내는 김득수와는 달리 그렇게 좋다가도 자꾸만 나쁜 생각도 함께 나는 것이었다.

그들은 검을 산 뒤 김득수를 위해 한동안 무기들을 구경하였다. 한데 김쇠방을 나올 때 장인이 한 말이 왠지 기분이 나빴다.

"아, 두 분!"

염가는 가게를 나오는 두 사람을 불러세웠다.

"무슨 일이 또 있소?"

김득수가 묻자,

"아닙니다. 무슨 일은 아니고. 그 포교란 분이 이런 말을 하였습니다. 새 동무가 검을 사주면 전제는 발동치 않는데, 단 하나, 두 사람의 정의가 깨어지면 전제가 또 발동할지 모른다. 그 경우엔 두 분 다 전제에 저촉될 터이니 그 점을 알려드려야 한다, 하였습니다. 아시었지요?"

"그야, 걱정 마오. 우리는 영원히 돈독한 동무로 살기로 하였으니까."

만사 긍정적인 김득수는 그렇게 수월수월 응대하고는 가게를 나왔다.

그때의 김득수 모습은 지금 생각해도 단순하고 쾌활한 사내였다. 그런 사내를 동무로 삼은 게 행운이라면 행운일 것이었다. 노린내는 김득수 생각을 하자 자기도 모르게 기분이 좋아진다.

한데 김득수 얼굴 뒤에 이번에는 홍서란의 생글거리는 얼굴이 나타나는 것이었다.

어제 처음으로 몸을 섞은 여자. 수박 내음만이 아니라 마음까지도 사람을 싱그럽게 해주는 여자. 그녀의 미끈하고 정열정인 몸은 정말 환상적이었다. 마누라하곤 그 격이 달랐다.

아, 여자란 바로 이런 것인가. 마누라의 여체가 이 세상 색(色)의 전부가 아니라는 것을 절감하였다. 맞아, 여자란, 아름다운 여체의 달콤함이란 별도로 있는 거였어. 마누라갖고는 안 되는 거구말구. 정말루, 그렇게 환상적인 세상은 처음이었다.

여기가 얼마나 아파요? 서란은 노린내가 꿀물을 시원히 들고 자리에 다시 눕자 상처 부위를 살살 만지며 물었다.

약간은 아파. 움직이지 않아도요? 움직이지 않으면 괜찮구. 그럼 포교님과 사랑은 할 수 없겠네. 그녀는 실망한 표정으로 그렇게 말하고 그의 옆에 살그머니 눕는다. 서란은 누워서도 눈을 치뜨며 새신랑을 보듯 올려본다. 수줍은 표정이 정을 던진다.

노린내는 그런 서란이 귀엽고 미안해 그녀의 목덜미를 안았다. 서란은 은은한 미소를 띠며 가까이 하기만 해도 좋은 숨결을 노린내의 얼굴에 들이댄다. 얼굴과 얼굴이 맞닿을 듯 가까워졌다.

둘은 한동안 그렇게 숨결을 서로 보내고 웃으며 쳐다보았다. 서란이 먼저 빨간 입술을 노린내의 어깻죽지에 댄다. 마치 그녀의 여린 입술로 노린내의 몸 전체를 합문하듯이.

그 순간 노린내는 짜릿함에 온몸이 전율했다. 옷 위를 더듬는 여자의 입술이 그렇게 좋을 줄은 미처 몰랐다.

노린내의 가슴이 갑자기 부풀어올랐다. 그리고, 아! 싱그러운 수박 내음. 그리고 사랑하고픈 아름다운 여인의 진한 열정!

두 내음이 동시에 엄습해오자 노린내는 서란을 더욱 힘차게 껴안으며 두툼한 자기 입술을 그녀의 입술에 포개었다.

그대는 어쩌면 이렇게 내음이 좋소? 제 내음이요? 포교님 말씀이 저한테 수박 냄새가 난다면서요. 수박 내음이지. 하지만 지금은 그보다 더 찐한 향내가 나오. 무슨 향내인데요? 풋풋한 수박 냄새에 사랑 냄새가 섞여서 나오.

그 말에 서란은 얼굴이 붉어지며 물었다. 사랑 냄새는 무언데요? 글쎄. 달콤한 꿀 냄샐까, 아니 화한 박하 냄샐까, 아니면 어려서 그렇게 좋아하던 진달래의 새큼한 냄샐까. 하지만 거기에 제 냄새가 함께 섞여서 난다면서요. 섞여지면 그 냄새가 다르겠지요?

그렇게 서란이 말하며 몸을 옆으로 돌릴 때 노린내는 물론 다르지 다르고말고, 하면서 오른손을 서란의 적삼 속에 밀어넣었다. 서란은 순간 숨을 크게 들이키고 노린내의 손은 봉긋하고도 무르익은 젖무덤을 더듬는다.

서란의 아름다운 유방은 부드러우면서도 탄력이 있었다. 우악스런 손으로 조심스레 두 무덤 사이를 오가자 서란은 끄응 소리를 내며 노린내의 왼팔에 밀착했다. 서란의 탄력있는 몸이 노린내의 아래를 압박해왔다.

가슴이 풋풋해지고 아래쪽이 뿌듯해온다. 뭉툭해지는 중심에 뭔가가 따뜻하게 다가온다. 서란의 부드러운 손이 노린내의 그것을 살그머니 잡아준 것이다. 여인의 과감한 동작에 노린내는 잠시 놀랐으나 달콤한 사랑 분위기에 모든 게 환희속으로 가라앉는 것만 같다.

환희와 흥분이 두 사람을 한몸으로 만들어가고 있었다. 노린내는 서란을 꼭 껴안는 동시 오른손이 여인의 두 다리 사이로 미끌어져 들어갔다. 따뜻한 우물이 그를 받아준다.

한데 그렇게 좋은 순간 노린내는 으윽, 비명과 함께 다시 평평히 눕고 말았다.

아프셔요? 제가 상처를 건드렸나요? 서란이 묻고, 으응 좀 아프군. 많이 아픈가 봐? 아니 조금이야. 많이 아프지요? 아니 조그음. 아니야 많이 아프신가 봐. 그러면요, 포교님은 가만히 계셔요. 제가 움직일게.

서란은 그렇게 말하고 노린내의 옷을 살금살금 벗기고 자기 옷도 사르르 벗고 노린내의 위로 부드럽게 올라가는 것이었다.

지금 생각해도 서란은 아름다웠다. 남자 위에 올라가서도 하는 그 행위가 어쩌면 그렇게 아름답고 우아한지. 기교를 떠나서 움직임 하나 표정 하나가 마냥 어여쁘고 사랑스러웠다. 정열과 음탕함이 우아함과 조화되리라고는 한 번도 생각해본 적이 없었다. 그러나 서란은 음탕과 우아함을 정말로 잘도 조화시키고 있었다.

그 아름다운 기교에, 노린내의 몸은 환희와 함께 무너졌다. 달콤한 여체 속에 분해되었다. 분해된 몸은 다시 정열로 똘똘 뭉치더니 희열과 절정을 넘어 끝내는 폭발해갔다.

노린내에 있어 그런 세상은 한 번도 없었다. 그렇게 아름다운 여체도 다시 없을 것이었다.

서란이 생각을 하자 노린내는 기분이 너무 좋아진다. 주변에 지나가는 사람들까지도 다 좋아 보인다. 사람이란 참 간사하군! 노린내는 그런 자신이 우스웠다.

그렇게 좋은 여자가 낭군도 없이 홀로 살고, 장바닥에서 술청을 열어 생계를 유지해야 하다니! 나에게 뭔가 능력이 생긴다면 그녀를 행복하게 해주리라.

낮에 홍가주막을 나올 때 서란은 김득수 모르게 속삭였다.

"오늘 밤에도 어디 가지 마시고 우리집에 오셔요. 알았지요?"

그 말을 들을 때는 그래 그래, 건성으로 응대했으나 지금 생각하니 그 속삭임이 그렇게 고마웁고 좋을 수가 없다. 득수도 멋진 동무지만 서란은 정말 좋은 여자야. 맞았어, 오늘도 서란의 집에 꼭 가야지.

성명방에서 주자동을 지나면 이현이고, 거기서 고개를 넘어서면 교서관동 명례동으로 이어진다. 명례동에서 조금만 가면 삼거리가 나오는데 왼켠이 난장동 서란이 집으로 가는 길이다.

삼거리에서 왼쪽으로 돌아서려는 순간, 노린내는 보았다. 어디서 본듯한 얼굴이 번개같이 스쳐지나가는 것을.

어, 저건 누구지? 낯이 익은 사람이다. 잠깐만! 아니, 이 사람이 어디로 갔나? 금방 없어졌다. 발걸음이 이렇게 잽쌀 수가 있나? 아니지. 발걸음이 이렇게 빠를 수는 없다! 나를 피해 사라진 것이다.

행인이 많지도 않았다. 그 사이로 눈에 익은 얼굴은 사라져버렸다. 노린내는 두리번거리며 왼쪽으로 돌리던 발걸음을 되쳐, 오던 길과 앞쪽을 재빠르게 살폈다. 오던 길에는 그런 얼굴이 없고 앞쪽으로 사라진 게 분명하였다.

노린내는 타락동으로 가는 반듯한 앞쪽 길을 내다보았다. 네댓 사람의 뒷모습과 이쪽을 향해 오는 두세 사람의 얼굴이 보였다. 두세 사람 속에는 아는 얼굴이 없고 네댓 사람의 뒷 모습, 그 앞에 눈에 익은 얼굴이 있을 터이었다.

노린내는 그들을 따라잡기 위해 타락동 쪽으로 잽싸게 걸었다. 열 장 가까이 간 네거리서 그들을 거의 동시에 따라잡았다. 두 사람이 오른쪽 장악원 가는 길로 방향을 틀었다. 옆모습이 보였다. 둘 다 아니다. 두 사람은 계속 직진하고 한 사람이 서쪽 남산동 가는 길로 꺾었다. 서쪽으로 가는 사람이 방향을 틀었는데도 옆 얼굴이 잘 보이지 않았다.

어, 저 사람이 수상하다. 얼굴을 왜 숙이고 오른쪽으로 돌려서 나를 피하는 건가? 노린내는 발걸음을 재촉해 그 사내 뒤를 바짝 쫓아갔다. 가까이 가서 사내를 살펴보았다. 급한 발소리를 들었던지 사내는 갑자기 고개를 돌려 노린내를 쳐다본다. 삼십대 중년으로 생판 모르는 자였다.

이런, 아니잖은가. 그러면 직진해서 호현동으로 가는 사람 중에 있다. 노린내는 후딱 발걸음을 돌려 길을 왼편으로 돌았다. 두 사람이 그쪽으로 가고 있었는데 한 사람밖에 없다. 어, 한 사람이 사라졌네.

하지만 노린내는 발을 재게 걸어 나머지 한 사람을 가까이서 살펴보았다. 아니었다. 오십대의 수구레한 노인이었다.

노린내는 걸음을 멈추고 사방을 둘러보았다. 다시 저쪽과 이쪽에서 여러 사람이 오가고 있었지만 눈에 익은 사람은 없다.

이런 빌어먹을. 한다하는 포교가 이 따위 어설픈 추적으로 사람을 놓치다니! 어이가 없었다. 자신에게 화가 났다. 으이그 밥통 같으니라구. 그런 사람 하나 잡아내지 못하고 무슨 놈의 포교라고. 그동안 마음속으로나마 빼어나다고 으스댄 자신이 부끄러웠다. 향기포교 좋아하네. 냄새 좀 잘 맡으면 대순가. 아니, 그 순간 그 사나이의 냄새나 맡아놓을 거지.

한참 자책하며 멍청히 서 있던 노린내는 이제 어쩔 수 없다는 생각에 발길을 돌려 난장동 서란의 집으로 향했다.

그래, 그까짓 거 언뜻 본 얼굴이 익으면 익었지 그게 뭐 대단한 일이냐. 잊어버리면 그만, 잊어버리자! 오늘, 좋은 친구 만나 이 좋은 선물 받았잖은가.

노린내는 가슴에 안고 있는 단검 상자를 퉁퉁 쳐 봤다.

기분이 좋았다. 이러면 됐지. 세상이 별 거냐.

그러고 보니 그 사이에 알딸딸하던 술이 거의 깨었다. 정신이 맑아지자 생각도 순리를 찾았다. 머리가 맑아지자 생각이 명철해진다.

그 얼굴이 익은 자는 혹 미행자가 아닐까. 얼굴을 한두 번 정도 본 미행자? 그럴 것 같았다.

거기까지 생각이 미치자 서란의 집으로 가는 길이 영 불편해졌다. 오늘 서란의 집으로 갔다가 우리 두 사람의 관계가 알려지면 결과는 서란만 괴롭힘을 주는 게 아닌가.

노린내는 그런 생각에 골똘하다 자기도 모르게 길을 돌아 호현동 쪽으로 방향을 틀었다. 차라리 비워 놓은 우리집으로 가자. 거기 몰래 들어가 쉬는 게 상책이다. 도망간 집에 다시 들어가 의젓하게 몸을 숨기는 허허실실, 그게 오히려 좋지.

거기까지 생각하자 노린내는 아까의 낭패를 조금은 만회한 기분이 들어 빙긋 웃기까지 하였다.

그렇게 마음먹고 걸어가다 보니 마음까지도 편안해졌다. 에라 모르겠다. 미행할려면 해보아라, 이놈들아! 니들이 나를 죽이기밖에 더 하겠느냐. 허지만 날 죽이려면 애 좀 먹어야 할걸. 정염이 알려준 용호비결에 우리 동무가 만나자마자 선물한 이 명검, 이 무서운 단검까지 있다. 이놈들아!

노린내는 단검 상자를 통통 손으로 치며 즐거워하였다. 그래, 이놈만 있으면 셋이 아니라 열은 너끈히 해낼 수 있지. 더구나 정염이 알려준 수단지도의 호흡법을 잘 이용하면 두 배 세 배의 효과도 낼 수 있고. 정말로 보라구! 내 무술 실력이 어느 정도인지 말이야! 울분을 삭이며 연마한 내 무술 실력을 말이야!

그런 배포로 기분이 좋아서 싱글벙글하다 보니 마음이 느긋해졌다. 여유로운 마음으로 호현동을 거의 벗어나고 있을 때 노린내는 자신도 모르게 갑자기 길가에 우뚝 섰다.

뭔가 이상한 감이 머리를 스쳐 지나고 있었다. 이상하다, 이상해. 그는 혼자 중얼거리다 어두워지고 있는 저녁하늘을 올려다보았다. 희미한 하늘 위에 스치고 지나가는 얼굴, 아까 문득 본 얼굴이 되살아 나왔다.

어, 저건. 그 얼굴이다. 궁궐 안에서 보았던 얼굴. 내시 장시후!

아까 그 눈에 익은 얼굴은 장시후였다. 장시후였어! 주초위왕을 꿀물에 타서 잎새에 새긴 연지라는 궁녀를 숨겨주었던 상경 장시후. 그가 방금 전바로 내 앞을 스쳐지나간 것이다.

장시후와 연지는 당연히 죽임을 당하였으리라 생각하고 있었는데 장시후는 죽지 않고 살아 있는 것이다. 장시후가 살아 있다면 연지도 살아 있을까? 그렇겠구나!

노린내는 밤 하늘을 다시 쳐다보았다. 밤 하늘에는 장시후 얼굴에 연지 얼굴까지 겹쳐서 떴다.

저들은 아무 죄 없는 사람들이다. 저들은 더러운 사화의 희생물일 뿐이다. 한데 나는 저들을 적시해내었고 죽음으로까지 내몰았다. 아무 죄 없는 사람을 보호해주기는커녕 날카롭게 잡아낸 것이다. 냄새도사 향기포교인 나, 노동팔이가. 대단한 일을 했어! 빌어먹을!

함지박귀의 말이 생각났다. 이번 사화는 양반들 특히 문관들끼리의 권력싸움이요 우리는 불쌍하게도 그들 권력쟁탈의 발톱에 불과하지!

향기포교라고 자부하는 내가 그런 발톱 노릇을 근사하게 해서 두 젊은 남녀를 죽음으로 내몰았는데, 장시후는 죽지 않고 살아 있다. 피를 뿌리며 죽는 꿈을 꾼 때문에 나는 무정하게도 저들이 죽었다는 죽어야 한다는 생각을 하고 있었다. 그 잘못된 생각을 통렬히 꾸짖듯이 장시후는 내 앞에 나타났고 나를 비웃으며 사라졌다!

밤 하늘의 어둑한 허공에는 두 젊은 남녀의 얼굴이 수이 사라지지 않은 채 출렁이며 노린내의 부끄러운 마음을 흔들어대고 있었다.

의금부 지사 심정은 아까부터 계속 왕비의 눈치를 보았다. 저녁 늦게 부른 게 심상치 않아 무슨 연유인지 왕비의 심기를 살피는 것이었다.

아름다운 얼굴이 조금은 피곤해 보인다. 최근에는 밤마다 대감마마가 다른 궁인의 방에 들지 못하게 극성을 떤다는 왕비이다. 반일에디 궁중의 삽사에 친군위 일까지 온갖 것을 신경쓰려니 피곤할 법도 하지.

심정은 그렇게 왕비를 살피며 눈치를 보는 자신이 스스로 우스웠다. 이 나이, 이 벼슬에 왕비의 비위를 살펴야 하는 자신이 조금은 부끄러웠던 것이다.

심정은 조심스럽게 입을 열었다.

"그리고 한 말씀 올릴 게 있사옵니다."

"무슨 말씀이시온지요."

왕비는 아까부터 심정이 무슨 말을 하고 싶어하는 것을 눈치채고 있었다. 여느 때 같으면 빨리 자리를 뜨고자 하던 심정이 뭔가 뭉기적거리며 눈치를 보는 게 훤히 보였던 것이다.

"다름 아니오라, 지난번 말씀하셨던 노 포교의 건 말입니다."

"아, 그 일이 있었지요. 어떻게 처리가 되었는지요."

"일이 좀 이상하게 꼬였나이다."

"꼬이다니요."

"그 노 포교를 알아본 즉슨, 상당히 깨끗하고 능력 또한 출중한 자였습니다. 문제가 있다면 너무 고집이 세고 외골수 인간이다, 하는 것이었습니다. 그래서 그자를 유심히 관찰키로 하였는데, 아니 이자가 궁궐을 나간 직후 처자를 어딘가로 빼돌리고 집에는 아무도 없질 않겠습니까."

"도망친 게로군요."

"그러하옵니다. 자연히 우리 조직은 긴장하지 않을 수 없었습니다."

"왜 가족을 딴 데로 빼돌렸나요?"

왕비는 눈꼬리를 살짝 올린다. 뭔가 기분이 나쁘거나 속심을 굴릴 때의 버릇이었다.

"저희들도 그게 수상쩍어 그의 주변을 샅샅이 조사해보았는데도, 도통 잡히는 게 없었습니다."

"아니, 저들이 몸을 숨기면 얼마나 깊숙이 숨기겠습니까."

"물론 저희들도 그렇게 생각하였습니다. 허나 그의 친척 인척 친한 동무 가까운 주변인물까지 죄 훑었는데도 노 포교와 아낙은 잡히지가 않았습니다."

"애들은요?"

"애들은 외가에 가 있었습니다. 그야 어린아이들 셋이라 아무 상관이 없는 일인 거구요."

"허면 노 포교 일은 간단한 게 아니겠군요. 그자의 심기가 깊은 걸 보니 뭔가 큰 사단이 날 수도 있겠습니다."

"바로 그렇사옵니다. 그래서 특수 포교를 풀었습니다."

왕비의 눈꼬리가 좀더 올라갔다. 심정은 그런 왕비의 안색을 살피며 더욱 말을 골랐다.

"역시 특수 포교들은 달라서 그자를 단골술집에서 찾아내었습니다. 그리고 그 뒤를 쫓았는데 초저녁에 난장동 어름 삼거리에서 충돌이 있었다 하옵니다."

"아니, 충돌이라니요?"

"우리 아이들은 금부의 장이 보자고 한다며 동행을 요구하였는데 노 포교라는 자는 느닷없이 덤벼들어 숨겨 갖고 있던 비수로 포교 셋을 버혔습니다."

심정은 피아의 충돌 상황에 들어가자 말을 왜곡하기 시작하였다. 그들 셋은 포교가 아닌 살수였고 노린내가 기습한 것은 맞는 말이나 살수들이 먼저 죽이려한 사실은 숨기고 있었다.

"그래서요?"

심정이 잠시 말을 끊자 왕비가 재촉하였다.

"저희 애들 셋 중 하나는 그 자리서 즉사하고 하나는 반신불수가 되고 하나는 중상을 입었습니다. 물론 그자는 흔적도 없이 사라졌습지요."

"아니, 그런 일이 있을 수 있습니까?"

"지의금부사인 저노 가슴이 떨리는 사태이옵니다."

이제 심정은 왕비를 격동시키는 수법을 쓰고 있었다.

"흥, 노 포교놈! 내가 벼슬도 올리고 행하도 넉넉히 내려주었거늘 무어가 부족하여 그런 반역행위를 하는고!"

왕비의 이쁜 입술이 부르르 떨리다가 꼭 다물어졌다. 눈은 뱁새눈처럼 가늘어졌다. 그녀는 일개 포교가 살수 셋과 싸웠다는 비정상적인 상황은 하나도 염두에 두지 않고 있었다.

"헌데 그 일은 그렇다 해도 그 다음에 또 한 고민이 있나이다."

"무슨 고민이신가요?"

심정은 대답을 빨리 하지 않았다. 잠시 바닥을 내려다보며 고개를 들지 않는다. 상감이나 왕비를 궁금하고 갑갑하게 하는 대신들의 상용 수법이다. 그러면 임금이나 왕비는 성질이 급해져서 필히 다그치기 마련이다. 그때 노련한 신하는 마지못한 듯 말씀을 이쁘게 개어올리는 것이다. 그러면 신하의 행동은 조심스럽다는 평을 받게 되고 올리는 말은 충언이 된다.

"무슨 고민이신가요. 빨리 말씀하시지요!"

역시 왕비도 그 농락에 떨어진다.

"네네, 다름 아니라, 그런 노 포교를 두둔하는 사람이 있어 신은 당혹스러운 것이옵니다."

"아니, 누가 노 포교란 자를 두둔한다는 말씀입니까?"

"말씀드리기가 거북하오나……."

거기까지 말한 심정은 또 말을 느렸다. 왕비는 더 채근하지는 않고 노려보듯 말을 기다렸다. 심정은 더욱 머리를 조아리며 말을 이었다.

"내시부에서 이런 전갈이 신한테 왔나이다. 위에서 특별한 지시가 있기 전에는 절대로 노 포교를 건드리지 말라. 한 오라기도 건들지 말라 하는 말이었습니다. 신은 그 말이 이해가 되지 않아 이렇게 마마께 말씀올리는 바입니다."

"그게 무슨 말이십니까? 궁궐에서 나가자마자 가족을 어딘가로 몰래 피신시킨 자가 무슨 짓을 할려는지 알 수 없는 판에 그런 자를 한 오라기도 건드리지 말라. 그렇게 두둔하는 이유가 무엇인가요?"

"위에서 특별한 지시가 있을 때까지는 그냥 놓아두라 하였습니다."

"위가 누구를 지칭하는 겁니까?

드디어 말의 골자에 들어섰다. 친군위를 통어하는 책임자가 누구인가. 바로 왕비, 즉 내가 아니고 그 누구란 말인가. 한데 내시부, 즉 내시감 이처현 상선은 위의 특별한 지시가 있을 때까지는 노 포교를 건드리지 말라 하였다고? 내가 알아서 심정 대감에게 지시를 하고 있거늘, 위라니? 그 위는 누구를 지칭하는 것인가?

사소한 듯 보이는 이 말 몇 마디는 왕비와 대전마마, 즉 임금과의 힘겨루기를 만들어내고 있었다. 아니 그 중간에 낀 이 상선과의 힘겨루기인지도 모를 일이었다. 그렇다면 왕비의 입장에서 심정의 돋우는 말은 도저히 받아들일 수 없는 것이었다.

왕비는 이처현의 얼굴을 떠올렸다. 뽀오얗고 길쭉하고 곧은 얼굴. 입 언저리가 단정한 고집이 센 모습. 그 이처현 상선은 이렇게 말하고 있었다.

중전마마께서 친군위의 통어자이시긴 해도 대전마마도 계시옵니다. 소신은 대전마마의 말씀도 어렵사오니 통촉해주시옵소서.

이 상선은 그렇게 미묘한 말로 나를 곤혹하게 할 것이 틀림없지. 허나!

왕비는 숨을 깊이 들여마셨다. 가슴속의 혈기를 고르고는 차가웁게 말하였다.

"심 대감님의 말씀을 내 잘 알아들었습니다. 이 상선을 들라 해서 이야기를 하리다. 저가 궁궐의 운영을 총괄하는 내시감이긴 해도 그 모든 것이 내 말을 들어야 하는 사람이거늘, 어찌 감히 심 대감을 통해 그런 말을 할 수 있으리오."

심정은 속으로 옳다구나 하였다. 그러나 은근히 겁도 났다. 이 상선이 고끼운 탓에 말은 벌려 놓았으나 뒷탈이 없어야 할 것이었다. 하지만, 일이 끝까지 잘 되어 나갈지, 어떤 변환이 있을지 그것은 사실 자신이 없었다.

그래도 이 떳떳한 조신이 환관의 충고를 들을 수는 없지 않은가. 환관이 날뛰면 조정이, 나라가 망하지 않던가. 나라를 위해 일어선 이 몸, 일은 떳떳이 해야 할 것이었다.

심정은 두려운 마음을 지우기 위해 딴에 충신론을 펴면서 자신을 북돋우며 허튼 위로를 했다. 이렇게 약삭빠른 심정이 자기 속셈만 차리고 더 대답이 없자 왕비가 드디어 속내 있는 말을 한다.

"내 심 대감께 부탁할 게 하나 있소이다."

"왕비마마, 말씀만 내리시옵소서."

심정은 속으로 얼씨구나 했다. 드디어 본론이 아니 왕비한테 아부할 좋은 건덕지가 나오는 것이었다.

　정엽 도령은 잠이 질겼다. 아무리 흔들어도 응, 응, 대답만 하고 일어날 줄을 몰랐다. 노린내는 그런 정엽을 마구 깨우기가 미안해서,

　"그만두구려. 나도 한 소금 자고 나서 대면하면 되니까."

하고 말리는데 이완은 누구에게라고 할 것 없이 중얼거렸다.

　"모든 게 빼어난 양반이 잠 하나는 질기게 자요. 초저녁에 무슨 잠을 이렇게 깊이 잔단 말이요. 포교님, 사결이 뭐라 한 줄 아세오?"

　"무슨 말을 했는데?"

　"허참 우스워요. 머리 좋은 사람은 잠을 많이 잔다나요. 옛날 신라 적에 이두를 만든 설총이 잠을 많이 잤고, 고려 적에는 해동공자 최충이 잠귀신이었고, 조선으로 들어와서는 신숙주가 잠대장이었답니다. 그래서 자기도 천재 소리를 들을려면 잠을 많이 자야 한다나."

　"허허, 그거 재미있군. 잠 잘잔다고 손꼽힌 양반이 모두 천재로 소문난 분들이니 그럼 우리같이 잠이 없는 사람은 둔재다, 이건가."

　"글쎄 말이요. 그리고 한다는 소리가 잠을 많이 자는 게 그냥 자는 게냐. 우리 같은 천재는 잠을 자며 필히 꿈을 꾼다. 꿈속에는 또 하나의 세상이 있다. 남가일몽이란 게 있지 않느냐. 그것이 그냥 허무한 꿈이냐. 꿈일망정 그 속에서 아내도 얻고 애도 낳고 출세도 하고 세상 경험도 하지 않더냐. 그게 어디냐. 다 겪고 배우는 것이다. 내가 어린 나이에 그림도 잘 그리고 단련비법도 창안하고 의술도 터득하고 있는 게 다 꿈속에서 배운 바 있기 때문이 아니겠느냐, 하는 겁니다."

　"호오, 그 말도 일리가 있네. 재미도 있구."

　"그럼 포교님도 꿈을 꾸며 많은 것을 배운 경험이 있습니까?"

　"에이, 무슨 말을. 난 그런 거 없네. 그냥 재미있다, 이거지."

　"어릴 때도 잠이 없었습니까."

"어릴 때 잠 많지 않은 사람이 어디 있는가."

"글쎄 말이요."

둘이서 말속에 뼈를 심고 가시를 돋우며 이렇게 받고 채는데,

"잠자는 사람을 옆에 두고 폄하는 건 없을 때 욕하는 것보다는 좀 낫지라. 나같이 잠은 많으나 잠귀 밝은 사람은 죄 들을 수가 있으니까."

정염은 두 사람의 이야기를 다 들었다는 듯이 한마디 하며 일어나 앉았다.

"다 들었는가?"

노린내가 묻자,

"그러문요. 그나저나 노 포교님, 이제는 가족을 단취해도 될 성싶습니까?"

그 말에 노린내는 진지한 얼굴로 돌아와 고개를 외로 쳤다.

"그게 잘 안 되고 있는 데다 묘한 것을 알게 돼, 우리 도령한테 자문하러 왔네."

"저같이 경험없는 어린아이한테 무슨 자문할 일이 있습니까?"

"무슨 소린가. 사결은 나의 무술 스승이잖은가?"

"하하하, 스승 대접을 깍듯이 해주니 그것 기분이 좋다. 그래 요즘 내가 창안한 비법을 연마하여 보았는가?"

정염은 스승 흉내를 내며 반말로 말하였다. 그러나 노린내는 자연스레 그 말을 받는다.

"현관비결타초식을 거의 연마하였는데 그것을 실제에 반영할 때 잘 안된단 말입니다. 운용 비결이 따로 있을 것 같은데 그걸 좀 교시해주시오."

"그러니까, 칼을 쓸 때에 그 초식을 운용하겠다 이것인가."

"그렇소이다."

"으흠, 그때는 현관비결타초식에 대한 기억을 뇌리에서 싹 지우고 자신의 기를 오로지 칼에 담게. 그리하여 자연스레 수단지도의 비법이 검법 속

에서 어우러져 나와야 하는 게야."

"그럴려면 그 초식이 아주 원숙한 경지에 가 있어야 가능할 것 아닙니까?"

"물론이지. 매일 수단지도를 연마하여 자기의 몸속에 저절로 융해되도록 해야 하느니라. 세상에 거저 되는 일이 어디 있겠는가."

"알겠나이다. 허나 새벽에 권법을 연마할 때 타초식을 염두에 두고 시전해보았더니 효과가 좋았거든."

"핫핫하, 그것 그럴싸하다. 하지만 그건 눈앞의 이득을 버리지 못하는 중수가 하는 짓이라."

"그래도 아주 효과가 좋아서 앞으로는 그 권법을 북창권법이라 부를까 하는 생각도 했소이다."

"북창권법? 핫핫하, 조오치. 허나 무릇 검의 고수가 되려면 수단지도는 기의 최상승 속에 놓아야 하는 법. 검술의 극치는 항상 저 멀리에 있기 마련이다."

"알겠습니다. 스승님."

이완이 보니 두 사람은 정말로 스승과 제자처럼 무술 비법에 대해 이야기를 나누고 있는 것이었다. 참 별일도 다 있다는 생각에 끝내 참지 못하고 한마디 끼어들었다.

"아니, 두 분은 정말로 스승과 제자 같네요?"

이완의 비꼬는 말에 정염은 하나도 이상한 표정을 짓지 않고 근엄하게 대꾸한다.

"완이, 무술에서는 가르치는 자는 스승이고 배우는 자는 제자인 게야. 자네는 그 간단한 원리를 이해하지 못하는가?"

정염의 점잖은 말에 노린내는 고개를 끄덕끄덕하고는,

"옳은 말씀, 옳은 말씀!"

혼자 중얼거리고는 비법을 연신 외워보고 있었다.

그러나 이완은 두 사람이 노는 게 그래도 가소로워서 한마디 더 던진다.

"그래 그래, 좋은 스승과 착한 제자일세. 두 양반이 사제지간인지 장유유선지 여하튼 경치가 보기 좋수다!"

그 말에 정엽은 싱긋 웃고는 노린내에게 말하였다.

"자, 그럼 무술 교시는 끝내고 인생 자문으로 들어갑시다. 무슨 일이 또 있었습니까?"

말씨가 대번 바뀌어 준준대말을 쓰기 시작하였다.

비법을 외워보던 노린내는 눈을 뜸과 동시 천장을 쳐다보며 혼잣말처럼 말하였다.

"요즘 내가 뭔가 자꾸 떠오르는 영감 속에 헤매었네. 뭔가 잡힐 듯 잡힐 듯 한데 잡히지가 않았거든."

"지금은 잡힙니까?"

"딱 하나. 하나는 감을 잡았어."

"그게 뭔데요?"

노린내는 눈을 정엽의 눈동사와 맞추었다. 그리고는 그 영리한 눈동자를 들여다보며 입을 열었다.

"조금 전에 난장동을 가다가 보았네."

"뭐를요?"

"사람을."

"누구를요?"

"장시후."

"장시후?"

"얘기했잖은가. 주초위왕을 새긴 연지라는 무수리를 숨겨준 내시가 있었다고."

"아차, 그렇지. 잘생기고 삽삽했던 환관 아이 말이군요."

"아이는 아니구, 내시 풋내기라구 했지. 하여간 그 내시의 눈동자를 보았네."

"언뜻 눈동자만 보았고 사람은 놓쳤다는 뜻일세."

"그렇치! 역시 잠꾸러기 천재는 다르군."

"핫핫하, 노련한 노 포교가 장시후를 놓치고 우리한테 부끄러우니까, 말을 돌리는군요."

"잘도 아는군. 사실 부끄러운 일이지. 그녀석을 놓쳤단 말일세."

"어떻게 놓쳤수?"

"그게, 좀 소홀히 한 탓이야."

노린내는 장시후를 놓치고 미행자를 걱정하며 호현동 길을 지나다 어두운 하늘에서 본 장시후 얼굴을 이야기해주었다.

"그 얼굴을 생각해내고 뭔가를 느꼈단 말씀이군요."

"그렇지. 영감이 마구 떠오르데. 저들이 나를 미행하는 이유를 알겠더군. 미행자의 그 배후는 나만을 노리는 게 아니고 그 장시후, 그 배후에 있을 연지를 노리는 거다 이거였네. 어때, 맞는 추리 같지?"

정염은 영리한 눈을 떼굴떼굴 굴렸다.

"그러면 노 포교가 이처현 대감을 만나려는 생각은 틀린 것은 아니었소. 이 상선과 노 포교는 저들이 볼 때 한통속인 게구, 그래서 저들은 노 포교를 통해 연지라는 애의 향방을 쫓고 있는 거구."

"그러네. 연지를 이 상선이 안 죽인 걸 저들이 알고 그것 땜에 불안해 그 애를 추적하고 있는 거지."

"그럼, 친군위에도 파벌과 내분이 있는 거군요."

"맞았네."

"허면 거기서 더 나아가 생각해야 할 게 있지 않습니까?"

"뭔데 그게?"

"이 상선은 쉬이 노 포교와 만날 수 없는 상황인 게요."

"건 왜?"

"이 상선같이 머리 좋은 사람이 이런 상황을 모르겠습니까. 젤 잘 알겠니다. 지금, 노 포교를 노리는 자들이 누구일까? 그걸 확연히 아는 사람은 아마 이 상선 한 사람뿐일 게요."

"그걸 어떻게 알았는가? 그렇담 외려 더 이 상선을 만나야겠는데."

"그러니까, 이 상선은 노 포교를 만날 수 없다 이겁니다. 이해가 안 갑니까. 저들은 노 포교가 이 상선과 접선하는 걸 기다리고 있는 겁니다."

"몰래 만나면 될 거 아닌가."

"몰래가 어디 있어요? 구중궁궐이 구중인 만큼 감시도 구중으로 할 거 아니요. 향기포교가 그것도 생각이 못 미치우?"

"그렇다고 해도 저들은 나를 완전 미행을 못하고 있을걸. 오늘 저녁만 해도 내 호현동 길에서 귀신같이 빙글 돌아 이 집에 아무도 모르게 들어왔네. 이렇게 은밀하게 행동해서 궁궐을 들어가면 되지 않겠는가."

"허, 참. 갑갑하군요. 노 포교는 궁궐 안에 들어가는 순간, 저들의 눈과 귀에 훤히 띄게 되어 있소. 그러니 길은 하나지."

정염은 양반다리로 고쳐 앉고는 신묘한 웃음을 지으며 노린내를 바라보았다.

하긴 사결의 말이 맞을 것이었다. 미행도 열두 시진 하루 종일 할 수는 없는 일. 두세 군데 그물을 치고 추적 대상이 걸려드는 걸 기다리는 수법을 우리들도 많이 써왔지 않은가. 지금은 내가 그들의 눈과 귀 속에서 벗어나 있지만 궁궐을 들어가는 순간 나의 일거수일투족은 모두 저들의 관찰하에 들어가리라.

"하나의 길이 뭔가?"

노린내는 정염의 비상한 머리를 인정하는지라 수단지도의 스승만이 아니라 자문에서도 어른대접을 해주고 있었다.

정염이 거드름을 피우면서 말하였다.

"이 상선이 연지와 장시후를 빼돌렸을 때에는 나름대로의 조직이 있을 게요."

"그거야 그러네. 나와 연락한 윤가도 있고 명례방의 안침술집도 있고, 내가 알지 못하는 다른 조직도 있을 게구."

"맞았어요. 그러니까 이 상선의 조직은 무섭다, 하는 이야깁니다."

"그래서 하나의 길은 무어냐니까."

"노 포교가 미행자, 아니 친군위의 자객한테서 목숨을 건질려면 저 단단한 이 상선의 조직으로 들어가버리던가……."

"……."

"아니면 그 연지와 장시후를 없애버리던가."

"뭐야? 내가 왜 걔들을 죽여?"

"누가 죽이라고 하였습니까. 그런 방법이 있다 이거지요."

거기까지 말한 두 사람은 서로를 살피듯 쳐다보았다. 정염은 느물거리며 노린내의 어리벙한 태도를 즐기고, 노린내는 정염이 던진 말귀를 좀더 알아내려 노력하고 있었다.

한동안 헤매던 노린내의 눈동자에 반짝하는 빛이 스치고 지나갔다.

"그렇군. 도령 생각은 친군위가 나를 노리는 것은 어느 면 이 상선이 만든 함정일 수도 있다, 이거군."

"바로 그거요. 생각을 해내시네. 좀 더 부연해드리까?"

"해보아!"

"이 상선은 연지와 장시후 처결 책임자로 노 포교를 궁 밖에 특파한 것처럼 꾸몄을 것이다, 이거지요."

"그럼 이 상선은 장시후와 연지는 살리고자 하고 나는 죽어도 좋다는 그런 심뽄가?"

"하하하, 노 포교님. 인제 제대로 감을 잡는군요."

노린내는 갑자기 분기가 머리 꼭두로 치솟았다. 정염이 이녀석이 추리해낸 게 농담만은 아니다. 맞는 소리야. 그래, 내가 너무 안일했어. 그러고 보니 윤가란 놈이 하는 행동이 모두가 수상하지 않던가. 그까짓 비밀표신

하나 회수하러 나를 찾아온 것부터 그랬고, 무슨 일이 있는 양 나를 계속 만나주구, 뭔가 복선이 있었던 거다.

"그나저나 노 포교는 이 상선에게 무슨 이야길 하실 참이었소?"

그 말에 노린내는 고개를 숙이고 입은 여덟 팔자로 꽉 다물었다. 잠시 뭔가를 골똘히 생각하다가,

"첨에는 어디 아무 데라도 포교 벼슬을 다시 붙여달라고 부탁하려 했네."

"이제는 맘이 변했겠네요."

"물론이지."

"어떻게 변하였수?"

"아직은 어리병해. 뭔가 마음의 정리가 안 되었어."

"그러시겠지요. 마음이 정리되면 다시 의논하십시다."

정엽은 이번엔 삽삽하게 웃는다. 요 천재도령은 확실히 기인이야. 나를 깨우쳐주기도 하고 놀려먹기도 하고, 아니 날 훈련시키고 있는 셈이기도 하지.

그 생각을 하자 노린내는 치솟았던 분기가 외려 가라앉으며 묘한 오기가 이는 것이었다.

세상은 한 놈도 믿을 자가 없다. 그 싸늘한 왕비, 너그러워 뵈던 이 상선, 연락책인 윤가 녀석까지. 이들 모두 나의 적이면 적이었지 동지는 아니다!

노린내는 뒤늦게 발동 걸린 자기의 의문이 어느 면 부끄럽고 우스웠다. 그는 속으로 허허하게 웃었다.

"아니, 노 포교. 뭣 때문에 징글맞게 웃으시우?"

정엽의 재미있어 하는 반응에 노린내는 심드렁해하며 방구석에 내려놓은 단검 상자를 끌어당겼다.

"사결이, 이것 좀 보게."

"그게 뭡니까?"

"검이네. 단검이야."

노린내는 상자에서 검을 꺼내어 쓰윽 검집에서 뽑아들었다. 시퍼런 칼날이 가슴이 떨릴 정도로 섬칫하고 뿜어나오는 한기는 방안 전체를 차가웁게 만들었다.

"좋은 단검이군요."

정염이 대번에 감탄하고 완이는 놀라 입을 벌렸다.

"좋아보이는가?"

"네, 명검인데요."

"그걸 어찌 아는가?"

노린내가 기분좋게 묻자 정염은 가까이 다가 앉으며 고개를 빼어 검을 유심히 살핀다. 한동안 눈을 가슴츠레히 뜨고 검을 관찰하던 정염이,

"명검은 보는 순간 사람에게 느낌을 줍니다. 검이 말을 한다고 할까요. 노 포교도 처음 이 검을 보고 어떤 느낌을 받으셨겠지요. 저는 이 검을 보는 순간 깊은 감회가 와닿는데요."

"감회? 무슨 감횐데?"

"으음, 그대여 용천검을 사용함에 평생토록 국사의 은혜를 잊지 말지어다, 중국 당나라 전기(錢起)의 의기 넘치는 시가 내 뇌리를 스치는데요."

"시가 뇌리를 스쳐?"

"그러문요. 왜 이상합니까?"

"이상하지."

노린내는 정염이 엉뚱하게 나오는 게, 요 녀석 또 장난을 치는구나 하는 투고, 정염은 역시 무식한 무인은 우리 같은 빼어난 문인의 감성을 이해하지 못해, 한탄하는 표정이다.

정염이 말하였다.

"노 포교는 무술은 높아도 감수성은 깊질 못하시군요. 이 단검은 지상에

서는 말과 소를 자르고 물에서는 고니와 기러기를 자르는 평범한 무기같이 보이지만 뭐라 표현 못할 괴이한 힘을 지니고 있어 뵙니다. 그로 볼진데 이 검은 틀림없는 명검이오. 노 포교는 이 검을 어디서 나시었소?"

"사결이는 정말 감흥도 좋군. 이 검이 사연이 있네."

노린내는 김쇠방에서 있은 일을 들려주었다. 특히 전제에 대해서는 장인이 말한 어투까지 살려가며 자세히 설명하였다. 이야기를 다 들은 정염은,

"전제라, 하긴 무사들이 칼을 처음 벼려서 그 칼이 살기가 넘칠 때는 사람 서넛을 죽여 피를 바친다고 합디다. 그러면 살기가 진정이 되어 주인한테 해를 끼치지 않는다는 것이죠."

"그런 이야기는 나도 들은 바 있네. 전제와는 조금 다르지."

"전제와 일맥상통하는 것 아닙니까."

"그야 그렇지. 그건 그렇고, 내가 부탁하고 싶은 것은 사결이, 이 검의 이름을 하나 지어달라는 걸세."

"검의 이름이 없습니까? 이렇게 좋은 검에 이름이 없어서야 쓰나요."

"그냥 짓는 게 아니고 이 검이 지닌 살기를 눅어뜨리는 이름을 하나 지어주게."

그 말에 정염은 고개를 끄덕이었다. 눈을 끔벅끔벅하며 천장을 본다. 노린내는 그런 정염을 기대 어린 눈초리로 바라본다.

이윽고 정염이 눈을 노린내에게 주면서 입을 열었다.

"좋은 이름이 하나 생각났습니다. 노 포교가 맘에 드실지 모르겠습니다."

"무언데?"

"관포검요."

"관포검?"

"네. 중국 춘추시대에 제나라의 재상으로 유명하였던 관중과 포숙아의

고사를 아시지 않습니까. 관포지교* 말이요."

"알고 있지."

"그들의 뜨거운 우정은 후세에 길이 칭송되고 있지 않습니까. 이 단검이 동무간의 우정만 변하지 않는다면 전제가 발동하지 않는다니까, 두 분의 우정이 영원하라고 관포검(管鮑劍)이라 짓는 게 어떨까 해서 말입니다."

"그 좋네. 그럼 검 이름을 관포검이라 하세."

노린내는 새동무 김득수 생각을 하며 대번에 만족해하였다.

45. 자객

어제 오후에 내린 소나기가 하늘을 청량하게 만들었던지 대지는 맑고 시원하였다. 약간 이즈러진 달이 비추는 계곡 사이로 냇물이 졸졸졸 흐르고 있었다. 물 흐르는 소리가 좋아서 천지는 더욱 아름다워 보였다.

삼경. 바람 소리가 더욱 차갑게 들리는 시각. 사나이는 계곡에서 나와 마을로 스멀스멀 기어들었다. 저녁때 마을 입구 방풍림 숲에 서 있던 사나이였다.

위 아래 새까만 야행복을 입고 있었다. 승냥이처럼 날렵한 어깨를 잔뜩 구부려 아까와는 달리 키가 아주 작아보였다. 언뜻 보아 맨손인 듯하나 왼쪽 어깨춤에 단검을 숨기고 있었다. 살쾡이처럼 발소리가 나지 않는다.

숲에서 나와 사방을 살피고 마을 앞쪽 둘째 초가에 다가가기까지 한 식경. 사나이는 나팔꽃이 초밤에 꽃잎을 여는 속도보다도 더 느렸다. 그림자는 울바자 밑으로 몸을 사렸다.

관포지교 管鮑之交 중국 춘추시대 제나라 재상 관중과 포숙아의 친구간의 뜨거운 우정을 일컫는 말.

아까까지 화톳불을 켜고 밤을 지샐 듯하던 포졸 셋 중에 둘은 토방으로 잠자러 들어갔는지 없고 아래턱에 수염이 텁수룩한 포졸 하나이 꺼져가는 불 옆에서 고개를 끄덕이고 있었다. 보초번은 벌써 졸고 있는 듯했다.

그러나 야행인은 쉽사리 움직이지 않는다. 야행인은 눈빛까지 죽이며 사방의 호흡을 청취하고 있었다. 화톳불 옆에 하나, 토방 입구 안쪽에 하나, 토방에 셋, 토방 뒷문에 하나, 안방에 둘.

작은 집치고는 사람이 많다. 아까는 포교와 포졸이 넷이었는데 그 사이 한두 명이 더 합류한 모양이었다.

숨소리로 보아 포교와 포졸은 모두 다섯. 아까 뒤로 묶여 끌려가던 남녀 둘은 토방 안에 있을 터이고, 아이는 어디 있는지 알 수가 없다.

야행인은 조용히 숨을 고르며 눈을 감았다. 감지되는 살기는 두 군데. 경계해야 하는 고수는 안방과 토방 뒤쪽. 이 정도라면 아무것도 아니다. 단검을 네댓 번만 휘두르면 끝낼 수 있다.

그러나, 야행인은 씁쓸하게 웃었다. 웃는다기보다는 저들 포교들을 비웃는 것일까.

다시 강냉이 하나 먹을 시간이 지났다. 야행인은 고양이보다도 소리없이 화톳불에 다가가 있었다. 전광석화 같은 순간, 오른손이 포졸의 뒷덜미를 짧게 쳤다. 포졸은 찍소리도 내지 못하고 옆으로 무너졌다. 야행인은 포졸의 턱 아래 혈도를 다시 한 번 찍어 눌렀다. 포졸의 눈은 놀라 크게 떠지고 몸둥이는 꿈틀하고 다리를 쭉 뻗으며 정신을 잃는다. 보초번은 졸지 않고 있었다.

야행인은 토방 끝머리 문을 살그머니 열고 안으로 번개처럼 들어갔다.

"윽!"

비명이 끝나기도 전에 다시,

"챙그렁!"

하는 소리가 나고 검은 핏줄기가 토방을 빗금쳤다. 눈동자 두 개가 그를 바라보고 있었다. 맑은 눈동자. 야행인은 어느 결에 눈동자에 다가가 묶인 포승을 풀었다.

맑은 눈동자, 자향이 속삭였다.

"석수예요?"

야행인은 말할 새가 없다. 은빛을 토하는 단검이 토방 뒤쪽을 그어가며 그림자는 옆으로 흐른다. 순간 자향은 그가 고개를 끄덕였다고 생각하였다. 석수임에 틀림없었다. 일말의 기대, 혹 석수가 우리를 구하러 오지 않을까 하는 희망이 이렇게 현실로 다가올 줄은 그녀도 생각지 못하였다.

"항슬이 저 끝에 있어요."

자향의 속삭임이 끝나기도 전에 항슬은 포승이 풀린 것을 느꼈다. 그리고 앞으로 스쳐가는 검은 그림자,

"빨리!"

라는 소리와 앞문을 가리키는 손짓, 동시에 정지 쪽 문이 열리고 얼음 같은 찬바람이 토방으로 밀려왔다. 챙그렁, 윽, 풀석, 하는 소리가 들렸는가, 검은 그림자는 정지의 뒷문을 차고 나갔다. 항슬은 반대로 앞쪽 문으로 박차고 나갔다. 자향은 항슬을 따라나가다가 작은 소리로 더듬었다.

"아이, 아이요. 상길이 어디 있지요?"

"아씨, 그 앤 잊어요. 빨리 나와요!"

"아이를 버리고 가면 걘 죽어요. 항슬이 그 앨 찾아줘요."

"빨리 나오세요!"

항슬은 급히 쫓아들어와 자향의 손을 잡고 재차 앞문 쪽으로 뛰쳐나갔다. 뒤에서 챙그렁, 쿵, 하는 소리가 연신 들리고 둘은 정신없이 달렸다. 정확히 말해 둘이 달린 게 아니고 항슬이 달리고 자향은 끌려갔다.

시원한 밤공기, 긴장, 숨막히는 달림, 쫓아오는 듯한 바람 소리, 멀어지는 듯 금세 들리지 않는 칼부림 소리.

항슬은 보았다. 야행인의 무서운 칼부림을. 그것은 어제 낮에 송골매가

펼치던 창술하고는 현현하게 먼 경지, 범인이 보아도 차원이 다른 검풍이었다.

기습적인 야행인의 검세는 항슬이 졸던 눈을 떴을 때 이미 토방의 두 사람을 그어서 보내고 있었고 뒷문에서 들어오려는 이대치를 밀막았으며 안방에서 벼락처럼 쳐오는 함지박귀를 횡으로 긋고 있었다.

옆집 세 채의 초가를 한참 벗어난 뒤에야 항슬은 싸리나무숲으로 들어갔다. 숲을 백여 보쯤 달렸다. 그들은 관목이 우거진 숲에 주저앉아 숨을 골랐다. 나무와 풀이 많아서인지 대기가 차다. 이슬이 벌써 내리고 있었다.

"석수가 괜찮을까요? 포졸들이 많은데."

자향이 항슬의 귓바퀴에서 속삭였다.

"석수가 아니요."

항슬은 낮으막히 대답하고는 목을 뽑아 마을을 응시하였다.

"석수가 아니어요? 그럼 누구죠."

"몰라요."

"정말이어요?"

"석수라면 내 단번에 알아보지요. 그는 분명 석수가 아닙니다. 검술 솜씨도 석수보다 월등한 사람이었어요. 갑시다."

항슬은 자향의 대답도 듣지 않고 그녀의 팔을 붙들고 마을의 반대 방향인 산 쪽으로 올랐다. 자향은 여자답게 헉헉대며 뒤를 따랐다.

석수가 아니면 그럼 누구란 말인가. 누가 우리를 도와준단 말인가. 지난번처럼 착호사 진 영감이? 그러나 '빨리!' 라고 소리 치던 그 목소리는 젊은이의 것이었다. 그리고 상길이는 어떻게 되었을까. 포졸이 애가 왜 이리 시푸르둥둥하냐며 방으로 데려갔으니 보살펴주겠지. 그 애 어머니가 부탁한 대로 친척 집에 데려다 주어야 하는 건데. 하지만 세상엔 불가항력이 있고 지금은 어쩌면 그보다 더한 상황일 터이었다.

작은 언덕을 넘자 움집 같은 게 나타났다. 둘이 주춤거리며 주변을 살피고 있을 때,

"이쪽으로!"

하는 소리가 들렸다. 아까 그 야행인이었다. 어떻게 왔을까. 야행인은 아까부터 거기 있었던 듯 오연히 서 있었다.

둘은 무춤무춤 소리나는 곳으로 다가갔다. 야행인은 큰 나무 사이에 우뚝 서 있었다. 소리내어 부르지 않았으면 알아볼 수 없을 터였다. 사나이는 잠시 둘을 살피고는 컬컬한 목소리로 말하였다.

"여기서 서쪽 둔지산으로 가는 게 제일 좋을 것이오. 포청이 그대들을 잡고 나서 이 부근에 펼쳤던 천라지망을 풀었소. 따라서 저들이 당신들을 놓치고 다시 천라지망을 펼치기 전에 멀리 가야 하오."

"서쪽으로만 가면 둔지산이 나옵니까?"

항슬이 물었다. 사나이는 고개를 갸웃하더니 대답하였다.

"반듯이 가면. 한데 그곳은 길이 없는데…… 거기엔 도와줄 동료라도 있소?"

"없습니다. 우리 동료는 두모포에서 만나기로 하였습니다."

항슬은 비밀스런 이야기까지 했다. 자향은 그 말에 어떻게 반응하는지 사나이를 유심히 살폈다. 어두운 탓에 사나이의 얼굴 윤곽을 그릴 수가 없고 반응도 크게 드러나지 않았다. 자향이 과감히 물었다.

"은인께서는 누구신지요. 저희들을 구해준 은혜 어찌 갚아야 할지 모르겠습니다."

사나이는 아까부터 자향을 주시하고 있었다. 무뚝뚝하게 대꾸한다.

"나는 은인이 아니오. 누구의 부탁을 받아 그대들을 구해주었을 뿐이오."

"그분이 누구신지요?"

"알려드릴 수 없소."

"우리가 은인을 배반하겠습니까. 그분의 고귀한 성함을 듣고 싶나이다."

"언젠가 알게 될 날이 있겠지요. 빨리들 가시오. 혹, 추적자가 있을지 모르니 이곳은 잠시 내가 지키고 있으리다."

야행인은 항슬과 자향을 다시 한 번 뜯어보고는 뒤로 돌아 오른쪽 능선으로 걸어갔다. 천천히 걷는 것 같았는데 사나이는 금방 안전에서 사라졌다. 자향은 뭔가 더 물어야겠다고 생각하면서도 입이 열리지 않았다. 그 사이 사나이는 가버리고 없었다.

함지박귀는 왼손에 칼을 세워들고 마루에 앉아 있었다. 무슨 큰 결심을 하려는 무인의 모습이었다. 정말로, 함지박귀로서는 뭔가 중대결심을 내려야 할 때이기도 하였다.

평생 이런 낭패는 처음이었다. 천신만고 끝에 붙잡은 계집을 하룻밤만에 놓치다니. 그것도 예견됐고 함정까지 파고 기다리던 자객의 손에.

자객이 그처럼 비범하리라고는 생각하지 못했다 힘 좋은 이데치에 창을 곧잘 쓰는 송골매 그리고 자신까지 한다하는 포교들 아닌가. 조선을 풍미한다는 추적조가 이렇게 허망하게 당하다니.

그렇게 무시무시한 자객이 조선 천지에 있다는 것 자체가 놀라울 뿐이었다. 약간 큰 키에 날렵한 몸매, 번개 같은 칼 솜씨. 몸이 빠른 송골매가 단칼에 허리를 베인 것만 보아도 무서운 검수임에 틀림없었다.

장안의 오위영에도 그렇게 칼이 능란한 자는 없을 터이었다. 친군위에는 그런 실력자를 몇 사람 꼽을 수 있겠지만, 그 여타에 저런 무인이 있다니. 하긴 기습하는 자의 입장이 훨씬 유리하므로 엉겁결에 당하는 쪽은 한 수 아래의 결과를 가져올 수는 있다. 그렇다 하여도 이번 결과는 참혹하였다. 사직을 해야 할지 모른다. 이제 내 포졸 생활도 다 끝나는 건가.

헐렁한 시골 포졸복을 걸친 사나이가 다가와 꿉벅 인사하고는 보고를 하였다.

"대충 다 정리를 하였습니다. 중상을 입은 송골매도 목숨엔 지장이 없겠습니다. 사람이 안 죽은 게 천행입니다. 부상자는 죄 응급조치를 하였습니다. 저희 마을도 별도로 보고를 하여야 할까요. 병방 말씀은 포교께서 이곳 일은 아마 죄 알아 처리하리라 하더이다만."

"그렇소. 이곳 처리만 하고 포청에 올리는 관문은 내가 직접 문안에 보내겠소. 사람이 죽지는 않았으니까."

"두모포까지는 애들을 다 내보냈는데 더 이상 애들은 없어서 좀 그렇습니다."

"좋습니다. 더 필요한 인원은 문안서 땡겨 쓰리다."

둘이 이렇게 힘없는 말들을 나누고 있을 때, 무사복을 걸친 풍력이 있어 보이는 사나이가 싸리문 안으로 들어왔다. 노린내는 그를 보자마자 깜짝 놀라 부리나케 일어나 맞으러 나갔다.

"어려운 행차를 하시었습니다."

함지박귀가 깊숙이 허리를 숙이자 사나이는 고개를 까딱하고는 마루로 가서 걸터앉았다. 노린내가 신호하자 시골 포졸은 자리를 비켜주었다.

"성 형은 며칠 전 정식으로 포교로 승진하였소. 그 통부를 받으셨소?"

사나이는 조금은 웃는 듯한 표정을 지으며 말하였다.

"아직 못 받았는데요."

함지박귀는 갑작스레 웬 승진인가 하여 깜짝 놀랐다. 빠른 시일내에 친군위에서 승급을 시켜주겠지 하는 기대는 하고 있었지만.

"위에서 특별히 몇몇을 승급시킬 때 성 포교도 그 속에 들었소이다. 축하하오. 그리고 근무처도 도총부로 바뀌었소. 이 일이 끝나면 서문에는 인사만 하고 도총부로 출두하면 될 게요. 나랑 함께 일하게 됐수다. 한데 밤새 큰 곡경을 당하였다구."

"면목이 없습니다. 사람이 죽지는 않았지만 셋이 중경상을 입었습니다. 크게 당하였는데 저만 무사하니 마음이 불편합니다."

"승패는 병가지상사요. 그까짓 일로 고뇌할 건 없소."

사나이는 그렇게 말하면서도 얼굴 표정은 진지하였다.

"내가 나온 것은 심정 대감의 지시 때문이오. 별 것도 아닌 계집 도타 사건을 위에서는 왠지 중시하고 있는 것 같소."

"위에서라면?"

"아주 높은 윈가 보오. 심 대감이 이맛살을 찌푸리며, '고년을 꼭 생포해 와야겠어' 하더라니까."

그렇다면 궁중에서 간여하고 있는 게 틀림없었다. 궁중이라면 임금이나 왕비 아니면 그 바로 아래 책임자일 것이니, 이번 사건이 생각 밖으로 큰 관심을 모으고 있는 모양이었다. 하긴 어제의 사건으로 이번 일은 계속 커져가고 있었다.

함지박귀는 오 경력을 잠깐씩 쳐다볼 때마다 유심히 관찰하였다. 함지박귀는 두달 전 처음 친군위 비밀 모임에서 그를 알게 되었다. 조선 최고의 무사라는 평판을 듣는 오천래 경력은 그러나 생각 밖으로 겸손한 사람이었다.

원래 친군위는 오위 가운데 호분위의 한 조직으로 편성돼 있었다. 이 친군위는 개국초부터 설치되었는데 소속 무사는 모두 함경도 출신으로 이성계의 심복으로 시작하였다. 바로 태조의 호위병이자 비밀정보조직이었다. 따라서 친군위는 국초엔 어느 누구도 함부로 입에 올리지 못하는 은밀한 조직이었다. 고관들까지도 쉬쉬하며 멀리하였다. 그러나 세월이 흐르면서 친군위는 임금의 경호와는 거리가 멀어지고 그저 정보조직으로만 존재하다가 최근에는 그나마 존재가 흐지부지 되고 있었다.

한데 육 개월 전부터 각 부처 소속의 무인을 그 조직의 비선책으로 임명하고 은밀한 모임과 은급을 내리면서 무서운 조직으로 변신해왔다. 오 경력도 소속은 오위도총부의 종사품 경력이란 높은 무관인데 친군위에서는 한 비선조직의 책임자였다.

함지박귀는 입맛을 다시며 은근하게 말하였다.

"경력 나리니까 여쭤봅니다만 저 자향이란 아이가 어째서 궁중에서까지 관심을 갖는지요?"

"그건 나도 알 수 없소. 이상하게 요 며칠 문안에서는 그 애 얘기가 그렇게 회자되었다오. 그것 참. 왜 그런지 알 수는 없는데 박운 참의 넷째딸이라면서요."

"그렇습니다. 소문만큼 인물이 출중한데, 그것만이 아니라 이번 토포에는 이상하게도 그 애를 돕는 사람이 줄을 잇고 있습니다. 어제 겨우 잡아서 압송중이었는데……."

"어젯밤 나타난 자객은 비상한 놈이라면서요."

"그렇습니다. 검술이 보통이 아니었습니다. 그처럼 검술이 높은 줄 미리 예측했더라면 이런 낭패를 당하진 않았겠지만 그렇다 해도 대단한 놈이었습니다. 게다가 손을 쓸 때 인정을 두어 한 사람도 목숨을 다치지 않은 게 더욱 마음에 걸립니다."

"허면 그자의 실력이 어느 정도인지 아직도 가늠할 수 없는 걸세. 내 실력으로도 감당하기 힘든 자입디까?"

"무슨 말씀을요. 경력 나리라면 쉽게 무릎을 꿇렸겠지요."

제대로 말하면 어제의 자객은 오 경력이라도 제압할 수 있을까 의문이 갈 정도였다. 그러나 자신이 조선 최고 무사라고 자부하는 오 경력에게 그렇게 말할 수는 없었다. 조금 전 함지박귀는 친군위에 자객을 당적할 만한 무인으로 오 경력을 떠올렸었다. 한데 공교롭게도 오 경력이 나타난 것이다. 어쩌면 조정의 당국자가 저런 자객이 나타날 줄 알고 오 경력을 특파하였는지도 알 수 없는 일이었다.

"지금 포위망은 어떻게 펼쳐놓았소?"

그 말에 함지박귀는 품에서 약간 두툼한 종이쪽지를 꺼내 펼쳤다. 그가 좋아하는 지도였다. 함지박귀는 지도를 오 경력 앞에 펼치고 간단명료하게 설명하였다.

"그 애는 아직 이 선 안에 있을 겝니다. 계집애의 발걸음을 감안한 포위망입니다. 즉 동으로는 두모포이고 남으로는 한강이며 서로는 서빙고인데, 지금 계집과 그를 보호하는 자들은 행선지를 동쪽으로 잡고 있습니다. 물론 오늘부로 방향을 서로 틀었는지는 알 수 없습니다."

"몇 명이나 풀었소?"

"금부와 서문의 추적조, 그리고 이곳 포졸까지 하여 여덟 명이 사방으로 급파되었습니다."

"그렇다면 인원은 충분하구료. 다만……."

오 경력은 실눈으로 환해진 하늘을 바라보면서 말을 흐렸다.

"그 자객이 문제구료. 계집을 돕는 애들 중에도 칼을 잘 쓰는 녀석이 있다는 말을 들었는데."

"네. 삼개 접전에서 우리 포교 셋에 중상을 입혔는데 그 뒤로 나타나지 않고 있습니다. 그자도 그때 중상을 입어 어딘가에서 치료하고 있는가 봅니다. 어젯밤의 자객은 그자가 아닌 것 같습니다."

"금부에서 그들이 삼개 새우젓패라는 걸 알아내고 죄 잡아들이라는 명령이 내려가 있소. 지금쯤은 다 잡았을 거요. 그 결찌의 중요인물로 꾀보라는 별명의 보욱이란 자가 있고 석수라고 검을 쓰는 자가 있다고 이름까지 거론되었는데 우리 포교를 골탕먹인 자가 그 검쓰는 앨 거요. 용강의 검술사를 사사해 상당한 수준이라지만 저가 뭐 큰 법수야 터득했겠소. 삼개에는 그자를 우선으로 잡으라는 명령이 내려가 있소. 그리고 우두머리 노릇을 하고 있는 항슬이라는 자는 삼개 새우젓패의 왈짜는 아니라는 보고였소."

"그렇습니까. 하지만 그자가 보통 영리한 게 아닙니다. 도타하는 계집을 구해주는 것도 그자의 주장인 듯 싶습니다."

"삼개 새우젓패의 우두머리는 이팔수라는 자인데 이자는 열흘 전에 영

남의 무슨 방회 일로 경주 쪽에 내려가 있다고 합디다."

"그렇습니까. 저는 두모포 쪽으로 나가며 훑어볼 요량입니다만 경력께서는 어떻게 하시겠습니까. 지시 내릴 사안이 있으시면 말씀해주십시오."

"나야 한번 둘러보고 오라는 지시니까, 성 포교에게 모두 맡기겠소. 승진까지 하였으니 일을 쌈빡하게 끝내고 올라오시오. 저들이 두모포로 간다는 것은 어떻게 짐작하였소?"

"저들의 행선지가 계속 동쪽이었고, 게다가 계집애를 데리고 가기로 한 박 참의네 마름의 목적지가 용인 하림리였다고 합니다. 그 이상의 다른 단서는 없습니다."

"좋소, 그럼 내 뒤를 따라오기로 한 애들이 두엇 있는데 난 그들이 오는 대로 그쪽으로 가며 둘러보리다. 먼저 가시오. 계속 연락합시다. 그 지도는 하나 베껴서 나를 주시오."

오 경력은 품에서 돈 다발 한 궤미를 꺼내 함지박귀에게 주었다. 격려금인 모양이었다.

밤이 새고 있었다. 자향은 항슬이 마련해준 마른 잎 위에 오두마니 앉아 있고 항슬은 쓰러진 나무 기둥 건너편에 드러누워 있었다. 워낙 힘든 하루여서 몸은 극도로 피곤하였지만 잠잘 생각이 나지 않았다.

자향은 아까부터 자기들을 도와준 은인을 생각하고 있었다. 천생의 자객처럼 몸이 재고 검술이 빼어나며 암기술까지 비상한 무인. 그처럼 자객으로서 안성맞춤인 무인이 조선 군문에 몇이나 있을까.

아버님은 늘상 우리나라의 군력이 약한 것을 한탄하셨다. 유사시 적의 장수를 버힐 번듯한 무사 하나 제대로 없다는 것이었다.

한데 어젯밤의 그 무사는 아녀자의 눈으로도 무서운 자였다. 나라의 병권을 쥔 병조판서, 서울의 방위를 책임진 오위장, 국사범을 잡는 의금부지사, 도둑을 잡는 포청의 포도대장같이 군문을 잘 파악한 분이라면 그 자객이 누구인지 대번에 알아내지 않았을까. 그럴지도 몰라. 항슬은 그 정도의 실력을 지닌 무인은 우리나라에 몇이 없다고 단정하였다.

그런 출중한 무인이 어떤 연유로 우리를 돕는 걸까. 누가 그 사람을 보냈을까. 장작눈썹을 응징한 명궁도 있었고, 이번에는 검술이 빼어난 자객까지 나를 도와주다니. 자향은 밤 하늘을 바라보며 생각에 잠겼다. 어둠이 걷히고 새벽으로 가고 있는데도 숲은 풀벌레 우는 소리가 여전하였다. 숲은 어제 내린 비로 싱싱하였다. 간혹 나뭇잎에 맺힌 빗방울이 마른 잎에 떨어지는 소리가 뚝뚝 숲을 울렸다. 어떻게 해서 나는 소리인지 간혹 쩡쩡엉 얼음 깨지는 듯한 소리도 났다.

"숲이 숨을 쉬고 있는가 봐요. 이곳저곳에서 소리들이 부산하지요."

자향이 혼잣말처럼 말하였다.

"숲이 숨을 쉬어요?"

항슬은 나뭇잎 사이로 부옇게 밝아오는 하늘을 보며 중얼거렸다.

"풀벌레 우는 소리, 빗방울 떨어지는 소리, 작은 짐승들이 들락거리는 소리, 냇물이 흐르는 소리가 들리지 않아요?"

"들리지요."

"그게 숲이 숨쉬는 소리 아니고 뭐겠어요. 저 바람소리를 들어봐요."

자향의 말에 항슬은 귀를 기울였다. 바람이 싸하고 불면 나뭇가지들이 사르락사르락 쉬익하고 흔들리었다. 그러고 보면 바람과 나무가 이야기하는 것도 같았다.

"정말로 나무가 바람과 속삭이는 것 같군요."

항슬이 자기도 모르게 자향의 말에 동조하는데 자향은 그윽한 눈으로 숲을 보며 덧붙였다.

"나무들은요, 자기들끼리 정말로 대화를 하는지 몰라요. 사람들처럼요. 짐승은 저들끼리 뭔가 의사소통을 하잖아요. 그런 생각을 하면 나무도 서로 통하는 뭐가 있을 거예요."

"정말로 그렇게 생각하세요?"

"그럼요. 왜 이상해요?"

"이상한 건 아니지만, 뭐라 말할까. 평소 한 번도 생각해보지 못한 것을 말하니까 어리둥절하군요."

"수신기*에 이런 이야기가 있어요. 중국의 전설상의 임금인 신농씨가요, 붉은 채찍으로 온갖 풀을 채찍질해 그 풀들의 약성과 특성을 알아냈다고 해요. 채찍으로 마구 때리니까 풀들이 너무 아픈 끝에 자기들이 지닌 속성을 다 불었다는 거지요. 그 말이 사실이라면 풀들도 말을 할 줄 아는 거잖아요. 이 말도 이상해요?"

"이상하지요. 신농씨도 전설상의 인물이고 그 이야기도 전설이구요."

"그럼 이 이야기는 어때요. 중국 한나라 영제 때 일인데요. 진류군이라는 곳의 풀들이 사람 형태를 갖추어 자라더래요. 그것뿐만 아니라 소 말용 뱀 형상도 나타내고 색깔까지도 닮았더래지요. 얼마 후, 황건적의 난이 나고 결국 한나라는 망하였는데 그 풀들이 나라의 쇠망을 예고했다는 거예요. 그걸 보면 풀들도 뭔가 사람에게 이야기하고 싶은 게 있고 말을 할 줄도 안다는 거지요. 이것도 이상해요?"

"아씨는 아까부터 신선 같은 말씀만 하시네."

자향은 웃었다.

"항슬이는 신선이 있다고 믿으세요?"

"옛사람들이 신선 이야기를 많이 하였지 않습니까. 있어서 하는 건지 있으면 좋겠다 싶은 건진 모르지만요."

"신선은 없다고 생각해요. 귀신은 있을 수 있지만."

"그래요? 귀신이 있으면 신선도 있는 게 아닌가요."

"아니요. 귀신은 신선과는 다른 것 같아요. 항슬의 이름이 소선이라고 하였지요. 작은 신선. 그렇탐 항슬이가 바로 신선이지요. 항슬이 죽으면

수신기 搜神記 중국 동진 때 간보干寶가 지은 단편소설집. 신기하고 괴이한 사건을 기록하여 신령한 존재가 있음을 주장한 책.

귀신이 되구요."

"이크. 귀신은 되고 싶지 않은데."

"언젠가 죽으면 귀신이 되겠지요."

"그렇게 귀신을 믿는다면 보강무당이 말하고 행한 모든 걸 믿는다는 뜻입니까?"

"그건 아니어요. 신들린 사람들은 우리가 보지 못하는 걸 보긴 하지만 그들이 환상으로 보는 모든 게 맞는다고는 생각하지 않아요."

"저도 그렇게 생각합니다."

항슬은 그렇게 대답하며 조금 마음을 놓았다. 그는 지금도 자향이 행여 신들리지 않을까 계속 걱정중이었다. 품에 있는 옥주비전이 잘 있나, 툭 처봤다. 포교들한테 잡혔을 때 이 책을 압수당할까 봐 무진 애를 썼었다.

자향이 계속 말하였다.

"하지만 저 세상은 있구, 우리의 혼백도 있구, 그 혼백이 귀신도 되는 게 아닌가 생각해요. 그 많은 혼령들은 서로 어울어지면서 이 세상 저 세상을 엮는 것 같기두 하구."

항슬은 조금 뜨끔했다. 이 아씨가 이럴 땐 좀 수상쩍어 보였기 때문이다.

"항슬은 보강무당을 어떻게 생각해요?"

"보강무당요?"

"네."

"어떤 점을요."

"아무거나요."

"글쎄요. 워낙 유명한 무당이니까 무당일은 잘할 터이고, 그분이 우리에게 보여준 사랑의 미로는 정말로 엄청나데요. 삼천육백오십일 삼천육백오십일 하고 처음 뇌멜 때는 뭔가 했습니다. 그게 알고 보니 하루 하루 님을 그리며 산 날짜더군요. 결코 짧은 세월이 아니지요."

"그래요. 그녀로서는 너무나 섧고 그립고 회한 어린 나날이었던가 보아요."

"보강무당은 정말로 정인이 꿈속의 약속대로 돌아오리라 믿었을까요?"

"믿었을 거예요."

"아씨는 그걸 정말 믿어요?"

"그 무당은 믿었을 거라는 이야기죠. 제가 믿는다는 게 아니라. 아!"

"왜 그러세요?"

"보강무당은 어제……."

"……."

자향의 얼굴에 연민의 정이 흐른다. 항슬은 그것을 느낄 수 있었다. 그런가하면 얼굴빛은 갑자기 환하여진다. 뭔가가 있다. 신기가 어른거린다!

"그분은 죽었어요."

"네? 보강무당이 죽었다구요? 그걸 어떻게 압니까?"

"지금 생각나는데 어젯밤에 하늘을 보다가 그분의 말을 들었어요. 하늘에서 그분이 나를 불렀어요. 그분은 확실히 죽어서 혼이 하늘을 나르며 나를 부른 거예요. 아, 아니, 더 이상 생각나지 않아요."

자향은 고개를 숙이고 머리를 흔든다. 뭔가가 뇌리를 파고들고 있고 자향은 그것을 뿌리치는가 보았다.

항슬은 자기도 모르게 자향 곁으로 후다닥 다가갔다. 그러나 손이 그녀의 어깨에 닿으려는 순간 멈추었다.

아씨를 건드려서는 안 되지. 지금 아씨는 강한 군관이 산허리에서 주저앉아 머리를 싸맬 때와 똑같은 것을 겪고 있는지 몰라. 그렇다면 그녀 혼자 저들과 싸워서 이겨야 해. 아씨는 싸워서 이길 거야. 논어 맹자, 공자님의 가르침을 제대로 배웠으니까.

항슬은 참을성 깊게 자향의 모습을 지켜보았다. 자향이 머리를 들고 밤하늘을 바라본다. 뭔가를 한참 응시하며 생각하더니 이윽고 고개를 돌려 항슬을 본다.

"내가 신들릴까 봐 걱정했어요?"

"네."

그녀는 웃었다.

"괜찮아요. 뭔가가 자꾸 와닿는 것 같아서 생각한 거예요."

"정말 괜찮습니까?"

"괜찮아요. 아까 우리가 무슨 이야기를 했지요?"

"보강무당의 사랑요. 그리고 그분이 죽었다고 아씨가 말하였어요. 무슨 영감을 받고 이야기한 건가요?"

"그래요. 하지만 지금은 또 모호해요."

"보강무당이 죽은 건 나중 알아보면 될 거구요. 딴 이야기를 하시지요."

"그러지요."

자향은 순순히 대답하고는 항슬을 다시 한 번 지긋이 바라보았다.

"항슬이는 사랑을 해보았어요?"

"아니요. 그런 적 없습니다. 그랬으면 행복하게요."

그렇게 대답하는 항슬은 웃고 있었는데 마음속으로는 왠지 서글펐다. 이 나이 되도록 사랑을 눈꼽만큼도 해보지 못했다. 사랑을 할 수 있는 줄도 몰랐다. 하긴 지금 생각하니 우리도 사랑하면서 살아야 하는 거였다. 보강무당처럼. 하지만 그것은 말이 쉽지 실천할 수 있을 것 같지 않았다.

"자향 아씨는 사랑을 한 적이 있습니까?"

"아니요."

"좋은 남자를 만난 적 없습니까?"

"그런 남자가 있으면 그냥 사랑이 되나요."

"아씨처럼 아름다운 여자는 마음만 먹으면 누구하고든 사랑할 수 있지 않을까요. 어느 누가 싫다 하겠어요. 감히."

자향은 웃었다. 보강무당의 사랑 이야기를 겪지 않았으면 항슬의 그런 말에 아무 감흥이 없었으리라.

"그래요? 그렇게 생각돼요?"

"그러문요."

"세상은 꼭 그렇지 않을 거예요. 양반 동네는 나름대로 질서와 법도가 있는데 그게 마음대로 되지 않는 것 같아요. 거기에는 문벌이 있고, 집안 어른의 벼슬이 있고, 파벌이 있고, 학문의 차이가 있고, 장남이냐 지차냐 하는 문제도 있고, 시기와 질시가 동반하구, 보강무당이 겪은 사랑과는 세상이 다르지요."

자향은 자기가 살아왔던 양반의 세상과 항슬이가 살고 있는 저들의 세상을 생각하였다. 보강무당도 저들의 세상에 속한다. 그러나 그녀는 멋진 사랑을 하였다. 저들의 세상이 훨씬 아름답지 않은가. 깨끗하고 단순하고 싱싱하고! 거기에는 가문과 학문과 출세와 질시 따위는 없다. 순수한 사랑과 열정, 그리고 의리가 있을 뿐이다.

항슬은 자향이 말하는 게 이해할 법도 하였다. 하지만,

"지차가 왜 사랑 속에 끼어듭니까?"

시큰둥하게 물었다. 항슬의 그런 태도에 자향은 살짝 미소지으며,

"아무리 좋은 남자라도 장손이 못 되어서 그 집안의 대를 못 잇는 둘째나 셋째는 싫어들 하지요. 양반 동네에서는 지차는 결혼불가의 큰 요인이랍니다. 사랑보다는 권세가 더 중요한 세상이니까."

그 말을 하면서 자향은 소연이 생각을 하였다. 어느 참판 댁 사윗감을 소연이 어머니는 지차라는 이유만으로 발로 찼다고 하였지 않은가. 그 소연이가 보고 싶다. 그리웠다.

"별스런 게 다 있군요. 그래도 좋은 남자와 사랑하면 그만 아닙니까?"

"사람들이 그것을 알았을 때는 늦은 뒤이겠지요. 보강무당처럼 무조건 좋은 사랑, 순수한 사랑에도 삼신할매와 수우신의 이해득실이 끼어들었잖아요."

또 보강무당 이야기가 나왔다. 그러나 항슬은 모른 척 자연스럽게 맞장구쳤다.

"맞아요. 그놈의 삼신할매와 수우신 땜에 삼천육백오십일 삼천육백오십일을 독수공방하였으니까."

자향은 항슬이 보강무당의 대사를 음률을 넣어서 멋지게 읊어대는 것을 들으며, 역시 이 사람은 골계 솜씨가 있어, 하는 생각에 미소지었다.

"아씨는요, 앞으로 좋은 사람 만나면 그냥 사랑하세요. 다른 것은 괘념하지 마요. 사랑하면 됐지 그 이상 뭐가 필요합니까?"

"항슬이도 그렇게 하세요."

"우리 같은 쌍놈이 무슨 사랑이 있겠습니까. 한여름의 고추잠자리처럼 붙었다 떨어지면 그만이지."

자향은 또 미소지었다. 이 사람은 확실히 골계가야. 말하는 게 수월수월 나오는 것 같으면서도 속에 뼈도 있고. 고추잠자리처럼 붙었다가 떨어지면 그만이라구? 그거야 누구나 마찬가지지. 보강무당이 삼천육백오십일도 억겁의 부처세계에서 보면 붙었다가 떨어지는 찰나니까.

자향은 부처세계를 생각하자 불교에 깊은 애정을 지닌 어머니 생각이 났다.

어머니가 정말 보고 싶다. 그리웁다. 영원한 사랑으로 우리들을 돌보시던, 한순간이라도 자식 생각을 놓지 않으시던, 우리들의 빛이며 희망이며 안식처이시던, 어머니. 어머니는 지금 어디에서, 무엇을 하며, 어떤 생각을 하고 계실까. 내 생각을 하고 계실까.

그런 어머니도 자식을 위해서는 세속적일 수밖에 없었다. 가끔 탑골에 가실 때는 유 참판 댁 못지않게 딸들의 장래를 부처님께 빌곤 하였다. 그 일 때문에 탑돌이를 가신다고는 말씀하지 않았어도 자향은 훤히 알 수 있었다.

또 어머니는 중매로 유명한 계동할매를 그렇게 좋아해주고 건사하곤 하였다. 다섯이나 되는 딸을 잘 시집보내기 위해, 철마다 계동할매에게 시량 범절을 챙겨 보내시곤 하였다. 그러면 계동할매는 며칠이 안 되어 남색치 마를 펄럭이며 찾아와서는 사주 하나를 들이밀곤 하였다. 그럴 때마다 인물 좋고 집안 좋고 판서감에 귀댁 따님 정경부인 되는 것은 걱정 마시라고 하였다. 하지만 어머니는 매번 고개를 저었고, 그래도 장안에서 제일 유명한 매파이니 언젠가는 좋은 신랑감을 가져올 거야, 하고 독백하시곤 하였다.

그렇게 우리들밖에 모르시는 어머니는, 정말 어디 계실까. 우리집에 무사히 계실까. 아니면, 이미 어느 집에 비자로 끌려가 고초를 당하고 계시는 건 아닐까.

그 생각을 하자 사랑이고 매파고 다 어디로 가버리고 금세 눈물이 고였다. 고인 눈물은 뚝뚝 치마 위에 떨어졌다. 항슬이 뭐라 이야기하는 것 같았으나 들리지 않았다.

"아씨, 보강무당의 사랑도 그렇지만 옥년이와 강한 군관은 어떻게 될까요?"

항슬이 물었다. 자향은 한동안이 지나도 말이 없다. 항슬은 쓰러진 고목 건너로 돌아와 있다가 다시금 자향을 건너다보았다. 자향은 그냥 앉아 있었다. 분명히 졸고 있는 건 아니었다. 여전히 대답이 없다. 항슬은 이상한 생각이 들어 일어나 자향을 자세히 살폈다. 자향은 울고 있었다.

"아씨, 왜 그러세요. 보강무당의 사랑을 생각하니 슬퍼서 우십니까?"

자향은 두 무릎을 세워 두 팔로 깍지 끼우고 앉아 있었는데 머리를 무릎 위에 숙이고 우는 것이었다.

"아씨, 너무 슬퍼하지 말아요. 보강무당은 죽어서 사랑하는 정인을 만나 행복해질 겁니다. 그처럼 낭군을 생각하고 그리워한 자체도 행복 아니겠어요. 사랑이 무언지도 모르는 우리 같은 사람이 불쌍하지 절절한 사랑을 한 보강무당은 행복한 사람이잖아요."

그래도 자향은 대답이 없다. 계속 우는가 보았다. 항슬은 뭔가 위로의 말을 해야겠다고 생각하였다.

"하긴 보강무당의 사랑은 딸에의 사랑과 연결돼서 더 깊이가 있데요. 강한 군관에게 동생을 사랑해주라고 하였는데 그 뜻은 무엇일까요. 동기로서 사랑하라는 건지 이성으로서 사랑하라는 건지. 그걸 모르겠데요. 아씨는 어떻게 생각했어요?"

그래도 대답이 없다. 어라, 이것 봐라. 이 아씨가 본격적으로 울고 있나. 보강무당의 절절한 사랑 때문에 공연히 슬퍼 눈물을 흘리는 것만은 아닌가 보다.

항슬은 다시 나무 등걸을 넘어갔다. 두 무릎을 세우고 앉아 있는 자향을 살그머니 들여다보았다. 그때 자향이 고개를 쓰윽 들었다. 그녀는 외려 웃고 있었다. 눈에는 이슬이 반짝였지만 얼굴은 히죽 웃었다.

그녀가 이쁜 입을 열었다.

"항슬이는 내가 우니까 걱정이 됐어요?"

"아니요. 아씨가 보강무당의 사랑이 애처로워 슬퍼해주는 건데 뭘 걱정하겠습니까. 아씨가 대답을 하지 않아 주무시나 와봤지요."

항슬은 생각과는 다르게 엉뚱하게 둘러대었다.

"여자가 자는 것 같은데 와서 쳐다보아요. 내외도 아니하고."

"아이쿠, 그건 아니고."

거짓으로 답변하다 말이 궁해진 항슬은 뒤로 물러나 앉았다. 내외한답시고 나무 등걸 저켠에 앉아 있다가 잠자는 것 같을 때 다가왔다면 그건 정말 안 될 일이었다.

"당황하기는요, 항슬이는 너무나 순진해요. 그치요?"

"우리 나이에 순진하지 않은 사람이 어디 있습니까."

항슬은 뒤통수를 긁적이었다. 밤이 새어서인지 한기가 그들 주면에 싸허니 몰려들었다. 따뜻한 방구들이 그리운 시각이었다.

"일루 가까이 와서 앉으세요."

"아니, 됐습니다."

자향은 은근하고 항슬은 서먹서먹한데 갑자기 저벅저벅 발소리가 들려왔다. 둘은 너무 놀라 나무 등걸 옆으로 몸을 사렸다. 자향은 항슬의 팔뚝까지 붙잡으며 몸을 붙였다. 발자국 소리는 점차 가까워졌다. 나무들 사이로 검은 그림자가 나타났다. 검은 사나이는 그들이 마음을 놓을 정도의 여유를 주며 가까이 다가왔다.

"여기 그 아이를 데려왔소."

약간 익은 목소리, 야행인이었다. 항슬이 몸을 일으키며 대꾸하였다.

"은인께서는 어떻게 우리가 여기 있는 걸 아시었습니까?"

항슬이 말을 먼저 했으나 몸은 자향이 먼저 빼쳤다. 그녀는 사나이한테 다가가 아이를 건네받았다. 상길이는 쌕쌕 자고 있었다. 아이의 숨결을 느낄 수 있었다. 사나이는 아무 말 없이 자향을 바라보고 있었다.

"상길이가 자고 있네. 무사하구나, 무사하구나!"

그녀는 자기의 뺨을 상길의 볼에 갖다 대며 사나이를 흘깃 바라보았다. 그리고는 사나이에게 말하였다.

"고맙습니다. 이 아이를 구해주셔서 정말 고맙습니다."

자객은 여전히 자향을 쳐다보고 있었다. 어둠이 밝아오고 있어서 그들은 서로를 어슴프레하나마 알아볼 수 있었다. 자객은 약간 큰 키에 날렵한 몸매였고 얼굴은 갸름하였다. 눈빛이 유난히 번뜩이었다. 검은 야행복을 입어 섬칫한 느낌은 있었으나 자향을 바라보는 그의 얼굴은 온화한 기가 있었다.

"너무 고맙습니다. 아이까지 구해주시고. 저희가 있는 곳을 어떻게 찾으셨습니까?"

항슬은 인사와 함께 사나이의 정체가 궁금하여 은근하게 말을 붙였다. 사나이는 여전히 자향만을 쳐다보며 무뚝뚝하게 대꾸하였다.

"포교들이 허둥댈 때 아이를 빼왔소. 그대들은 두모포 쪽으로는 가지 마시오. 한강 서쪽도 위험하오. 가장 좋은 방향은 서북쪽이오."

"그렇지 않아도 우리도 그 생각을 하고 있었습니다."

항슬이 대답하였다.

"먹을 게 없을 테니 이걸 드시오."

자객은 들고 있던 보자기를 자향에게 주었다. 그는 항슬은 쳐다보지도 않았다. 자향은 자객이 주는 보자기를 받았다. 묵직한 게 언뜻 보아 주먹밥인 듯하였다. 어쩌면 포교들이 먹으려고 준비한 주먹밥을 슬쩍해온 것 같았다.

자객은 보자기를 살펴보는 자향을 잠시 보더니 뒤로 돌아서서 멀어져갔다. 자향은 이번에도 뭔가 묻고 싶었으나 입이 열리지 않았다. 그 사이 자객은 사라지고 없었다.

46. 훌륭한 임금 만나기 어려워라

석수는 숨이 찼다. 아무리 마음이 다급하다 해도 이렇게 달려서는 체력이 감당할 턱이 없다. 그는 달리는 속도를 조금 늦추었다.

지난 며칠 동안 얼마나 애를 태웠는지 모른다. 빨리 달려가 항슬 형을 도와주고 싶은 마음에 온몸이 안달복달하였다. 자향 아씨의 아름다운 얼굴이 보고 싶기도 하였다.

새벽 일찍 삼개에서 출발해 나루목 노량진 동작진 그리고 두모포. 길이 있으면 길로, 길이 없으면 풀밭과 바위 사이와 모래 위를 거침없이 달렸다. 여기까지 한 시진 만에 도착한 것은 그런 열정 때문이었다.

석수는 초가의 담장 밑으로 몸을 숨겼다.

포졸 둘이 작은 골목길을 돌아 오른쪽 초가로 들어가고 있었다. 그는 고개를 빼어 부근을 보다 담장 위에 씌어진 기호를 보았다. 두 이(二)자. 숫자 뒤에 삐침이 있었다. 우리들의 신호다. 필체는 보욱의 것이고.

제대로 왔군. 보욱이랑 욱자가 이 부근 어딘가에 있는 게다. 글자 끝이 가리키는 방향을 살폈다. 오른쪽이다. 포졸들이 있는 곳이다. 그들과 말썽이 난다 해도 한칼에 버힐 수 있지만 당분간 말썽을 내면 안 된다. 스승은 함부로 사람을 죽이면 안 된다고 하였지. 자향 아씨도 사람 다치는 걸 그렇게 싫어하구.

두런두런 소리가 나고 포졸들이 왼쪽으로 멀어져갔다. 옳지, 되었다.

석수는 허리를 쭉 펴고 담장을 끼고 오른쪽 방향으로 걸어갔다. 어쩌면 포구로 가는 길인 성싶었다. 초가가 끝나고 십여 장 저켠에 다시 두어 채의 초가가 보였다. 그 너머가 포구였다. 빠르지만 서두르지 않는 걸음으로 포구 쪽으로 걸었다. 갑자기 나무숲 사이에서 포졸 하나이 나타나더니 석수를 노려보았다. 이크, 저놈은 또 뭔가. 기척도 없이 나타나네. 숨어 있었잖아.

늠름하게 걸어가야 했다. 포졸 앞에 다다르자 석수는 저도 모르게 고개를 까딱 숙이며 예를 보냈다. 일반 백성은 포졸만 보면 벌벌 기는 게 보통인지라 포졸도 고개를 끄덕끄덕하였다.

그런데 포졸은 석수가 앞을 지나칠 때 곱게 버려두지 않았다.

"자네, 못 보던 사람인데?"

석수는 걸음을 멈추고 포졸을 일부러 똑바로 보며 대꾸하였다.

"저요?"

"그럼 자네밖에 더 있나?"

"저는 저 멀리 기와동네 사니까 포교 어른이 알 수가 있나요."

"와서(瓦署) 동네 산다구?"

"네."

"여긴 뭣하러 왔나?"

"두뭇개에 심부름 좀 왔지요. 한데 무슨 일 있습니까. 저 같은 무지렁이 머슴을 다 기찰하게?"

포졸은 석수를 위아래로 훑어보고는 알겠다는 듯 고개를 끄덕이었다. 생김새가 영락없는 머슴이었다. 허나 짜식이 뻣뻣한 머슴이잖아. 주인 속 좀 썩히겠군.

빨랑 사라져도 좋다는 뜻인지 포졸은 계속 끄덕이며 혀를 찼다. 그런 속 사정을 모르는 양, 석수가 다시 물었다.

"무슨 일이 있어요?"

역시 귀찮은 머슴이었다.

"네깐 놈이 알 바 아니야. 빨리 꺼져."

"허참, 무섭게 기찰할 때는 언제고?"

"뭬야?"

"그렇게 눈을 부라릴 건 또 뭡니까. 우리 김 진사님도 나한테는 함부로 안 합니다요. 이래봬두 내 팔힘이 좋아서 우리집에서는 내가 젤 일을 잘 허거든요. 나무도 잘 하구. 머슴이라고 넘 깔보지 마시오. 곧 외거*로 독립 할 거라구요."

석수는 눈을 한번 치뜨고 성큼성큼 걸어서 포졸한테서 멀어졌다. 포졸은 어이없다는 투로 콧김을 뀌면서 한번 혼낼까 망설였다. 그 사이 석수는 열 걸음 저쪽으로 사라지고 있었다.

쓸데없이 거센 머슴놈은 어쩔 수 없어. 뻣뻣한 머슴은 정승도 못말린다는 말이 있다더니 그 말이 맞군. 포졸은 혼자 자위하였다.

두 번째 초가를 지나는데 담장에 석 삼자가 반듯이 써 있다. 오른쪽 샛

외거노비 外居奴婢의 준말. 주인집에서 독립해 자기 집을 갖고 사는 노비. 일 잘하고 똑똑한 노비를 대접해서 독립시키므로 상당수가 양민으로 풀림.

길을 가리키고 있었다. 샛길로 들어서 열 발짝도 가기 전에 손짓하는 손이 보였다. 욱자였다.

"어이, 일루 일루!"

석수는 단번에 달려가 욱자를 껴안았다. 너무나 반가웠다.

"항슬이 형은 어디 있어?"

"여기 없어. 우리가 너무 앞서 오고 항슬이 형은 옆으로 샜는가 봐. 관에 붙들렸다는 말도 있구."

"뭐야? 정말이야?"

석수는 눈을 화등잔만하게 떴다. 이럴 수가! 우리 형님이 관에 잡히다니. 석수는 단번에 울상이 되었다. 금방 울음을 낼 태세였다.

그런 석수를 보자 욱자가 달래는 투로 설명하였다.

"석수, 너무 걱정할 건 아니구. 내말 들어. 어저께 여기 풀어났던 포졸들이 밤늦게 재잘거리며 죄 돌아갔는데, 그들 말이 도타한 비자와 사내 하나가 붙들렸다는 말을 하였거든."

"정말이야?"

"내 말 들으라니까. 한데 오늘 새벽에 여길 뜰 준비를 하고 있는데 포졸들이 다시 우 몰려오는 거야. 이곳 애들을 시켜 알아보았더니 붙잡은 비자가 도망쳤는데."

"항슬이 형도 함께?"

"자세한 건 아직 몰라. 보욱이 형이 좀 더 알아보러 이곳 겉찌들을 만나러 갔다구. 근데 석수, 너 다친 데는 다 나았나?"

"소 대부 말이 너무 힘만 쓰지 않으면 창상이 터지지 않을 테니 곧 나을 거래."

"잘 됐구나. 니가 얼마나 필요한지 몰라. 잘 왔다."

"근데 우리 항슬이 형도 도망했을까?"

"글쎄, 그랬을 것 같아. 지금 보욱이 형이 알아보는 중이라니까. 보욱이 형이 널 얼마나 기다렸는데. 자, 날 따라와."

둘이 두 번째 초가를 살살 돌아가는데 보욱과 사내 하나가 풀숲에서 이
쪽으로 오고 있었다. 보욱은 석수를 보고 달려왔다.

"석수가 왔구나, 석수가 왔어!"

보욱은 너무나 좋아하였다. 그를 꼭 껴안으며 눈물을 글썽이었다.

"너를 소 대부 집에 두고 나올 때 얼마나 걱정했는지 모른다. 부두에서
헤어질 때 항슬이는 울기까지 했어. 그 아씨도 막 울구! 이제 몸은 괜찮
니?"

"고마워. 이젠 괜찮아. 내가 머리는 나빠도 몸둥아리는 쇠떵어리잖아!"

"좋다, 좋아. 헌데 포청놈들이 소 대부 집을 덮쳤다며?"

"응, 허지만 욱자가 데려다 준 추 봉사가 워낙 잘해줘서 무사했지요."

"그래. 그 얘긴 나중에 하고 빨리 가자. 급하다!"

"어딜?"

욱자가 놀라서 묻자,

"힝슬이와 아씨가 붙잡혔다가 누군가가 도와서 탈출하였대. 보강리에서
이쪽까지 포교들이 다시 쫙 깔렸어. 항슬이와 아씨가 이쪽으로 오면 안 되
잖아. 우린 포졸놈들한테 속아서 여기로 오는 바람에 항슬이를 못 도와줬
지 뭐니. 지금이라도 보강리 쪽으로 빨리 간 뒤, 접선해서 다른 곳으로 피
하게 해야 해!"

"어디로 피해?"

순박한 석수가 묻자 보욱은 그의 등을 툭툭 치며,

"너도 왔으니까 이젠 문제 없어. 좋은 방략을 세워야지. 자, 내 뒤를 따
라와. 우리는 저들이 펼친 천라지망 사이를 뚫고 나가야 한다."

"그까짓 것!"

석수는 꾀보 보욱의 단호한 결단이 마음에 쏙 들었다. 보욱은 같이 온
얼굴이 갸름한 사나이에게 말하였다.

"형씨, 어제 오늘 정말 고마웠네. 아까 말한 대로 계속 소식을 전하세. 자네들 소식이 우리에게는 생명선이네. 알았지? 부탁하네."

"그건 걱정 말게. 뭔 일이 있으면 우리가 필히 연락할 테니까. 조심해서 잘 가게. 아까 말한 대로 우리가 온 길로 쭉 되쳐 가다가 보강리 입구에서 우리 애와 접선하게. 그럼 안전할 걸세."

"고맙네 동무. 역발산혜기개세!"

"우혜우혜내약하! 조심해서 가세"

보욱과 갸름한 사나이는 군호를 나누며 꽉 껴안았다. 석수는 그런 두 사람의 의기에 감동해 눈물이 나올 것만 같았다. 단순하고 눈물많은 석수는 그렇게 감동하면서 왼쪽 가슴에 차고온 삼인검을 툭툭 쳐보았다.

셋은 갸름한 사나이와 작별하고 풀숲으로 그들의 몸을 집어넣었다.

이처현 상선은 깊숙이 부복하여 머리를 거의 방바닥에 대다시피하고 있었다. 그가 쓴 사모가 한 치의 흔들림 없이 왕비의 정면을 향하고 있었다.

"이 대감께서 그런 분부를 하였다고 하는데 그럼 제가 잘못 들은 것인가요?"

왕비는 눈꼬리는 세우고 있었으나 말은 부드러웠다.

이처현 상선은 속으로 미소짓고 있었다. 왕비가 저렇게 부드럽게 이야기할 때가 더 무서웁지. 오늘은 말을 조심하여야겠군. 심정이 어떻게 간악하게 이야기했는지 모르니 더욱 조심해야 할 거야. 당금의 왕비는 칼날보다 무서운 기를 가슴속 깊숙이 숨기고 있는 여자이지. 스물다섯 꽃다운 나이에 돌아가신 장경왕후*와는 전혀 다른 왕비니까. 장경왕후가 선이라면 지금의 왕비는 악에 가까웁다 할까.

장경왕후 중종의 계비. 중종은 왕이 되기 전 거창 신씨(단경왕후)와 결혼하였으나 중종반정 때 장인 신수근이 반정에 반대한 죄로 살해되어 할 수 없이 신씨를 폐위하고 윤여필의 딸을 계비로 맞았다. 바로 장경왕후로, 인자하였는데 아들(인종)을 낳고 산후병으로 죽었다. 현 왕비는 역시 파평 윤씨로 이년 전 궁에 들어온 문정왕후임. 바로 명종의 어머니임. 인종은 재위 일년 만에 죽었는데 문정왕후가 독살했다는 설이 있음.

허나 저 앙큼하고 야심 많은 왕비의 흉중을 그 누가 상상이나 하리요. 언젠가 큰 사단을 낼 분이시지. 그렇지만 상감마께서도 그런 걸 모르시는 걸 내가 어찌 따질 필요가 있으랴.

이 상선은 왕비의 물음에 금방 대답하지 않고 잠시 동안을 두었다. 왕비도 채근하지는 않는다. 이윽고 이 상선이 묵직한 말투로 입을 열었다.

"소신이 그 말을 한 것은 적실하옵니다. 허나 그 과정을 말씀드리오면 제가 왜 그 말을 전하였는지 명쾌히 아시올 것입니다. 왕비마마께서 하명하신 바 있는 노 포교라는 자가 그저께밤 괴한으로부터 습격당했다는 보고를 받았습니다. 노 포교 말에 의하면 괴한들이 의금부 지사의 명령을 빙자하여 장안 대로에서 흉기를 들고 습격하였고 목숨이 위태로워 자기방어를 하였다 했습니다. 소신은 의금부 지사께서 어찌 그런 일을 하시겠는가, 금부가 그런 일을 저지를 일이 없은 즉, 자초지종을 알아보라, 하였습니다. 아무리 어둑해진 초저녁이라 해도 장안 한가운데 명례방 네거리에서 금부의 포교라고 자칭하는 세 괴한이 멀쩡한 백성을, 그것도 마마의 밀명을 수행한 포교를 습격하여 죽이고자 할 리가 있겠습니까. 따라서 소신은 행여 금부의 오해가 있나 하여 다시는 노 포교를 접하지 않는 게 좋겠노라, 그냥 놓아두었으면 한다, 그렇게 전하였사옵니다. 또 다시 그런 일이 금부에 의해 일어난다면 결코 아니 되겠기에 그런 전갈을 보낸 것입니다. 사실 금부에 의해 그런 일이 있다 하오면 어찌 그들과 함께 국가경영을 할 수 있겠나이까. 마마의 손발에 불과한 저희 같은 환관이야 그저 가슴이 떨리고 송구하와 몸둘 바를 모르겠나이다."

왕비의 얼굴이 이처현의 말을 들으면서 슬슬 바뀌어갔다. 말을 듣고 보니 이 상선은 하나도 잘못이 없다. 심정의 말보다 훨씬 도리에 맞다.

그렇다면 공격한 쪽이 잘못일 터인데 노 포교가 가만히 있는 세 사람을 따라오라고 유인하여 공격할 리는 없어 보였다.

왕비의 입장에서 노 포교가 뭔가 불안을 주었지만 그것 또한 심정의 말을 들은 때문일 수도 있다. 더구나 삼대 일의 대결이요, 노 포교는 여하간 쫓기는 입장이 아니던가.

둘 사이에는 한동안 침묵이 흘렀다.

"그러면 이 상선은 노 포교에게 무슨 일을 시키셨습니까?"

이 물음에도 이 상선은 조금 뜸을 들였다. 그리고 신중하게 답한다.

"그것은 저번에 왕비마마께서 지시하신 그 애를 처치하는 일이었습니다. 따라서 아무에게도 말을 할 수가 없사옵고 만일을 위해 노 포교를 현직에서 물러나게 하는 절차까지 밟아두었습니다. 물론 일이 무사히 끝나고 시간이 지난 뒤에는 복직을, 그것도 직급을 올려서 해주어야 하옵지요."

그 말에 왕비의 얼굴이 굳어졌다. 지금 이 상선은 연지와 장시후를 죽이는 일을 거론하고 있다. 그렇다면 그에 대한 말은 피차 아껴야 할 일이었다.

세상 일을 그 누가 안단 말인가. 궁궐 안의 번듯한 애들 둘을 쥐도 새도 모르게 처치하는 일을 자꾸 발설하며 논할 일은 아니잖은가.

"무슨 말인지 알았소이다. 그럼, 내 심 대감께 그 일에는 간여를 하지 말라 이르리다. 이로부터 그 일은 아예 없었던 일로 하시지요."

왕비는 비위에 안 맞는 무엇이 목까지 기어올라왔으나 참는 수밖에 없었다. 주초위왕의 근본 문제가 궁궐 안에서 거론되어서는 안 될 일이었다. 홍 희빈이 일을 벌이고 그것을 깨끗하게 처리하지 못해 자신이 직접 나선 일이 아니던가. 이제 일도 대충 마무리된 것. 왕비로서는 그런 것은 전혀 몰라야 했다.

상길이는 밥을 정신없이 먹었다. 그런 아이를 보며 자향은 보람을 느꼈다. 아이를 자기가 구해주고 있다는 생각, 그 아이가 자기만 보면 좋아한다는 사실, 그것이 그렇게 좋을 수 없었다. 진정 보람있는 일이었다.

278

아침이 밝게 그들 주변을 감싸면서도 찬기는 여전하였는데 산속에서 느끼는 추위를 자향은 느끼지 못했다. 아이를 보는 눈동자엔 며칠 전 집에서와 똑같은 행복이 깃들어 있었다.

"뭐가 그렇게 좋아서 싱글벙글합니까?"

항슬이 옆에 있었다. 산 아래 동태를 본다고 아까 내려갔는데 소리도 없이 돌아와 있었다.

"소리도 없이 잘도 왔네요?"

"소리내고 다니다 또 붙들리게요. 나도 이제 포졸 노릇 할 수 있겠지요?"

개울에서 세소를 하였는지 엉망이던 얼굴이 다시 뽀얗게 돌아와 있었다.

"그래요. 이런 고생을 하다 보니 포교들이 어떤 생활을 하는지 알겠어요. 나도."

"한데 아씬 뭣 땜에 싱글벙글하였어요?"

"상길이가 주먹밥 먹는 걸 보고 있었어요. 하도 맛있게 잘 먹이시 나까지 기분이 너무 좋아지네요."

"그게 그렇게 기분이 좋았군요. 착하시기는. 시골집이 하나 있길래 옷가지를 얻어 왔습니다. 허름하지만 이 걸로 갈아입으세요."

항슬은 치마 저고리 한 벌을 자향에게 주고 자기도 저고리 바지 한 벌을 들고 나무 뒤로 간다. 자향이 옷을 갈아입고 몸매를 휘돌아 보고 있는데 항슬이 돌아왔다.

"이제는 사람다웁군요."

"아까는 사람답지 않았어요?"

자향이 묻자,

"아씨 인물이야 어디 갑니까만은 몰골이 패잔병이나 도망자 같았지요. 이젠 문안으로 들어가도 누가 이상타 않겠어요."

항슬의 말을 듣고 보니 도망길에도 옷매무새는 깨끗이 하고 다녀야 할 것 같았다.

"옷을 준 집에서 혹시 관에 이르지는 않을까요?"

자향이 걱정되어서 물었다.

"못 사는 사람들은 관을 무서워도 하지만 싫어도 하니까, 걱정 안 해도 될 겁니다."

항슬의 자연스런 말에 자향은 또 한번 저들의 세상을 실감하였다. 저들의 세상은 그런 감정이, 못 살고 억울하고 쫓기는 자들을 동정하는 공통의 식이, 있구나.

상길이는 그 사이에도 계속 밥을 우물거리면서 두 사람을 돌아가며 쳐다보고 있었다.

"맛있니?"

항슬이 물었다. 아이는 고개를 끄덕이었다. 여전히 말을 잘 하지 않는다.

"이 언니가 좋지?"

항슬이 자향을 손으로 가리키며 물었다. 아이는 고개를 크게 끄덕였다. 그리고는 왼손으로 자향의 치마를 꽉 붙잡고 더욱 밀착한다. 언니가 혹 어디로 갈까 봐 껴안는 것처럼.

"아이가 아씨를 엄마처럼 따르네요."

"엄마란 이야기하지 마세요. 애가 엄마 생각나서 울라."

"아차, 그렇지."

항슬이 멋쩍은 듯 웃는데 아이의 등을 안아 보듬어주던 자향이 진지한 표정으로 물었다.

"앞으로 어디로 갈 거예요?"

"어제 이야기는 둔지산 서쪽을 돌아 문안 쪽으로 가자고 하였잖아요."

"그보다도."

"……?"

"강가로 가서 배를 얻어 타고 사평리로 건너갈 수는 없을까요?"

이게 무슨 소리야. 항슬은 처음 뜨아 했으나 금방 눈치가 붙었다.

"상길이를 친척집에 데려다 주자고요?"

"네."

항슬은 뒷말을 하려다 잠시 멈추었다.

자향 아씨답군. 하지만 어디 가서 배를 구하라는 말인가. 배를 구하려면 포구로 가야 할 터인데 그곳엔 포졸이 쫙 깔려 있을 것 아닌가. 포교가 없다 해도 짭새들이 있을 거구.

"보욱이는 지금쯤 어디 있을까요?"

자향이 물었다. 항슬이 자향을 다시 유심히 쳐다보다가 말을 받았다.

"보욱이를 빨리 만나서."

자향이 후딱 뒤를 이었다.

"배를 구할 수 있느냐고."

이번엔 항슬이 말을 맺었다.

"물어보자 이거지요?"

자향이 대답히였다.

"네."

둘은 서로 한마디씩 해서 한 문장을 만들었다. 자향은 그런 자신들이 우스워 살짝 미소짓고 항슬은 고개를 끄덕이며 파아랗게 밝은 하늘을 본다.

아씨는 그러니까, 보욱이 오면 또 배를 구하러 보내자는 거군. 하지만 지금은 말할 것도 없이 천만 번 어려운 일. 어디에서 배를 얻어 어디에다 댄단 말인가. 그렇다고 한강을 헤엄쳐 건너갈 수도 없고.

자향은 항슬의 혼자 생각을 방해하지 않기 위해 가만히 바라만 보았다.

하기야, 저 애를 계속 안고 다닐 수는 없다. 그 일이 어렵긴 해도 못할 것도 없고. 강을 건너 사라지는 게 외려 좋은 방략일 수도 있지 않은가.

그렇게 자신의 마음을 자향의 마음으로 바꿔주고 있는데 자향이 말하였다.

"보욱이는요, 우리가 어디 있는지 찾으면서 우리 쪽으로 오고 있을 거예요."

"이쪽으로요?"

"네, 그는 머리가 좋다고 하였잖아요."

"좋지요. 우리의 제갈량으로 꾀주머니니까."

"내가 보욱이라면 지금쯤은 전속력을 내서 정신없이 우리를 찾을 겁니다."

"그래요?"

"그러문요. 우리가 두모포 쪽으로 가는 줄 알고 그곳으로 갔을 가능성이 많은데 보강리와 두모포 사이에 포졸들이 쫙 깔려 있는 걸 보면 걱정이 안 되겠어요. 그쪽으로 오면 안 된다고 우리에게 알려주기 위해서라도 다시 이쪽으로 서진해서 오겠지요. 틀림없이 맹렬하게."

항슬은 그렇게 말하는 자항의 눈동자를 들여다보았다. 그 눈동자 속에서 항슬은 이쪽으로 정신없이 달려오고 있는 보욱과 욱자를 보았다. 날렵하게 달리다 숲에 숨기도 하고 두리번두리번 사방을 정탐하며 달려오는 동무들을.

"내 말이 맞을 것 같지요?"

"그래요. 맞는 말씀이에요."

"그럼, 우리도 그들이 어디로 올 건지 예비를 해야 하지 않겠어요. 우리가 이 첩첩산중에 숨어 있으리라고는 상상도 못할 테니까요."

"그렇지요. 허면 우리끼리 약조된 신호를 그 애들이 볼 수 있는 곳에 더 많이 그려넣어야겠군."

"아까 바위에 표시해놓은 게 신호예요?"

"그러문요. 헌데 신호를 많이 남겨놓으면 포교들에게 노출될 위험도 있거든요."

"그러겠네요. 저번에 버드나무나루에서 교환한 군호도 그런 신호 중 하나군요."

"그렇지요. 그건 말로 하는 군호죠. 그 군호, 어때요?"

"그 항우의 시가 군호일 줄은 몰랐어요. 정말로 멋지구 낭만적이어요. 누가 그 군호를 정했나요?'

"보욱이지 누구겠어요."

"보욱이는 시도 아는군요."

"보욱인 모르는 게 없습니다. 시만 아는 게 아니라 손자병법도 안다니까요."

"오마나, 인재네요."

"인재면 뭐해요. 상놈인걸."

그 말에 자향은 순간 말문이 막혔다. 뭔가 미안한 마음이 들었다. 슬그머니 딴 말을 하였다.

"그 신호에 우리의 장소도 적시할 수 있나요?"

"방향만을 알려주는 겁니다. 미리 약조하면 장소도 알려줄 수 있고요."

"그렇군요."

"잠시 또 갔다가 오겠습니다. 여기서 움직이지 마세요."

"주먹밥을 좀 들고 가세요."

"아니 됐습니다. 조금이라도 아껴야 합니다."

"그래도 아침밥을 조금은 먹어야 하잖아요."

"걱정 마세요. 우리 같은 인생은 하루에 한끼 먹고 사는 생활을 매일 해왔습니다. 몇 끼 굶어도 끄떡 없어요."

그 말이 끝나기도 전에 항슬은 벌써 언덕 아래로 내려가고 있었다.

윤가는 앉자마자 인사보다도 먼저 미리 준비해놓은 대포를 한 잔 쭈욱 들이키었다.

"어, 맛좋다. 이 집 술맛은 여역시 좋아. 노 형, 잘 지내셨죠?"

씨익 웃는 모습이 밉상은 아닌데 이제는 괜히 미워보였다. 노린내는 먹는 걸 밝히는 윤가가 아직은 우스워 살짝 미소지으며 대답하였다.

"잘 지내긴. 노심초사하고 있소."

자기도 모르게 목소리가 갈라져서 나온다.

"아, 그들 때문에요? 이 대감 말씀에 의하면 이젠 더 이상의 무슨 일은 없을 것이라 하였습니다."

"확실하오?"

"그러문요. 그리구 이 대감 말씀은 노 형을 궁궐로 들일 수는 없다 하였소."

"그럼, 안 만나시겠다 이거요?"

노린내의 얼굴이 험상궂어졌다. 윤가는 그런 노린내의 얼굴을 빤히 들여다보듯 살피고는 하나도 놀라는 표정도 없이 퉁명스레,

"아니, 왜 그렇게 무섭게 노려보슈. 나는 잘못 한 것 하나 없수다. 두 분 말씀을 전해주는 심부름꾼에 불과한 나지만 그렇게 윽박지름을 당할 이유도 없는 사람이요. 안 그렇습니까? 이렇게 잘 먹는 건 좀 신세를 지지만은."

"그래서 어떻게 하겠답디까?"

"글쎄, 그렇게 물으셔야지."

윤가는 흥분하고 있는 노린내와는 달리 느긋하게 느물거렸다.

"노 형, 이 상선은요 무서운 분이란 걸 내 말씀드리겠소. 아무 책략없이 노 형이 궁궐에 들어올 수 없다, 라고만 말할 분으로 생각하시오?"

그렇게 말한 윤가는 노린내를 빤히 쳐다보았다. 아니 노려보는 것 같았다. 노린내는 그런 그의 눈빛이 섬칫하였지만 역시 기를 세워 같이 노려보았다.

흥, 이 상선이 무서운 사람이라는 것은 나도 알고 있다, 요 녀석아. 너도 믿을 수 없는 놈인 게 틀림없고. 네놈들한테 내가 영원히 속을 줄 알았느

냐. 더러운 환관과 간자놈아! 이제는 나도 네놈들 꼬락서니를 관찰하고 있는 중이다! 몰랐지, 이 흉칙한 놈아!

노린내는 속으로나마 실컷 욕을 하고 나니 조금 마음이 풀렸다. 그리고는 지금 윤가한테 내 속심을 내비칠 필요는 없지, 하는 생각에 자신의 태도를 고쳐야겠다고 생각했다.

둘은 한동안 그렇게 눈싸움하듯 응시하였는데 노린내는 일부러 조금 유한 표정을 내비쳤다.

그러자 윤가가 먼저 입을 열었다.

"아닙니다, 아니지요. 내가 상관으로 모셔본 바, 이 상선은 겸손만 한 게 아니라 지략과 술수를 겸비한 분이시라오. 생각이 깊으신 분이지요. 그러나 저러나 여긴 지금 간자가 없습니까?"

윤가는 나중 말은 작은 소리로 속닥였다. 그러면서 술청을 돌아본다. 노린내는 윤가만 바라보았다. 오늘은 간자 하나가 저 귀퉁이에 앉아 있었다. 녀석은 미행자 풋내기인지 첫눈에 수상해 보였다.

그러나 윤가는 그자를 유심히 못 보았는지,

"수상한 자는 없군요. 그래도 알 수 없으니 조용히 이야기합시다. 그분 말씀은 궁궐에서는 만나실 수 없지만 궁 밖에 나와서는 만나실 수 있다 하였습니다."

"궁 밖에서?"

"그렇소. 이 대감의 부친 제사가 마침 내일 있다 합니다. 환관들이 장가는 못 가서 아들은 못 두지만 아버지 제사는 지내지 않겠습니까. 그때 그분을 만나시면 되리다. 단, 만나는 방법은 아직 결정이 안 되었소. 내일은 나와 함께 그분 본가 근처에서 대기했다가 전격적으로 만나는 게 좋겠다 하셨습니다. 낮에 여기서 만나십시다요. 여차하면 여기에다 피차 연락을 해놓으면 될 게고."

"그거 좋소."

노린내는 대답을 하면서 속으로 차탄하였다. 제사라. 암, 환관도 아버지 어머니가 있어서 세상에 나왔지. 아들은 못 만들더라도 말야, 그것 참 말이 되는군. 이런 방법이 있는 게야. 천재 정염이도 이런 생각은 못하였겠지. 이 윤가의 말대로 이 상선은 확실히 심기가 깊은 분이로군. 그만큼 무섭다는 이야기겠지.

그나저나 미리 써온 글을 윤가한테 줄까 말까 망설여졌다. 정염은 만사 돌아가는 것을 한시라도 정확히 알고 싶으면 이 상선한테 빨리 말을 전해야 한다고 충고했다. 그리고 그 글 속에는 이 상선과 윤가의 정체를 확인하는 몇 가지 책략을 집어넣어야 한다고 주장하였다.

그래, 써온 글을 주자. 정염의 꾀를 믿어보지.

노린내는 귀퉁이에 있는 사내를 흘깃 쳐다보았다. 고개를 숙이고 탕을 먹고 있었다. 하지만 눈은, 아니, 하다못해 육감은, 우리를 관찰하고 있을 터, 지금 서찰을 줄 수는 없다.

"노 형, 내가 이 대감께 드리려고 글을 한 통 써갖고 왔소. 그걸 이 대감께 전해주시오."

"아, 그러시죠. 주십시오."

"지금은 말고. 나갈 때 은밀하게 드리리다."

"아, 귀퉁이에 있는 녀석 땜에요?"

윤가는 그렇게 말하며 남은 대포를 쭉 들이켰다. 아까는 모르는 척하였으나 이미 수상한 녀석을 알아보고 있었다. 그의 입술에 미묘한 웃음이 스치고 있었다.

호오, 요것 봐라. 역시 처음 미행당할 때 느낀 대로 이 윤가는 보통내기가 아니야. 그러니까 이 상선이 부리지. 윤가가 저렇게 너스레를 떨며 먹는 타령을 하는 것도 뭔가 속심이 있는 걸 거야.

노린내는 윤가에 대한 경계심이 증폭됨을 느꼈다.

"윤 형, 술을 한 잔 더 드시구려."

"아, 그러죠, 그러죠."

미행자 윤가는 그 말에는 귀가 번듯해서 주방 쪽을 바라본다. 그때까지 코빼기도 안 보이던 서란이 고개를 살짝 내밀고 그들을 바라보았다. 노린 내와 무슨 영감이 있는 듯한 태도다. 윤가가 좋아서 씨익 웃고 아는 체를 하고 노린내가 대포를 한 잔 더 시키자 서란은 이쁜 엉덩이를 흔들며 술을 들고 왔다.

윤가가 입을 함지박만하게 벌리며 말하였다.

"주모, 맛있게 먹고 있수다. 이곳 음식은 역시 일품이요. 여기서 한끼 먹고 가면, 그 시끄러운 마누라도 한 닷새는 조용히 만들 수 있겠더라고."

"흥, 우리 음식이 겨우 마누라 입막음밖에 안 됩니까. 허리 잘 돌리는 회동의 일등 기생도 한 닷새는 납작 퍼지게 해야지."

윤가의 아부는 농담 수준인데 홍 주모의 입심은 음담이었다.

"으하하, 그것 참 말씀 한번 시원하오. 내가 잘못했소다. 맞아 맞아, 회동골 기생 정도는 허리 부러질 정도로 놀놀하게 만들어야지. 내가 니무 소견이 좁았소!"

윤가의 말에 기분이 훤해진 홍 주모가 뭐라고 또 한마디 하려는데 노린내가 손짓으로 밀막았다.

"그건 그렇고. 윤 형, 하나 물어볼 게 있수다."

"뭔데요?"

윤가는 대답을 부드럽게 하면서 노린내를 살짝 쳐다본다. 노린내의 말을 꺼내는 투가 맘에 걸렸던 모양이다.

"연지라는 무수리와 장시후라는 내시를 아시지요?"

"연지? 장시후? 모르겠는데요."

아, 노린내는 속으로 경각심이 솟구쳤다. 윤가가 두 사람을 모른다고 대답하리라고는 예상하지 못했다. 그렇지. 이녀석이 대번에 안다고 할 리가 없지. 그 생각을 왜 못했을까.

"정말 모르시오?"

"모르니까 모른다 하지요."

"알 것 같은데. 그들은 죽었소, 살았소?"

"모르는 사람이 죽었는지 살았는지 알 턱이 없지요."

"그런가."

둘은 한동안 말없이 앉아 있었다. 윤가는 그 공백을 메꾸려는 심산인지 새로 온 동동주와 안주를 맛있는 양 들고 있었다.

노린내가 혼잣말처럼 중얼거렸다.

"장시후는 살아 있더군. 그렇다면 연지라는 애도 살아 있겠지요. 안 그렇겠소?"

"글쎄요, 무슨 말씀인지 모르겠습니다."

"사람의 목숨은 완악한 것. 쉬이 죽어지지 않는 것. 그렇지 않소?"

"사람의 목숨요? 그렇지요. 쉽게 죽어지지가 않지요. 허나 어느 순간엔 파리 목숨보다 못할 때도 있습니다."

"그래요? 권력 있는 자에게 백성의 목숨은 파리 목숨이라는 뜻이구려."

"아니 아니요. 나는 그런 뜻에서 이야기한 것은 아니요. 넘겨짚지 맙시다."

노린내는 묘하게 웃으며 윤가를 보았다. 윤가도 이상한 표정을 지으며 노린내를 본다. 노린내가 말하였다.

"이 상선은 금방 내가 이야기한 걸 다 아실 것 같은데."

"그렇습니까. 그럼 이 상선께 여쭤보리다."

정염의 훈수대로 돌아갔다. 노린내는 만족하였다.

"그러면 내일, 우리 여기서 뵙시다."

"그러십시다."

둘은 더 이상 묘한 대화를 하지 않고 동시에 일어나 술청을 나갔다.

구석의 간자는 그런 돌변 행동에 깜짝 놀라며 서둘러 따라나오는 게 보였다. 허나 간자가 계산을 하고 술청을 나왔을 때는 둘은 온데간데가 없었다.

간자는 망설임도 없이 서둘러 종로통 쪽으로 걸어갔다. 그가 장통교를 넘어갈 때 그와 엇갈려 나이 어린 동자 양반이 청계천을 건너오고 있었다.

정염은 두 팔을 크게 휘저으며 홍가주막으로 들어왔다. 형낭을 맨 머슴 둔쇠가 뒤따르고 있었다.

"주모, 노 포교는?"

하고 정염이 다정하게 묻자 홍주모는 얼굴을 활짝 펴고 아주 반기며,

"금방 다녀갔는데."

"그래요? 한발 늦었네. 같이 돌아갈까 하였는데. 그럼 우리 장국밥이나 한 그릇씩 먹고 갈까?"

하고 둔쇠를 바라보며 말하자 머슴은 입이 함지박만하게 벌어졌다.

대사헌 유운은 홀로 종로통 큰길을 훨훨 걸어가고 있었다. 마음은 우울 해도 가슴은 트이고 살자는 생각에 저켠 앞산을 바라보며 걸었다.

서울의 진산인 목멱산은 어느 때와 똑같이 하늘 위에 우뚝 솟아 있었다. 높지는 않아도 하늘을 찌를듯한 기상은 여전하였다. 우리가 저 남산만한 기상만 있다면 얼마나 좋을까. 유운은 늘 그 생각을 하곤 하였다. 오늘은 특히 그 생각이 났다.

금부 앞을 지나 종각 어름에 왔을 때 누군가가 말을 걸어왔다.

"유 대감 아니십니까?"

소리나는 곳을 바라보니 다 헤진 옷이지만 빳빳이 다려 입은 가난한 선 비가 웃는 얼굴로 허리를 굽히고 있었다.

"오, 이명현 진사, 오랜만이요."

"항재(恒齋, 유운의 호) 대감께서 시종도 없이 어인 일로 육주비전 거리 를 거닐고 계십니까?"

"허허, 나는 이런 곳에 오면 아니 되오?"

"아니 될 리가 있습니까. 나라를 다스리는 대감들께서 오히려 이런 곳을 드나들며 세상물정을 살피는 게 더 훌륭하신 일입지요."

"그렇게까지 심려한 건 아이구, 가슴이 답답하여 시장통을 한번 거닐어 보자고 나왔을 뿐이네."

"시장은 온갖 사람이 모여 물건을 사고 팔고 흥정을 붙이고 깎기도 하고, 정말로 사람 사는 맛이 나는 곳입지요."

"글쎄, 바로 그 맛을 좀 볼라고 나왔네."

"그럼 제가 길동무를 해올려도 괜기찮겠습니까?"

"그거야 고맙지. 하인이랑 시장통을 누빌 수는 없으니까 말이야."

두 사람은 이곳저곳 종로통을 누비며 시정의 흐름을 즐겼다. 그러다 철물교 네거리에서 오른쪽으로 돌아 장통교 쪽으로 나왔다. 육주비전이 즐비한 곳보다 허름한 곳을 돌아드니 사람 사는 맛이 더욱 나는 것이었다. 장통교를 넘어서 청계천 어름을 보다가 유운이 한마디 하였다.

"어떤가, 어디 깨끔한 술청이 있는가. 시정인들이 즐기는 대포 한잔을 들고 싶은데."

"조정의 대사헌 어른께서 잡인들이 드나드는 술청에 드셔도 되겠습니까?"

"그럼 어떤가? 외려 그래야 시정의 입김을 제대로 쐬고 가는 게 아니겠는가."

"그렇긴 하옵니다. 이 부근에 홍가주막이라고 술맛도 좋고 특히 음식을 잘 하는 술청이 있긴 합니다만."

"그런 곳이 좋지. 거길 가세."

이 진사가 앞을 서고 유운이 뒤를 따라 강직하다고 호가 난 선비 둘이 홍가주막을 들어섰다.

홍서란은 오늘도 향기 낭군이 다녀간 때문에 기분이 좋았다. 다만 정인이 뭔가 흉칙한 회오리 속에서 어려운 일을 당하고 있는 것 같아 그게 걱정이었다. 그래도 어떻게 잘 되겠지, 마음으로 위로하며 샛서방과 벗처럼 지내는 정염 도령과 머슴이 탁자를 같이 쓰면서 사이좋게 국밥 먹는 것을 돌봐주고 있었다. 그때 사모관대를 한 높은 대감과 헤진 옷을 입은 깐깐한 선비가 들어오는 것이었다. 그녀는 깜짝 놀라 쫓아가 허리를 굽혔다.

"어서 오시지요. 높으신 대감께서 저의 가게를 찾아주셔서 영광입니다."

"허, 대감 대감 하지 말게. 그저 소감 대접으로 걸쭉한 대포 한잔과 맛있는 안주 한 접시만 대접해주면 되겠네."

"그야 물론입지요. 이쪽에 앉으시지요."

서란은 오른쪽 가장 안온한 곳에 두 양반을 모셨다. 안주도 이것저것 맛있는 것을 번개같이 대령하였다.

톱톱하게 나온 대포를 들어 맛을 본 유운은,

"커어, 술맛 한번 좋다. 이 진사는 이 술청에 가끔 오시는가?"

"어쩌다 옵니다. 제가 출사는 못하였어도 양반체껏이라 이런 곳을 무상으로 드나들 순 없지요."

"허허, 양반이란 게 불편할 때가 많지요. 아마 내가 여기 들어온 걸 보고 손가락질하는 사람도 있을 게라. 세상은 그런 게요."

"대사헌께서 이런 곳을 드나드시는 것은 상께서 알면 외려 기특하다 여기실 것입니다요."

"기특하긴 뭐. 이상하게 생각하지 않으실라나 모르겠소. 허구, 이 진사. 이젠 대사헌 대사헌 하지 마시게. 대사헌은 오늘로 끝났네."

"무슨 말씀이시옵니까."

"그 무서운 대사헌 벼슬 오늘로 사직하고 편안한 직책으로 갔네."

유운의 얼굴에 비감한 표정이 인다. 소담하게 기른 채수염이 조금 떨리었다.

조선의 선비가 환로에 나서서 하고 싶은 벼슬 중에 제일로 치는 것은 청렴하고 꼿꼿하지 않으면 행할 수 없는 삼사의 낭관 자리였다. 삼사라 하면 홍문관 사간부 사헌부로, 홍문관은 세상사의 역사와 원칙을 갈파하고, 사간부는 임금의 잘못과 조정 모든 신하의 잘못을 엄히 탄핵하고, 사헌부는 말과 글로만 간하는 게 아니라 규찰과 구금 조사까지 하는 자리이다. 따라서 삼사중에서 사헌부가 가장 으스스하고 마을의 수장인 대사헌은 모든 유림이 우러러보는 깨끗하고 매서운 선비만의 몫이었다.

그런 대사헌 자리를 얼마 전만 하여도 조광조가 맡던 것을 사화가 나면서 고형산을 임명하였다가 며칠 만에 형조참판 유운으로 갈았다. 유운의 대사헌은 이조판서 남곤이 추천한 바이지만 고형산보다는 훨씬 물망이 좋았다.

"그럼 대감은 무슨 벼슬을 맡으셨습니까?"

"동지중추부사일세."

"동지중추부사요? 허, 유 대감 같은 분이 어찌 그런 한직을 맡으십니까?"

"벼슬에 무슨 좋고 나쁨이 있겠소. 성명께서 맡기시면 우리는 진충갈력하여 맡은 바 임무를 다 하면 되는 것이니까."

그 말은 천 번 만 번 맞는 말씀이다. 허나 중추부의 지사란 자리는 벼슬은 주지 않을 수 없고 은근히 밉기도 한 자를 보내는 한직 단골자리였다. 하는 일도 거의 없는 말뿐의 자리였다.

"왜 갑자기 이런 변이 생기셨나요?"

"우리 조정에 그런 변은 매일 있네. 옳은 소리 한번 하면 그때마다 조정 대신과 원수를 사질 않는가. 그들의 마음속에는 우리 삼사를 하루에 천 번도 더 죽이고 싶을 게야. 우리가 하는 일이 바로 그런 거지."

이 진사가 말한 변은 어제부터 시작하였다. 어제 헌부는 누가 보아도 옳은 말을 상감께 올렸다.

'남곤과 이장곤(좌찬성 겸 병조판서)이 찬성(의정부 대신 종일품)으로써 판서(정이품)를 겸한 것은 매우 옳지 않으며 맡아보는 직사에도 전일

하지 않은 폐단이 있습니다. 정사룡은 집안과 벗들 사이에 잘못이 많으므로 사람의 오륜 중에 두 가지를 어지럽혔으니 임금의 덕을 보양하는 자리에 있을 수 없습니다. 유세웅은 쇠약하고 병들어 양산군수로 삼을 수 없습니다. 김극지는 병조정랑으로 있다가 파직된 지 얼마 안 되었는데 이제 또 첨정으로 올렸으니 매우 옳지 않습니다.'

헌부가 올린 말은 하나도 틀린 게 없는데 과정이 잘못되었다. 그걸 오늘 대사간 이빈이 갈파하였다.

'듣건데 새로 제수된 헌부의 낭관이 서경과 임금께 사은을 하기도 전에 지레 일을 본다 하니 법도에 크게 어그러집니다. 이러고도 어찌 대간의 직무를 행할 수 있겠습니까? 빨리 가소서.'

이빈이 간한 말은 바로 유운을 가리킨 것이었다. 서경(署經)이란 당하관의 벼슬을 받게 된 자를 사간원과 사헌부가 조사하여 신분이 확실하다 하고 인증을 해주는 절차이다. 지금으로 하면 신원조회인 것이다.

한데 헌부의 당하관 중에 이 절차가 끝나기도 전에 어제 임금께 말을 올릴 때 참여한 자가 있었던 것이다. 신인확인도 되지 않은 자가 임금 앞에 나아가 조정 일이 잘 되었느니 못 되었느니 간섭을 하였으니 크게 잘못된 일이다. 이 때문에 책임자인 유운이 대사헌이 된 지 닷새만에 중추부 지사로 밀려난 것이다.

이 좌천은 사소한 듯하면서 세상이 얼마나 무서운가를 일깨워준 사안이었다. 유운과 이빈은 똑같이 남곤의 추천으로 중직을 맡은 사람이다. 그러나 유운은 대사헌이 되자마자 자기를 추천한 남곤의 자급이 종일품으로 쓸데없이 높다고 광정하려 하였고, 이빈은 그런 유운을 매섭게 성토하였다. 한 사람은 나라를 위해 은인을 성토하였고 한 사람은 은인을 위해 배신자를 공격한 것이다.

결과적으로 유운과 이빈은 추천은 한 사람이 하였으되 생각은 물론이고 가는 길이 전혀 다른 사람이었던 것이다. 더구나 사간부와 사헌부는 통을 짜고 조정 중신들을 혼내는 동료인데 이빈은 대뜸 사헌부를 공격한 것이다. 평소에는 거의 없는 일이었다. 두 사람이 똑같은 남곤의 사람으로 조광조 일당을 싫어한다 해도 유운은 인정과 원칙을 중시하는데 반해 이빈은 원칙보다는 원수 갚는 것을 중시하는 소인이었다. 군자와 소인은 하나의 사물을 보아도 전혀 다르게 생각하는 것이니, 작은 사단에서 큰 사건이 벌어진 결과였다.

어제 오늘의 일을 대충 알아들은 이 진사는 빙그레 웃으며 유운을 바라보았다.

"대감, 잘못되신 건 서경문제가 아닙니다요."

"그게 아니고 무엔가?"

"제가 보기에는, 대감께서 조광조가 죄를 받을 때 댁내에서 처자와 미리 영결하고 상께 극진히 간하여 죽기로 마음을 먹었다 하는 소문이 나 있는 바, 그게 잘못일 겝니다."

"아니 그걸 이 진사가 어찌 아는가?"

"세상일은 비밀이 없습니다."

"허허, 참. 곡할 일이로군. 그건 우리집에서 있던 일이거늘 어찌 그대가 안단 말인가."

"세상은 그런 게 아니겠습니까?"

유운은 어처구니가 없었다. 그는 동동주 반잔을 꿀꺽꿀꺽 들이마셨다. 독한 술이 뱃속으로 들어가니 훈기만 나는 게 아니라 놀란 가슴도 적이 가라앉았다. 하긴 세상에 비밀은 없지. 말 한마디 잘못하면 어디서 어디로 새었는지 세상이 훤히 알기 마련 아닌가.

유운은 이 진사를 지긋이 내려다보며 마음을 다졌다. 그래, 세상을 보고 마음을 넓히자고 나온 행보, 무슨 말을 들은들 놀랄 것도 없지. 그는 평정을 찾자 가난한 이 진사를 또닥이는 말을 내었다.

"그래 이 진사는 요즘도 지정 대감 댁에 자주 가시나?"

"가끔 갔습니다만 요즘에는 가기가 떨떠름합니다."

"무슨 일이 있소?"

"특별한 일이야 없구요. 지정 대감이 선부의 장이 되셔서 그렇지요. 사람을 뽑는 중책에 있는 분은 아무나 만나도 아니 되지만, 그보다 저희 같은 직책 없는 진사 합격자가 이조판서를 찾아가는 것은 금기 중에 금기 아니겠습니까."

"하긴 그러하이. 황희 정승은 이판 때 자기집을 찾아오는 사람은 명단을 만들어서 벼슬살이를 못하게 하였다더구만."

"유명한 이야깁죠."

"허나, 이 진사같이 빼어난 사람이 무직으로 있어서야 쓰겠는가. 지정 대감이 직접 천할 수는 없을 터이니 내가 한번 추천하여 봄세."

"아이쿠, 몸둘 바를 모르겠습니다."

유운이 이 진사를 알게된 것도 남곤의 사랑에서였다. 겨우 급제하여 벼슬자리 하나 없는 진사라 하였으나 태도도 그렇지만 학문이 높아보여 인상이 깊었다. 남곤이 대하는 태도도 여느 진사급이 아니었다.

"고마울 건 무에 있는가. 나노 고집이 있어서 맘에 들지 않는 자는 상소하여 끌어내릴 망정 천하지는 않네. 그나저나 술 좀 드시게."

"감사합니다. 술은 워낙 제가 약해놔서."

"사실 그대 같은 사람을 조광조 때 기용하지 않은 게 잘못이야. 성명께서 그렇게 고입을 줄 때 자기 편이 아닌 사람도 학문이 있고 능력이 있으면 추천해야 하거늘 그들은 그 점을 너무 소홀히 했어. 저들이 붕당을 만들고 저희끼리만 동아리를 만들어 세를 편 게 큰 잘못이고말고."

"그렇습지요. 저희들끼리만 밀고 당기어 좋은 벼슬을 다 하였는데, 저는 그보다도 너무 격렬히 위를 헐뜯고 기휘*까지 범한 게 더 큰 잘못이라고 봅니다. 아무리 마음이 넓은 상이라도 격노하지 않을 리가 있겠습니까."

"맞는 말이네. 더군다나 조광조는 사람마다 나름의 욕심과 본분이 있고 먹고 사는 권리가 있음을 모른 게야."

그때 옆에서 칼칼한 어린 목소리가 날아왔다.

"두 어른께서는 술청에서 나랏일을 보시는 겁니까? 아니면 세상을 한탄하시는 겁니까?"

둘은 깜짝 놀라 소리난 곳을 바라보았다. 당돌해 보이는 나이어린 양반이 동자복을 입고 옆자리에 앉아 그들을 바라보고 있었다. 두 어른이 얼굴을 돌려 쳐다보자 어린 양반은 천천히 일어나 꾸벅 절을 한다.

"그대는 누구관대 어르신 계신데 그렇게 당돌히 나서는 겐가?"

이 진사가 준엄하게 묻자,

"어르신 말씀에 승복할 수 없는 게 있어 감히 말씀을 여쭌 것뿐이옵니다."

"승복할 수 없다니. 어떤 말을 승복할 수 없다는 건가?"

이 진사가 물었다.

"너무 격렬히 위를 헐뜯었다고 하시었는데, 누가 어떻게 상을 헐뜯었다는 말씀이십니까. 저는 조광조 대감과 사림이 상감을 헐뜯었다는 말씀을 들은 바가 없어 과문한 소치로 여쭤보는 바입니다."

어린아이의 새된 목소리지만 말하는 내용은 날카롭고 무섭기까지 하다. 이 진사는 대번 얼굴색이 바뀌었다. 그러나 어린아이라고 하여 묻는 바를 정확히 응대하지 않을 수도 없다.

이 진사는 목청을 낮추고 점잖게 말하였다.

"조광조 등이 뜻하는 바는 충성이긴 해도 말마다 개혁만을 내세웠고 세상 흐름을 직시하지 못하였으며 언사마다 궤격하였으니 그것이 바로 위를 존중하지 않고 헐뜯은 게 아니고 무엇인가."

"그렇다면 상께서 일찍이 준절히 꾸짖어 잘못을 알게 할 일이 아닙니까. 그렇지 아니하고 그분네들이 말씀올리는 것을 내동 들으시다가 어느 날

기휘 忌諱 임금을 어려워하여 조심한다. 여기서는 임금을 화나게 했다는 뜻.

갑자기 하룻밤 사이에 벼락치듯 벌을 내리시는 것은 신하를 함정에 빠뜨린 셈이지 않겠습니까?"

어린아이의 주장이되 이 말은 천만 번 맞는 말이었다. 어제까지 임금과 신하가 맞대어 옳고 잘못을 광정하듯 실랑이를 한 처지에 어느 날 갑자기 궤격하다 하여 엄벌에 처하는 것은 진정 이치에 어긋나는 일이었다.

옆에서 눈여겨보던 유운이 부드러운 목소리로 물었다.

"그대는 어른 앞에서 말하고자 하면 신분을 밝혀야 하거늘 어찌 어른의 말씀을 간과하고 누구임을 밝히지 않는 건가?"

유운의 질타에 정염은 입을 한 번 꽉 다물더니 고개를 까딱 한 번 숙이고는,

"저는 이름이 정염이고 호는 북창이며 자는 사결이라 하옵니다."

"오호라, 정순붕 참의의 큰자제로군"

이 진사의 말에 정염은 약간은 맘에 안 든다는 표정을 지으며,

"저의 이름은 정염이라고 말씀드렸습니다."

딱딱하게 말하는 양자가 저를 아버지로 하여 평가하지 말라는 투다.

유운은 그린 어린 도령의 태도를 보자 대번 눈치가 붙는다. 형조참의 정순붕의 아들인 정염, 요녀석이 자기 아버지 이야기를 하니 기뻐하지 않는 정도가 아니라 외려 부끄럽게까지 생각하고 있는 게 아닌가. 하긴 그럴만도 하지.

어린 정염의 명성은 이미 환로에도 잘 알려져 있었다. 글과 글씨뿐만 아니라 그림이 출중하고 의술도 곧잘 아는 데다 오만 잡기까지도 두루 빼어나다는 소문이었다. 그 소문에 걸맞게 간신 부류에 속하는 아버지를 별로 존경하지 않고 절로 산으로 상민집으로 행보가 특이하다는 것 또한 회자되고 있는 터이다. 그런 아이를 오늘 만나보니 과연 소문대로 당돌하면서 빼어난 데가 있지 않은가.

유운은 패기 넘치는 정염이 맘에 들어 그를 떠보는 말을 한다.

"하긴 그대의 말이 맞는도다. 조광조 김식 등은 상감이 직접 뽑아서 쓰셨고 손수 직급을 높여 길렀으므로 하루 아침에 버리는 것도 가슴 아픈 바이지만 붕당을 만들고 궤격하였다고 죄를 무겁게 주는 것은 근리하지 못하신 처사라는 말을 들으실 법도 허지. 지금 그런 뜻에서 말을 한 것인가?"

"그러하옵니다. 그리고 신하를 벌주시려면 대낮에 대신에 명하시고 대신은 도당에 모여 떳떳이 그 죄를 논하여야 할 것을 금부당상을 한밤중에 신무문으로 몰래 불러들이어 도둑처럼 쉬쉬하며 불법적으로 벌을 내리니 이게 도대체 일국의 상감이 하실 일이옵니까?"

정염의 그 말에는 유운도 이 진사도 대꾸하기가 어려워진다. 이 주장과 질타는 지금 사림에서 분분히 일고 있고 여러 신하가 임금께 강력히 간한 바인데, 임금은 이에 대해 명쾌한 답변을 하지 못하고 있는 터이었다.

따라서 유운도 이 진사도 허허허, 탄식만 할 뿐 대답하지 못하고 있었다.

"제가 말씀 올린 게 잘못되었습니까?"

정염은 그런 틈새를 파고들며 날카롭게 묻는다.

"아니지 아니지. 그대 말이 틀리지는 아니하였네. 허나 세상 일이란 것은 꼭 논리로만 이뤄지는 것은 아닌 것. 자고로 개혁에는 옛것을 함부로 고치기 어려운 흐름이 있고 권세가의 반발이 있고 새로운 것에 대한 확실한 증험이 있어야 하는데 그러한 전반적인 게 미흡한, 학문으로 말하면 깊이와 준비가 부족함이 있었던 게야. 그대는 내 말을 이해하겠는가?"

유운은 정염, 이 어린 것이 당돌한 것만 아니라 임금까지 촉휘할 위험이 있었지만 왠지 기특한 생각과 자기 어렸을 때의 모습을 보는 것 같아 다정하게 대하고 있었다.

"대감께서 말씀하시는 바는 시생도 이해가 되옵니다. 그러면 다른 질문을 하나 해 올리겠습니다. 조광조 대감이 간교한 무리의 인심을 모으고 상을 범하려 하였다는 참소는 어떻게 생각하시는지요?"

"그거야 순수한 참소, 그 자체에 불과할 뿐이지. 조정의 큰 신하들도 그런 생각은 하지 아니하네."

"훌륭하신 대감께서는 역시 다르시군요. 사실 조광조 대감은 종실도 아니고 훈구도 아닌 한낱 유생에 불과하신데 무슨 힘이 있어 조씨전국을 이루고 나라를 전복하겠습니까. 조광조 대감의 잘못은 딱 하나가 있는 줄로 아옵니다."

"하나가 무언가?"

이제는 거꾸로 유운이 정염에 묻고 그 물음에 대한 답변이 궁금해지는 것이었다. 정염은 잠깐 고개를 들어 눈길을 천장에 두더니 유운을 바로 보고는 근엄한 얼굴로 답하였다.

"조광조 대감의 잘못은 세상을 모른 탓이옵지요."

"그게 무슨 말인가?"

"세상을 알려면 가장 중요한 게 무엇이겠습니까. 그것은 사람을 알아야 히는 깃인네 소 대감은 사람을 몰랐던 것이지요."

"사람을 몰랐다?"

"그렇습니다."

"어떤 사람을 말하는 건가?"

유운과 이 진사가 궁금해하자 정염은 근엄을 떤다. 얼굴을 엄숙히 하고 답하는 것이,

"조 대감은 임금님을 몰랐던 것입니다. 옛 말씀에 있지 않습니까. 말이 받아들여지는 곳에 충신이 있고 받아들여지지 않는 곳엔 역신이 있다. 임금님도 한 사람의 인간일진데, 그분께서 신하의 말을 듣고 이이한 표정을 지을 수도 있는 법, 상께서 이이한* 표정을 지을 때는 조용히 물러가야 하는 것을 조정암 대감은 그것을 몰랐던 것입니다."

이이 訑訑 자기가 슬기롭다 생각하여 남의 말을 듣지 아니하는 것. 충신의 말을 듣지 않는 임금이라는 뜻.

유운은 속으로 깜짝 놀랐다. 이 어린 녀석이 모르는 게 없고 못하는 소리가 없네. 이 말에는 혼을 내지 않으면 안 되렸다. 나중 후환까지 생길 수 있는 일 아닌가.

유운이 목청을 돋우어,

"허허 말이 과하도다. 어린 도령이 당돌하여도 진취성이 있어 말을 들어주니 못하는 소리가 없도다. 금방 네가 이야기했듯이 아무리 그 말이 옳다 해도 임금께 기휘되는 말은 삼가야 하는 법! 조용히 물러가지 못할까!"

유운이 점잖게 호통을 쳤거늘 정염은 능글맞게 웃을 뿐 하나도 놀라는 표정이 없다.

"대감 어른, 제가 무슨 잘못된 말을 하였습니까. 임금께서도 이이한 표정을 지을 수도 있다는 말을 한 것뿐이옵니다. 외려 대감께서 그 말로 해서 더 넘겨짚어 상께 촉휘되는 생각을 하신 것은 아니옵니까?"

옆에서 조용히 듣고 있던 이 진사는 너무 어이없었다. 어린 것이 생각하는 게 심오한 것은 좋은데 그 생각이 과하고 어른을 능멸하려는 오만까지 있는 게 아닌가.

"대감 어른. 아이의 말에 너무 괘념하지 마십시오. 그저 이 정도로 말을 끝내시지요."

"허허, 이 진사 말을 듣고 보니 내가 애들 말에 너무 신경을 썼는가 보우. 그리합시다."

유운이 그렇게 말하고 정염에 주었던 눈길을 돌리는데 정염은 아무렇지도 않은 투로,

"제가 올린 말이 그렇게 무서웁니까? 그러면 이런 질문을 올리면 놀라시겠군요. 지금 항간에서 날아다니는 조씨전국은 무슨 뜻이며 주초위왕은 정말로 벌레가 쪼은 것입니까, 아니면 사람이 지어낸 걸까요?"

"허허, 어린아이가 못하는 말이 없구나. 어른께서 물러가라 하셨으면 물러갈 것이지 무슨 험한 말을 그리 하는가!"

이 진사가 큰소리 치기는 저어한 바가 있어 나즈막하게 호령을 하는데,

"아니 어른신네들, 제가 말씀 올리는 것은 일반 백성이 궁금해하는 바이옵니다. 백성의 의문을 석명해주고 그들의 포한을 풀어주는 게 나라를 다스리는 것 아니겠나이까. 특히 이 며칠 장안에서는 주초위왕을 꿀물로 새긴 궁녀를 나라에서 잡아죽이려 한다는 소문이 자자하옵니다. 그 소문이 적실한 것인지요?"

갈수록 무서운 말이 정염의 입에서 쏟아져 나온다. 이제 유운은 응대하기 싫은 정도가 아니라 술집을 빨리 나가야겠다는 생각이 난다.

그런 난처한 입장을 그래도 풀어야 할 사람은 이 진사. 이 대목서 유 지사의 입장을 부드럽게 풀어주지 않으면 오늘 고관을 모신 보람은커녕 만나지 않은 것만 못할 것이었다.

"여보게, 어린 도령. 그대는 천재로 소문난 인재가 논어의 말씀을 잊었는가. 확인되지 않은 소문은 선비의 입에 담지 않는 법. 시정잡배처럼 윗사람을 곤란케 하고 상을 해하고 나라를 위태롭게 하는 말은 삼가야 할 것이다. 알았는가? 더구나 나로서도 주초위왕이 어쩌니 저쩌니 하는 말은 처음 듣는 바이라 답변할 말이 어려움네. 알아들었는가?"

"선비께서는 언사가 훌륭하고 식견이 높아보이는군요. 그런 분이 어찌 여태 출사를 못하셨습니까. 나라가 인재를 안 쓰는 건 그렇다 해도 안 되었습니다. 그럼 쉰네는 물러갑니다."

말이 끝나는 동시 정염은 고개를 까딱 숙이고는 횅허니 나가버렸다. 그런 정염의 뒤를 같이 밥을 먹던 머슴이 따라나가고 있었다. 그리고 보니 정염이 어리긴 해도 양반인 체면에 머슴과 같이 밥을 먹은 것이었다.

유운은 정염의 그런 초탈한 행동이 듣던 바대로 놀라워 입맛을 쩝쩝 다셨다. 그런 유운에게 삥하니 머리에 와닿는 게 있었다.

일찍이 홍문관박사였던 황효헌이 어느 사관한테 하였다는 말이 생각난 것이다.

여보게 지금 임금을 어떻게 생각하는가. 언뜻 보면 성군처럼 보이지. 허나 꼭 그렇지가 않아. 상이 선(善)을 좋아하시기는 하고 곧은 말에 대해서는 반드시 자세를 고치기는 하되 얼굴색을 바꾸시더라고. 나는 현 임금이 그렇게 훌륭한 분은 아니시라고 생각하이. 조심도 해야 할 거야.

맞았어. 지금 생각하니 황효헌의 말이 정곡을 찌른 게다. 허면, 금방 주절댄 저 어린 정염, 저녀석의 말이 천 번 만 번 맞는 말 아닌가. 그렇게 빼어난 임금이 아닌데 성현처럼 옳은 정치하시라고, 너무 기대하고 열성으로 독려하고 심하게 윽박지르기까지 하였으니, 조광조네는 모자란 임금의 올가미에 스스로 걸려든 것이라. 세상을 모르고 사람을 몰랐던 것이다!

임금이 빼어나지 못하면 피하여야 하는 것을. 아, 훌륭하신 임금 만나기가 이렇게 어렵다는 말인가. 성삼문 박팽년이 세조의 면전에서 인두에 살을 지지고 고문기구에 복사뼈가 빠쉬질 때 성군이신 세종임금이 그 얼마나 그리웠을까. 이 세상은 훌륭한 임금 만나는 것같이 행복한 게 없는 게야.

어허, 열네 살짜리 어린애도 아는 걸 조광조는 물론 우리네들도 깜빡하다니! 부끄러웁도다!

부끄러웁도다!

〈4권 계속〉